让日常阅读成为砍向我们内心冰封大海的斧头。

我要活下去

[韩] 金琸桓 —— 著
胡椒筒 —— 译

살 아 야 겠 다

敦煌文艺出版社

图书在版编目（CIP）数据

我要活下去 / (韩) 金琸桓著; 胡椒筒译 . —兰州: 敦煌文艺出版社, 2021.10
ISBN 978-7-5468-2084-2

Ⅰ. ①我… Ⅱ. ①金… ②胡… Ⅲ. ①长篇小说—韩国—现代 Ⅳ. ① I312.645

中国版本图书馆 CIP 数据核字（2021）第 193650 号

版权登记号 图字：26-2021-0013
Copyright © 2018 by Takhwan Kim
All rights reserved.
First published in Korea by Booksfear Publishing Co., Korea
This simplified Chinese language edition is published by arrangement with the author through KL Management, Seoul and LEE's Literary Agency, Taipei
Simplified Chinese translation copyright © 2022 by Beijing Xiron Culture Group Co., Ltd.

我要活下去
[韩] 金琸桓 著　胡椒筒 译

责任编辑：张明钰
封面设计：所以设计馆

敦煌文艺出版社出版、发行
地址：（730030）兰州市城关区读者大道 568 号
邮箱：dunhuangwenyi1958@163.com
0931-2131372（编辑部）
0931-2131387（发行部）

天津旭丰源印刷有限公司印刷
开本 880 毫米 × 1230 毫米　1/32　印张 12.25　字数 340 千
2022 年 4 月第 1 版　2022 年 4 月第 1 次印刷
印数　1～25 000

ISBN 978-7-5468-2084-2
定价：52.00 元

如发现图书质量问题，可联系调换。质量投诉电话：010-82069336

本书所有内容经作者同意授权，并许可使用。
未经同意，不得以任何形式复制转载。

给二十九年后的雨岚

啊,你来了,在我倒下以前。

——乔万尼·薄伽丘《十日谈》

目录
CONTENTS

序　幕　/ 01

第一部　　感染　/ 08
第二部　　斗病　/ 78
第三部　　--+　/ 152
第四部　　囚禁　/ 219
第五部　　责任　/ 294

后　记　/ 379
作者的话　/ 383

序幕

大意

五月二十日上午十一点，三名流行病学调查员抵达位于京畿道 W 医院八楼的准备室。他们穿戴好 C 级防护装备①，经由护士站依序走进病房。曾经拥挤喧哗的走廊看不到任何病人或医护人员，原定在此的专家诊疗及各种检查、病人和家属，都被转移到其他楼层。流行病调查这件事被视为机密，所以八楼外的其他楼层仍照常运作。虽然他们收到了院长一切准备就绪的通知，却还是跟野猫一样蹑手蹑脚地打开第四间病房的门走进去。他们停留在走廊的时间，没超过五秒。

调查员一边呼吸着 PAPR 呼吸器过滤的干净空气，一边打量着病房。首先看到的是一只倒过来的拖鞋和掉在地上的枕头，这是医院接到电话通知立刻转移病人后留下的痕迹。这间病房的病人和家属被分别隔离起来，医院不允许他们带走任何一件物品，也不必打扫。直到今天早上，病人、家属和医护人员还在这间病房进进出出，现在却像久未使用的停尸间般失去了生气。

这是间典型的双人病房，病房里并排摆放着两张床和两个置物柜，窗户旁的角落有一台冰箱，两张床对面的墙上挂着电视。调查员戴着内外双层手套，仔细检查窗框、窗帘、病床和安置在地上的家属陪伴床。他们不仅跪在地上用手电筒查看床底，还踩在床上检查天花板，拍下一些若有似无的污渍、成团的灰尘和零食碎渣，就连一根毛发也没有放过，所有东西都被放进塑料袋密封起来。

---

① 防护装备分为 A、B、C、D 四个等级。C 级防护装备使用时机为有污染物存在于空气中，能经由液体飞溅接触。装备包括动力滤净式呼吸防护具（PAPR）、呼吸防护头罩、围裙、酒精消毒液、袖套、防护衣、长筒防护鞋、长筒鞋套、口罩、抗化学品外层手套、广用型内层手套。——本书中注释除特别说明外均为译者注。

三个人轮番轻咳了几下，过滤的空气虽然干净，但很干燥。为了减轻不适感，三人轻轻摇了摇头。不能用手去抓或拉扯头罩，会有感染病毒的风险，所以连扶正歪掉的头罩和手套都不行。这时，一缕阳光照了进来，将白色头罩、黄色防护衣和蓝色围裙映衬得更加鲜明。在这个行星上，这身装扮在任何地方都不受欢迎。

* * *

他们不可避免地遭受了没有及时进行流行病学调查的责难。

展开调查两天前，也就是五月十八日上午十点，首尔 F 医院向管辖保健所[①]通报医院出现疑似中东呼吸综合征冠状病毒（又称 MERS[②]）的病例。这位往来于韩国和中东从事贸易的患者，曾在四月二十四日至五月三日去过巴林等地，五月四日返回韩国。因出现高烧、严重咳嗽的症状，前后曾在三家医院看过门诊，接受住院治疗，但病情始终未见好转。于是，他在五月十八日来到 F 医院急诊室。值班医师吴甲洙注意到他在发病前十四天内曾到过中东地区，因此向保健所通报其为疑似 MERS 患者，保健所随即向疾病管理本部申请诊断检查。

本应根据手册迅速应变，却受到疾病管理本部阻挠，理由是疑似病例待过的巴林不是 MERS 发病国。但他们忽略了一点——与单峰骆驼接触后暴发首例 MERS 的 S 国与巴林接壤。保健所向 F 医院传达了疾病管理本部的拒绝通知。

吴甲洙无法接受这个结论。五月十八日下午两点，他亲自打电话到疾病管理本部重新申请诊断检查，但疾病管理本部不但没有展开检查和流行病学调查，还声称检查出的其他呼吸道病毒不会造成问题，后续再

---

① 地区的医疗行政机构。
② 即 Middle East Respiratory Syndrome。

考虑对疑似病例进行MERS检查。

隔天，五月十九日下午一点三十分，疑似病例的流感检查结果为阴性。这时，疾病管理本部才对疑似病例进行MERS检查。晚上七点采集检体后，五月二十日上午六点，检验结果为阳性。

"1号"MERS病人出现了。

只因疾病管理本部拒绝了检查申请，处理被动，在最初通报后过了三十三小时才采集检体，四十四小时后才得出结果。若疾病管理本部一开始就批准保健所的申请，那就不会是在五月二十日，而会在十九日、说不定十八日就会有结论。在这需要分秒必争去防止传染病扩散的体系下，很明显，三十三小时是一段相当漫长的时间。

五月二十日凌晨，疾病管理本部派出流行病学调查员，前往"1号"就诊过的医院。在前往"1号"从五月十五日到十七日住过的京畿道W医院的路上，他们用三明治简单解决早餐，午餐也延迟到调查结束后。没有比在病房里调查到一半，脱去头罩、防护衣、围裙和手套，吃完午餐后再把这些防护装备穿戴回去更麻烦的事了。

* * *

调查结束后，走进院长室的三人闻到扑鼻而来的咖啡和蛋糕香气，不自觉地吞了吞口水。

"辛苦了。听说你们连饭都没吃？先吃点东西填填肚子吧。"院长的笑容充满善意。

调查员入座后，互相交换了一下眼神。不能在进行调查的医院接受任何款待和礼物，这是他们的原则，但咖啡和蛋糕应该不成问题。有十五年资历的前辈刚拿起杯子，另外两人也跟着喝起咖啡。

院长等他们吃了两三口蛋糕后，这才吞吞吐吐地问道："听说这是致死率极高的传染病，我们该不会被区域隔离吧？"

区域隔离是指出现传染病患的医院整体都要被隔离，必须在规定时间内停止诊疗，这对医院而言是极大损失。

资深调查员放下杯子："没必要区域隔离，但还是先把密切接触者隔离起来吧。"

"那密切接触者的范围是？"

距离院长最远的年轻调查员回答："与确诊或疑似病例有过身体接触的人，还有在出现 MERS 症状的病人周围两米内，停留超过一小时的人。简单来讲，就是为患者治疗的医师、护士和家属以及住在同一间病房的病人和家属都属于密切接触者。"

"那你们的意思是，只要把密切接触者隔离起来，医院还是可以照常看诊？"院长再次确认。

资深调查员回答："是的。"

坐在前辈和新人之间的有十年资历的调查员取出文件，那是他们抵达医院展开调查前从院方那儿获得的，是为 MERS 确诊病例进行治疗的医护人员、家属及同房的病人、家属名单，文件还附有同一区不同病房的病人和医护人员名单。前者有一页，后者则有五页。

调查员连第二页都没翻，只盯着第一页说："二十九名医护人员，一名同房病人，加上两名家属，总共三十二人。我们会向疾病管理本部这样报告的。"

"明白了，那我现在立即对他们进行隔离。"

清空了咖啡和蛋糕，资深调查员起身，他与院长握手时，告诫似的说："你也清楚，如果 MERS 病人在这里住过院的消息一传开，怕是不会再有人敢来看病了。我们的原则是不公开医院实名，尽快控制住情况。"

"这是当然的，我一定会做好保密工作，不让'MERS'这个词传出去。"

"事态很快就会得到控制的。"

"等这件事过去后，你们一定要再来一趟医院，到时我请你们吃饭。"

"听你这么说，我们就很感谢了。我们暂时不会再来了。"

五月二十日，政府根据传染病危机管理标准手册，将传染病危机警报等级从"关心"上调到"注意"，这表示官方确认了国外新型传染病MERS传入境内。

五月二十一日，与资深调查员担保的正好相反，流行病学调查员对该医院又进行了追加调查。院长很担心会增加隔离人数，否则怎么可能不到一天又来了呢？但调查员看过医务记录、确认完医院的监控画面后，将二十九名医护人员中的十三名从隔离名单中删除，意味着他们又缩小了隔离范围。对于缺少人手的医院而言，简直是不幸中的万幸。没有人担心因为缩减了密切接触人数，日后会造成更多人被隔离。

调查员第三次突然造访W医院是在五月二十八日。五月二十七日之前，疾病管理本部指定的密切接触者中，已有四名确诊为MERS。虽然出现确诊病例令人遗憾，但均出自指定名单，所以大家并不十分惊慌。但在五月二十八日确诊为MERS的病人，并没有跟"1号"住在同一间病房，他成为首例超出密切接触者范围的MERS病例。

疾病管理本部又晚了一步，这才扩大追踪整个病房区的病人、家属。与此同时，W医院仍不断接收住院病人，同时也有很多人出院。院方开始打电话联络出院的人，直到隔天、再隔天，追踪调查仍然没有结束。确诊病例不断增加，已经远远超过疾病管理本部指定的密切接触范围。

没有人出来解释为何不断出现MERS病例。渔网松了，大海广阔无边，越是拖延时间，范围越是无限扩大。

反复的偶然是必然吗?

就在京畿道 W 医院扩大调查范围的前一天,也就是五月二十七日,一辆救护车抵达首尔 F 医院急诊室。救护车上的男子是从首尔南部客运站移送过来的,他咳嗽严重,五月十五日到十七日曾在 W 医院住过院,但他并不知道自己与"1 号"同一时间住在同一家医院,因为他们的病房不同,所以该名男子并不在首批密切接触者名单上。该名男子于五月十七日从 W 医院出院,待在家中休养,五月二十五日再次住进 C 医院接受治疗,但高烧和咳嗽反而更加严重。朋友劝他到首尔的大型综合医院就诊,于是他搭上开往首尔的巴士。

被抬到急诊轮床上的病人难以忍受不停袭来的痛苦,连自己的症状都说不清楚。

"喘、喘不上气……头、头……啊!"

还有一个惊人的偶然是他不知道的。救护车抵达的 F 医院急诊室,"1 号"MERS 病人在九天前的五月十八日也来过。

同一家医院的急诊室,虽然发现了第一名病人,却忽略了第二名病人。因为曾治疗并通报"1 号"为疑似病例的医师和护士正在隔离,这就是院方的辩解。当然还有各种借口,但他们疏忽的根本原因只有一个——

怎么可能还有 MERS 病人过来?

在多次的疏忽大意和反复的偶然之间,MERS 冠状病毒正从大韩民国的首都首尔往外扩散。就在疾病管理本部扩大防御网的前一天,MERS 再次传入首尔。前夜,没有任何防备。

第一部　感染

希望

南映亚手记
二〇一五年五月二十六日（星期二）

> 二〇一五年十一月十一日，结婚十周年
> 和石柱补办婚礼 with 雨岚
> 我三十八岁，丈夫三十七岁，雨岚五岁

三人为何去急诊室？

"请您在急诊室等候。"

病人在医院应具备的五德之一，就是耐心等候。

五月二十七日，金石柱没有追问医师和护士自己要等到什么时候，他直接搭电梯从血液肿瘤科门诊来到一楼急诊室。石柱明白，因为自己也对病人说过很多次同样的话。要等到有病房为止！根据出院人数，在急诊室等待的时间也是随时会变化的。

石柱既是医师，也是病人。去年春天，他刚从牙医学研究所毕业不到一个月，就在私人牙医诊所做领月薪的牙医。就像刚从医时一样，怎么可能想到自己会罹患这种病，住进综合医院？虽然去年的每一天都是噩梦，但造血干细胞移植非常成功，至今恢复得也还不错。半个月前，石柱重新回诊所上班了。今天他原打算在综合医院的门诊看完病，下午马上赶回诊所工作。虽然石柱这次是因高烧不退和胸口发闷住院，但他的目的不在治疗，而在检查。

急诊室分为五区，每一区都设有几张床和椅子。当听到请在急诊室等候时，石柱联想到连成排的椅子。床位想都不要想，如果运气差连椅子都是满的，那就得靠窗边站着，或在走廊徘徊，再不然就到家属等候区找把椅子坐，然后时不时跑到内科区跟值班护士打探病房情况。

走到内科区，首先看到的是右侧靠墙摆放的几十张床。正如他所预料，没有半个空位。中央通道的左、右两侧排列着两把一组的椅子，也都坐满了人。坐在门口的男人刚好起身离开，石柱快步上前占领空位。他拿出手机，打给妻子南映亚，但直到自动答复响起前都没人接听。在制药公司上班的映亚说公司太忙，搞不好要连加三天班，不能陪石柱一起来医院，她很过意不去。但就算映亚能跟来，石柱也会阻止她。只是门诊而已，他一个人可以的。

石柱发信息给映亚：在急诊室等，要住院检查，你不用担心。

石柱又打到工作的诊所，所长听完事由后，要他这周好好在家休息，不用来上班了。原本从六月开始复职就可以了，但石柱想赶快适应工作环境，才提早了几天。

石柱翻看着手机里儿子雨岚的照片。五月的第一周，全家一起去了马来西亚旅行。四岁的雨岚不管是在机场、度假村、户外游泳池还是餐厅，都笑得很开心。石柱答应雨岚和映亚，每年一家三口都要去海外旅游。这约定是多么珍贵，如今石柱深有体会，打算跟家人一起做的事，不要一拖再拖，必须当下付诸行动。

"不好意思，可以借我打个电话吗？"

石柱抬头，只见一个看起来五十多岁的女人大汗淋漓地站在他面前。她烫过的头发已经没什么鬈度，短粗的鼻头和下垂的眼角周围布满皱纹，两道弯眉和宽脸颊让她面相显得和蔼可亲。石柱关掉相簿，递出手机。

* * *

"请再开快点！不知道是胃破洞还是肠子穿透了，她快疼死了！"

吉冬华不是话多的女人。平时去教会除了在唱诗班独唱，几乎很少听到她说话，所以大家都叫她"湖水劝师[①]"。但在救护车上，看着眼前抱着肚子不停呕吐的妹妹吉冬心，她忍不住大喊起来。冬心肚子痛得整夜没睡，到了凌晨居然吐血，昏了过去。

石柱来医院看门诊时，载着冬华和冬心的救护车也抵达了综合医院急诊室。冬心躺在轮床上被送进急诊室时，哀号也未停歇，直到诊察结

---

① 劝师为基督教对女性长老的称呼，湖水则比喻冬华如湖水般宁静。

束开始打点滴，呻吟声才渐渐变小。冬华赶快去了趟厕所，从家里出来憋到现在。上完厕所，她摸了摸牛仔裤左侧口袋，总是放手机的口袋是空的，可能是急着送冬心上救护车忘记带了。冬华走进内科区，看到坐在第一排的男人，他笑容满面地盯着手机，就连冬华都能感受到他那与急诊室不搭的幸福感。冬华向男人借了手机，打给独生子赵艺硕。

"嗯？小姨怎么样了？"儿子的反问像断奏一样传了过来。

艺硕正在便利商店打工，没有时间讲电话。

"吊了点滴，刚刚睡着了，还要再做几项检查，但胃溃疡的可能性很大。今天不会太晚下班吧？累不累？要是累的话……"

"妈，等等再说！欢迎光临。"艺硕打断冬华，挂断了电话。

平常艺硕就跟女儿似的，经常没完没了地跟冬华讲电话，看来他现在确实很忙。

"不好意思……我能再打一个电话吗？"

"请便。"男人深邃的眼睛很温柔。

冬华在物流仓库工作了三十年。她一开始在永永出版社的大型仓库上班，十年前换到一个叫"册塔"的综合物流公司。虽然换了公司，但工作还是在仓库搬运书。冬华总是穿着牛仔裤，在大家眼里是个女强人。女员工多半都坐办公室，只有冬华坚持要留在仓库，而且到现在也对搬运书很有自信，能比年轻力壮的男员工搬得更快更多。她不仅要负责五个大型仓库和一个中型退货仓库，还要处理销毁退书的工作。这些年来，经由她那双厚实的手送进书店的书，加起来可能比韩国的人口还多。

冬华听到了很耳熟的噪声，那是退货仓的碎纸机发出的声响。退货的书每天要销毁一定数量。当然，要销毁什么书不是由冬华决定，而是依租借仓库的出版社要求。比起把退书放在仓库交租金，很多出版社都会选择卖给回收厂换点钱，或干脆销毁。放在后门的碎纸机由冬华负责管理，正门的碎纸机则交给林组长。退货仓的碎纸机比办公室用的碎纸机要大上四五倍，不管多厚的书，只要先除去书脊，整本书瞬间就会变成碎纸片。若烧毁，书在化成灰前还能绽放出最后的火花，但送进碎纸机的书连挣扎一下的机会都没有，就直接消失了，连作者和编辑倾注的心血也丝毫不留痕迹，冰冷、断然得可怕。如果两台碎纸机同时运作，声音大得连耳朵都会嗡嗡作响，根本无法打电话。

"你等一下！"一起共事了十五年的林罗雄喊道。

冬华和林罗雄在前公司就是同事，冬华换到这家公司后，特地引荐了林罗雄。冬华静静听着话筒那端传来的噪声，嘴角露出神秘的微笑。从噪声的大小、震动和间隔，她就能知道碎纸机的状态。林组长随后走到仓库前停有堆高机和货车的停车场。

"你跑去哪儿了？不来上班怎么连声招呼也不打……不用担心出货，我又不是做这个才一两天，要是接到出版社要求销毁书的电话，我会看着'咚咚'的。"

"咚咚"是冬华给碎纸机取的绰号。

"尚哲呢？"

文尚哲进公司七年，一直跟在冬华身边学做事，关于仓库管理和流通的事已经没有他不知道的了。冬华忙碌时，尚哲会代替她用"咚咚"销毁书。

林组长顺便吹嘘了一下自己："你不用担心，我会好好看着的。"

冬华解释了缺勤的理由。

"我在医院急诊室，昨天夜里冬心肚子很痛。事情那么多，我又不在，真对不起！等这边处理好我就赶过去。你应付得过来吗？……不是我不相信你，最近要出货的种类和数量那么多。我会再打给社长的，那就辛苦你了，谢谢。"

冬华虽然称赞和鼓励了林组长，但挂上电话后，表情还是沉了下来。林组长虽说为人豪爽，做起事来却漏洞百出。出货一千本，要是少了一本或封面折损，会被客户投诉的。冬华想处理完医院的事后尽快赶回仓库，对一下账本上的数字和仓库中的数量，确认出货情况。她正准备走回去把手机还给男人，只见坐在男人旁边用手帕擦眼泪的女生忽然站了起来。

"我都说不用来了，姨夫！我晚点再打给你，拜托！"

起初冬华以为她在跟自己说话，所以停住脚步。但听到"姨夫"二字，才发现她戴着耳机在讲电话。

"谢谢你。"

冬华把手机递给男人，然后坐在他旁边的椅子上长叹了一口气。紧张过后，睡意这才像兵蚁一样向她袭来。

*　*　*

"姨夫！我要带我爸到这个国家最好的医院诊治，我不能就这么送走他。"

从京畿道开往首尔的救护车上，李一花一路上都在跟住在巨济玉浦港的经营海鲜干货店的姨夫姜银斗打电话。一花戴着耳机，右手快速搜索着新闻。包括她在内的大韩民国电视台实习记者都被别家电视台报的独家新闻给击垮了。那个警察常向实习记者透露独家消息，一花不仅认识，去年年会还和他一起去过 KTV。那人是重案组刑警，一花还以为自己的吸管插对了地方，没想到却被其他家伙先吸走了。要不是因为父亲李炳达执意出院回家等死，一花早就跑去质问那个刑警了。不但要问清楚理由，还要缠着他吐出其他独家新闻。

经历八次化疗、苦熬三年的炳达病情再次复发，面对已经癌症四期的病人，医生也不敢保证这次出院后能否再住进来。这意味着炳达已经处在病危状态。

六个月的实习进入最后一个月，电视台会根据大家实习期间的工作表现评分，决定将他们分配到报道局的哪个部门。四名实习记者中，有三名会留在首尔,一名会被分配到其他城市。一花可不想在评比上输给大家,被分配到乡下上班。

父亲被诊断为肺癌四期,来日不多,这件事一花没有告诉公司。十年前,母亲甘淑子因胆囊癌去世后,只剩下他们父女相依为命。炳达住院后,一花为了请人照顾父亲,不仅拿出所有存款,还向银行贷了款。

实习记者得守在警察局的记者室熬夜,这已经是不成文的潜规则。实习记者每天跑警察局和消防局取材,然后在指定时间内向社会二部的专门负责教育实习生的副组长报告。他们要写实习日记,还要准备隔天的采访,一天二十四小时根本不够用。所以一花半个月或一个月才能有一天空当,但她没有回家,而是直接去医院,坐在陪伴床上,把笔记本电脑放在膝头,整理要报告的案件和实习日记。

一花打算清干净父亲的痰盂后,再打电话向副组长汇报工作情况。她希望父亲再撑一个月,等她实习结束。父亲却突然说要放弃治疗,坚持出院回家。

一花同意让父亲出院,但出院后的目的地不是炳达朝思暮想的家,而是排在首尔前三名的综合医院。救护车奔驰期间,副组长苏道贤的电话和信息不停传来。独家新闻被其他电视台的实习记者抢走了,现在竟然还敢不接电话。但当下一花没办法接电话,她打算把父亲送到急诊室做完检查、办好住院手续后,再回记者室打给苏记者。到时苏记者一定会训斥她:我还是第一次遇到像你这样的实习记者,你以为当记者是在开玩笑吗?一花知道,自己所剩无几的自尊一定会被苏记者狠狠砸烂在地上。

在这五个月里,一花为了完成各种荒诞无稽的任务而努力。到刑事课长那里挖新闻已经算最普通的任务了;为了采访到诈骗案受害者,她一周都没合眼;接连三天旁观杀人案的验尸工作,然后写完密密麻麻的报告。一花忙到早已忘记了谁是自己立志当记者的动力,每天都过着仿佛在下水道匍匐前进的日子。

第一部 感染

一花抬起头，抹去眼泪。如果自己放弃当记者，这半年一直陪在父亲身边，结果就会改变吗？炳达比任何人都支持女儿，他不想成为女儿的绊脚石。

"爸！你睁开眼啊，你怎么了？爸，爸爸！"

刚刚还喘着粗气的炳达在救护车上突然昏了过去，救护人员立即采取了心肺复苏术。一花脑中瞬间一片空白，紧接着变得像夜晚一样漆黑。

炳达躺在轮床上被送进急诊室，急救了三十分钟才脱离险境。这段时间，一花收到了亲戚们的信息。重感情的炳达特别照顾亲戚，二十年前他组建"游山会"，带着大家看遍全国各地佳景。一花坐在椅子上，好不容易才喘了口气，然后摇摇晃晃地走出急诊室，都不用抬头就能感受到晚春阳光的耀眼。一花把手背贴在额头上，一边揉搓，一边像耍赖的小孩般诉起苦来。

"妈，你一定要现在带走爸吗？现在不行！十年，不，就让我跟爸再多生活一年，求求你了！"

亲戚们的电话打了进来，一花说等办完住院手续再告诉大家，但亲戚们都像说好了似的，已经在赶来的路上了，动作最快的银斗已经从巨济古县客运站搭上了开往首尔的巴士。一花有种预感，今天恐怕赶不回电视台了，要发给苏记者的信息写了删，删了又写。"对不起"是实习记者最常使用的词，是苏记者最讨厌的词，也是一花刚刚删去的词。

忍了好久的眼泪终于涌出，落在手机上。

那之后的五天

就像死亡不会按照出生的先后顺序到来一样，病人也不会依照抵达急诊室的顺序离开。有的人在急诊室接受治疗后便回家了，有的人直接住进病房，有的人则在急诊室终结了此生。金石柱、吉冬华和李一花虽然是在同一天差不多的时间抵达急诊室，但之后的五天，他们度过了完全不一样的日子。

最早离开急诊室的是在册塔上班的部长吉冬华。妹妹冬心打了点滴、睡一觉后便止血了，腹痛和眩晕症也都消失了，在五月二十七日下午六点出院。冬华想搭出租车把冬心送回家，然后赶回物流仓库。虽然书都已经出库，但她还是想确认一下当天进出货的情况。但是当晚冬华没去物流仓库，因为冬心情绪很不稳定，一直缠着要她留在身边。午夜过后，艺硕才会从便利商店下班回家，所以晚餐只好两个人解决了。

冬华一边煮粥，一边确认墙上钟表的时针。冬华、冬玉和冬心三姐妹，唯独最小的冬心体弱。她是八个月的早产儿，肾脏也不好，在保温箱里待了六个月。从出生到现在，她长期受慢性贫血困扰，几乎天天都要吃止痛药。冬华很想带冬心去大医院做一次仔细的检查，但冬心就是不肯。她之所以坚称自己没病，其实是害怕检查出更严重的问题。

吃晚饭时，冬华坐在对面陪冬心聊天。吃完饭后，姐妹俩换好睡衣，并排趴在床上，翻开《圣经》，平常冬心至少要听冬华读上十多分钟的《圣经》才能入睡。冬心抄写过三遍《圣经》，她唯一的兴趣就是抄写《圣经》，这也算是她的专长了。

"某些章节不管抄写多少遍也还是很喜欢，虽然不全都是那样。"

冬华翻开《圣经》，书签夹在"启示录"的部分。看来前天她也很困，最后随便把书签一夹就睡着了。冬心躺好，把被子拉到脖子下，转过头看了看冬华,然后闭上眼睛,等待姐姐发出带有鼻音的低音。冬华双手托着《圣经》,开始朗读。

听到冬华的声音,冬心露出淡淡的微笑,仿佛回到了充满梦想的女高时代。

冬华打算读个十到十五分钟,等妹妹睡着再去仓库,没想到自己先睡着了。昨天整夜照顾冬心,今天又在急诊室紧张了一天,冬华一直酣睡到第二天一早,艺硕摇醒她,叫她起来吃早餐。

五月二十八日早上八点三十分,冬华照常去上班。虽然九点上班,但工作三十年来,冬华从没在八点半之后进过公司。每天上班第一件事就是到仓库清点横竖排列好的书。册塔有自己的进出货管理系统,只要坐在办公室里用电脑就可以了解现状,但冬华还是喜欢亲自盘点。虽说搬运和码堆这种事要靠堆高机或其他机器帮忙,但书终归还是要经过人手。

每天忙着搬书,所以每个员工都有肌肉酸痛的毛病,有的人甚至眼睛都会充血。大部分在物流仓库工作的员工休息或下班后,很少有人会去看书打发时间,但冬华就算只有十分钟空闲,也会拿本书来看。她会扫一眼放在退货仓库后门碎纸机旁的私人书柜,选出一本喜欢的翻看几段。

上午的仓库跟战场一样,如果从九点到十点有书店的订单进来,就要把书找出来,有时还需要打包。员工穿梭在铁制的五层书架间,脚步匆忙,按照出版社分类将书放进手推车,然后移动到以书店分类的托盘上,再用堆高机搬上货车。经常是一忙起来就到中午了,所以册塔的午餐时间定在下午两点。

林罗雄组长说昨天的出货没有任何问题。虽说有没有问题还要再确认,但冬华为了慰劳大家,中午请了包括林组长在内的十名员工一起去吃了猪肉汤饭。

冬华开始咳嗽是在五月二十九日凌晨。冬心说没胃口,拿着汤匙在粥里搅了几下便回了房间。艺硕也因为要去便利商店换班,没吃饭就出门了。冬华大口吃完一碗饭后，把剩菜放进冰箱，准备要洗碗，她打开水龙头，手才刚碰到水，便咳了起来。不是只咳一两声，而是连咳了七八下，咳得肩膀直抖，喉咙也发麻。她弯下腰，慢慢咽了咽口水。

难道是得了夏天连狗都不会得的感冒？

冬华从初中开始打拳击，是拳击练习场上唯一的女生。从高二开始，冬华就一直保持一百六十五厘米高、六十公斤重的身材，虽然跟运动量相比体重有些偏重，但肌肉占比很高。冬华可不是五月会感冒的"药罐子"。她洗好澡，穿好衣服准备出门，冬心走到玄关，递给她一个口罩。

"姐，戴上这个！万一口水溅到新书上就糟了。"

保管着上千甚至上万本书的仓库到处都是灰尘。安全保健团体大力倡导从事出版印刷业的劳动者应佩戴防尘口罩，员工休息室的置物柜里也放满口罩。但大家都嫌麻烦、闷热，几乎不戴，有时戴了也是随便挂在下巴上。冬华算是常戴口罩的，但妹妹这样劝说自己，冬华居然莫名产生反抗心理。

她推开冬心的手："不用。"

"听我的，别到时候难受……"

"我不难受。照顾好你自己吧，记得吃药。"

冬华没读大学，高中毕业就直接到永永出版社做仓管。高三那年冬天，在京畿道骊州种了一辈子田的父母在三个月内相继去世。不仅小自己一岁的妹妹冬玉的学费成了问题，和自己相差五岁的冬心的医药费也落在了自己的肩上。三姐妹来到首尔租了间小套房，自从冬玉二十岁嫁人后，冬华便和冬心相依为命。

冬华三十岁结婚时，也把冬心接到自己的新家来住，丈夫是个心地善良的货车司机，他欣然接受了与小姨子一起生活。冬华丈夫的工作主要是运送木材，唯一一次接到从首尔运书到釜山的工作，就在永永出版社的仓库遇见了冬华。

艺硕出生后不到十天，冬华的丈夫就遭遇车祸去世。自那之后，姐妹俩一起抚养艺硕长大，上班赚钱成为冬华的责任，冬心则在家中负责照顾艺硕和打理家务。每逢换季，冬心就毛病不断，虽然都不是需要住院的大病，但从今年初春开始，她的腹痛变得更加严重。急诊室诊断是胃溃疡导致出血，建议冬心做详细检查。

"真是的……"冬心欲言又止，静静盯着冬华的眼睛。

冬华有点后悔，想着不如顺手接过口罩吧。不管发生什么事，能够照顾、守护冬心到最后的人也只有自己了。冬心硬把口罩塞进她手里，这次冬华没有拒绝，直接收下了。冬心摇着头扑哧笑了出来，眼角挤出了皱纹。

五月三十日，冬华因为一直低烧、咳嗽待在家里休息，没有去上班。五月三十一日上午十一点，她只去教会做了主日礼拜。虽然每天冬华都会参加晚上的礼拜，但那天她喝了冬心煮的粥后，便早早睡了。

* * *

李一花离开急诊室是在五月二十八日早上九点，因为父亲李炳达过世了。在得知父亲肺癌四期的消息后，一花想象过无数次最糟的情况，却没想到父亲会突然在综合医院急诊室合上双眼，还没住进病房就宣告死亡，这让一花感到既难过又委屈。

要不是昨天赶到急诊室，看到炳达病危后一直守在医院的姜银斗，她可能连后事都处理不了。银斗预约了殡仪馆，还向前一天来探病的"游山会"亲戚们发了丧。忙完这些后，银斗回到急诊室搀扶一花走了出去。病人和家属、护士和医生的视线暂时追随着两人的背影，但急诊室里没有人有闲暇去安慰往生者家属或追思亡者，还没等他们走出急诊室，炳达断气时的那张病床上就躺上了其他正在呻吟的病人。医生、护士和家属都把精力集中在抢救病人身上，急诊室就是这样的地方。

一花把头靠在银斗肩上穿过走廊,忽然她停下脚步。

"都是我不好……如果不来这家医院,如果让他回家,今天也不会走了……爸说他想回家,再也不想待在医院里,可我硬是……我想要他再多活一天,不想让他这么早放弃……都是我太贪心,做什么实习记者,都没有好好照顾他,是我把他……"

银斗轻轻拍了拍一花,打断她:"哪有,你不要责怪自己。你爸那是时候到了,所以走了,不管你做什么,结果都是一样的。我和亲戚们都知道你尽力了,你爸比我们更心里有数。一花,从现在开始,你要打起精神,好好送你爸最后一程。跑腿的事都交给我,有什么事尽管跟姨夫讲,知道吗?"

一花点点头,用手掌抹去泪水。要是没有银斗在,她大概连葬礼都办不成。

一花坐在白色菊花围绕的遗照下,拿出手机打给苏记者,但还没等拨号音响起,又挂断了电话,因为哭声已经快要冲出喉头。她干咳几下,用拳头捶了捶胸口,还是无法让颤抖的声音镇定下来。最终,她还是选择发信息告知对方父亲的死讯及殡仪馆地址,信息里没有出现"对不起"三个字。

一花背靠着墙,仰望那张以蔚蓝大海为背景,父亲一脸灿烂笑容的照片。三年前,为了庆祝一花大学毕业,父女二人去巨济玉浦港玩了两天一夜。银斗借了艘钓鱼船,三人坐船出海了半天。银斗自诩是专属摄影师,帮他们父女拍了很多张照片,也给两人拍了几张独照。遗照就是其中的一张。

从五月二十八日到三十日,举行了三日葬①。

从五月二十八日上午开始,亲戚们先来吊唁。前一天到医院探病的"游山会"亲戚们又赶来了。但这次不是急诊室,而是殡仪馆。他们

---

① 韩国文化中,会在人往生后的三到七天内(去世当天算第一天)举行出殡仪式。

都还没来得及脱掉鞋子便放声大哭,礼都没行完,就一个个跪在地上,额头贴着地面,涕泗纵横。在急诊室时,大家都怕炳达听见,每个人都憋住哭声用手帕偷偷擦眼泪。但才过了一天,当看到炳达的遗照,强忍在心底的难过和惋惜又涌上心头。和睦相处的日子转眼过了二十年,正如这缘分的重量,谁都无法轻易厘清思绪,瞬间翻涌的感情让每个人的身体颤抖着。看到亲戚用各自的方式哭泣,一花这才跟着号啕大哭,她没有擦眼泪,也没空整理丧服,被亲戚轮流拥在怀里。虽然大家什么也没讲,但哭声、悲鸣、叹息、摇头和颤抖的肩膀以及啪啪拍打地面的声响,就足以说明一切。

电视台同事是五月二十八日晚上来的,以大韩民国电视台代表理事名义订的花圈送到殡仪馆两小时后,苏记者陪报道局局长和社会二部部长一同赶来,还有社会二部警察组和法务组的五名记者前辈、三名同届的实习记者也都跟来了。大家吃完汤饭准备离开时,苏记者把一花单独叫到一旁。

"你一定很伤心吧。要是早点告诉我父亲病危的消息,我会另做安排的。你不用担心单位的事,好好送老人家最后一程。"

"前辈,对不起!我错失独家新闻,还擅离职守,等我……"

苏记者打断她:"一花啊,不要说了,你不用道歉,现在这些都不重要。"

"可是,如果我再努力一点……"

苏记者环顾四周,右手撩了一下刘海。"这里不是警察局的记者接待室,是殡仪馆,我不是以你的上司身份来的,你今天也不是实习记者。你先办好父亲的葬礼,其他事以后慢慢再说。你知道报道局最重要的是什么吗?"

"嗯?"

或许是一花穿着黑色丧服的关系,她的眼睛显得更大了。

"是人!如今虽然什么都讲科技,可到头来新闻还不是报道局记者做的。你以为我这个副组长就只是坐在那里,等你们这些实习记者的报告吗?观察你们实习时遇到的困难,妥善处理你们的问题也是我的工作。你连父亲癌症晚期都不跟我讲……看来是我这个前辈做得不够,没能照顾好你,都是我的责任,对不起。报道局里没有人会怪你,知道吗?"

一花他们在五月三十日早上九点离开殡仪馆,一小时后抵达火葬场,按照顺序于十点三十分开始火化,十一点三十分结束。然后搭乘灵车前往追思园,将骨灰坛安置在追思园三楼的第三个房间左侧墙上后,已经过了下午一点。

实地考察、预约火葬场和追思园的人也是银斗。一花很听他的话,要她站她就站,叫她走她就走,叫她坐她就坐。一花控制不住情绪时就哭,思念父亲时就看遗照或看手机里存的信息。但凡事都听银斗安排的她,对最后的目的地却提出不同意见。

银斗希望亲戚晚上都到炳达家里去,还提议有时间的人留下来过夜。他是为孤单一人的一花着想。但一花只想一个人回家,虽然很感谢来参加葬礼、一路同行到追思园的亲戚,但她表示从现在开始不管遇到什么事,都会一个人坚持下来的。银斗只劝了她一次,便接受了她的请求。亲戚没有跟一花回家,大家在追思园附近的汤饭店里吃过午饭后就各自回家了。

五月三十日下午三点,一花回到家,满是阳光的客厅令她感到陌生。开始实习记者的生活以来,将近半年都没有在这个时间回过家。一花坐在地上,望着挂在沙发后方墙上的父母的结婚照,她蜷缩四肢躺到地上,虽然很想换套衣服,但还是没能战胜袭来的睡意,闭上了双眼。

一花耳边隐约响起瓦格纳的《婚礼进行曲》,虽然她很想再看一眼身穿白色婚纱的新娘甘淑子和一身藏蓝色西装配白色领带的新郎李炳达,但眼皮怎么也抬不起来了。热烈的掌声夹杂着《婚礼进行曲》,逐渐变小。

一花一觉睡到了五月三十一日。五个月来,她在记者室都没能好好睡觉，加上办了三天的葬礼，睡眠明显不足，她把手机关机，灯和电视也都关了。到星期天为止，她想与世隔绝。

一花忽然醒来，她习惯性地拿起手机，看到手机关机后又放了回去，接着看向挂在墙上的彗星形状的时钟。她站起身，低下头。今天不用去跑警察局和消防局了，仿佛只有自己从驰骋的火车上下来，那辆载着炳达的火车才能开往永远不会返程的车站。一花又回到床上躺了一会儿，忽然觉得很饿，这两天她连一顿饭也没吃。

一花走到厨房打开灯，现在是深夜十一点。她觉得自己耳垂发烫，好像有些低烧，头也很晕。她找出父亲之前服用过的退烧药吃下后，打开手机。有二十七条信息，大部分是亲戚发来的，最新的一条是三十分钟前发来的，是苏记者。

——对不起，我无法参加出殡。偏偏跟采访撞期。你应该不会明天就想回来上班吧？休息到六月三日好了，加油哦！

* * *

金石柱是三人之中最晚离开急诊室的。不管做什么，石柱都有信心比别人更能坚持到最后。准备医师国家考试前，石柱整整半个月都是坐着睡觉的，还把整本专业书都背了下来。

石柱看完门诊，吃过处方药后，觉得呼吸顺畅多了。他想到刚才医师写在看诊记录上的英文，是"缓解缺氧症。因呼吸困难、发烧就诊。抗生素用药，住院后待查"。

原本期望不幸止于去年，看来尚未赶走病魔。

石柱从去年冬天开始经常消化不良，有时还胃酸严重。大家都说准备医师国考的人里，十个就有六七个有胃肠病。石柱原以为当上医生、找到私人诊所的工作，人生就等于步入正轨了，这也是他辞去汽车公司工程师后选择的出路。从考入牙医学研究所到国家考试合格的这四年里,妻子映亚不仅负担了家里的生活费,还负担了石柱的学费。上班第一天,石柱就下定决心要比妻子做更多事,赚更多钱。

石柱在诊所刚做了一个月,意外就发生了。石柱的高烧和腹痛不见好转,映亚便带他来到自己曾做过三年护士的 F 医院。

去年三月二十六日的检查结果是 T 细胞淋巴癌。如果说他们没有受到打击,那是骗人的,但夫妻俩决定专心接受治疗。身为医师和护士,他们用学到的医疗知识和积累的经验冷静面对病情,也让自己变得更加坚强。从四月十日到七月二十九日,石柱共做了六次 CHOP 化疗。八月检测骨髓时,发现了残留癌细胞,于是从八月二十九日到九月二十九日又进行了两次 GDP 化疗,随后便诊断为完全缓解[①]。癌细胞全部消失了。十一月二十七日采集了石柱的造血干细胞,投入大量抗癌药后,再移植本人的造血干细胞。十二月五日确认细胞存活后,石柱便出院了。

至少还要五年时间才能痊愈,在此之前,石柱必须持续追踪。石柱希望能把"淋巴癌"这三个字从自己的人生里彻底抹除,然后以今年作为全新的开始。他的目标是休息到四月,让身心恢复健康后,五月重回牙科上班。这样有条不紊的准备,让石柱在半个月前实现了目标。

五月二十七日到二十九日,石柱在内科区椅子上坐了三天两夜,还是没有等到空病房。

从五月二十八日的上午一直到子夜,父亲金鸿泽一直陪着石柱。映亚下班后也赶过来,但为了照顾托在娘家的四岁儿子雨岚,石柱坚持要她回家。五月二十九日一早,映亚又来医院,打了几通电话。虽然她换了国外制药公司的工作,但还有很多以前一起工作的同事在医院当护士。打听了一轮病房情况,今天也没有空房。映亚立刻打电话到血液肿瘤科,医护人员都建议她六月一日再来看门诊,然后办住院。因为五月

[①] 治疗后,没有再发现癌细胞的状态。

二十九日是星期五，病人周末都不会办出院。

映亚开车时，石柱坐在副驾驶座上睡着了。到家后，映亚搀扶石柱躺到床上。

"你必须休息，就算是超人，在急诊室坐了三天也会精疲力竭。你这人怎么还跟从前一样……"

"急诊室要抢救的人多，医护人员也都分秒必争啊……况且我下礼拜得回去上班呢……"

"你先住院检查，等结果出来后再去。"

"星期一和星期二都有预约……"

映亚打断石柱："现在你的身体比要看牙的人重要。"

"好吧，我等下打个电话给诊所。"

石柱往左侧躺，闭上眼睛。这两天他只靠在椅背上，偶尔才能打一下盹儿。映亚拉上窗帘走到客厅。

五月三十日，石柱不见好转，高烧不退，咳得也更严重了。雨岚抱着足球走进卧室，看到石柱难受的样子，把手放在他的额头上。

"爸爸，你很难受吗？快点好起来，才能跟我踢足球。"

不用去幼儿园的周末，石柱都会带雨岚到楼下的游乐场踢足球。

石柱感到很对不起满心期待的儿子，他用手捂着嘴说："好，下周爸爸一定陪你玩，拉钩钩！"

雨岚钩了钩石柱伸出的小指，转身走了出去。映亚取来家庭常备药箱，帮石柱测量体温和血压。

"吃了退烧药怎么还不退烧，要不要再去一趟急诊室？"

石柱回想起那三天急诊室的场景，哀号、呻吟和哭喊，不停送进来的患者。有的人躺在床上，有的人坐在椅子上，有的人靠着墙，还有的人蹲在地上。医护人员忙得不可开交，但哀号和呻吟声始终没有停止。

"我还能忍，你陪雨岚去游乐场吧。"

"不知道儿子只黏你吗？他说跟我玩没意思，爸爸最好了。你再睡一会儿吧。想吃什么吗?"

"牛排、BBQ、章鱼和大螃蟹……"

听到石柱开玩笑,映亚笑了。接受八次化疗期间,石柱也常开玩笑,他越是痛苦,越是爱笑。映亚总劝他,难过、辛苦的时候最好都发泄出来,但他就是不肯。

五月三十一日,石柱没有力气再开玩笑了,尽管盖了好几层棉被,还是浑身抖个不停。脸和手脚变得蜡黄,这是黄疸。咳嗽太严重了,以致去上厕所时都会蹲坐在地上三四次。过了中午,石柱好不容易起身去了趟厕所,可过了半小时都没出来。

映亚担心他是不是在里面晕倒了,于是站在门口问:"你没事吧?"无人应答。映亚推开半掩的门,马桶里尿的颜色映入眼帘。

"老公!"

"尿血了……"石柱的声音颤抖着。

映亚决定马上叫救护车去急诊室,脑海瞬间闪过去年石柱治疗淋巴癌、离家不到五分钟、自己工作过的综合医院。五月二十九日早上,映亚曾在去医院的路上与在急诊室当护士的大学同学朴京美通过电话。此刻映亚又打给京美。别看京美身材魁梧,做起事来却手脚利落,还有个绰号叫"轻飘飘"。上次京美说,五月三十一日她值夜班,所以六月一日上午来看门诊,应该见不到面。

京美没接电话。如果急诊病人一下子拥入,上班时间根本没办法接电话。映亚心想,先发条短信,等到了急诊室再打给她。

——我现在过去。

映亚只写了这五个字。如果连打电话的时间都没有,一定也没时间看信息。通常若情况允许,京美会回一个"嗯",或发一个竖起大拇指的表情,等她回信息再打过去也不迟。映亚发完信息,还没叫救护车,电话便打来了。

直到高一都在学声乐的京美有一副好嗓子,她压低声音、语速超快,就像被老虎追赶的兔子似的。可京美的身材跟兔子一点也不搭。

"不要过来。"

"满了?可是……"

京美打断映亚:"你们来了也看不了病。"

"出什么事了?"

"你不上网吗?"

"上网?"

京美的问题令人摸不着头脑,为了照顾整天缠着自己的儿子和与淋巴癌抗争的丈夫,从去年春天到现在她就没闲下来过,根本不会去找新闻看,也不怎么玩推特和脸书。

"F!"

"F?"

"你自己去查,我也不能说太多,看在你的分儿上我才说的。总之,把你老公送来,急诊室也没人能给他看病,你们去别的医院吧……但我要是你,连别的医院急诊室也不会去。现在去哪儿都不安全。映亚,听懂我的意思了吗?我知道你很辛苦,但要撑过今晚,明天一早再来吧。记住,不要到处乱跑。"

京美挂断电话,再打过去已经没人接了。映亚走到趴在床上疼得直发抖的石柱身边。

"叫……救护车了吗?"

"京美不让我们过去。"

石柱看了一眼映亚,有气无力地说:"那……明天再去看门诊吧。"

映亚握紧拳头:"你撑得住吗?"

"嗯,好一点了。今天你陪雨岚睡吧。"

昨晚,映亚在对面房间把雨岚哄睡后,回到卧室彻夜照顾石柱。她用毛巾帮石柱擦汗,不停喂他喝水,每隔两个小时帮他测量一次体温和血压。虽然石柱中间稍稍睡了一下,映亚却熬了一整夜,而且即便睡意来袭,听到石柱的咳嗽声还是会惊醒。

"你别担心这些。"

"我明天自己去医院……"

"我跟公司请了一天假,不要麻烦爸爸了。明天无论如何都要住院检查,还是我陪你去比较好。"

"话虽如此……可是为了我,妨碍你工作……"

"工作的事我自己会处理。金石柱先生,请你担心自己的身体吧!"这五个月来映亚憋在心里的话终于脱口而出,"虽然不会发生这种事,但万一又复发了,你也不要泄气,我们再继续治疗。"

石柱像确认答案的医大学生一样,从容不迫地回答:"幸好我们知道T细胞淋巴癌是复发率很高的病。别担心,我不是被诊断过完全缓解吗,还有成功移植造血干细胞的经验。就像你说的,我这么年轻有活力,绝对可以重新治疗的。"

石柱像迎风展翅的猎鹰一样张开双臂,映亚扑进他怀里,喃喃道:"我们什么事都能挺过去的,没有面对不了的事。"

F

有些重要的瞬间是可以决定人生的，我们却很少有机会提早知道那些瞬间，那些瞬间就跟往常一样，似水般迅速流逝。

事情进展到了五月三十一日，但我们再回到五月二十七日看一下。正如前面提到的，金石柱、吉冬华和李一花五月二十七日都待在急诊室内科区。跟他们三人一样，于那天抵达急诊室的病人有数百名，一个被称为"0号"的男人就在这些人当中。就在疾病管理本部展开追踪的前一天，那个人来到首尔F医院的急诊室，传染给这三人。

直到MERS宣告终止，国家赋予病人的数字里都没有"0"。数学里，"0"是一个意味深长的数字，但在计算人数时，"0"却不具有任何意义。疾病管理本部将首例病例定为"1号"，对之后确诊MERS的病例依序编号。人们却一直将那个男人称为"0号"。"0"这个数字，包含了未能抓住最后机会阻止MERS大乱的遗憾。

不同的是，虽然像标签般贴在病人身上的数字是根据确诊的先后顺序排列的，但是赋予医院的字母代号是随机的，因为担心若按照字母顺序排列，会依据病人确诊顺序与行踪来比对出医院的实名，所以，医院一直使用国家赋予的代号。

五月二十七日，"0号"与金石柱、吉冬华和李一花前往的综合医院代号是"F"。在四人抵达急诊室的前一周，这家医院就被称为"F"了。绝大多数媒体报道过"1号"从京畿道W医院出院后，到过首尔F医院。网友开始推理F医院的实名，虽然范围缩小到可能性最大的三家医院，但保健福祉部和疾病管理本部都没有公开F医院的实名。

五月二十七日上午十二点四十分，"0号"抵达首尔南部客运站，然后搭乘市外巴士前往首尔的一个多小时里，高烧和呼吸困难变得更加严重，连搭出租车的力气都没有，只好打119求助。救护车载着他抵达F医院急诊室的时间是一点十分左右。从这时开始，"0号"一直待在急诊室的内科区。他虽然躺在床上，但也去了便利商店，还去了厕所。搭市外巴士过来时他戴着口罩，但当呼吸困难、胸口发闷时，为了大口深呼吸，他又把口罩摘了下来。

"0号"接到疾病管理本部的电话是在五月二十九日，他已经在急诊室住了两天。不只吉冬华和李一花，就连金石柱也离开了急诊室。因为是陌生的号码，起初他没有接，但同一个号码连续打了三次，"0号"不耐烦地按下通话键，发起脾气。

"你是谁啊？"

对方清清楚楚道出"0号"的姓名、年龄和在C医院住院的时间。

"没错。我是五月二十五日住院，二十七日早上出院的。"

接着，男人又提到W医院。

"你是谁啊？怎么知道我住过哪家医院，你跟踪我吗？"

男人没有表明身份，又重新问了他一次，是不是从五月十五日到十七日住在W医院。

"是，没错啦……"

男人打断他："那你必须接受检查。"

"什么检查？检查我在这里都做了啊。"

男人的声音变得急促："那里是哪里？"

"急诊室，可以了吧？"

五月二十日出现"1号"病人后，疾病管理本部对到过京畿道W医院的病人展开追踪调查。最初设定的密切接触者范围过小，当五月二十八日出现范围外的确诊病例后，才通知了"0号"。出现"1号"后的九天里，"0号"从W医院出院回家，随后又住进C医院，但病情仍未好转，于是出院后又来到首尔。

"中东呼吸……那是啥？""0号"拿着手机，问来换点滴药袋的护士。

"嗯？"

他把手机贴近耳朵。"你再讲一次，中东什么？"他把对方的话重复给护士，"你知道……M、E、R、S吗？"

护士脸色立刻变得铁青："啊……知道。"

"这人突然打来电话，说我必须接受什么MERS检查。那检查在这里也能做吧？搞什么，我吃了药，好不容易才舒服一点，又要做什么检查？MERS，那是什么？"

"0号"正打算下床，护士瞪大眼睛问："你要去哪儿？"

"我口渴，去便利商店买点喝的。"

护士着急大喊："不可以！躺下，请你躺下。我现在就去找值班医师过来，你绝对不可以动，知道了吗？"

五月三十日，"0号"被确诊为MERS。从五月二十九日晚上开始，急诊室进行了隔离和部分关闭作业。医院将"0号"转移到空病房，随后把与他接触过的医护人员全部隔离。五月三十一日，在紧急展开隔离与关闭作业时，映亚发了信息给京美。

映亚挂断电话后打开笔记本电脑，把京美像用暗号般告诉自己的"F"输入网页搜寻栏。搜索结果超过七十亿个，她又把石柱去过的医院名和"F"一起输入，搜索结果缩减至八十五个。映亚移动鼠标，忽然停了下来。

"首例MERS病人住过的F医院在哪里？"这个问题下方出现了医院的名字。十个回答里有九个是相同的名字，她怎么可能不知道这家医院。脑中响起巨大的警铃声，映亚瞪大双眼。

你一定会！

南映亚手记
二〇一五年五月三十一日（星期日）

> 复发？
> 再接受治疗就好。
> 我一定会让你痊愈的。

两米、一小时

五月二十七日,在急诊室的三人中,最早返回医院的是金石柱。

六月一日早上八点十五分,石柱和映亚把雨岚送到幼儿园后,就直接前往医院。映亚在停车场停好车,看了一眼时间,八点半,还有大概半个小时。

"你还好吗?"

石柱像祈祷似的双手合十:"希望今天能住院。"

映亚帮石柱扶正口罩,小心翼翼地搀扶他迈开步伐。映亚看到远处的急诊室,原本让救护车直接运送患者的急诊入口被封住了,身着黄色防护衣、戴 N95 口罩的医护人员出现在眼前。

F。

映亚用上牙轻轻咬住下唇。

九点整,两人走进血液肿瘤科门诊室。卢忠泰教授用手帕擦了擦眼镜后戴上,他是去年负责治疗石柱淋巴癌的主治医师。因为鼻梁矮,卢教授不停用食指推眼镜,要是自然卷的头发再长一点,就会像贝多芬那样蓬松地岔开。中年发福的身材让他的椅子不停地发出咯吱咯吱的呼喊。他总是劝高血脂病人多吃蔬菜,自己却每天至少要吃一餐肉。

"周末情况怎么样?"卢教授用擦过眼镜的手帕又擦了擦额头上的汗。

"咳得更厉害了,胸口也很闷,昨天晚上尿血了,还发烧……"

映亚接着报上准确数值:"三十九摄氏度上下。我给他吃了退烧药,但没什么用。教授,请您今天一定要让他住院啊。"

卢教授跳过映亚的问题,问石柱:"之前也尿过血吗?"

"这是第一次。"

这时映亚插嘴:"淋巴癌复发的可能性有多大?"

卢教授的视线从石柱转向映亚:"这要等腹部和盆骨 CT[①]、PET-CT 的报告出来后才能判断。"

"是溶血性贫血[②]吗?"石柱问。

"很快就会有结果的。"

两人来到走廊,坐在椅子上等候。没有像五月二十七日那样坐在急诊室干等病房已经很幸运了。映亚去了趟厕所,她走到走廊尽头的紧急出口楼梯旁,打电话给京美。

"你们来了?"京美软绵绵的声音中夹杂着困意。

映亚单刀直入地问:"F 医院就是这里吧?"

"嘘……不要告诉别人,要是被知道是我说出去的,工作可就难保了。"

"我过来时看到急诊室被封锁了,这一定不是因为二十日出现的'1号'病人,难不成又出现新的 MERS 病例了?"

京美的声音由大转小,她压低声音:"南映亚!你是开了侦探事务所吗?"

"快回答我是不是?"

"不愧是名侦探!"

映亚握着手机的手开始颤抖:"什么时候?"

"五月二十七日到二十九日,三天两夜。"

与石柱在急诊室内科区的时间完全吻合。

"那怎么没有人联系我们去做 MERS 检查呢?医院不是在通知检查对象吗?"

---

① 计算机断层扫描(Computed Tomography)。
② 溶血性贫血(Hemolytic Anemia)指血液中的红血球不足,无法运送足够的氧气到各重要器官,心脏代偿地增加收缩的次数及力量,加速血液循环,使各内脏维持足够的氧气进行新陈代谢。红血球所含的血红素新陈代谢后生成胆黄素,因肝脏无法及时处理而产生黄疸。

"你不说，我也已经在检查对象名单上找过你老公了。放心吧，名单上没有他的名字，他不是疑似感染的密切接触者。"

"不是密切接触者？标准是什么？"

"两米内，一小时以上，与MERS病人接触的都是密切接触者。石柱不是坐在急诊室内科区的椅子等病房，然后就回去了吗？那个MERS病人躺在最角落的病床上，距离椅子远超过两米，少说也有十米。所以说，石柱不是密切接触者，也没有感染的可能性。该隔离的人都被隔离了，该通知的人也通知了，没接到通知的就不是检查对象，这么说你明白了吧？所以啊，你们就专心去治疗淋巴癌吧。等结果出来后记得告诉我，我再睡两个小时就要去上班了，等会儿医院见啊。"

幸好移植病房的六人房有空床了。在那里住一天，隔天就能换到血液肿瘤科病房。映亚打给公公鸿泽说明情况。下午五点去幼儿园接雨岚的事，落在了鸿泽身上。

"我会照顾雨岚的，你放心吧。"

去年石柱接受治疗时，雨岚就一直托付给他老人家照顾。公公一个人住，能有孙子做伴开心极了，所以从没拒绝过儿子和媳妇，也从不抱怨。石柱总是能认真处理别人托付的事，这种人品是继承了谁的，不用说也能看出来。

石柱到了病房，换好病号服后正式开始检查。之前已经做过十几次检查了，所以他说无须陪同，要映亚待在病房休息。但映亚摇摇头，还是跟了出来。虽然映亚坚持要跟，但也只能在走廊等待。

待在走廊的家属多半都在看手机，映亚摸着脖子上的锆石项链，那是结婚时收到的礼物。她点开脸书，看起五月初去马来西亚旅行的照片；接着点开网页，在搜寻栏输入"F"和所在医院的名字，网页上多出二十几则昨晚没看过的内容。

映亚逐一点开阅读，大部分内容都在揭露F医院的实名和MERS病人停留在急诊室的时间。就算政府用字母隐瞒医院的名字，医院也下了封口令,但都未能阻止 MERS 不断扩散的消息。其中引起映亚注意的是大韩民国电视台的医疗记者鲜于秉昊专栏下的一则留言,留言者是"我不相信"。

政府自信满满地声称,已经彻底隔离了 W 医院里所有与"1号"接触过的医师、护士及病人家属。但 F 医院又出现 MERS 病人,可以确定的是,那个人并没有出现在政府指定的密切接触者名单中。

由此可见,重要的应该是隔离的标准,政府把两米内、接触一小时以上的人列为隔离对象,但他们是根据什么制定"两米内、一小时以上"的感染范围标准的呢?如果出现在 F 医院的病人是在政府制定的隔离范围以外,那他本身就证明了"两米内、一小时以上"是一个错误的标准。

石柱和映亚住进移植病房的六人房,但他们仍辗转反侧。晚间新闻结束后,其他五位等着做移植手术的病人和家属就睡了,醒着的只有石柱和映亚。石柱因为咳嗽睡不着,也因为想起七个月前住进这间正压病房①时,他成功接受了造血干细胞移植。石柱不想再住进这里,要在这个往事仍历历在目的地方过夜,难免会胡思乱想。石柱凌晨上完厕所回来,摸了摸靠在家属陪伴床边的映亚的头。映亚睁开眼睛,石柱把手放在她的头上,温柔地问:"今天要去上班吧?"

"等你换好病房。我可以请半天假,你不用担心。我说……"

"我觉得很对不起你和雨岚。"在淋巴癌的检查结果出来前,石柱终于说出憋在心底的话。

如果淋巴癌复发,做一个称职的丈夫和父亲的机会就又要延后了。映亚本想说些安慰的话,但她皱了皱眉,道出从昨夜开始一直挂在心上

---

① 正压病房是提高病房内气压,防止外部空气流入,适合做化疗、抵抗力较差的病患使用,降低感染概率;负压病房则相反,要让室内空气无法外流,避免传染扩散。

的疑虑。

"我始终觉得不放心,我们再多做一个检查吧。"

"嗯?漏掉哪项了吗?"

石柱脑中浮现出各种淋巴癌检查,可是没有需要做的检查了。映亚平时会随身带着一个笔记本,不管什么事都详细地记下来。尤其与石柱和雨岚有关的,更会再三确认。

"不是淋巴癌……"

石柱干咳了一声,映亚抚着他的背,他抬起头,疲惫与好奇参半的眼睛陷得更深了。

映亚怕吵到其他人,于是问石柱:"能去一下休息室吗?"

"好啊。"

映亚和石柱悄悄走出病房,来到走廊尽头的休息室,那里空无一人,他们面对面坐下。

映亚开门见山地说:"五月二十七日到二十九日,MERS 病人曾在这家医院的急诊室停留,所以京美才告诉我,三十一日急诊室无法看诊。"

"MERS?上上星期报纸不是登过,说传染已经控制住了吗?"

"我也不清楚原委,但可以确定的是,你在急诊室时,那名 MERS 病人就躺在内科区的病床上。"

石柱的表情变得严肃:"那收到疾病管理本部或医院要我检查的通知了吗?"

"没有,他们只联络了在疑似感染范围内的密切接触者,你只待在椅子那边,不在范围内。"

"谢天谢地。如果是在范围外,那就没有检查的必要了。保健当局和医院一定会妥善处理的。"石柱松了口气,握住映亚的手。

映亚开始劝说他:"我四处打听了一下,密切接触者的标准太模糊了。"

"模糊?不是有明确的规则吗?再说,这里可是大医院啊。"

依据标准决定人生死的地方,就是医院。

"是距离两米内、接触一小时以上的人。"

"那很明确啊。"

"可那只限于病人躺在床上不动的情况,无论是在急诊室还是在病房。但病人最讨厌什么?就是整天一动不动地躺在床上啊!只要两条腿还能走,不,就算腿脚不方便也能坐轮椅到处跑!去抽血室、便利商店、厕所,还有急诊室外的 X 光室,还有人会在走廊走来走去地运动。而且网络上有人说,两米外的人也被感染了。"

"就算会来回走动,可在两米内、持续接触一小时以上也很难吧。"

"他们没有给出适用于两米、一小时的具体说明。感染 MERS 的人不是只待在病房里,公交车、汽车或地铁里都有可能啊,这些空间传染病毒的条件会跟病房一样吗?还有让人疑惑的是,如果范围是两米内、一小时以上,那一米以内、三十分钟以上呢?或是四米以内、两小时以上呢?这个标准也适用吗?"

映亚是个凡事都会烦恼的人。去年治疗淋巴癌时,她比石柱更忧心忡忡,总在设想会面对最坏的状况,所以很难静下来。去年的忧虑映亚都只深埋在心里,从没对石柱讲过。如今复发的可能性变大,不安与担心便像气球一样迅速膨胀。

石柱默不作声,注视着她的眼睛。他知道既然映亚话已出口,不管自己说什么,她都会要求院方进行 MERS 检查。映亚的行动力在大学时就很出名了,石柱也是因为这一点而注意到她的。

石柱突然话锋一转:"MERS 病人需要的隔离病房是负压病房吧?"

映亚根据常识回答:"当然,如果不想让病毒传到外面,病房内部应该是低压才对。"

"这家医院有负压病房吗?"

"没有。"

"你确定?"

"嗯。去年公司调查统计过设有负压病房的医院及数量。当时我还奇怪，这么大一家医院竟然没有负压病房，可能是正压病房经常有移植病人入住，但负压病房除了传染病人，几乎没有人会用吧。你问这个做什么？"

石柱的眼睛望向屋顶，反问："要是 MERS 病人住进正压病房，那会怎样？"

"绝对不可以，这样岂不是把病毒全都送到外面去了。你到底在想什么？你这么说，好像把自己当成了 MERS 病人似的。"

"只是单纯以医学的好奇心，想象了一下如果 MERS 病人住在移植病房六人间的话……"

"管他什么医不医学的，你连想象都不要想。你不是 MERS 病人，也不是密切接触者。"

"……是啊，医院一定会采取应变措施吧？"

"一定会的……所以为了安全起见，我才想要你做检查。我的心思你懂吗？"

石柱的嘴角露出笑容："当然懂！既然都做检查了，那就顺便再做一个。"

"谢谢你。"映亚的眼神变得明亮起来。

"跟 MERS 病人同一天到医院，我也觉得不放心。就算不考虑他，我在那三天里也到处走动过，急诊室可不是什么能老实待着的地方，听到那些哀号和痛哭声，就会想出去透透气。那个人又没在额头上标记自己是 MERS 病人，就算他从我旁边经过，我也不可能知道，说不定他还在我旁边坐过呢。你跟医院说说看吧，最好能在 PET-CT 结果出来前消除这个疑虑。"

"明天我就去说，我们先回病房吧。"

翌日，吃过早餐后，石柱从移植病房六人间换到血液肿瘤科的双人房，病房里没有其他人。映亚在护士站一见到住院医师文孔珍，便提出要做 MERS 检查。刚过三十岁的孔珍面相有点凶，她属于那种愿意去完成别人交给自己的工作，却不喜欢多管闲事的类型。

"你从哪儿听来的？谁说的？"

"从谁那儿听来的重要吗？五月二十七日到二十九日，金石柱，我丈夫一直都在急诊室内科区，说不定与 MERS 病人有过接触，你们帮他检查一下吧。"

"请你先回病房，我确认后再跟你说。"

"请现在就确认，我就在这里等。"映亚双臂抱胸，像岩石般立在原地。

孔珍一边取出手机打电话，一边朝走廊尽头走去。她回来后，果断地说："没必要检查，金石柱不在密切接触者名单里。"

"这我知道，他要是在名单里，我们早就接到要求他做检查的电话了。我丈夫坐在等候区，跟病床有一段距离。"

"那不就好了吗？"

"好什么好！"

"既然已经确定没有与 MERS 病人在两米内接触一小时以上，就没必要做检查。"

"一定要满足这个条件才会感染 MERS 吗？五月二十七日，急诊室的病人是什么时候、在哪里与'1号'在两米内接触一小时以上的呢？场所和时间，你们确认了吗？"

"这我就不知道了，这是疾病管理本部制定的标准，你就不要多费唇舌了。况且，MERS 检查不是你想得那么简单，是很复杂的。"

"管他是简单还是复杂，只要我们申请不就可以做吗？"

"不是谁都能做，你不是密切接触者，如果人人都只凭怀疑和不安就来检查，那还得了？金石柱患者不是因为 MERS 住进来的，我也不是治疗 MERS 的医师。淋巴癌由血液肿瘤科负责，MERS 自然归感染科。请你回病房去，我这个血液肿瘤科的住院医师现在要去看我的病人了。"

当然，金石柱也是我的病人。"

映亚忽然伸出手，孔珍俯视她摊开的手掌，问："你又要干吗？"

"给我电话。"

"要我的电话做什么？"

"我不是要你的电话，我是要可以咨询做 MERS 检查的电话。"

"我不是说没有检查必要吗？"

"你不是说自己不是治疗 MERS 的医师吗？虽然我们没有收到通知，但至少可以主动打听一下检查方法吧，难道这也不行吗？"

"我现在没有联络方式。再说一次，没有与 MERS 病人在两米内接触一小时以上，就没有检查必要。"

"你能百分之百确定？"

"嗯？"

"我是在问你，你能确定我丈夫没有感染 MERS？你能负责吗？"

孔珍有些不知所措："我为什么要负这个责？我只是告诉你疾病管理本部制定的标准。你们又没有接到电话，跑到这里来要求做检查，其他病人听到会很不安的。你们想做 MERS 检查的事，该不会也跟其他人说了吧？"

昨天映亚和石柱睡六人房，今天一早换到双人房后就立刻来找孔珍了。因为没有一起使用双人房的病人和家属，所以当然没有告诉任何人。

"我是先来跟你商量的。"

"无论是金石柱还是你，都完全不用担心 MERS。"

六月二日和三日，石柱和映亚不停向孔珍和值班护士提出要做 MERS 检查，但医院也只是不断扯回六月一日的争论，简直就像在对着一堵坚不可摧的高墙说话。

整整三天，石柱都感到呼吸困难，至少有四次严重咳嗽到呕吐。石柱和映亚思考着要不要打电话到保健福祉部或疾病管理本部，找负责人打听消息，但想到政府连医院实名都不肯公开，自己这样说不定会自讨苦吃。万一得罪了这家医院怎么办？他们最终还是放弃了。

京美来探望石柱，是在映亚跟孔珍争执后的六月三日晚上。京美跟石柱打过招呼后，和映亚来到电梯旁的休息室，那里刚好空无一人。

京美刚坐下便抓起映亚的手："检查结果如何？"

"明天早上卢教授巡诊时才能知道。如果复发了，也已经做好治疗计划，重新做一次化疗。"

并不是已经控制住淋巴癌就可以忽略治疗，如果淋巴癌复发，就要像最初查出病情时一样，按照顺序进行化疗。京美、映亚和石柱对此都一清二楚。

"那 MERS 检查呢？"

"还没做。"

"怎么还没做？"

"医院说他在两米内、一小时以上的标准以外，而且检查过程很复杂，不适合给病人做。"

京美看了看四周，悄声说："那个标准改了。"

"什么？"

"你听好，五月二十七日到我们医院急诊室的病人，在京畿道 W 医院住院时，是在两米内、一小时以上的标准以外。"

映亚想起自己在网络上看到的那些让人半信半疑的留言，原来那都不是流言蜚语。

"你再说仔细一点。"

"他和'1号'住在不同病房！别说两米了，距离二十米都有，更不要说什么一小时了，连与那个人接触一分钟的时间都没有，所以没有追踪到他，他才会来首尔，跑到我们医院来。但他感染了 MERS！这就证明了感染的可能性已经远远超过疾病管理本部制定的标准，距离更远、时间更短也会被感染。密切接触的范围扩大了，不一定非要在两米内、一小时以上，所以你还是赶快让石柱检查一下吧。"

第一部　感染　　　　　　　　　　　　　　　　　　　　　　43

"检查不会很辛苦吗？如果他淋巴癌复发，马上就要接受治疗了，万一做 MERS 检查，体力撑不住的话……"

"你听谁胡说的？检查非常简单，跟检查淋巴癌相比根本是轻而易举。你要是担心他淋巴癌复发，就更应该先检查 MERS。"

六月四日早上九点是卢忠泰教授的巡诊时间，他先慢条斯理地解释了检查结果。

"我们综合了一下腹部和骨盆 CT、PET-CT 和骨髓检测数值，很遗憾的是，可以确定淋巴癌复发了，最好尽快开始治疗。"

石柱打断了卢教授："请先让我做 MERS 检查。"

站在卢教授身后的孔珍插嘴："我不是告诉你们很多次了吗，你不在密切接触者名单里。"

映亚反驳："我听说那个标准不是绝对的。我们也清楚他感染的概率很低，但有句话说'小心驶得万年船'，请先给他做一下 MERS 检查吧。"

卢教授分别看了看石柱和映亚："该不该做 MERS 检查，不是我这个血液肿瘤科医师可以决定的。但如果做 MERS 检查，就要等到结果出来，也有复查的可能。治疗时间延后也没有关系吗？"

石柱回答："接下来还要接受几个月的淋巴癌治疗，就算概率很小，我想最好还是先排除疑虑。拜托你们了。"

卢教授眉头紧锁，没有立刻给出明确答复。他朝身后的孔珍说："你去问问看。"

* * *

六月四日，医院采集了石柱的痰和唾液进行 PCR[①] 检查。六月五日

[①] 实时聚合酶连锁反应（Real-Time RT-PCR），为常用的病毒检测方式，从下呼吸道采集检体后检验。

中午，检查结果出炉。

接到通知电话的孔珍先找出口罩戴上，她没有走进病房，只把头探了进去。坐在陪伴床上的映亚站起身。

"结果是阳性。"孔珍保持着超过两米的距离，对映亚说。

"阳性……"

背靠枕头坐在床上的石柱看着孔珍的眼睛，或许是戴着口罩的关系，孔珍的黑色瞳孔明显在颤抖。

孔珍不做任何解释，自顾自地说："会立刻再检查一次，如果还是阳性，就可以确诊了。"

"确诊？"石柱还没反应过来"阳性"和"确诊"这些词语。

"MERS病人！确诊的话，你就会换到别的病房了。"孔珍的语气斩钉截铁。

"换去哪里？"

"隔离病房。"

常识

南映亚手记
二〇一五年六月五日(星期五)

太夸张了!
怎么可能是阳性?

石柱从五月二十七日到二十九日早晨,一直生死急诊室内科区,他根本不知道谁是MERS病人,却感染了MERS?
简直是祸不单行!
好恐怖!
好害怕!
不会的……
他不会感染的。

物流仓库发生的事

六月一日早上七点半，吉冬华比平时提早一个小时抵达物流仓库。因为咳嗽太严重，她整晚几乎每隔半小时就会咳醒一次。清晨六点最后一次醒来，冬华连喝了三杯热麦茶后，出门上班。

她好不容易走到仓库二楼的办公室，坐在自己的位置上。在平时，比起坐在办公室，冬华更喜欢待在散发书香的退货仓库里。冬华打开电脑，点击进入册塔程序，还没有出货订单进来。她摘掉口罩放在桌上，读着晨报，睡着了。不一会儿，冬华就被自己的咳嗽声惊醒，唾液和痰溅得到处都是。

"你吃药了吗？"

不知何时进来的尚哲抽出三四张卫生纸在擦报纸，他那下垂的眼尾看起来像温顺的驴子。性格内向的尚哲至今还没谈过恋爱，这早成了公开的秘密。冬华心想，今年夏天一定要给尚哲介绍相亲对象。

"吃什么药啊……"冬华用手擦去嘴角的口水，含糊地说。

"林组长都告诉我了，你妹妹送急诊了？"

"怎么老是说那些没用的……"

尚哲从饮水机接了杯水，小口喝着，坐到对面的椅子上："吉部长！你相信我吧？"

论实力的话，尚哲比林组长强很多。除了第一年犯过三次小错，接下来的六年里都没有失误过。

"干吗突然问这个？"

尚哲喝了冰水似乎感到牙齿酸痛，皱起鼻梁。

"你按时吃维他命了吗？"

去年冬天，冬华送给尚哲一罐综合维他命当新年礼物。

"下次再发生这种事,你就放心请假,仓库的事交给我就好。"尚哲抓了抓后脑勺。

如果是尚哲,冬华没有放心不下的事,但她还没有把业务全都交给尚哲。冬华每个月都会跟出版社的编辑和发行员通一次电话,这是物流仓库的员工不会做的事。虽然物流仓库有时会因库存数量误差和退货问题跟出版社负责订单的员工联系,但很少有人会跟编辑和发行员走那么近。就算没有新入库的书,冬华也会和出版社的人聊聊他们的心事,聆听他们的烦恼。在冬心频繁地腹痛和贫血之前,她还常和出版社的人一起吃晚饭或喝一杯。

目前尚哲只负责看守仓库,他还没拜访过出版社,也没跟编辑或发行员打过招呼。冬华心里打算从七月开始把尚哲介绍给他们,也准备把整理好的编辑和发行员的电话以及写有特殊事项的笔记本交给尚哲。

两人走进仓库,冬华扶正戴在脸上的防尘口罩。上班时间,在仓库坚持不摘口罩的人只有冬华一人。尚哲耐不住冬华的唠叨,只好把口罩挂在下巴上,但他自己一个人做事或驾驶堆高机时,还是会偷偷摘掉口罩,放在口袋里。

午餐时间,冬华没有吃饭,而是去仓库对面的朴二内科看病,朴二五十岁,跟冬华同龄,他看到冬华脸上的口罩便猜到了。

"喉咙又不舒服了?"

从去年秋天开始直到今年春天,冬华已经得了四五次支气管炎或扁桃腺炎。每次咳嗽有痰时,她都会来这里就医。通常吃一两天的药就没事了,要是超过一周没好,就会打一针抗生素。

冬华坐在对面的椅子上,把口罩拉到下巴。"都四天了也没好,咳得很严重,就跟去年冬天那次,隔五天打了三次针一样,而且咳出很多痰来。"

"喝酒了吗?"

"上星期喝了一次,下班后去吃马铃薯汤时喝了一点,也就半瓶烧酒而已。"

冬华已经不像从前那样，下班后还能跟男同事喝一两瓶烧酒。林组长要是心情好，现在也还能喝上一瓶。但冬华就算状态再好，也无法喝超过三杯的酒了，她现在通常只喝一杯或一杯半就结束。

"来吧，我看看。"

冬华像是很会玩看病游戏的孩子，主动张开嘴巴，戴着头灯的朴二用压舌板轻轻压着冬华的舌头。灯光照进口腔深处，朴二仔细检查了一番，然后把压舌板放回原处，摘掉头灯放在桌上。

"没那么严重，喉咙没肿，也没有发炎。"

"那怎么还一直咳呢？"

在朴二的病人中，冬华算是很能忍的。

朴二反问："从一到十，现在的难受程度是多少？"

冬华没有回答，而是赶快戴上口罩转过头去。鼻子一酸，胸口发闷，她又咳了起来，咳得双肩发抖，椅子颤动。她把被口水浸湿的口罩丢进垃圾桶，取出新的口罩戴上。朴二像是胸有成竹，开了处方。

"先打一针吧。我会加大药的剂量，快点止住你的咳嗽和痰。我先给你开两天的药，如果还没好，你再过来。我看十之八九是气管炎，以你的体质很快就会好起来的。多喝点温水，不能喝酒和咖啡，知道了吗？"

"咖啡也不行？"冬华的语气像是犯人在向法官求情。

在仓库工作的这三十年，冬华每天至少会喝三杯咖啡，她从没买过美式、拿铁和摩卡，只喜欢喝仓库停车场角落的自动贩卖机卖的那种放了很多糖和奶精的咖啡。就算林组长说要请她喝精选手冲咖啡，冬华也会拒绝。冬华会跟尚哲使眼色，把事情交付给他，然后自己走出仓库穿过停车场，在自动贩卖机买一杯咖啡。她不想错失这种小确幸。

"戒不掉的话，那就一天喝一杯！"

"谢谢。"

第一部 感染

冬华笑着走到注射室打完抗生素，吃了药后，咳嗽渐渐缓解了。冷汗还是不断从额头和后颈往下流，冬华用手帕擦去冷汗，又撑过了一个下午。

事情发生在六月二日下午两点三十分左右。林组长要去跟出版社开例行月会，午餐时间便离开了仓库。冬华参与崔文乐社长的会议已经有十个年头了，但这次实在重咳不止，只好临时派林组长去。

出版社的人喜欢会阅读每本出版物的冬华更胜于只会讲仓库费用的林组长。比如，跟旅游书籍出版社见面时，冬华会用之前的出版物做比较，谨慎地指出一些这次出版物的优缺点，这是林组长这辈子都不会想也不会做的。无法参加今天的会议，冬华觉得很过意不去。

早上入库的新书里，有本研究医院临终关怀的书吸引了冬华。

三十年前，大部分的人都在家里去世，而现在有八成以上的人都在医院结束生命。书里写了为抢救病人，具备专业人力和设备的医院会根据怎样的标准终止治疗；为了让病人有尊严地离开，医院的管理层、医师、护士和家属会做些什么。这本书在美国颇受关注，通过各种各样的故事介绍了这个沉重的主题，内容浅显易懂、深入浅出。

冬华认为自己也很有可能会在医院临终，在那里举办葬礼①。现在五十岁的她要是运气好，三十年后才需要面对这种悲剧。目前除了偶尔扁桃腺发炎，支气管有问题，冬华的身心都很健康，也从没住过院。要不是冬心身体弱，搭救护车去医院的场景就只是会出现在电视上。

冬华和尚哲轮流吃过午餐后，直到下午三点，仓库里就只有冬华一人。她抽出一本新书翻看，身子越来越向前倾斜，眼看鼻子就要贴到书本上了。蓝色的曲线图差不多占了一整页，冬华的视线越过如同波浪翻滚的横轴与竖轴交界点，接着出现很多文字。冬华以为是错觉，揉了揉眼睛再次确认。就在她打算再确认另一本时，腰一晃，手刚伸出去，忽

---

① 韩国的医院大部分都设有举行葬礼的场地。

然又开始咳起来。冬华感到头晕目眩，世界不是在横向旋转，而是上下颠倒了过来，屋顶成了地面，地面成了屋顶。她的身体快速倒向一旁，右侧太阳穴直接撞在铁制书柜的边角，皮肤瞬间撕裂，血液四溅。从冬华发现曲线图错误到血溅到托盘和地面上，不过短短三秒钟。

冬华用毛巾压住太阳穴止血，然后打电话给出版社的责任编辑，她没讲自己受伤的事，只告诉对方曲线图有问题，需要再确认。有九年编辑资历、平均一个月出版两本书的编辑，像是走夜路遇到了连环杀人魔似的，发出了惨叫。

冬华赶快跑去朴二内科。虽然她用毛巾压住太阳穴，但血还是不停地流。

朴二一边为伤口消毒，一边咂舌道："啧啧，伤口很深，我看得缝上三四针。"

"你还会缝伤口？"

"做我们这行的什么都得会啊。昨天有个十岁的小家伙滑滑梯摔破了膝盖，也是我治疗的，缝了十三针呢。作为这一区的诊所，得从生存战略的角度……"

虽然朴二想开开玩笑转换气氛，但冬华依旧一脸严肃。

"我不是怀疑你的医术，只是咳嗽一直不停，万一缝针时又……"

朴二看出冬华的担忧："还是没有好一点吗？"

"还是那样……"冬华原本想说更严重了，又觉得这样对开药的朴二太失礼。

"既然来了，那就不要等到明天了，再打一针吧。新开的处方药从今天晚上开始服用，要是吃了药还是没好……"说到这儿，朴二停了下来。他是想说"还是没好的话，那就去大医院做一下检查"，但转念想到冬华的妹妹常年疾病缠身，她天天忙着上班，还要照顾妹妹，于是又把话咽回去了。

冬华若无其事地接话："那我就再来一趟。"

朴二笑了笑，站起身。用手术针线缝伤口前，朴二亲切地说明："你闭上眼睛，做几次深呼吸。要是想咳嗽就举起左手，我会停下来的。"

"我知道了。"冬华一直忍耐着，直到朴二缝好伤口。

冬华缠着绷带回到仓库，尚哲瞪大双眼跑过来。冬华含糊地解释，自己不小心踩空撞到了桌角。直到六点下班前，林组长都没回来。冬华打电话过去，林组长可能是白天喝了酒，说话时口齿不清。林组长都醉成这个样子，可想而知崔社长的情况了，说不定跑到哪家汗蒸幕舒舒服服地睡觉去了。

因为咳嗽，谈话暂时中断。冬华简单说明了今天新书无法出货的原因，但没提自己受伤缝针的事。绷带再缠一晚，明天就能跟没事人一样来上班了。

林组长满不在乎地说："不是我们的问题，那应该没关系的。"

冬华下班前让尚哲先回去，自己又检查了一遍放新书的书柜四周，她担心还有没擦干净的血迹。等确认没有一丝血迹后，冬华又跪在地上用湿抹布把托盘和地面擦得干干净净。不知不觉，时间已经过了七点。

六月三日，清晨六点，冬华听到闹钟响便睁开眼睛。早上起来先到厨房喝一杯冰水，已经成了她的习惯。大家都睡床，唯有她觉得后背不贴着地面就睡不着觉。最初姐妹俩加上艺硕一起睡在套房的地上，等换到拥有两个房间和厨房的全租[①]房后，他们也没在卧室里放床。直到儿子上初中，冬华买了一张床给他当礼物，当时也考虑过另一间卧室要不要也买一张床。但如果卧室里放一张床，冬华和冬心就不能舒服地坐在地上了。

有时冬心去朋友家回来，看到电视购物上在卖折扣诱人的床，冬华就会在一旁说："你想买就买一张吧！"冬心总是拒绝，说还是等搬家

---

① 韩国特有的出租屋租赁方式。房客向房东缴付房屋总值百分之五十至七十的保证金后，无须缴付月租。房东会用这笔保证金进行投资。租屋合同期满后，房客可拿回全额保证金。

后再说。

冬华斜着身子，左手支撑地面弯下腰，她本想坐起来，可是头晕目眩，只好躺回枕头上。她想叫冬心，却怎么也喊不出声来，只能在原地呻吟。冬心听到呻吟声跑来，把手贴在冬华的额头上，吓了一跳。

"根本就是个火球啊！"

冬华抬头，想要起身："啊，我得准备早饭……"

"姐，躺下吧！你生病了。"

"医院说你得按时吃药，要吃饭才能吃药……我怎么会生病呢……真是不像话，跟笨蛋一样。"

"谁说你不像话、像笨蛋了！哪有人像你这样照顾妹妹、抚养儿子的。是我对不起你，为了照顾我，送我去急诊室累坏了身体。你今天就在家休息吧，饭和药我都会自己按时吃的，你先照顾好自己。知道吗？"

"可是……"

没办法，冬华只能放弃准备早餐，吃完药又躺下了。每次支气管发炎时她都会发烧，所以朴二的处方药里总是少不了抗生素和退烧药。昨天晚上也是过了午夜吃了药才睡着的，但凌晨开始又烧了起来。

冬华躺着等退烧，看向放在化妆台上的时钟。六点半，已经过了三十分钟。到物流仓库搭公交车差不多需要半小时，但如果搭从来不坐的出租车，只需要十分钟。问题在于咳嗽和头晕，昨天睡前冬华觉得闷，早把缠在太阳穴的绷带拆了。伤口已经止血，但还有些抽痛，而且头只要一离开枕头，就会头晕想吐，咳个不停。

"你没事吧？"冬心坐在枕头边问。

冬心想让冬华在家休息，但她知道姐姐这人不管怎样都会坚持去上班。冬华硬是扶着墙站起来，像学走路的幼儿似的一步步朝浴室走去。她在牙刷上挤好牙膏，看了看镜子。自从五月二十七日从急诊室回来后，自己好像忽然瘦了、老了。

冬华刚把牙刷放进嘴里，又咳了起来，她拿着牙刷坐在马桶上。膝盖已经没有任何力气,她又爬回卧室躺下。又过了三十分钟,七点了。现在去上班也不迟,虽然没时间吃早餐,但还能洗个澡再去上班。

冬心这次坚决反对:"你这身体没办法上班……"

"不行,还有很多事要做……"

冬心拿起冬华的手机走进厨房,手机没有设密码,因为姐妹俩之间没有任何秘密。冬华很想站起来追过去,但此时的身体比刚才去浴室时更加沉重。这个时间,冬心能找的人也只有一个。

"林组长,是我,最近好吗?我?还是老样子。我姐身体不舒服,今天可能上不了班了。你也知道,她这个人就是死都不肯缺勤,这次真的很严重。谢谢你。应该是支气管炎,今天要是还不好,会叫她去大医院看看……"

十五年前,林组长刚到永永出版社做事时,在考试院①住了两个多月。冬心看他可怜,每逢周末都会邀请他来家里吃饭。从那时开始,林组长就把冬心当成姐姐看待,只要是她开口拜托的事,从来都不会拒绝。比起公司的直属上司冬华,林组长更听冬心的话。

冬华听冬心跟林组长打电话,听着听着就睡着了。药效发作了。既然已经跟林组长请假,今天就只能在家休息。等到冬华再睁开眼睛,已经十点了。不是上午十点,而是晚上十点!她整整睡了十五个小时。冬华首先想到朴二又圆又宽的脸,他说加大药剂的用量,终于见效了?但如同海浪荡漾般的眩晕感还是存在。昨晚每半个小时就会咳醒一次,现在咳嗽倒是停止了。

冬华吃起晚饭来。冬心说自己七点喝了一碗紫苏子粥,她坐在餐桌对面用手帮冬华撕黄花鱼干。

冬华先开口:"我现在觉得好多了,明天早上我会提早一小时去

---

① 考试院是韩国最便宜的出租房形式,平均一个房间的面积只有3.5平方米,附一张单人床、书桌、衣柜,少数考试院还附有电视或冰箱。

上班。"

"你的头不是还很晕吗？明天也休息一天吧，我们去大医院看看。"

"我都说好多了。只是有点头晕，吃点药很快就没事了。以后没有我的允许，不许你打电话给公司啊。"

"林组长是公司的人吗？我是打给弟弟，拜托他。"

"林罗雄怎么会是你弟弟？你不是吉家三姐妹的老么吗？"

"就因为我是老么，才希望这辈子能有个弟弟啊。既然这样，我就认了他这个弟弟！"

冬华没再接话。

午夜过后，冬华的病情变得更加严重，高烧和头痛一同袭来。不只脸颊，就连脖子和肩膀都烧得滚烫，太阳穴更像被锤子敲打般剧痛。冬华根本来不及跑去厕所，晚上吃的东西全都吐在被褥上。她担心会不会是因为撞到头，得了脑震荡。难道是过了一天半后，脑震荡的症状才出现？睡在对面房间的艺硕赶忙跑来，把冬华的呕吐物清干净，再把被褥放进洗衣机旁的洗衣桶。

"妈，我去叫救护车？"艺硕问冬华。

如果叫救护车去急诊室，还要做检查，六月四日就不能去上班了。冬华心想，今天不管怎样都要去上班。但不治好高烧和头痛就直接去仓库，也没办法工作。

"不用，我没事。止痛药，止痛药……"

艺硕取来止痛药，冬华服用了最大建议剂量。

冬心开口："姐，你不要再逞强了，叫救护车吧。吃了朴二开的药都没好，我们一起去医院仔细检查一下。这些年来你一直忙着照顾我，也是时候操心自己的身体了。"

"等等，让我休息一下，先等药效发作，到时候再去。"

离天亮还有四个小时，冬华在卧室打了一会儿盹儿便出门了。头还是很痛，但她没有叫救护车，冬心和艺硕也没有陪她出来。如果跟他们一起去医院,那一定没办法去上班了。冬华的计划很简单,搭出租车去急诊室,到那里拿些退烧药和止痛药,服用后在急诊室休息一下,就去仓库上班。

冬华走出小巷,刚走到大马路上就拦到了出租车。这个时间街上几乎没什么车。冬华戴着口罩,强忍着咳嗽。到医院原本十分钟的路程只用了不到七分钟,但出租车在医院正门口停了下来。通常出租车都会直接经过正门,开到急诊室门口。

冬华问道:"你不开到里面吗?"因为头很晕,冬华希望能少走几步。

"你不知道吗?"出租车司机透过后视镜,看着戴着口罩的冬华。

"嗯?"

"这里就是那家医院,F!"

"什么……F?"

"我已经把车开到最近的地方了,只开到这儿我都觉得喉咙有点痒呢。"

冬华还没来得及问清什么是F,就付钱下了车。与其在这里跟司机耗,还不如自己走过去。医院大楼的灯亮着,停车场也亮着灯。距离医院大楼五十米处立着"禁止入内"的告示牌,路也被黄色封锁线围住了。封锁线后面站着一个戴口罩、身着防护衣的护士。

"请留步!"他用命令的口气喝道。

冬华停下脚步,把口罩拉到下巴,两人距离不到五米。

护士问:"你有什么事?你不能过来!"

"我高烧、头晕,肚子也很痛……想去看急诊。"

"请去别的医院吧。"

冬华的太阳穴又开始痛起来,她双手抱着头发蓬乱的头哀求:"啊!好痛……急诊室不是二十四小时看诊的吗?几天前我和妹妹也坐救护车来过啊。"

"几天前？什么时候？"

"那是……上周三……"

"五月二十七日吗？"

"嗯……"

"你确定？"

"是的，没错，是二十七日。"

"在这里待了多久？"

"早上救护车把我腹痛的妹妹送来，她吃了药，打了点滴，没那么难受之后，晚上就回家了。就是这样……不过，你问这些做……"冬华还没问完就又咳了起来。

向冬华提问的护士往后退了三四步。

"不要动！待在原地不要动！"护士手持对讲机呼叫，"发现疑似患者！请迅速出动！"

冬华跪在地上，双手撑着地面，咳了二十几下。很快，两个身着D级防护装备[1]的健壮男人出现在冬华面前。

冬华抬头问："你们是什么人？"

"请跟我们走，我们怀疑你感染了MERS，必须在隔离状态下接受检查。"

"MERS？那是什么？怀疑感染什么？"

两个男人从左右两侧扶起冬华。

"我等下领完药还要去上班呢。放开我，我叫你们放开我！"

其中一个男人冰冷地说："检查结果如果是阴性就会让你走的，MERS是致死率很高的传染病，请协助我们进行检查。"

"致死率"！这三个字冬华听得清清楚楚。他们身穿防护衣，戴着

---

[1] D级防护装备主要在空气中无污染物或无飞溅、吸入、接触危害时使用。装备包括防护衣、长筒靴、长筒鞋套、双层手套、N95口罩、面罩和围裙。

第一部 感染

口罩遮住整张脸,就是为了不被传染?

"好,我明白了。你们先放开我,我会跟你们走,我接受检查。"

两个男人没有放开冬华,只是没那么用力了。冬华被带到急诊室旁的空病房,身穿防护衣的医生在那里等着。医生递给她一个透明的塑料检体桶。

"有痰请吐在这个桶里。"冬华接过检体桶,刚要转身,医生又说,"请在我面前吐痰。"

冬华轻咳一下,吐了口痰。医生确认了痰的量后,把桶密封上。医生又递给冬华另一个检体桶和棉花棒。

"这次请用棉花棒轻轻刮一下口腔,然后把棉花棒放进桶里。"

冬华按照医生的指示,用棉花棒刮了一下上颚。她强忍咳嗽,将棉花棒放进检体桶。医生拿着两个检体桶走出房间,冬华起身也想跟出去。

"请在这里等。"守在门口的男人用命令式的语气说。

"要等到什么时候?"

"等到 MERS 检查结果出来为止。"

"我现在发高烧,头也很痛,能不能先帮我看病?"冬华感觉头皮越来越紧绷。

"我去报告一声,你先坐在那里等一下。睡一觉也好,那里有几本杂志,你也可以看,只要不出这个房间就可以。"

"没有《圣经》吗?"

"没有。"

"我能打电话回家吗?"

"可以,家里有什么人?"

"妹妹和儿子。"

"开始咳嗽、高烧后,你们的接触范围在两米内、一小时以上吗?"

真是可笑的问题。

"当然了,我们是一家人。我们一起坐在客厅看电视,也在厨房一起吃饭……"

男人的声音变得急促:"请赶快打电话,叫他们不要出门,待在家里!"

冬华颤抖地问:"有可能传染给他们吗?"

"还不能确定,但根据首次的检查结果,说不定他们需要居家隔离,现在最好让他们待在家里。还有一件事,绝对不能告诉外面的人,F医院就是这里。随便乱讲是会受罚的。"

字母"F"再次登场。冬华的手指剧烈地颤抖,应该按通话键的,却连续按了两下结束键。听到第五声拨号音后,冬心接起电话。冬华先问艺硕在不在家。

"刚刚出去了。"

"去哪儿了?今天换班时间这么早吗?"

"不是,他跟好朋友两个人去济州岛旅行四天三夜,现在可能出发去金浦机场了。你半个月前不是答应他了吗?叫尹采范的……你记得吧?"

"知道了,先这样吧。"

冬华又打给艺硕,但没人接。他一定是在开往金浦机场的巴士上睡着了,只要不用去便利商店工作,一放松下来就会这样。冬华又打给冬心,原原本本说明了情况。

冬心难以置信地问:"什么?真的吗?确定是传染病? MERS……你怎么会得那种病?不可能吧,做梦都没这么荒唐,这是怎么回事啊?"

冬华也觉得这是一场噩梦。如果这是梦,真希望马上醒来!

六月五日凌晨,首次检查结果出炉,阳性。

六月七日,第二次检查结果仍是阳性。

冬华被确诊感染了 MERS。

记者会

六月一日一早,一花打电话给苏道贤记者。她想今天开始上班,取消原本到三日的假期。

"喂,真是的!你干吗啊?想让公司被骂是吧?让你放假你就乖乖放假。"

"前辈,我不去警察局的记者室,今天让我跟着你跑新闻吧。我已经送走我爸了,我也想快点回归日常。"

"一花啊!"苏记者提高嗓门。

"是,前辈。"

"初次见面的时候,我说过什么?"

"你说'实习期间必须服从上级指示'。"

"那你还这样!"

"所以我不是来找你商量嘛。"

"这是商量吗?你这是逞强。你是怕被派到地方①工作吧?"

眼看实习就快结束了,四个实习生里一定要有一个人去地方工作,说不担心是骗人的。以目前情况来看,一花觉得最有可能去的是自己。实习期间没展现能力争取分数,不管理由是什么,她都擅离职守了。

"四日上班跟今天上班,不都一样吗?"

"当然不一样。公司不会同意你销假的,就算你工作到三日也没薪水。让你工作,等于是在压榨劳动力,我死也不会压榨别人的。况且我还负责教育实习生,更不能做那种事。"

"那我能做什么?"

---

① 地方是指首尔以外的城市。

"你真的还好吗？"

"好得很。"

"医院没打给你？"

"什么医院？"

"那、那个……"苏记者忽然吞吞吐吐起来，他原本还想说什么，但最后还是敷衍了过去，"啊……没事啦，我的意思是你现在一个人了，万一生病……要是哪里不舒服，记得立刻打给我哦。"

"我不会打给你。我没有不舒服，也不会生病。我很健康，我现在该做什么？"

"什么都可以做。我早就看出来你个性很倔强，可没想到办完父亲的葬礼才刚过一天，就嚷嚷着要来上班，也太不正常了吧。我劝你这三天就去放松一下，蒙上被子痛痛快快大哭一场也好，睡到天昏地暗或去大吃一顿也好，再不然就去林荫路或海岸线绕绕。总之，四日再来上班，到时候让你忙到天昏地暗。好了，从现在开始到四日去记者室上班前，不准再联络我，先暂时忘记你是记者，我真心希望你这几天好好休息一下。"

"我真的不能去上班吗？"

"我明白你的心情，我也经历过这些……不用逞强，等上班了再去吃顿好吃的。"苏记者的声音里夹杂着叹息。

一花挂上电话。六月一日这天，她整理了父亲的遗物。

一花走进炳达的卧室，打开衣柜和抽屉。自从父亲罹患肺癌以来，她再也没进过这个房间。炳达不想给女儿添麻烦，即便住院的行李也都是他自己打理。抽屉也整理得很干净，该扔的东西似乎早就处理掉了。一花慢慢抚摩着叠得整整齐齐的手帕。

爸，对我而言，你既是父亲也是母亲！过去这十年，都是你帮我打扫。你身体不好，这些事都应该放着别管的……对不起，到最后还让你做这些。

一花呆站了十分钟。

外套、内衣、袜子、帽子、皮带、眼镜、钱包、手机、行李箱、几百本书、十个笔记本和五本相簿都被搬到了客厅。一花把这些东西分成三类，该扔的、可以捐赠的和要珍藏的。袜子、内衣、皮带、眼镜和钱包要丢掉；西装、夹克和书可以捐出去。一花用塑料袋打包行李箱时，突然停下动作，她后悔了。

我错了，爸！

这个行李箱是半年前一花收到电视台合格录取的通知后第二天收到的礼物，是炳达得知女儿被录取的喜讯后，立刻上网订购的。他说当记者一定会经常出差，但一花从没用过这个行李箱。其实就算不搭飞机，也能装些日常用品带去记者室，但行李箱的颜色就跟秋天的银杏叶一样黄，所以一花没有拿出来用过。如果知道这么快就会跟父亲生离死别，管他是柳橙黄还是小鸡黄，她都会拿出来用，让父亲开心一下。

一花打算暂时留下父亲的手机，等过一阵子再去注销，因为可能会有不知道父亲过世消息的朋友发信息或打电话来。她想替父亲延续这些友谊，这是身为女儿应该扮演的角色。一花打开父亲的手机，解锁密码是父母最初相识的日子。她点开"电话"中的"我的最爱"，第一个号码是一花，后面都是"游山会"的亲戚。多亏了亲戚的帮助，父亲的葬礼才能圆满完成。

爸！从前是爸爸、妈妈和我，我们一家三口，十年前只剩下我和爸两个人，如今就只剩下我自己了。虽然当记者很忙，但我一定会抽空代表我们家参加亲戚的聚会，你就放心吧。

想到那些亲戚，还有炳达去过的大山和田野，时间又流逝了十分钟。

一花接着翻开相簿和笔记本。炳达一周总会取出相簿翻看两次，虽然里面也有一花的照片，但大部分都是十年前去世的妻子的照片。有两本相簿里全都是妻子的独照，其他三本里也都是妻子从儿时到去世前的照片。淑子总是站在中间，炳达和一花像背景一样站在左右两侧。从前一花曾想抽出一张跟母亲的合照放在钱包里，却遭到炳达训斥，他不许任何人碰相簿里的任何一张照片。

　　一花把五本相簿从头翻到尾，在合上最后一本相簿时，她领悟到母亲的人生里也重叠着父亲和自己的人生。淑子走后，炳达就没有在相簿里再放入过一张照片。妻子离开的同时，相簿也就此尘封。之后的十年，炳达在电子零件公司上班，抚养着一花。在那期间，一定有很多想要记录下来的瞬间，特别是在一花考上大学以及被电视台录取为记者时，炳达比谁都高兴。小姨夫姜银斗和那些"游山会"亲戚一年至少也会出去玩四次，也拍了很多照片，虽然炳达会把照片都冲洗出来，却没放进相簿。一花以为他都存在手机里了，打开一看也没有。

　　十个笔记本都是日记。虽然炳达不会每天写日记，但偶尔想要写点什么时，就会拿着笔记本坐在餐桌前。笔记本的封面、厚度和尺寸都一样，黑色封面上没有任何图案。翻开第一页，出现两个日期，是写日记的第一天和最后一天。一花翻开的第一本恰好是最近写的日记，日记停留在四月二十五日，上面只写了一句：

等我回来再写。

　　那次炳达入院后就再也没回来。从四月二十六日到五月二十七日早上，他住在京畿道 S 医院，五月二十七日转到首尔 F 医院，五月二十八日去世。父亲要是回家，会写什么呢？为什么他没把笔记本带去医院呢？之前他会坐在医院的病床上写日记，甚至比工作时写得更勤、更多。因为住院时会冒出很多想法，也会想到很多想写的东西。最后一次离开家时，为什么没带笔记本呢？难道是忘了？如果忘了，可以让女儿送到医院。该不会是怕一花偷看自己的日记吧？直到炳达去世，他都没提过日记本。

　　二〇〇〇年一月一日。一花翻开十五年前新年第一天的日记。字迹不一样，满满的一页不是炳达挥洒的大字，而是圆圆小小的可爱字迹，这是淑子的日记。一花赶快翻到二〇〇五年九月二日，那天是母亲离开的日子。淑子的日记停在二〇〇五年八月二十七日，那天之后，她的病情急转直下，每天只能靠吗啡度日。药效一过，痛苦袭来，淑子就会发出惨痛的哀号，打了吗啡后便直接进入无意识状态，根本无力去摸放在枕头下的笔记本。淑子最后的日记只写了一行字：

拜托你，把这些日记全部烧掉。

炳达没有完成妻子的遗愿。二〇〇五年九月四日，也就是办完淑子葬礼的那天晚上，笔记本上出现了两个字：

开始。

"开始！"
这两个字在一花唇边回荡许久，一股如同岩浆冲出地表的热气从她的心口经由喉咙，包裹住舌头。从五月二十八日到现在，她强忍悲伤，回到空荡荡的家，就算孤单也仰着头不肯流下泪来。为了不哭出来，她努力想其他的事，注视其他地方，好不容易撑到现在。但当她看到母亲的字与父亲的字连接在一起时，眼泪终于涌了出来。炳达在淑子人生的尽头开始写日记，一写就是十年。一花拿起另一本日记，又翻到二〇一五年四月二十五日，那页之后还有十几张的空白。就像父亲接着母亲的日记继续写下去一样，自己也能接着父亲的日记写下去吗？

在这空白处，自己能写下"开始"两个字吗？

* * *

六月二日，一花在可以俯瞰光化门广场的咖啡厅见到了律师尹海善。

个头超过一米八的海善坐下来也比一花高出一个头。淑子在小学教了十五年的书，海善是她的学生里个头最高、最聪明的，小学六年级时就快长到一米七了。小学毕业后，海善常常跟淑子联络，也常到她家里玩。一花把大自己十岁的海善当成姐姐，总是跟着她。淑子去世后，每次换季她都会跟一花见面，哪怕是忙着准备司法考试时也不例外。

如亲姐姐般照顾一花的海善却没来参加葬礼。在姨夫姜银斗的帮助下接待来吊丧的客人时，一花也想到了海善。五月二十八日，虽然发了信息给她，却没得到回复。直到五月三十日早上出殡前，海善才回了信息。

——我在彭木港，刚刚才看到信息。

二〇一四年四月之后，海善去了彭木。打电话给她也都没接，发信息也是时隔多日才回复。海善说六月二日回首尔，到时候再约。一花相信五月三十日海善不能赶来，一定有她的理由。

"很难过吧？身体还好吗？"才见面，海善便把一花搂在怀里安慰。

一花的体质是只要身体劳累，脸就会先肿起来。但海善看上去更像才刚办完丧事的人，瘦弱的身躯，大概吹了太多海风，皮肤变得黝黑、粗糙。

"葬礼结束后连睡了两天，现在好多了，电视台要我后天回去上班。你看起来更憔悴，一定有很多事情吧，别太勉强自己了。"

海善若是埋头做一件事便会无法自拔，这既是她的优点也是缺点。五年前当上律师的她，把赚钱抛到脑后，投身于帮助社会弱势群体，这让她很快崭露头角。海善不仅忠于职守，必要时还会挺身而出，因此有了"电线杆"的绰号。她是一个会大喊大叫、有说有笑的电线杆。

海善的视线转向窗外的光化门广场，一花也跟着望过去。广场入口处搭起许多帐篷。

"罹难者家属为了厘清真相在那里争取……他们逼迫自己挨饿、苦行、露宿街头,跟他们相比,我做的这一切不算什么。"

"他们这样做,就能厘清真相了吗?"

海善的目光瞬间变得像磨刀石磨过的刀刃般锐利。

一花赶紧补充:"我的意思是,政府不是极力想掩盖这件事吗?我也明白罹难者家属的冤屈,可该负责任的不都在推卸责任吗?挡在前方的那堵墙实在太坚实了。"

"所以就该放弃吗?"

"我查过资料,我们国家发生这种大型事故时,受害者跟政府对抗,从来没有赢过。起初会闹得沸沸扬扬,但很快就都不了了之。"

"所以才会发生'世越号'这样的惨剧啊。"

"嗯?"

"正如你说的,二〇一四年前也发生过很多大型事故,光是死亡人数超过一百的海难就多达五次。就是因为这些事故没有厘清真相,'世越号'这样的悲剧才会重新上演。我要强调的是,如果不找出'世越号'的真相,还会再发生类似事故。"

"说得也太严重了。"

"我的意思是,到处都存在危险,无论是陆地、海洋还是天空,没有安全的地方。事先掌握这些危险因子,然后清除它。发生突发事故要及时采取对策,彻底、透明地追查责任,然后反省。如果做不到这样,事故只会重复上演,这只是时间问题。像现在这样,如果国家不出来承担责任,受害者只会陷在绝望中。这件事只是那些在光化门广场上静坐的人的事吗?不,这不只是发生在他们身上的不幸,也是我们马上会面临的不幸,是会不断上演的悲剧。"

"政府已经下令,要求对客轮和飞机进行严格的安全检查。"

"命令总是下得漂亮,但还是漏洞百出。"

"漏洞是?"一花立刻咬住话题。

海善笑着说:"哦,果真是当记者的。那我就说其中一个漏洞好了。

如果发生灾难,哪里是控制中心?"

"那个……当然是国务总理室下设的国民安全处了。"

"半个月前,我跟前辈到广场去采访过,我负责录下罹难者家属的访谈。我也很想帮他们厘清真相,但那些老记者也说,在这届政权下怕是很难有望,希望和现实是不一样的。你还会去珍岛吗?那边也有负责的记者,要是有需要我帮忙的可以随时联络我。"

海善嘴角扬起微笑:"我们的一花真是朝气蓬勃啊,不愧是流着甘淑子老师的血的人,她也是这么威风凛凛。"

"我妈?"

"只要是违反了她的原则,不管是校长还是副校长,她都有话直说。你现在是记者,以后需要律师帮忙时记得随时找我。这段时间我会在木浦和珍岛忙,可能不会那么快回信息,但如果你找我,我一定会尽快回复。还有……"海善把身子往前一倾,"帮我好好准备我的房间啊!"

"房间?"

"你该不会把公寓卖了吧?"

海善从手机里找出一则信息给一花看。两个月前,炳达传讯嘱咐海善,如果自己走了,希望她能搬来跟一花一起生活。

"我没听说啊。"

"这是你爸的遗言,但是如果你不愿意,我就不去了。你觉得呢?"

片刻沉默。虽然一花和海善很亲,但从来没在一起住过。倒是小时候,她总是缠着要跟海善一起睡。

一花充满期待地回答:"我当然非常愿意。"

* * *

六月三日,一花很晚才起床,然后沿着汉江骑脚踏车。

炳达唯一的兴趣就是骑脚踏车。一花上幼儿园前就学会了骑脚踏车。淑子患癌前，全家还进行过一次从城南骑到江陵的四天三夜脚踏车之旅。淑子去世后，炳达就再也没骑过脚踏车了，因为他不想一个人去走跟妻子一起走过的路。一花直到大学毕业前，每个月都会一个人到汉江骑车，迎着江风用力踩踏板，会让她觉得可以把所有烦恼都甩掉。

今天不是骑脚踏车的好天气，天空乌云密布，时不时还飘着毛毛雨。但一花还是决定出门，她沿着炭川自行车道骑到清潭大桥时，雨越下越大了。一花走进便利商店买水，她望着下大雨的汉江，考虑着要不要回家。但雨势再度变小，于是一花决定骑到铜雀大桥。炳达要是推脚踏车出门，不管是下雨还是下雪，一定会骑上七八个小时。身体里流着父亲热血的一花面对眼前的自行车道，也毫无放弃的念头，但为了以防万一，她买了件雨衣放进背包。

独自骑脚踏车，思绪会像生气的河豚一样膨胀起来，但渐渐地，那些思绪就会变浅、消失，最后剩下的只有踩着踏板的双脚，握着把手的双手，迎着风的身体、脸庞以及急促的呼吸。虽然她还不确定自己是否能延续父母的日记继续写下去，但她想以自己的方式"开始"。就算"游山会"亲戚和海善姐会陪在自己身旁，但父母去世后，她还是等于成了孤儿。一花必须一个人面对未来的大风大浪，并且战胜它。

过了铜雀大桥，一花又骑了一个小时才回头。回程下起暴雨，她只好穿上雨衣。因为这场暴雨，害她又沿着江边骑了三个小时。虽然很疲惫，但一花没有放弃。每经过一座大桥，她就会在桥底下稍事休息，喘口气，吃点巧克力或糖果补充体力。她一点也不后悔没有在铜雀大桥直接返回。相反地，一花觉得当下全身的肌肉紧绷得很舒畅。

一花在公寓附近的商店街吃了碗热腾腾的汤饭后才回家，她打算简单洗个澡，早点去睡。转院、处理父亲的后事，再加上请了四天假，一花连休了八天。她心想，明天到记者室，其他实习记者一定会安慰自己，所以必须打起精神回应大家。实习期间要学习和掌握的事情那么多,自己休息了八天,这空白期太长了。这些天,其他人有多努力在跑新闻呢?

从明天开始一定要更努力工作,二十四个小时,睡觉和吃饭的时间也要用上。记者生涯里只有这么一次实习机会,一花不想留下任何遗憾。

她洗完澡走到客厅,连咳了几声,觉得有些头晕,走回房间前先在餐桌前坐了一下。手机铃声响起,晚上九点,是小姨夫姜银斗打来的。

"明天去上班吧?准备得都差不多了?你小姨一直没完没了地啰唆,要我打电话给你,我怕妨碍你休息。你有多坚强,我最清楚了。要是有啥事……"

咳嗽声从话筒那边传了过来。

"姨夫你感冒了?你们不用担心我,先顾好自己的身体吧。吃药了吗?"

"吃啥药!五六月连小狗都不感冒,我吃了碗热汤饭,很快就没事了。你怎么样,没有不舒服吧?"

"我没事,今天去汉江骑脚踏车了。"一花强忍咳嗽,不想让姨夫为自己担心。

"那里没下雨?昨天看天气预报说,首尔今天会下一整天大雨,没下吗?"

"断断续续地下了一点。"

"四十九斋①的时候,'游山会'也会去,到时候见啊。"

"不用麻烦大家了,还要特地赶来。"

亲戚们都不住在首尔,分散在岭南、湖南和忠清道各地。

"这是我跟你爸的约定。"

"什么约定?"

"那是四月的时候,你爸从医院打电话来,要我像照顾女儿那样照

---

① 四十九斋是韩国的一种祭祀礼仪,每七日一次,连续七次,持续四十九日。

顾你。我说,这不用他操心。"

炳达得知自己癌症晚期后,把一花托付给了身边可以信任的人。他希望包括银斗在内的"游山会"亲戚和海善,可以成为保护独生女一花的围墙。

"姨夫,谢谢你。我要去睡了。"

"好,去睡吧。"

挂了电话,一花推开父亲卧室的门,打开灯。在海善回首尔前,一花不打算动这个房间。等搬家的日子决定后,再跟海善讨论什么东西该留、什么该处理掉。一花关掉卧室的灯,正准备走回自己的房间,沙发上的十个笔记本进入她的视线。一花把十个笔记本捧在怀里走回房间,放在床边的地上,随手抽出一本,偏偏又是最后一本日记。就在一花打算换一本时,又猛咳起来。她把脸埋在被子里,趴在床上咳了好一阵子。她把笔记本放在地上,关上灯躺下,用手抚着胸口,调整呼吸。当下,她只想尽快入睡。

* * *

六月四日,一花没去上班,因为她一直发高烧、咳嗽到清晨。虽然设了闹钟,她却连起床关掉闹钟的力气都没有,眩晕严重,胸闷得透不过气,眼泪直流。她好不容易坐起身,又突然胃酸倒流,只得把头扭到床边吐了,吐完后,整个人无力地倒了下去。头痛和胸闷得根本无法入睡,即便睁着眼睛,身体也不听使唤。舌头僵硬,连话都说不出来。

上午九点半,苏记者打来电话。一花想起身去拿放在桌上的电话,结果又吐了。电话铃声断了,收到一条信息。

——你在哪儿?今天要上班,没忘吧?

一花本想打给苏记者,但咳嗽一直不止,她不想用这种声音跟任何人讲电话。一花抹去眼泪,慢慢发起信息。她讨厌辩解,但还是说了谎。善意的谎言是职场生活里一定要掌握的窍门。说这句话的人正是苏记者。就算一花现在准备好出门，上午也无法工作了。

——今天还要跟亲戚见面处理一些事，午餐前会赶到公司。

很快就收到回复。

——早说嘛。知道了，午餐前我先帮你顶着。我去记者室，下午一点在那里见，OK？

——谢谢。

一花把手机丢在床上，起身打开窗户通风，又取来厨房纸巾清理呕吐物。她走进浴室打算洗澡，打开热水准备脱衣服时，再次感到呼吸困难，一股酸溜溜的感觉又涌上来。她刚把脸移到马桶旁，就又吐了。昨晚吃的汤饭都吐出来后，胃里就只剩下胃酸了。呕吐和咳嗽轮番持续了十多分钟，一花连浴缸都没办法进去，直接靠在墙边瘫坐下来。

就算昨天淋了一整天雨，可五六月的感冒也不会这么严重吧？难道是食物中毒，昨天吃的汤饭有问题？

一花在浴室里瘫坐到快下午一点，都没有力气走出去。只要一咳嗽她就抱住马桶，咳嗽停止后，就又倒下去。苏记者不停发信息来。一花不想再找借口了，她打算直接告诉苏记者自己不舒服。她好不容易摸到床上的手机时，已是下午六点。五则信息中，一则十分钟前的信息引起了她的注意。

——晚上十点召开紧急记者会，地点在市厅新大楼二楼的记者招待室。实习记者全部到场支持。

如今已经到了实习的最后关头，电视台第一次下令所有实习记者支持现场。

一花移动食指打算按下通话键，必须告诉苏记者，以自己现在的状况无法赶去现场。她真不想说这种话。还没等她按下通话键，一个电话就打了进来。甘淑熙，来电显示是小姨的名字。一花本想挂断电话，但一种不祥的预感促使她按下了通话键。性子急的小姨着急的声音像雨点般传来。

"怎么回事啊？你姨夫刚刚被救护车载走了。他高烧不退，咳了一整晚。昨天吃的东西也都吐了，还神志不清。你也知道你姨夫身体有多健康吧？你姨夫要我打给你问问，你没事吧？有没有生病啊？"

一花无法回答小姨的问题，她握在手里的手机啪的一声掉到地上，自己也晕了过去。

* * *

下午一点，苏记者来到警察局记者室，但没见到一花。从那时一直到晚上七点，他打了好几次电话，发了几则信息，但都没有接听和回复。就算体谅她父亲过世的悲伤，但身为记者，一花失联是非常严重的失职。虽然苏记者向上面谎称派她到现场去了，但社会二部部长已经收到了报告。

六月一日早上，电视台收到的对外保密消息让苏记者很不放心。据称，五月二十七日至二十九日到过F医院急诊室的病人中，有人在三十日被确诊为MERS，而"1号"五月二十日在该医院确诊感染。巧的是，从五月二十七日到二十八日，一花和她父亲也在急诊室。

苏记者和一花通了电话，还好她坚持隔天要来上班，可见没事。苏记者本想告诉一花F医院和MERS的事，但想到她刚经历丧父之痛，就不想再给她增添负担了。苏记者心想，既然没出现感染症状，就等过段时间再告诉她。

晚上九点半，苏记者来到记者招待室，电视台和媒体记者超过数百人。苏记者已经事先跟几个相熟的首尔市厅公务员通过电话，但每个人的回答都跟回声一样，都说不知道。

"捞到什么消息了吗？"

一只手忽然搭在苏记者肩上，他看向旁边。

"鲜于前辈也来了？"

鲜于秉浩是社会一部的医疗记者。首尔市在召开记者会前先联络了几名医疗记者。坐在后面的三个实习记者起身向鲜于秉浩问好。

鲜于记者朝他们举手示意，回答："我本来打算去喝杯生啤的，结果被叫来了。"

"那这么说，这次的记者会是跟医学界有关了……"苏记者压低嗓音，"你觉得是什么事？"

"你看像什么事？"

两人撇下实习记者来到走廊，苏记者确认四下无人后，再次问道："是那件事？"

"八九不离十！"

"不是还有国民安全处……"

鲜于打断苏记者："国民安全处对传染病能做什么？下面只有中央消防本部和海洋警备安全本部，国民安全处连个传染病专家都没有。"

苏记者翻开采访手册，问："那保健福祉部和疾病管理本部呢？五月二十日出现首例 MERS 病例，传染病危机警报从'关心'升级到'注意'，就在那天，疾病管理本部设立了'中央防疫对策本部'。五月二十八日，在最初设定的两米内、一小时以上的标准范围外又出现确诊病例，于是扩大成'中央 MERS 防疫对策本部'。起初保健福祉部次长担任本部长，直到六月二日才改由部长担任。"

"他们搞这些有什么用，防御网都破了。"

"破了？"

"最初根本就不是'注意'能解决的问题。被感染的病人从京畿道移动到其他地区，甚至抵达首尔开始传染的话，那等级必须从'警戒'升级至'严重'。这是保健福祉部承担得起的吗？这样就能解决问题了吗？"

"从'警戒'升级至'严重'，那就表示所有政府部门必须集中解决 MERS 的局面？"

"那当然了。MERS 已在有一千多万人口的首都首尔扩散开来，中央政府却毫无防范措施。要想抓住溜走的鱼，就必须撒下更大的网。从一开始，相关部门就划清界限说自己绝对不是灾难控制中心，国民安全处长就算想负责也束手无策。没办法，现在只有首尔市长出头了。"

十点半，首尔市长走进记者招待室。与此同时，记者们的信箱陆续收到了新闻稿。

苏记者点开附件档案，念出开头第一个词："MERS！"

正如鲜于记者所推测，果真是 MERS。

市长板着脸，直视前方。他的目光坚定，语气有力："首尔市民大家好！我是担负市民安全责任的市长。虽然我知道在这分秒必争的关头召开记者会为时已晚，但还是决定公开此事。先说结论，MERS 并没有斩草除根。五月三十日，首尔 F 医院又出现新的确诊病例，我已经要求政府当局，不仅要公开发现新确诊病例的 F 医院实名，还有首例 MERS 病人住过的医院以及他就诊过的所有医院实名，这次 F 医院确诊病人的动线及去过的医院也必须公开。同时，必须公开与该病患有过接触的隔离对象及计划隔离的准确人数。"

"我要再次强调，最新确诊病例在五月二十七日至二十九日曾到过 F 医院急诊室，这三天出入过急诊室的病人、家属、医生和护士都必须隔离，进行全面检查。不知道自己曾与 MERS 病人同处在一家医院的人，走在首尔市区是极其危险的。我不允许首尔陷入无防备状态。如果政府不接受我的要求，那么身为担负首尔市民安全责任的市长，只能自主掌握 MERS 状况，采取对策。我会向首尔市民透明地公开所有信息。"

市长话音刚落，记者的提问声便轰然响起。问题大致分为两点：首先，此前是否与政府交换过意见？其次，确诊的 MERS 病人现在住在哪家医院？

市长表示，召开记者会前跟保健福祉部长通过电话，接着把矛头转向政府应该公开包括F医院在内的所有医院实名。

苏记者提问:"那市长认为现在因为MERS,首尔不安全吗?这样的消息如果传到国际上,来首尔观光的游客会大幅减少。对此市长有什么看法?"

市长毫不迟疑地回答:"首尔市民的安全比观光客更重要。"

最后,鲜于记者举起手:"公开F医院实名,与其相关的股价会立即大跌,对此市长有何看法?"

市长回答:"如果我回答这个问题,就等于是亲口公开F医院所在地,对此我无可奉告。不过我可以这样讲,在我看来,首尔市民的安全要比该医院以及与该医院有关的公司的损失更重要。正如身为市长的我把市民安全放在首位,希望政府也把国民安全放在第一位,现在绝对不是计较经济损失的时候。谢谢大家,记者会到此结束。"

市长离开后,记者飞速敲打着电脑键盘,大家必须尽快、准确地传出新闻稿。市长离开新大楼前,苏记者走到走廊打电话到国民电视台的行政支持部。

"我是报道局社会二部的苏道贤记者,请帮我查一下实习记者李一花的住址,很紧急!"

拿到住址的苏记者拨打了急救电话119,说明自己的身份和来历后,报上一花的住址。他说无法与二十七日、二十八日到过F医院的一花取得联系,请求立刻出动救援。接着,苏记者打给社会二部部长。

部长一接起电话就喊道:"喂!你跑去哪儿了,现在才出现?马上就要播新闻特辑了,赶快整理好内容待命。快联系一下负责拍摄的殷记者。"

苏记者顾不上指示,径自报告了另一件事:"李一花,好像感染了MERS。"

"什么?"

"五月二十八日晚上,我们不是一起去吊丧了吗?"

"我知道,不过那里不是殡仪馆吗?啊……难道?"

"嗯,这次新确诊的病例从五月二十七日到二十九日,一直待在F医院急诊室,其他确诊病人也是在急诊室被传染的……其实,今天李记者早上没来上班。"

"你不是说派她去现场了吗?"

"对不起,我说谎了。"

"那实情是?"

"她发信息给我,说家里还有事要处理,下午来上班。但到了下午也联络不到人,电话不接,信息也没回。"

"所以呢?"

"我觉得她应该是被感染了,刚刚打给119了。"

"她该不会是在家被隔离吧?"

"不会的,如果是那样她早就告诉我了,她也不在隔离名单里。我们六月一日通电话时,她的声音怎么说呢……听起来还很精力充沛。"

一阵沉默之后,部长突然提高嗓门,语速加快:"那你还在那儿干吗?"

苏记者没搞清楚这个问题的意思,迟疑了一下。

部长又问:"记者会的摘要和问答重点都选出来了吗?"

"嗯。"

"还有谁在记者会现场?"

"采访影片你看过了吧,鲜于前辈是接到首尔市政府的电话赶来的,实习记者也在,目前正在待命。"

"那里就交给鲜于,你赶快去。"

"嗯?"

"去一花那边!李记者从五月二十七日到二十九日待在F医院的急诊室,却不在隔离名单里,过了潜伏期;说不定也感染了MERS。她刚送走父亲,现在遇到这种事,一个人会很惊慌、害怕的。你快去把她安全送到医院，跟主治医师见一面。万一有其他电视台和报社要采访，你也能在那里挡一下。比起采访，救人要紧啊！"

苏记者边跑边回答："明白，我这就赶过去。"

*　*　*

六月四日晚上十一点五十分，载着一花的救护车抵达 F 医院。救护车来到一花公寓的时间是六月四日晚上十一点，光撬开大门就浪费了二十分钟。身着 D 级防护装备的救护人员在卧室发现一花，虽然她还有意识，可以报上自己的姓名和年龄，但高烧和头疼引发的呼吸困难已经让她处在虚脱状态。

一花艰难地对发现自己的救护人员说了一句话。

"夫也……"姨夫的"姨"字没能吐出口。

救护人员愣了一下，"夫也"是什么意思？人名吗？可是屋里只有她一个人，把她送去医院才是当务之急。救护车开往 F 医院的二十分钟里，一花不断发出细微的呻吟，没有一个字能听得清楚。苏记者猛踩油门，紧跟在救护车后。

一花抵达医院，刚采集好唾液和痰后就彻底晕了过去。医院利用采集的唾液进行了 PCR 检查。

六月五日子夜，第一次检查结果出炉，阳性。

六月七日清晨，第二次检查结果，阳性。

一花被确诊感染了 MERS。

第二部　斗病

在我说出你的名字前

六月七日上午十一点,政府公开了 MERS 相关医院的名单。

相关医院共计二十四家,包括 F 医院在内,出现确诊病人的医院共有六家,其余十八家为 MERS 病人曾去过的医院。并肩走进世宗政府大楼记者会现场的保健福祉部长和经济副总理表示,六月三日总统在民政合作紧急会议上就已指示,要求完全公开出现 MERS 病例的医疗机构,针对通报数量急增的问题提早建立通报系统以及增加隔离病床等,以上是在事前准备工作就绪后的今天才对外公开的。他们说,政府在六月四日晚间首尔市长要求公开医院名单前就已经准备要公开了。如果那天首尔市长没开记者会,政府会这么快公开医院名单吗?大家都对此存疑。毕竟在五月二十日出现首例确诊病例时,还有五月三十日 F 医院再次出现确诊病例后,相关部门都无视、拒绝了公开医院实名的要求。

保健福祉部公开医院名单造成相当大的副作用,一般人不敢到医院就诊,医院也拒绝接收疑似 MERS 患者,医院附近的区域陷入混乱,导致地区经济停滞。他们认为,公开名单的失大于得,但同时也宣称政府及时向医疗界共享了出现病例的医疗机构和确诊名单,并自认为确实掌握了密切接触者。

虽然不知道政府是否与医疗界共享了 MERS 的信息,但普通国民对 MERS 的传染途径以及哪个区域存在多少名病人都一无所知。政府声称要严惩散布谣言者,但之所以会散播各种消息和看法,是因为政府的初期应变不够完善。脱离"两米内、一小时以上"的范围,再次出现确诊病例后,"密切"的标准便遭到大众质疑。虽然政府辩解是少数人没被追踪到才出现漏网之鱼,但政府设定的"密切"标准和范围,以及不及时公开医院名单的态度,仍招来民众的批判声浪。政府却将这些视为谣言，继续无视与逃避。

从五月二十日到六月七日，MERS 从潜伏到发病期间，在政府没有公开医院名单的十九天里，MERS 病人曾去过的医院就有二十四家。六月七日参加记者会的政府高级官员，没有一个人能确定疑似感染人数。直到六月六日，确诊人数已达六十四人，其中六月六日当天确诊的就有二十二人。因为政府隐瞒医院实名，让人们自由出入这二十四家医院，所以才导致病例暴增。

六月七日政府公开消息后，造成的余波远远超出想象。

多人参与的活动直接受到影响，每年定期举办的庆典和演出都被取消了。电影院空无一人，去棒球场、足球场的人数急速下降，海外观光客人数锐减。各地教育厅虽然设立了 MERS 控制室，但京畿道和首尔的大部分学校都决定停课。有人甚至大量抢购备用粮食，酒精、消毒液的销量也急速上升。到大型购物中心和传统市场购物的人数少了一半以上，搭公交车和地铁的人都戴上了口罩。戴口罩的人甚至得承受路人怀疑的目光，有的餐厅还拒绝接待轻微咳嗽的客人。全国上下不仅不信任十九天后才公开医院名单的相关部门，还亲自去追查他们用字母掩藏起来的医院实名和传染路径。在对相关部门、医院和社会共同体的信任破灭的当下，民间流行起一句话——"各自求生"。

来济州岛有什么事吗?

五月二十七日,在F医院急诊室走廊擦肩而过的牙医金石柱、出版综合物流公司部长吉冬华和实习记者李一花,六月五日都在同一家医院检查为MERS一期阳性,两天后的六月七日确诊,也就是在全国知道F医院实名的当天。

六月七日,三人住进为MERS病人准备的隔离病房。原本应该准备内部气压低于外部、防止病毒外流的负压病房,但这家大型综合医院没有负压病房,医院只好空出整个楼层,让病人住进来。

确诊病人住进隔离病房,疑似感染者在指定场所接受检查时,还有一个更大的风暴在成形,那就是居家隔离的人。"两米内、一小时以上"的标准瓦解后,政府、疾病管理本部和医院却没有掌握到正在居家隔离的准确人数。五月二十七日,仅在急诊室停留一天的吉冬华;二十七日到二十八日清晨,照护父亲的李一花;二十七日到二十九日早上,坐在急诊室内科等待区的金石柱,都不是居家隔离的对象。尽管如此,他们都感染了MERS。

我们这个国家的人只要住院,都希望家属陪同,人们觉得要是没有家属照顾,就无法住院了。如果是六人病房,六名病人加上六名家属就等于十二个人在一起生活。六月七日,吉冬华、李一花和金石柱确诊为MERS后,并没有家属陪在他们身边。虽然映亚坚持要留下来照顾丈夫,但没坚持太久。不要说来回跑医院照顾丈夫了,她本身也成为疑似感染者,必须居家隔离。不仅病人家属,就连跟MERS确诊病人一起工作的同事,坐在咖啡厅聊过天的朋友,都成为疑似感染者。

居家隔离的期限一般定为最后一次与MERS病人接触后的十四天。若以首例MERS病人抵达急诊室的五月二十七日为标准,居家隔离的对象最早解除隔离日期应该为六月十日。但因为吉冬华、李一花和金石柱感染了MERS，所以他们的家人和朋友解除隔离的日期就要往后延。

负责通知居家隔离的保健所，多半无法详细掌握隔离对象是在何时、何地与MERS病人接触的，他们仅凭医院传来的诊疗记录和确诊病人的记忆，就制定了隔离对象和时间。就算记录和记忆存在误差，也没有更正的办法。

因缺乏信息和管理不善导致的漏洞，由此引发的风险都落在全体国民身上。就在保健福祉部、疾病管理本部、医院和保健所乱成一团时，很多人面临着对居家隔离的生疏和由此带来的不便。保健当局没有向大家说明或下达指示，即便打电话去问，也没人能给出明确答案。国民面对行政官僚，只能无奈地自己判断是否居家隔离，自行解除隔离。在这个过程中，人们不断自问，这样不会有法律问题吗？就算法律和道德上不存在问题，可现在自行解除隔离就没事了吗？问题就像投入黑洞，杳无回音。大家紧张兮兮地过着每一天，没有地方能给出明确答复。

*　　*　　*

先来看一下吉冬华的情况。妹妹冬心待在家里，她从初春开始就因慢性贫血和腹痛很少出门，如今连公寓附近的商业街也不能去了。除了上厕所，冬心只待在卧室里。只有一次，超市老板骑摩托车来把米、泡面和零食送到家门口。冬心独自在家待到六月十九日。

因为居家隔离，独生子艺硕在外地吃尽苦头。六月四日，艺硕和好友尹采范搭乘最早的班机去了济州岛。艺硕又瘦又高，皮肤特别白皙，脖子很长。他的手指细瘦纤长，可以单手抓起一个篮球，小时候大家都叫他"蜘蛛手"。艺硕喜欢画画，不管是铅笔、蜡笔还是毛笔，只要拿在手里就能画，用手机或电脑也能画出有模有样的草稿。就这样，艺硕考上了美术大学设计系。采范热爱体育，虽然个头小无法当足球运动员,但他为了继续发挥兴趣报考了社会体育系。采范的梦想是成为生活体育指导教练。这两个外貌、兴趣完全不同的人,高三时却成了形影不离的知己。考上大学后一个月至少也会见上一两次,这是他们第一次去济州岛旅行。

六月七日,艺硕得知冬华确诊的消息后,先送采范去机场。他买了口罩,拖着行李箱,四处寻找保健所。距离艺硕住的民宿不到五分钟的地方有一个保健所,红砖砌的单层建筑,屋顶天台的黄色水塔旁有一间屋塔房①。艺硕隔着双线道马路,站在保健所对面打了电话。

年轻的公务员接起电话:"您好。"

艺硕单刀直入地说:"我需要……MERS居家隔离。"

"MERS?……请稍等。"公务员显得不知所措,长叹了一口气,接着问,"那你收到居家隔离通知书了吗?"

"通知书?那是什么?"

早上艺硕在民宿前的餐厅吃饭时,分别接到冬华和冬心打来的电话。冬华告诉儿子,自己搬到了十三楼的隔离病房,在MERS彻底痊愈前必须住院治疗,一起生活的家人也都需要居家隔离。冬华的电话才挂断,冬心又打来,哭着哀叹从今天开始只能待在卧室,哪儿也不能去。艺硕说想马上回家,结果被冬华训斥了一顿。冬华告诉他,绝对不可以去机场,也不要坐公交车和出租车,赶快去找保健所帮忙。冷静转达情况的冬华也没提居家隔离通知书的事。

"你住在济州岛吗?"

"我来这里玩四天三夜,我家在江南区那边。"

"那江南区的保健所会寄居家隔离通知书给你的。"

"那你是要我回首尔去领通知书吗?拿到通知书前,我可以去机场

---

① 屋塔房(옥탑방)是韩国人对一种阁楼的称呼,指房屋最高的那一层,而且建在天台上,是一个简陋的阁楼,层高也比较矮。——编者注

坐飞机吗？真的可以这样吗？"艺硕语气变得尖厉。

对方支支吾吾道："不是……我不是那个意思。有通知书，行政处理也会比较方便……"

这时，接电话的人换成一个女生。

"你为什么觉得自己应该居家隔离呢？你与MERS病人接触过吗？"

"请问，提出这个问题的是哪位？"

"我是保健所的医生。"

听到是医生，艺硕稍稍安心："我妈早上确诊感染了MERS，小姨也被关在家里不能出门，她告诉我，不能去人多的机场……"

"这是正确的判断。请问你现在人在哪儿？"

"保健所门口，马路对面。"

"就在门口？"

身着白大褂的女生推开保健所大门走了出来。艺硕举起手，女生也迟疑地抬起手。两人举着手，继续通话。

"你住哪儿？"

"我住在距离这里五分钟的民宿。行李都带过来了，我原本应该去机场搭飞机的。"

"民宿叫什么名字？"

"山丘民宿。"

"啊，那里。"女生举起右手指向保健所建筑的一角，"看见安全梯了吗？"

"嗯。"

"从那里上去，绕过水塔可以看到屋塔房。那里是夜间值班室，你在那里隔离吧。过来吧，直接去二楼就行了。"

"知道了。"

"姜葆拉。"

"嗯？"

"我的名字。负责这里的公共保健医生在汉拿山摔倒了,腿受伤了,还摔断了三条肋骨,听说要住院两周,才派我来支援。你叫什么名字?知道隔离者的名字,我也好向济州市的保健所和道厅负责人通报。"

"我叫赵艺硕。"

"知道了。赵艺硕先生,请过来吧。"

艺硕过马路时,葆拉从白大褂口袋里取出口罩戴上。他按照葆拉说的朝楼梯走去。艺硕提着行李箱,吃力地走上狭窄的铁楼梯。葆拉虽然很想帮忙,但还是忍住了,没有穿防护衣是不能接触隔离对象的物品的。楼梯上到一半,艺硕探出头来往下看,目光与葆拉相对。

"虽然我很想帮你……"

"我理解。如果我被我妈感染,这个行李箱是不是也有被病毒污染的可能呢?"

"污染"二字讲得尤为用力。

葆拉笑着回答:"是的,所以要避免接触,这也是为什么要隔离……你害怕吗?"

"这点小事……"

艺硕继续往上走。他平时在便利商店打工,一天可是要搬十几次比行李箱还要重两倍的箱子。绕过水塔,艺硕看到屋塔房,狭窄破旧的房间里有浴室兼厕所,除此之外,只有陈旧的衣柜和一台电视。

从六月七日到十八日,艺硕在保健所的屋塔房里度过了隔离时光。虽然葆拉和保健所的人看到了关于 MERS 的新闻,但也觉得那只是发生在首尔和京畿道部分地区的传染病,根本没想到济州岛也会受影响。他们尽可能地帮助突然在保健所屋塔房居家隔离的大学生,但艺硕在隔离期间吃尽苦头,不但腹痛和腹泻,身上还起了水疱。独自留在济州岛,不能陪在感染 MERS 的妈妈和每天靠吃药度日的小姨身边,给艺硕带来极大的精神压力。

好不容易找到的便利商店工作也丢了。艺硕打电话给店长,一五一十地说明事情经过,起初店长还不相信,经过艺硕再三说明,店长却表示,就算一切都是事实,他也无法等艺硕解除隔离,从济州岛回首尔了。因为如果有人不上班,店长就必须连续工作八小时。挂断电话后,艺硕抱头大叫。葆拉听到叫喊声,跑上来隔着门关心艺硕。

"关在这里能没事吗?我刚刚被便利商店开除了。你知道我多会卖东西吗?我看店时的销售额可比店长高出两倍呢,他居然立刻就开除了我。"

"销售好的秘诀是什么啊?"葆拉平静地问。

"现在问我这些有什么用。"艺硕的语气很不耐烦。

但葆拉仍冷静地说:"反正你也不会再去那家店工作了,既然那么会卖东西,很快就能找到工作的。有什么特别的秘诀吗?"

艺硕回答了葆拉重复了两次的问题:"也没什么,就是记住客人买过什么。"

"又不是一两个客人……那么多人,你都能记住?"

"说多不多,说少不少。除了那些不常来的,老顾客也就五十到一百人吧。客人付钱时简单打声招呼,比如'你常买A,今天怎么买了B'。光是打声招呼就能提升销售额,这大概算不是秘诀的秘诀吧。"

"这个秘诀,卖给我吧?"

"卖给你?"

"像你对客人那样,我也打算试着跟来保健所的居民打招呼,这样他们一定会觉得保健所很亲切吧。"

"随便你。秘诀又没版权,我卖给你?开什么玩笑。"

"我可不想免费使用你的秘诀。那这样好了,下次如果你需要帮助,尽管找我,算是对使用你的秘诀的报答吧。"

"那就这么说定了。"

艺硕笑了,葆拉也安心了。

"我能问你一个问题吗?"

"好啊。"

"你不忙吗？"

"虽然忙，但跟首尔比不算什么。如果你是想问这里是不是要一直看诊，那我只能回答不用。虽然会有人来看病，但不会一直有人来。像今天这样，一两个小时都没有一个人来。"

"那你知道'瘟疫公司'吗？"

"不知道，那是什么？"

"去年我很沉迷的一个游戏，是手机游戏。如果知道今天会发生这种事，我就不会玩那个游戏了。唉！"

"我没玩过游戏……是消除瘟疫的游戏吗？"

"刚好相反。"

"什么意思？"

"是把传染病传播到全世界才算赢的游戏。玩游戏的人选择一种传染病，然后自己策划战略去传播它，等地球上的人全部死掉，游戏才结束。"

"还有这种游戏？真神奇！那你问我'瘟疫公司'做什么？"

"我看了新闻，传染病危机警报还处在'注意'等级。政府说'注意'，那就相当于'警戒'或'严重'等级了。"

"我也看了报道……"

"'瘟疫公司'里分容易传播病毒的国家和不容易传播病毒的国家。防御体系稳固的国家，不管怎么传播都无法突破防御。例如，从日本开始玩的话就很难赢。'警戒'等级的'注意'，或'严重'等级的'注意'，像这种表里不一的对策，只会加速传染病的散播速度。为什么我们的国家会这样呢？维持'注意'的理由是什么啊？"

"政府不想升级到'警戒'或'严重'吧？"

"'警戒'就是'警戒'，'严重'就是'严重'！这种时候玩什么文字游戏！针对情况采取措施，才能控制传染病啊，不是吗？"

葆拉回保健所了。

她新开的处方对艺硕一点效果也没有,身上的水疱更严重了。艺硕睡觉时无意识地抓破了水疱,脸颊、下巴和脖子感到一阵刺痛。因为连续数日的消化不良和腹泻,艺硕的食量也明显减少,几乎每天只吃一顿饭。艺硕心想,要是能喝一碗小姨煮的清爽的萝卜汤,肚子一定会比较舒服,但保健所附近的餐厅都做不出他想念的味道。

六月十八日,艺硕解除居家隔离。他找来体重秤称了一下体重,六十六公斤,比来时瘦了四公斤。葆拉说要开车送艺硕去机场。

远远看到机场时,葆拉开口:"真是万幸,你没有感染 MERS。"

"多亏你的照顾。"

"我也没做什么。"

每当艺硕呼天抢地时,葆拉能做的也只是站在门外安慰他。葆拉倒是很想穿上防护衣进去陪他,但道厅的负责人一再嘱咐,除非病人出现生命危险,否则不得入内。他们隔着门聊了很多。艺硕的梦想是成为网站设计师,他刚上大学,喜欢听舞曲。葆拉比艺硕大八岁,老家在京畿道的城南,一直在济州岛的保健所当医生。她几乎不听音乐,兴趣是摄影。艺硕难过沮丧时,葆拉传了二十几张济州岛山丘的照片给他看。艺硕则用收到的照片设计成明信片再回传给她。

"看来我错失机会了。"

"什么机会?"葆拉一脸诧异。

艺硕回答:"要是我感染了,不就成了济州岛首例接受治疗的病人……开玩笑啦。"

"此行一定给你留下了不好的回忆吧?"

"大家都很照顾我。我妈住在隔离病房,身体不好的小姨一个人待在家里,我在这里也没有换洗衣物,房间里没有冰箱和洗衣机,又因为隔离丢了便利商店的工作,皮肤还过敏……这些又不是保健所的错,大家按时给我送吃的,还给我送生活用品,我真的很感激。"

"等MERS平息下来,等你妈妈身体恢复,到时再来一趟保健所吧。"

"我是很想带妈妈和小姨来玩。"

"回首尔后要直接去医院吗?"

"嗯,我想快点去看我妈。不知道是不是在隔离病房的关系,我们一直没办法通电话,最后一次通话是我告诉她我在屋塔房开始隔离的时候。小姨说,妈妈用的翻盖式手机太旧了,电池坏了,动不动就有故障。现在她在隔离病房也没办法换新手机,我得去给她买一部新手机。这段时间真的很感谢你。我走了,再见!"

不只是吉冬华的妹妹冬心和儿子艺硕,包括林罗雄组长在内的仓库员工都需要居家隔离。流行病学调查员身着防护装备抵达物流仓库,展开调查,让册塔不得不关门到六月十六日。崔社长一一打电话给使用物流仓库的出版社和书店道歉,寻求谅解,但损失还是十分惨重。

这一家,支离破碎

李一花的情况呢?五月二十七日到急诊室探望炳达的八个亲戚都必须居家隔离。吉冬华的家人和册塔同事虽然需要隔离,但大家都没有被感染。面对眼前这庞大的经济损失,大家都没察觉到其实那是一种幸运。然而,他们的幸运并没有垂怜到一花珍爱的"游山会"亲戚,八人当中有一半感染了MERS。

六月四日,李一花因高烧、呼吸困难而昏迷不醒时,远在庆尚南道巨济市的姨夫姜银斗也出现同样症状。很快,住在光州市的姑妈和住在全罗南道罗州市的二舅妈,还有住在忠清南道论山市的堂叔都确诊感染了MERS。大家匆忙赶来首尔,只为了握一握病危的炳达的手,却感染了MERS。包括一花在内的五人住院后,其他亲戚都上了居家隔离名单。

六月十八日之后,没有感染MERS的亲戚相继解除隔离。除了一花,最后与其他四名确诊亲戚接触过的人,也依照标准定了隔离日期。

六月十六日,人在木浦的尹海善律师解除居家隔离。一花在第一次检验为阳性后曾短暂清醒。她凭着回忆,说出从五月三十日到六月四日之间去过的地方和接触过的人,其中接触时间最长的就是海善。

六月五日,海善接到F医院打来的电话。她在收到居家隔离通知书前,先联络了木浦市保健所,然后把自己关在出租屋里。虽然与"世越号"有关的工作已经堆积如山,但她还是严守隔离期限和规定,就连得知消息要赶来送生活用品的罹难者家属和义工的好意也都拒绝了。海善认为最该远离这种凶恶传染病的,就是那些罹难者家属。她打电话寻求谅解,也用电话处理所有工作。虽然很麻烦,效率又低,但为期两周的隔离期总不能干坐在家里什么事也不管。也有人劝她不如当作放长假，好好休息一下。海善却对这些人大吼，那气势简直能把对方的耳膜给震破。

每天海善都发十几条信息给一花，但都未读未回。好不容易跟负责隔离病房的护士取得联系，才知道虽然一花的手机在身旁，但人还没有清醒。从六月四日被救护车送到医院，一花就在与 MERS 搏斗。海善束手无策，觉得很对不起把女儿托付给自己的炳达，她想等解除隔离后就去看一花，因此要尽量把工作处理好。回到首尔照顾一花、掌握局势，至少也要花个三四天。海善决定就算熬夜也要赶紧处理好工作。

居家隔离通知书

金石柱的父亲金鸿泽、妻子南映亚和儿子金雨岚都成为隔离对象。六月七日上午石柱确诊后，两名穿着VRE隔离衣①的男护士用轮床把他送到十三楼的隔离病房，跟到电梯门前的映亚打电话给鸿泽。

"雨岚呢？"

"哭闹了一会儿，刚睡着。要叫醒他吗？"

"不用了。"

短暂的沉默，映亚知道鸿泽在等什么。她深吸一口气，抑制住情绪。

"没错，是MERS。"

再一次的沉默。映亚像在下指示般，用快速的语调打破沉重的气氛。

"虽然明白您这样会很辛苦，但请您带着雨岚待在家里，就连公寓前面的游乐场也不要去。等雨岚他爸住进隔离病房后我就会回去，出发前我会再打给您。"

映亚觉得自己的语气很冰冷，但此时没有发泄情绪的时间。挂断电话后，映亚走回病房。

"我们会先封闭病房，然后消毒，这间病房暂时不会使用了。"孔珍站在她背后说道。

两人距离足有三米。因为MERS检查的问题，从住院第一天开始，两人就发生过争吵。

映亚转身问："那我呢？"

---

① Vancomycin-Resistant Enterococci infection gown，装备有外科口罩、手套、隔离衣或围裙。

孔珍放下手中的纸杯，戴上口罩反问："你要回家吗？"孔珍看向地面的视线充满恐惧。

"不然要留在医院？"

"嗯……要留下来或回家都可以，随便你。"

映亚压抑的愤怒终于爆发，她沙哑地吼道："随便？那你的意思是我怎样都可以咯？五月二十九日早上我也在急诊室，当时MERS病人也在急诊室吧？我丈夫金石柱如果是在急诊室被感染的，那我也有感染风险吧？从六月一日到刚才，也就是七日上午十点，我一直陪在我丈夫身边，这期间他出现高烧、咳嗽、呼吸困难和呕吐症状。我在网络上看到，MERS通过飞沫传播的可能性极高，那我是不是也应该隔离，接受MERS检查呢？你们都没有任何指示吗？"

孔珍无力地回答："我没有收到任何指示。"

"最糟糕的情况就是我也有可能被传染。如果我不是密切接触者，那还会有谁是？"

孔珍微微抬头，语气毫无感情："那你的体温在三十七点五摄氏度以上吗？"

"没有。"

"有咳嗽或觉得呼吸困难吗？"

"没有。"

"觉得恶心想吐吗？"

"完全没有。"

"那你现在没有不舒服的地方咯？"

"是的。"

"我昨天确认过，居家隔离通知不是医院负责，是保健所处理的，你如果有需要，可以去联络保健所。"

"那我在收到保健所通知前，可以随便到处跑咯？"映亚一语道破漏洞。

孔珍反问:"你这个问题的标准是出自良心,还是出自法律?"

"如果是法律呢?"

"虽然我不是法官,但若照法律来判断,在收到通知书以前的话,很难受到处罚吧。"

"潜伏期是多久都还不知道,因为尚未出现症状,所以留在医院也没关系?坐地铁、公交车或搭乘其他任何交通工具也都可以,我可以这样理解吧?"

"要怎么理解是你的自由,不要来跟我确认。现在这种情况,你要我这个血液肿瘤科的住院医师怎么回答?医院又没有下达任何指示给我们。我们能给的答案也都很保守,要是超出那个范围,还不如都别说了。"

"这里不是有媲美史怀哲博士的医师吗?"

"这里不是非洲加蓬的兰巴雷内,请不要拿史怀哲博士跟细分专业的综合医院医师比较。我们也会看各种疾病,但没有理由一定要做道德判断。我们也对人类充满爱,只是方式不同罢了。"

"那我要怎么找到负责隔离病房的主治医师和护士?"

"你去问感染科吧,MERS 归他们管。"

映亚直勾勾地瞪着孔珍。

用那双小而锐利的眼睛盯着别人,原本是孔珍的专长。软弱点的病人看到她凶狠的眼神,所有想问的问题都会吞回肚子里。

"你应该道歉吧?"

"道什么歉?"

孔珍坚持不为阻止、拖延石柱要求做 MERS 检查而道歉,道歉就等于认错,她对这个问题极度敏感。但这件事很明显是孔珍的失职,如果不是映亚坚持要检查,恐怕到现在也不知道石柱感染 MERS。映亚原本要像马蜂蜇人那样用准备好的台词攻击她,就在这时,电话响起,是朴京美打来的。

"石柱还是送过来了。"

映亚打探地问:"你去负责隔离病房了?"

"谁让我这么能干呢。感染科的护士人手不够,就派我过来了。你在哪儿?回家照顾雨岚了?"

"公公帮我照顾着雨岚。"

"那你还在医院?想不想见你老公啊?"这次换京美说出映亚的想法。

谁让这两人从刚上大学起就成了推心置腹的好友。

"我可以见他?"

"当然。"

"真的?病人转到隔离病房后,不是应该彻底隔绝与外部人员接触吗?就算能在走廊透过窗户看他一眼也好……病房不挤吗?"

"他一个人住双人房,怎么可能挤?只在走廊透过窗户看一眼,能满足我们南映亚吗?"

京美的语气听起来……难道……

"我能进隔离病房,能跟他见面?"

"嗯。我也刚过来,听说家属都可以进去。不过要穿防护装备,挺麻烦的……"

"那我现在就过去!你在哪儿?"

京美说隔离病房在十三楼,医院表示如果病人增加,上面几层也可以使用。映亚出了电梯,从玻璃门后看到护士站。京美上前抱住映亚,去年石柱罹患淋巴癌时,京美也曾这样紧紧抱住她。

京美松开双臂,看着映亚:"不要太自责。"

映亚点点头。不愧是好友,她藏在心底的懊悔一眼就被看穿。

如果去的是其他医院,就不会感染 MERS 了。但 F 医院是治疗石柱淋巴癌的地方,是映亚工作了三年的职场,也是离家最近的综合医院。况且还有京美这样可以帮忙的朋友在这里当护士。在这种条件下,谁都会选择来 F 医院。

"谢谢。"

"现在就集中精神,好好治疗 MERS 吧。"

"嗯。"

"先去看看石柱。"

京美带映亚走到窗边的桌前,N95 口罩、手套和各种围裙摆在桌子上。

映亚问:"连准备室也没有?"

"可能现在还顾不上那些吧,慢慢就会有的。防护衣数量有限,今天就先穿这个。"

京美从纸盒里抽出一件隔离衣。

"这不是 AP Gown 吗?"

AP Gown 是抛弃式卫生塑料隔离衣,护士们都叫它"围裙"。虽然这种隔离衣能围住胸部和腹部,脖子和后背却都露在外面。

"这么大的综合医院连防护衣都不够?怎么可能? MERS 不是传染病吗?怎么能给家属穿这种塑料隔离衣呢?这一件有三百元[①]吗?"

"差不多。"

"而且就算是这种隔离衣,也分有袖子和没袖子的啊,这件没袖子啊,只围住胸口和肚子有什么用……这样真的可以吗?"

"想今天见你老公,就先穿上吧……"

"你也没穿防护衣,这不是 VRE 隔离衣吗?"

VRE 隔离衣虽比 AP 隔离衣暴露的部位少,但并不能彻底隔绝病毒。

京美眨了眨眼:"很过分吧?不要说出去哦。医院应该很快就会准备好防护衣,要让 MERS 病人住进来,总不能一直这样。"

映亚接过京美递来的 AP 隔离衣穿上,在背后打好结,戴好手套和

[①] 这里指三百韩元。全书的货币单位统一为韩元。——编者注

头套，最后戴上 N95 口罩遮住口鼻。这时，手机响了。

映亚急着想见石柱，所以没有接电话。只要沿着走廊走几步就能看到病房了，映亚迫不及待地想看看石柱，她想望着丈夫的双眼，聆听他的呼吸，替他分担那份忧虑与恐慌。虽然他们做好了淋巴癌复发的心理准备，但怎么也没想到会出现"MERS"这个词。

身着 VRE 隔离衣、戴着手套和 N95 口罩的京美在前引路，映亚小步紧跟在后，其间她停下了三次，因为看到有人跟自己穿着一样的隔离衣从病房走出来。这些人也都是 MERS 确诊病人的家属，每个人出来后都赶快低下了头，因为不想与任何人的视线相对。

"这里。"走到第六间病房前，京美停下脚步，"病房置物柜上有体温记录表，你出来时自己量一下体温写在上面。出来时单击呼叫铃。啊，对了，还有一件事，记得把手套、隔离衣和口罩丢在这个垃圾桶里。进去多跟石柱聊聊吧。"

京美轻轻拍了下映亚的肩膀，原路返回护士站。映亚握住门把往右一拉，门开了。首先看见的是病床旁的生理监视器[①]和石柱的双脚，靠窗边的床上放着书和毛巾。虽然门打开了，但石柱毫无动静。

难道睡着了？

映亚又往前迈了两步，看到躺在床上的石柱的手臂、身体和脸。二人四目相对，石柱立刻吼道："站住！"

石柱用命令的语气让映亚站住后，赶快从病床旁的柜子里找出口罩戴上。

"你还好吗？"

映亚正要往前走，石柱更大声地说："我叫你站住！为什么不接电话？你怎么进来的？"

刚才没接的电话就是石柱打来的。

---

① Patient Monitor，主要用于量测各项生理参数，为医师或护理人员诊断、照护提供参考。

"医院说家属可以探病,所以我就通过正式申请进来了。"

石柱还是没有放松警惕:"你穿的那是什么?根本不是防护衣啊。"

"是医院提供的,可能防护衣不够吧。我可以过去吗?"

"不可以,你再往后退两步。"

"我站在这儿都超过两米了。"

"我叫你往后退!"

映亚拿他没办法,只好后退两步。

"我都看不到你的脸了,我再往前走一步,我想看着你的脸说话,好不好?"

石柱没有回答她的要求,自顾自地说:"这里不是负压病房,这家医院连间负压病房都没有,简直太不像话了,管理怎么这么松散!"

"松散?"

"竟然允许家属到MERS隔离病房来……以我的常识完全无法接受。推翻'两米内、一小时以上'标准的地方是哪里?就是医院啊!听说把病毒传染给我的病人,在京畿道医院住院时,跟首例病人还住在不同病房,他们住在不一样的病房啊!"石柱猛地用手拍了一下墙壁,"病毒扩散到隔壁的病房,或隔壁的隔壁的病房,根本就不是两米,而是二十米;不是一小时,而是十分钟,甚至一分钟都有可能!病毒的传染力这么强,医护人员和家属怎么可以随便出入,还若无其事地待在走廊上!走廊根本也不安全啊。"

"这家医院感染科的医师都是享誉国际的专家,他们绝对会做出正确判断,一定是认为不会有问题,才允许家属进来的。"

"享誉国际?别开玩笑了。他们可能擅长学术研究,对隔离简直一窍不通。我们绝不能大意。既然医院这么不负责任,病人及家属必须指出问题。是你屡次要求他们帮我做MERS检查,他们才做的。什么享誉国际,那根本保护不了我们,光想想就觉得毛骨悚然。现在也一样,看看给你穿的这是什么!"

映亚的视线移到身上的隔离衣上。

"凭那件围裙就想阻止病毒感染？脖子和后背都露出来了。感染科主任，不，我看连这家医院的院长也疯了吧！怎么可以只给你们穿这种围裙，还允许你们到病房来！"

映亚也不得不认同这一点。

"那刚才你打电话是……"

"我是想告诉你这里不安全，叫你不要来。我刚才被送来时，就在走廊遇到几个穿围裙的家属。"

"我刚才也……"映亚想到刚才在走廊回避自己视线的三个穿隔离衣的家属。

"我向医护人员抗议，问他们这算什么隔离，也不知道他们能改善多少。就像你要求帮我做 MERS 检查一样，我也要要求他们，必须尽快把医护人员的装备换成 D 级防护衣，还得禁止家属进出。既然没有负压病房，只要有人出入病房时，就必须清空走廊。"

"这真不像你。"

映亚熟悉的石柱虽然遵纪守法，却从来不会表露不满，像这样站出来抗议，实属罕见。

"这是性命攸关的大事，必须阻止有人像我这样被感染。光是想到有人会被我感染，就觉得可怕。"

"不会的，你不要杞人忧天了。"

"急诊室的那个病人是故意将 MERS 传染给我的吗？就是因为没有及时检查，防护装备不到位嘛！这样随便放家属进来，就算我们不想传染给你们，病毒也会扩散出去的。必须做好双层、多层的防护才行啊。好了，你赶快回去吧。"

"那你有没有什么需要的？"

石柱抬高嗓门："你先出去！我们打电话、发信息都行。"

映亚最终没能见到丈夫的脸，就这么离开了病房。

            *   *   *

  映亚开车回家。去医院时,映亚开车,石柱坐在副驾驶座,回来时就只有她一个人了。就算是淋巴癌复发住院,也不会马上进行化疗,会给病人几天时间来接受癌症复发这件事,然后做好再次抗癌的准备。没想到MERS像怪物一样突然扑来,映亚只能无奈地把丈夫一个人留在隔离病房,只身返家。

  要从医院出发时,她打给鸿泽:"我见到石柱了。"

  "去病房了?"

  "嗯。"

  "不是隔离病房吗?"鸿泽有些不放心。有点常识的人都会对此提出疑问的。

  "医院允许家属见病人。"

  "不是你坚持非要见的吧?"

  "不光是我,其他家属也可以探病,没有违法,也没有找人帮忙,您放心。"

  鸿泽的情绪这才稳定下来:"石柱还好吧?"

  "爸,他没事。"

  "到家再说吧,小心开车。"

  映亚不停自问,就这么回家是对的吗?其他家属每天去病房照顾病人,自己却连石柱的手都没握到就回来了。她不是不懂丈夫为自己着想的心,但这种不幸让石柱独自承受,未免太过沉重。石柱等于是被淋巴癌复发和感染MERS的雷同时击中,她真希望能多陪在石柱身边。

  自己是密切接触者和隔离对象,映亚比谁都清楚,但还没收到隔离通知。那些穿着隔离衣探病的家属也都是隔离对象,却可以进出病房,为什么自己不行?要不是石柱高声叫映亚出去,她也会跟其他家属一样留在十三楼。病毒扩散到走廊也许会感染家属,那都不是映亚该操心的事。医院的医护人员判断可以探病,还给家属穿上隔离衣,那家属还有什么好怀疑的?映亚觉得固执己见的石柱太无情了。

映亚推开家门,雨岚没从自己的房间出来。

鸿泽追随映亚的视线看向紧闭的房门,问道:"在这种不知道谁会被感染的情况下,雨岚、你和我还是不要接触比较好吧?"

"接触"两字听起来那么冰冷生疏。住在这个家里,映亚从没想过会使用这种字眼。

"爸,居家隔离的说明说,多名隔离对象住在同一个空间,最好尽量各自分开。"

但雨岚才四岁,怎么可能让他跟妈妈分开?

鸿泽问:"步骤是什么?"

"嗯?"

"我是说居家隔离的步骤。"

"保健所很快会寄通知来的。"

"你接到电话了?"

"还没有。"

"石柱要住院到什么时候?"

"等 MERS 痊愈后就能出院了。出院休息一段时间,再安排化疗。雨岚他爸的体力透支严重,不能直接化疗。"

"明白了。那你把门锁好,有什么事打给我。"

"您就住在这儿吧。"

石柱家只有两个房间,雨岚只肯在自己房间的床上睡觉。

鸿泽找了个荒唐的借口:"我眼花,得看大字的《华严经》。"

鸿泽是虔诚的佛教徒,每周都会去曹溪寺。

"可是……"

"没事的,不用担心我。你连着四天照顾石柱,辛苦了,好好休息。要是连你也病倒,那就麻烦了。话说回来,我们要隔离到什么时候啊?"

"通知书上会标明日期的,按照上面写的做就可以了。"

"知道了。"

鸿泽打开门走了。

雨岚从房间里跑出来,冲进映亚怀里。刚才他怕爷爷生气,所以一直躲在房里。

"雨、雨岚啊,乖,先放开妈妈。"

雨岚的双臂抱得更紧了,他肩膀颤抖着,哭了起来。怎么能跟孩子分房隔离呢?不管映亚怎么想都觉得这是不可能的事。映亚也把雨岚紧搂在怀里,轻抚他的背。

"乖,不哭,别怕,妈妈会在你身边。"

雨岚用手背擦眼泪,哽咽地问:"爸爸没跟你一起回来吗?"

去年治疗淋巴癌期间,雨岚亲眼见到石柱掉发、消瘦、因为化疗的副作用不断呕吐、整日卧床不起的模样。那时孩子总说害怕,躲得远远的,但等石柱痊愈后,他就跟年糕一样整日黏着石柱。因为跟妈妈一起做过的事,也想跟爸爸一起做,跟爸爸一起吃饭、睡觉、看书、玩游戏。石柱也因为生病期间只顾着养身体而倍感愧疚,出院后大部分时间都用来陪雨岚。

还没等映亚开口,雨岚就自顾自地伤感起来。去医院的爸爸没有回家,这代表着什么,孩子大概也猜到了。

"你想爸爸吗?"

雨岚点点头。

映亚打了视频电话给石柱。画面上一出现石柱的脸,孩子立刻高兴起来。

石柱笑着说:"雨岚,医生说爸爸还要做一些治疗,今天不能陪你玩球了,等我回家就陪你去玩棒球、篮球、排球,什么球都玩,我的宝贝儿子能乖乖在家等爸爸吗?"

雨岚笑着回答:"嗯!我会乖乖等爸爸。"

"想爸爸的话就打给我,我一定会接你的电话,拉钩钩!"

"嗯!"

雨岚说要在素描簿上用蜡笔画爸爸的脸,嗒嗒嗒地跑回自己房间。雨岚不会直接说"我要画画",会刻意用"素描簿"和"蜡笔"这样的词。石柱说话也喜欢用更干练、专业和流行的词语,真是有其父必有其子。累坏了的映亚先去换衣服,然后分别打给公司主管詹姆斯和幼儿园老师说明情况。

六月八日一早,映亚起床后立刻找来体温计,帮雨岚和自己测量体温,都没有发烧。昨天睡前,映亚把客厅里的玩具都拿到雨岚的房间哄他睡觉,但到了半夜,孩子还是跑到自己的卧室。雨岚哭着说做了噩梦,直接钻进映亚怀里。

映亚抱着雨岚,喃喃自语:"没事的,一切都会过去的。"

雨岚还在她的床上睡着,映亚没办法起身去客厅,因为孩子一直抓着她的手不放。映亚稍想抽出手臂,雨岚就会睁开惺忪的眼睛,更用力地抓住她。映亚只好放弃拿出左手,直接打视频电话给石柱,给石柱看一眼睡着的雨岚,然后问了昨晚和早上的情况。石柱说,因 MERS 引起的高烧已经退了,医生也开了缓解咳嗽的处方。

映亚打电话到血液肿瘤科卢忠泰教授的研究室,没人接。她又打给住院医师文孔珍。

"我打电话给卢教授,但没人接。"

孔珍简短地回答:"教授暂时不能来医院了,理由你大概也猜到了吧?"

卢教授也在居家隔离名单上。映亚说想跟卢教授通话,希望得到教授的私人电话号码。

"我不能随便给病人主治医师的电话,这违反内部规定。"

"教授要是每天巡诊,我也不会提出这种要求。那你能说明病人金石柱治疗淋巴癌的计划吗？MERS和淋巴癌，两者存在怎样的相互关系？"

孔珍只得妥协："先着手治疗急性传染病MERS是对的，但两者的相互关系我无法详细说明，你去找专家车文基教授讨论吧。治疗的最终计划……"

"当然要由主治医师卢教授制订。"

"你还有什么问题可以跟我说，我会转达给车教授和卢教授。"

"我没有时间在这里等你传话，请你站在淋巴癌复发和感染MERS病人的立场想想吧。当初你说感染MERS的概率低，不让我们做检查，现在又阻止我跟主治医师通话？我不管什么内部规定，我要直接听卢教授的意见。"映亚说完，随即挂断电话。

过了一会儿，孔珍又打来："卢教授说现在可以通话，号码我传给你。"

映亚确认信息后，拨通电话。卢教授很快就接起电话。

"文医师说你想知道治疗计划……"

映亚把与孔珍争吵时累积的不满转换成连珠炮的问题，一股脑儿全发泄出来。

"您确定病人是淋巴癌复发吗？不用再做一次骨髓检查吗？溶血性贫血跟MERS没有关联吗？黄疸、尿血、贫血、晕眩、呕吐和呼吸困难，都是淋巴癌引起的，还是MERS引起的？如果真是淋巴癌复发，那这家医院，不，这个国家岂不是第一次治疗感染MERS的淋巴癌病人？您有能治好这两种病的具体计划吗？"

卢教授从容地回答："淋巴癌复发本来就很辛苦，加上检查出MERS阳性，你们一定大受打击，也会很绝望。我从医二十五年，还是第一次遇到居家隔离这种事。越是这样，我们越要沉着冷静，一步一步走下去。首先，我们必须集中精力治疗MERS，重新做骨髓检查的可能性不大。治疗MERS的同时，我们会持续观察淋巴癌的变化。现在可以肯定的是，不能先治疗淋巴癌，再考虑MERS，两者同时治疗也不可能。我想再次强调,必须先治疗传染病 MERS,等病人进入恢复期,再集中治疗淋巴癌。"

"我很担心错过淋巴癌的治疗时机。"

"我确认过很多数值,情况还没有紧急到需要立刻进行化疗。"

"那溶血性贫血怎么办?"

"贫血不像是 MERS 引起的,我会研究出治疗 MERS 的同时治疗贫血的方法。想必你也看到新闻了,MERS 过了一定时期病人就会恢复,现在只能先努力战胜传染病。感染科里那些厉害的医师会二十四小时注意金石柱患者的,我也会在家远程确认记录,与他们讨论治疗方法。如果你有什么疑问,可以随时发信息给我,我都会回复。"

"明白了。那您什么时候开始上班?"

"我也想赶快回到医院治疗我的病人,但也要遵守疾病管理本部的规定。金石柱患者的状态如何?我看六月一日,CRP[①]有点高。"

"现在恢复正常值了。"

"他还年轻,再撑一下就会过去的。我会一直注意他的情况。医院的原则是不能给家属我的私人电话,加上我负责的病人很多,不能全都打给我。你就发信息给我吧,我会看情况尽快、准确地回复。"

"知道了,谢谢您。"映亚刚挂断电话,立刻吃惊地大叫:"站住!"

只见雨岚已经背着书包,走到了玄关。映亚连忙跑过去抓住孩子的手。

"我要去幼儿园!"

雨岚开始哭闹。从孩子的立场来看这是理所当然的,六月六日和七日是周末,所以休息,但今天是六月八日星期一,是去幼儿园见朋友的日子。映亚跪在地上,希望孩子看着自己的眼睛。

"雨岚暂时不能去幼儿园,妈妈可以在家陪你玩。"

---

① C 反应蛋白质数值(C-reactive protein),因感染、发炎、恶性肿瘤等引发身体的急症反应。

"不要,我不要!"

雨岚背着书包一边哭闹一边在屋里跑来跑去。映亚两次跑到玄关,阻止想要出门的孩子,她把挣扎的孩子抱到卧室的床上。没办法,映亚只好打视频电话给石柱。石柱看到雨岚背着书包,立刻知道发生了什么事。

"雨岚啊,记不记得三月的时候,你得了流感,一周都没去幼儿园?那时候为什么没去呢?是因为怕传染给大家啊,现在也一样。"

"可是我没有得流感,我没有咳嗽,也没有发烧。"

"我知道,雨岚是一个健康又有活力的小朋友!但比流感还要可怕一百倍的疾病进入了我们国家。得了那种病的人到过爸爸接受治疗的医院,所以这里的病人和家属暂时都要待在家里。就算雨岚没有咳嗽和发烧,但那个病的病毒,嗯……也就是说,能让人得那种病的非常小的东西,有可能进入了雨岚的身体。"

"像蚂蚁那么小吗?"

自从雨岚在幼儿园开始学习昆虫,便对极小的生命体产生了兴趣。

"不,还要更小。"

"眼睛看得见吗?"

"应该看不见吧。"

"那……显微镜能看见吗?""显微镜"三个字的发音尤为清晰。

"嗯,用显微镜就能看见。所以妈妈不能去上班,雨岚也不能去幼儿园,爷爷也只能待在家里。"

石柱详细地解释后,雨岚皱着眉头问:"那什么时候才能去幼儿园?"

石柱看了看雨岚身边的映亚。映亚轻轻摇摇头,通知书还没有寄来。

石柱回答:"爸爸觉得要到下周一,所以六月十五日前都要待在家里,星期二开始就能去了。准确日期爸爸会跟妈妈再确认一下,可以吗?"

"好!"雨岚这才晃动肩膀,把书包放下。

映亚吃过午餐、洗完碗后,才接到保健所的电话。女职员先确认了映亚的名字和出生日期,然后报上 F 综合医院的实名。

"五月二十七日到二十九日,您去过急诊室吗?"

"去过。"

"那段时间在急诊室的病人中出现 MERS 确诊病例,所以南映亚小姐,您成了居家隔离对象。"

"是……"映亚欲言又止。居家隔离的理由跟她预想的不一样,让她有点无言。

对方像是接受了她的沉默,继续说:"我们了解您很慌乱,但必须请您待在家里进行隔离。您有工作吗?"

"有,我在制药公司上班。"

"今天居家隔离通知书会送到,把通知书交给公司就可以了。"

"那是什么时候出现确诊病人的?"

"五月三十日。"

"那通知居家隔离是在出现确诊病人九天后?为什么这么晚?"

面对映亚突如其来的反问,职员略显慌张,结结巴巴地说:"那,那是……要整理几项标准,所以才晚了。"

难道是扩大了"两米内、一小时以上"的标准范围后,他们要掌握五月二十七日到二十九日出入急诊室的所有人的数据,所以才晚了?

女职员问:"金石柱先生是您的家人吗?"

终于出现了丈夫的名字。

"是。"

"你们住在同一个地方吗?"

"是的,他是我丈夫。"

"五月二十七日,金石柱先生也在急诊室吗?"

"是的。"

"那他也是居家隔离的对象。"

在那一瞬间,映亚知道的与职员不知道的内容界线清晰地浮现出来。

"你们确定？"

"是的，我们确定。"

这次职员的声音充满自信。映亚觉得更加荒谬了。

"居家隔离要到什么时候？"

"六月十日。"

"那就是两天后咯？"

"是的，请再忍耐两天。到时如果没有特别的症状，您和金石柱先生就可以解除隔离了。如果有什么疑问，请随时打电话给保健所。那就……"

映亚喊住准备挂电话的职员："请等一下，这样就结束了？"

"嗯？"

"这样就没了？"

"我是都讲完了……"职员的话尾显得含混不清。

"我想问一下，如果是MERS确诊病人，是不是就不会在居家隔离名单里？"

"当然。如果确诊，就要立即住进隔离病房接受治疗，怎么可以在家隔离呢？MERS是致死率很高的传染病，必须在肺与内脏受损伤前尽快治疗。"

"如果PCR检查连续两次都是阳性，是不是就会被判定为MERS？"

"您很清楚嘛。"

"我再问最后一个问题。做完PCR检查，判定为MERS病人的姓名和住址传送到保健所需要多久？"

"立刻就会收到。"

"立刻？"

"当然，又不是寄信，负责PCR检查的疾病管理本部会立即通知所属医院和保健所。"

"您所谓的立刻，是一天的意思吗？"

"哪可能需要一天呢!"

"那大概十二小时?"

"太久了吧。"

"那到底是多久?"

"虽然没有明确标准,但至少一两个小时内就会传名单来。"

"原来如此,一两个小时,我知道了。"

映亚挂断电话。保健所职员根本不知道石柱在六月七日被确诊MERS,也不知道他被送进隔离病房。而且,既然石柱是 MERS 病人,那他的儿子雨岚也该在隔离名单上,居家隔离开始的时间点也应以石柱住进医院的六月一日起算。而以映亚来说,她和石柱一起待在六人病房,所以隔离日期应该从石柱被送往隔离病房的六月七日开始算。确诊MERS 的石柱根本不该出现在居家隔离名单里。虽然保健所职员自信满满地说一两个小时内就会收到最新的确诊病人姓名和住址,现实却完全不是如此。

挂断电话两小时后,映亚收到居家隔离通知书。

正如保健所职员说的,隔离对象只有金石柱和南映亚,隔离日期到二○一五年六月十日,隔离地点是住家地址。下面还写着:

依照《传染病预防及管理条例》第四十一条第三项第二号,特此通知收信人为居家隔离对象。

再往下看,还有警告的内容:

若不遵守本通知书,根据《传染病预防及管理条例》第八十条第二号,将处三百万元以下罚金。

映亚盯着通知日期"二○一五年六月八日"下方区厅长的红印,思考着如果不遵守居家隔离规定的人会被处三百万元以下罚金,那延误发放居家隔离通知书的人又该处以怎样的刑罚呢?还有,漏掉隔离对象和定下错误隔离时间,又该由谁负责?

金石柱是密切接触者,在六月七日确诊,之后他的居家隔离通知书就再也没有踪影了。他们只掌握了南映亚在五月二十七日到二十九日去过急诊室的信息。

* * *

六月十七日,映亚决定送雨岚去幼儿园。以孩子最后一次见到爸爸为标准,已经过了十六天,两周后就可以自动解除隔离,所以雨岚从六月十六日开始就可以去幼儿园。问题在于映亚,她最后一次见到石柱是在六月七日,若以那天为标准,她的隔离日期应该到六月二十一日。但她收到的通知书上写的日期却只到六月十日,所以从十一日开始解除隔离也不存在法律问题。映亚每天都帮雨岚和自己量体温,确认是否咳嗽、流鼻涕和有痰。幸运的是,她和孩子都很健康。

六月十六日吃过晚饭后,映亚发信息给幼儿园老师,告诉老师明天会送雨岚过去。两小时后,园长打电话来,简短问候后便进入正题。

"雨岚妈妈,我们幼儿园暂时不能帮忙照顾雨岚了。"

"这是什么意思?我已缴了这个月的费用啊。"

家长每个月都要给幼儿园三十三万元,政府会支付其中的二十二万元保育费,剩余的十一万元则由个人负担。

"我们会退还给您。"

"理由是什么?我已经跟老师说明原因了,因为要在家隔离,才没办法送雨岚过去。"

"雨岚妈妈,我老实跟您说吧。幼儿园孩子的家长都很担心,不管怎么说,雨岚的父亲都住进隔离病房了。"

"那又如何？我和雨岚都没有感染啊。隔离期间我和孩子都待在家里，完全没有生病。我明天要去医院，也要上班。为什么幼儿园不肯帮忙照顾雨岚呢？"

"您说得没错，我也知道雨岚没有感染，但其他孩子的父母再三向我们表达担忧。几个家长还说，如果我们让雨岚来，他们就要送孩子去别的幼儿园。"

"那几位家长是谁？"

"恕我难以奉告。总之，如果我们继续接收雨岚，对幼儿园的运营也会造成影响。您看能不能再等几天，等雨岚的父亲痊愈出院以后呢？请您也体谅一下我们的苦衷。"

"雨岚会很失望的。他好几天前就盼着跟朋友见面，连觉都睡不好。如果我告诉他再也不能去幼儿园了，他会很失望的。爸爸突然住院，已经让孩子很难过了，真没想到幼儿园会这样伤害孩子。你们这样做对吗？"

"对不起，但我们也没办法。"

"我会正式向保健福祉部的负责人反映，雨岚根本没有不能去幼儿园的理由。"

"我也是为了雨岚好。"

"您这是什么意思？"

"就算您把雨岚送来幼儿园，他也不能像从前那样跟大家一起玩了。"

"这是在霸凌吗？"

"不是霸凌……那些父母总会对自己的孩子说些什么吧。"

"他们真的会这样？"

"对不起。我就当雨岚明天不会来，希望雨岚的父亲早日康复。"

园长急急地挂断电话。无论映亚怎么打电话或发信息，园长都没有回应。

六月十七日清早发生了一场骚动。映亚一大早跟鸿泽通电话，要麻烦老人家暂时到家里照顾雨岚。听到映亚说要打听其他幼儿园，鸿泽阻止了她。鸿泽说，只要说出孩子父亲正在治疗 MERS 的事实，首尔是不会有幼儿园愿意接收雨岚的。

"为什么不能去？为什么不让我见朋友？"

雨岚跺着脚哭了起来。但映亚无法老实告诉孩子，因为爸爸感染 MERS，所以幼儿园小朋友的爸爸、妈妈都不喜欢他。这样只会对雨岚造成更大的伤害。

"你不是很喜欢跟爷爷在一起吗？听妈妈的话，爷爷马上就到了。"

"妈妈，我会很乖，会听老师的话，不跟朋友打架。你就让我去幼儿园吧，我想我的同学，也想老师。妈妈，我错了，从现在起我会乖乖的，就让我去幼儿园吧。"雨岚双手合十，央求映亚。

映亚跪下来，紧紧把雨岚搂进怀里。"雨岚没有错，雨岚是乖宝宝。以后……以后妈妈一定会解释给你听。今天就当妈妈求你，听妈妈这一次好不好？"

直到鸿泽抵达，雨岚都没有停止哭泣。

映亚把雨岚交给鸿泽，便去医院找京美。她们约好在一楼咖啡厅吃早餐。石柱说，防护装备和病房管理还是老样子，不让映亚上来。映亚也不想违逆石柱去病房探望他。石柱很照顾家人、朋友和邻居，对所有人都是笑脸相迎，他也是一个恪守原则的人。

映亚打算向京美详细打探石柱的情况，也打算质问石柱担心的防护装备问题。如果有必要写意见书，映亚也打算详细地写出来。要是需要家属联署，她也打算去找其他家属签名。虽然映亚心里清楚，要医院购买新的防护装备没有那么容易，但她还是希望能及早得到完善的防护装备，去病房探望石柱。

寻找家属

李一花隐约记得自己上了救护车，但抵达医院后的事就想不起来了。她被送到十三楼的隔离病房，身着防护衣的医护人员为了掌握病况，忙得不可开交。高烧到快四十摄氏度，出现严重脱水，已经发展成病毒性肺炎。为了治疗肺炎，医院给她用了利巴韦林（Ribavirin）和长效干扰素（Pegylated interferon）。

第一次 PCR 检验为阳性后，一花短暂清醒，断断续续讲到父亲的葬礼，又说在光化门广场附近的咖啡厅见了尹海善，随即晕了过去。接下来的一周，一花完全处在昏迷状态。要进行后续治疗和检查，医院必须取得家属同意。负责的护士是朴京美。

一周后，一花好不容易才睁开眼睛。

京美问："你需要家属陪着，给我一个联络方式吧。"

一花没有回答，而是问了自己想知道的事。

"我爸什么时候来？"

关于炳达去世的记忆，也变得模糊不清。

"一花小姐，你的父亲李炳达在五月二十八日去世了。你不是已经办完葬礼了吗？不记得了？"

一花呆呆地望着京美，喃喃重复："你乱说什么……我爸什么时候来？"

"除了你父亲还有其他人吗？最近的亲戚……"

抱着头痛苦呻吟的一花突然念起一串数字："010——4743——358……"还没说完，又晕了过去。

京美赶快记下号码，然后依序替换最后一个数字，打起电话。电话若接通，她会问对方认不认识李一花。有两个人回答那里不是花店，三个人斥责京美不要打恶作剧电话。当第六个号码打通时,接起电话的女人一听到李一花的名字便开始抽泣。京美报上医院名,向她说明为了治疗需要家属前来。

"……我去不了。"女人像饿了十多天似的,声音又细又低沉。

"但家属必须来陪同啊。不好意思,请问你是病人的……"

"……我是她小姨。"

"那你一定要来,现在你外甥女得了传染病……"

"MERS!"对方突然提高嗓门。

京美感到发丝都竖立起来了,自己只提到"传染病",对方却清楚说出"MERS"。

"我丈夫也得了,正在昏迷中。我现在被关在家里,你说我还能去哪儿啊?我去不了!去不了……"

如果是小姨的丈夫,那就表示一花的小姨夫也感染了MERS,但京美必须找到家属。

"那能给我一下其他亲戚的联络方式吗?"

"010——3549——28……"

这次还没说到最后两个数字,对方就泣不成声了。京美再打过去就不接了。没办法,京美只好从数字00一直拨打到99,当打到第七十一组号码时,终于出现了认识一花的人。

"我是她二舅舅。"

京美难以揣摩对方声音中的情绪,她告知对方,一花感染了MERS,住进隔离病房,要治疗,需要家属到医院来。虽然男人极力保持镇定,声音却像轻薄的窗纸那样颤抖起来。

"我也想去……但我出不了门。"

"有几项检查需要家属签字同意……"

男人打断京美:"我老婆也在做检查。MERS!就是在你们医院感染的。她替我去医院,没想到得了这病!都是我的错啊!我得留在我老婆身边。家属同意?一花和我老婆是在哪儿感染那种病的?不就是你们医院吗!你们要是把传染病控制好,我老婆和外甥女也不会得那种病了!还要什么家属同意?真是厚颜无耻!不管有没有家属,你们都得把一花救活。没有家属就不帮孩子治病了吗?这是披着人皮的医生该讲的话吗?你们都是罪人!少在那儿讲这些没用的,赶快把一花救活,知道了吗?"

京美一时之间不知该作何反应,这些问题对身为护士的她而言,太过庞大且难以解释了——姑且先不论她能否一一回答这些质问——京美感到很羞愧,对方提出的每一个问题都直击所有弱点,她恨不得马上挂断电话,但为了抢救一花,只能忍着。

京美深吸一口气,在自己可以承受的能力范围内,真心诚意地回答:"对于李一花和她的舅妈感染 MERS,我深表遗憾。但现在比起追究是谁的责任,更重要的是尽快救人。我要强调的是,现在一花需要家属在场。"

对方停止质问。一阵沉默之后,又一组号码从话筒另一端传来。

"那你打这个电话吧:010—4324……"

电话断了。京美准备再打去时,对方发来一条短信,上面有电话号码。京美喝了杯水,差不多做了十次深呼吸后,拨打了那个号码。

"喂!"是嗓音稚嫩的小男孩,听声音有六七岁。

"妈妈在家吗?"

"妈妈去年生病,去天堂了。"

京美立刻道歉:"对不起,阿姨不知道。那爸爸在吗?"

孩子瞬间哭了出来,京美摸不着头绪,只能听着孩子哭。

忽然,换成一个老人接过电话:"谁啊?"

"您认识李一花吗?"

"谁?"

看来老人有些重听,京美一个字一个字地大声重复了一遍:"您、认、识、李、一、花、吗？"

"认识，她是我哥的大孙女。"

"她现在需要家属。"

老人无视京美的话，忽然发起火来："我儿子说要见炳达最后一面，他们堂兄弟比亲兄弟感情还好。可不管关系再怎么好，老天爷也不能一起把人带走啊！"

京美挂断电话，边喝水边整理思绪。今天打了这些电话，听到各地方言，仅仅是目前确认感染 MERS 的人，就有李一花的小姨夫、二舅妈还有堂叔。MERS 已经不再是首都范围内的传染病，它已经扩散到庆尚南北道、全罗南北道和忠清道，甚至扩散到了全国各地。

京美的手机收到一则信息，是个不认识的号码。

——一花危险？

句子打得不完整。

——您是哪位？

——我是姜银斗，小姨夫，我现在不能说话。

京美最初跟一花的小姨甘淑熙通话时，她说自己的丈夫也感染了 MERS。京美想象着银斗此时的处境，也许呼吸道正插着管子，所以没办法说话。如果是这样，那他比一花的情况更严重。

——她现在还好。

——我是一花的家属，我同意。

——听说您也感染了 MERS，请先认真接受治疗吧。

——孩子很可怜，若我不行，我老婆会做。

京美正犹豫着不知该怎么回复时，银斗又发来信息。

——一定要救她。

京美等了一会儿，再也没有信息发来。

——请您加油。

京美好不容易写下这四个字。或许银斗想说的是"求求你一定要救活孩子"。

半小时后，京美接到淑熙的电话。淑熙的声音依旧掺杂着哽咽，但她并没有哭喊出声。

淑熙抑制住难过，说："我很快就过去。我老公说这是他的心愿，我有什么办法。什么时候需要我到医院？居家隔离解除后我就出发。刚退伍的儿子会在医院照顾他爸，连他也要我去照顾一花。这是什么晴天霹雳！一家子人和睦相处也是罪吗？"

京美将一花的小姨甘淑熙会赶来的消息转达给医务科，然后走进隔离病房，确认过生理监视器上显示的脉搏和血液含氧浓度，记录下来。她原本打算走出病房，却又弯下腰，身着防护衣的她看起来至少是一花的两倍大。戴着头罩的护士与病人的脸相隔不到五厘米。除了治疗，医护人员都要避免与病人接触。因为高烧，连日未能进食的一花双颊凹陷，看起来体重至少掉了五公斤，脸色苍白，连额头上的微血管都能看得一清二楚，乍看会以为她被冷冻在冰块里，停止了呼吸。

京美注视着一花薄而憔悴的嘴唇："一花小姐，请再撑一下，你会好起来的，你的小姨夫和那些亲戚也都会好起来的。你们会证明你们一家人和睦相处不是罪过，我一定会救你。"

谁割走了我的肉？

李一花的父母已经不在了，也没有兄弟姐妹，所以小姨甘淑熙成为她的监护人。虽然吉冬华有儿子和妹妹，但住在一起的家人都无法前来当她的监护人。妹妹冬心在家里不能出门，儿子艺硕正在济州岛的保健所隔离。

冬华用的是翻盖式手机，没办法和他们视频通话。一花刚被送到医院就昏迷不醒，冬华检验为阳性，住进隔离病房后，虽然咳得很厉害，但还是能跟家人通话。冬心在电话里一直哭个不停，说都是因为自己，才害冬华感染MERS。艺硕也为自己不能赶回首尔感到郁闷。冬华打电话给比自己小一岁的妹妹冬玉，结婚后生了一对双胞胎的冬玉接到电话，立刻赶到医院。

六月七日刚过中午，冬玉抵达医院没多久，冬华的体温突然飙升，虽然采取了紧急措施，但高烧持续不退。冬华把吃的东西都吐出来后就昏迷不醒，昏迷了整整半个月。医护人员努力帮病人降温，使呼吸恢复正常，但体温持续不降，血氧饱和度也降到百分之八十四，远低于正常值百分之九十五，其间出现过三次危险期，体重也以每天一到两公斤的速度下降。医护人员为冬华做了气切，确保呼吸道通畅，插入胸管抽出肺部积水，最后因肾脏无法正常工作，只能插入导尿管。

最严重的是急速恶化的病毒性肺炎，照这样发展下去，病人会有生命危险。医生建议安装叶克膜[①]，那是在人体外去除血液中的二氧化碳并注入氧气的人工肺，可以帮助肺部受损、无法正常呼吸的病人。冬玉问医生，使用这种辅助器就能救活冬华吗？医生回答，叶克膜对治疗病

---

① ECMO，体外膜肺氧合器。

人有帮助,但无法确保病人的生命安全。医生补充,他们也只能借助叶克膜帮助病人战胜 MERS。冬玉又问医生,这样是否能痊愈。医生则保守地评估,使用叶克膜就算能捡回一条命,肺功能还是会严重受损,目前为治疗肺炎注射的药物成效也不大。

冬玉无法判断是否应该使用这种陌生的仪器,她打电话给冬心讨论了很久。冬心向远在济州岛的艺硕隐瞒了冬华病情恶化的消息,她不想让外甥担心,就算艺硕知道了也无能为力。日后艺硕知道的话或许会怪冬心,但那也是以后的事了。

冬心在家禁食,整日祷告,不管选择哪一边都可能后悔,但没时间再拖了。冬心在家祷告了两小时后,与在医院休息室的冬玉展开最后一次讨论。两人一致同意不使用叶克膜。

或许是冬华的身体后知后觉地找到了对抗病毒的方法,决定不使用叶克膜后,当晚肺炎加剧的速度就明显减缓。高烧退了,血氧饱和度也明显上升,都达到了正常值。度过危险期后,冬玉和冬心同意让冬华采用注入 MERS 痊愈病人血清的新疗法。输血后,冬华的病情明显好转,算是闯过了鬼门关。

真正的难关是从冬华醒来那天开始。她睁开眼,觉得自己仿佛置身大雾缭绕的公园,四周一片模糊。她眨了一百多次眼睛,才意识到所在之地是医院。"很遗憾,结果是 MERS 阳性""您不能回家""您需要接受治疗"……大大小小、毫无脉络的句子像空气中的小分子,飘浮在四周。冬华像平时那样呼吸,但鼻子吸不到充分的空气,呼出的气也不顺畅。由于呼吸困难,她连打起精神的力气都没有。

冬华只能把精力集中在呼吸上,稍有分心就会喘不过气,脖子、胸口和侧腰也会疼痛。虽然打了止痛剂,避免了最恶劣的情况,但痛楚还是折磨着全身上下。冬华尽量放缓速度,一边小口呼吸,一边思考。

我死了吗?

死了也能感受到痛楚?没有人确认过死后的事,所以谁也不知道死人会不会痛。要是死后也这么痛苦，可真够令人绝望的。死掉的话，痛苦不是也会立刻消失吗？

我还活着？

如果我还活着，怎么连一句话也不能说？为何无法正常呼吸？如果活着这么痛苦，活着还有什么意义？我该不会变成植物人了吧？MERS这病竟然这么可怕！如果我还活着，就算呼吸困难，至少双手也能动吧？如果连动都不能动，那还不如死掉算了。

冬华尽量压低下巴，视线看向下方，她尝试举起右手，但力气不足，手经过肚子只碰到胸口。很奇怪，身上没有肉，肌肉都消失了，冬华摸到的只有凹凹凸凸的骨头。虽然在书中曾读过"皮骨相连"的句子，但亲眼所见还是第一次。

冬华平常会举哑铃，三百六十五天从不间断，要在物流仓库工作就必须锻炼肌肉。虽然可以用堆高机搬运书籍，但很多时候还得靠双手双脚。尚哲常赞美冬华结实的肌肉，时不时还怂恿她去参加健美大赛。但那结实、漂亮的手臂，现在比柳枝还要细。

冬华慢慢在膝盖上施力，她立起脚跟，以非常非常缓慢的速度抬起腿。膝盖稍稍抬了起来，它尖锐得像露出海平面的冰山一角。三角锥模样的膝盖越来越近，接着大腿和小腿也进入视线，仿若鸵鸟蛋的小腿肚和马腿般健壮的大腿也都不见了。不管再怎么眨眼，看到的也只有附着在骨头上的那层皮。

"你醒了？"身着防护衣的护士崔金淑透过头罩看着冬华。

由两名护士一组，三班轮流照顾病人，金淑身旁站着另一位护士郑美莱。

你们是不是把我的肌肉割走了？

冬华很想质问她们，却说不出话。金淑开始做简单说明。

"你昏迷了半个月。现在很难过吧？昏迷期间遇到了三次危险期，但都顺利度过了。因为呼吸困难，给你做了气切；由于肺部出现积水，所以插了胸管。现在你插着导尿管。高烧退了,接下来就只等恢复了。我去通知医生和家属,比你小一岁的妹妹在外面等着。你记得她吧?"

冬华脑海中浮现出冬玉圆圆的脸蛋,她眨了眨眼,动了动下巴,表示记得。

护士出去后,冬华又摸了摸自己的胸和肚子,还有额头、眼睛、鼻子、嘴巴、耳朵和下巴,没有比自己更像骷髅的了。冬华流下泪来,发不出的叹息像蛆一般从身体各处洞口钻出来。虽然神志清醒了,但这已不是一个活人的身体。哭泣使冬华难以呼吸,喉咙里有痰,但她无力咳出来。她望着天花板,哭累后睡着了。

冬华做了一场噩梦,噩梦从刚刚来过的护士的声音开始。

"姐!还有很多肉可以割下来呢。"

"哪有那么多?等等,医生会看着办的。依我看,手臂和大腿的肉都能割下来。"

"今天只割腿?"

"嗯,小腿和大腿。"

伴随着开门声,传来两名医生的说话声。

"赶快做完好去喝牛骨汤,我都预约好了。打麻醉吧。"

"知道了。不过,我能吃大份的吗?"

"随便你。"

冬华晃动手脚,身体挣扎着想要逃走。她恨不得一拳打在医生脸上。但无论自己如何挣扎,两条腿仍一动不动。医生和护士根本不理会挣扎的冬华,熟练地做着自己的工作。这对他们来讲就像喝凉水一样简单,还有说有笑。麻药似乎开始起作用了,冬华的意识渐渐模糊。就在她彻底昏迷前,耳边传来医生的声音。

"右手臂好了,接下来换左手臂吧!我说这女人的肌肉怎么这么大、这么结实啊?"

冬华从噩梦中惊醒,看见身着防护衣的医生站在眼前。

医生从头到脚细细将她检查了一遍,模样就像在寻找可以割的肉。冬华感到不寒而栗,紧闭双眼。医生的声音再次传进耳朵。

"请相信我们,一切都会好起来的,请再忍耐一下。我可以很自豪地告诉你,这里聚集了世界顶级的感染科医师。知道吗?"

门开了,接着传来关门声。

冬华没睁开眼睛,第二个噩梦紧接着展开。

若说第一个噩梦是过去式,第二个噩梦则是未来式,换句话说,更像预知梦。这次,金淑和美莱拿着巨大塑料袋站在面前,那塑料袋足足可以装下一个成年人。

"什么都不能遗漏,全装进袋子里。"

"就这样送去火葬吗?这人说不定还有呼吸啊。"

"有呼吸又怎样,还不就是这两天了。能割的肉都割了,赶快处理掉一了百了,懂吗?"

"我能为她祷告吗?"

"你信教?"

"不,我不信教,但现在我想为她祷告。这个病人很可能是虔诚的基督徒,临终前的祷告对她来讲会很重要……"

"你不要同情她。她不是人类,她是病毒,你同情病毒干吗?冷静地站在人类的立场判断才是人道主义,只有我们人类才能处理病毒。居然要为病毒祷告,管她是死是活,你这样连病毒都会笑你的。赶快动手,今天要烧掉的病毒还有四具呢。"

"听说还有人会来帮忙处理病毒?有几个人啊?"

"两个,两个医院里力气最大的男人。啊,他们来了。"

门开了,两个像橄榄球队员般的男人身着防护衣走进来。他们同时抓住冬华的手臂和腿,护士用毯子和被子把冬华的身体层层包住,两个男人直接把冬华放进大塑料袋。

"怎么这么轻?"

"跟蝴蝶一样。"

"大概是灵魂出窍了。"

"最后再确认一次,没漏掉什么东西吧?"

"没有。"

"那送走吧。"

"消毒组呢?"

"很快就会来,他们会把这该死的病毒彻底清除。"

装在大塑料袋里的冬华想要大声呼喊。

我没死!

我不是病毒!

我是人!

我是人!

但冬华一句也喊不出来。难道他们是为了堵住她的嘴才故意做了气切?虽然冬华的手脚在挣扎,但整个身体都被毯子和被子包住,手腕和脚踝一动也不能动。全身的针孔和插在胸腔的管子依旧还在。自己连一句遗言都没留下,连牧师最后的祷告都没听到,连一首颂歌都没唱,就这样把她放进塑料袋里火葬?难道是医生和护士预谋想把她推向死亡的深渊?

地狱,这样的结局不就是地狱吗?既然降世为人,至少让我死得有点尊严吧。生为人,却要像猪、蝙蝠、蚱蜢或病毒那样死去,这种地方就是地狱啊。让我和这个世界的人们道个别吧。连句遗言都没说就死掉了,唯一留下回忆的地方就是地狱。

地狱,这种结局本身就是地狱。

冬华从第二场噩梦中醒来,她整整昏睡了一天。

护士递给冬华一个笔记本,但冬华没有握铅笔的力气,恶魔消耗了她所剩无几的体力,她连一个字也写不了。虽然不能写,但她可以按。冬华抬起食指,往空中按下去,手机键盘上子音、元音的位置已牢记在脑海。没留下遗言就死去的恐惧彻底包围着冬华骨瘦如柴的身躯。醒来的这段时间，冬华不停用食指在空中按着，整理出想说的句子。一天后，冬华发给冬心三则信息：

——健健康康地活着。

——我再也不能跟常人一样。

——不如死了算了。

冬华在鬼门关徘徊，身心好不容易恢复到可以发信息时，艺硕已经从济州岛回来好几天了。从冬心那里得知母亲忽然失联的真正理由后，艺硕大哭了一场。艺硕和冬心一起来到医院，加上冬玉三人，轮流打电话给冬华。冬华只能听他们说话，仍旧没有力气回答。

"姐姐，你死了，要我怎么活啊？都是因为我，害你得了这么可怕的病！都是我不好，都是我的错。就算为了我，你也要活下来。"

"妈！你挺过来了。对不起，我一个人在济州岛舒服地待了那么多天。你要给我尽孝的机会啊。我知道你很辛苦，再撑一下下。妈，我爱你！"

"姐，你不会死的。你为什么要死？该死的另有其人！"

三个人跟事先约好似的，捧着手机唱起颂歌，开始祷告。冬华当然没有死，她只是半个月掉了二十公斤，变成了骷髅，就算稍微动一下都会呼吸困难，这让冬华失去了活下去的信心。艺硕大概是从冬玉那里得知妈妈瘦了二十公斤的消息，忽然这样祷告。

"她与MERS搏斗，过度消瘦，求主赐予她恢复的恩惠，再让她增加二十公斤吧。求主赐予她健康的身体、平静的心，让她回到家人身边吧。奉主耶稣基督的名。阿门！"

冬华在心里也跟着念了三次"阿门"。当时她并不知道，虽然体重可以再增加，已经损坏的肺却难以恢复了。她能康复到这地步，已经算是奇迹。

元气恢复后，手脚刚有了力气，冬华就想要摘掉身上的针头和管子。医生和护士劝她再等几天，都没有用。每次医护人员走进病房，冬华都会怒目瞪视，然后在本子上写下：

杀人魔！

我不要你们治疗。

兔崽子！

让我出院。

我不要死。

医护人员不断向冬华解释，MERS 的治疗还没结束，就算痊愈，包括肺在内的很多器官都要持续追踪治疗，但冬华不断重复相同的话。

我不会上当的，你们是不是想杀了我？割走我的肉还不够，连我的骨头都想要啊！

即便在睡着后，冬华也没有停止拳打脚踢。她与噩梦中登场的医生、护士继续搏斗着。医护人员只好和家属商量，给冬华使用约束带。但就算把冬华绑起来，她也没有停止挣扎，会一直躁动到精疲力竭才入睡。因为被绑在床上，大小便时更是让她感受到难以忍受的羞辱。冬华希望可以一个人去上厕所，但医护人员不同意，怨恨就这样日积月累了下来。

毫不停歇的躁动使冬华的血压上升，常气喘吁吁。病人总是虚脱，对治疗也没有好处。虽然当务之急是抢救病人的身体，但治疗因感染 MERS 而受伤的心也同样迫切。医生认为应该让冬华了解自己再也不是飞奔在草原上的豹，而已经到了病入膏肓的境地，必须教会她，无论是站着生活还是坐轮椅，甚至是躺在床上，都应该坚强地活下去。

精神科医师找来冬玉，询问病人在什么情况下觉得最舒服。冬玉打电话给艺硕转达这个问题，艺硕说，在物流仓库工作了一辈子的母亲，唯一的爱好就是读书。听到这回答，精神科医师提议不如让家人为冬华朗诵她最喜欢的书。如果能让冬华重新找回内心的安宁，别说是一本了，就是十本也没问题。

从那天开始，冬玉和艺硕会打电话给冬华，字正腔圆地朗读那本书。最初两天，冬华还在床上翻滚着，完全不理睬妹妹和儿子的声音。但从第三天开始，她的耳朵开始倾听书里的内容。当艺硕的声音读到第十七章第五节时，冬华仿佛变成了温顺的羔羊，安静了下来。

终点的起点

最初为 MERS 病人准备的十三楼隔离病房满员后，又像常春藤似的蔓延到十八楼。以入口旁的护士站为准，吉冬华的病房在距离入口最近的第四间，隔壁是李一花，再隔壁就是金石柱。

根据疾病管理本部说明，MERS 的主要症状是高烧、咳嗽、呼吸困难、头痛、发寒、肌肉痛、呕吐、腹痛和腹泻。感染的病人中，大部分会出现重症急性呼吸道疾病，又称肺炎。有的人的病况较轻微，还有极少部分人即便感染 MERS，也不会有任何症状。并发症会导致丧失呼吸功能、败血性休克，由此引发各器官衰竭。如果感染前就患有糖尿病、慢性肺病、癌症或肾功能衰竭，或因各种理由而免疫力低下的人，会更加痛苦。

一开始，罹患过淋巴癌又复发的石柱比身体健康的冬华和一花还严重，但六月七日以后，出入十三楼第四间和第五间病房的护士和医生变得更加忙碌，相对地，第六间病房则显得很清闲。但这并不表示那间病房的石柱没有任何症状，头痛和咳嗽让他无法入睡，醒着时还要对抗高烧与肌肉痛。

石柱与冬华、一花唯一不同之处在于，他既是病人也是医生。石柱从小的梦想就是成为医生，但读初中时和朋友们玩在一起，就顺其自然地去了工大。毕业后按照所学专业，找到一份工程师的工作，那家公司是可以待一辈子的大企业。虽然毕业后顺利找到工作，石柱心里却很空虚。如果没有跟当护士的映亚恋爱、结婚，恐怕石柱早就放弃梦想，一辈子老实待在大企业了。

结婚是两个人的结合，也是将两个人读过的书放在同一个书柜的过程。石柱翻阅映亚的专业书籍，亲眼见识到她的护士生活，也再次让自己想起为什么想成为医生——他希望为人类除去痛苦。石柱小心翼翼地把梦想告诉妻子，映亚很积极地劝他去实现梦想，说自己有信心能照顾家庭。就这样，石柱辞去工作，在牙医学研究所展开学业，与比自己小七八岁的同学一起整整学习、实习了四年。

石柱很熟悉医院，这种熟悉有别于长期住院的病人，他对医院系统的了解远胜于其他病人。石柱不仅了解教授、研究医师和住院医师的日常及护士的工作，也对医院一系列的检查种类和正常值、处方药效果、药物说明的专业用语了如指掌。就算遇到自己不知道的，石柱也不会慌乱，他会去查相关论著，或向那方面的专家前辈请教。

对医院的熟悉程度，做过护士、现在在制药公司上班的映亚也不输石柱。她不会像其他家属那样哭天喊地给医护人员行大礼，求他们一定要救活自己的家人，更不会在医院昏倒。即便处在居家隔离状态，映亚也会每天打电话给住院医师和护士，确认MERS兼淋巴癌的石柱每天的检查结果，并详细记录。医院给石柱用了什么药，用药后出现什么反应，也都会毫无遗漏地一一记下。

MERS引发的痛苦，让石柱用医生的视角客观地观察自己。对于能够感受到痛症的自己，用什么药、剂量多少最有效，全都得靠自己寻找答案。当然医学也是按照专业详细分类的，身为牙医的他不可能完全了解血液肿瘤科的处方，但至少不会像冬华那样起疑心，以为医护人员割走了自己的肉。

石柱和映亚会视频交换和分析各自收集的信息，这让他们彼此感到安心。两人的结论是，目前医护人员只把心思放在MERS上，并没有治疗淋巴癌。也许几天或几星期，淋巴癌的恶化可能导致生命危险，但幸运的是目前没有恶化征兆。包括卢忠泰教授在内的所有医护人员都认为，六月先将MERS治好，不留后遗症，七月开始治疗淋巴癌。石柱和映亚也只能听从他们的意见。

石柱常在病房里听音乐。石柱是在大学时代名为"嘉兰特"的音乐社团结识了大自己一学年的映亚。石柱待人和善，参与社团活动积极，很受前辈喜欢。最初两人听的音乐不同，并没有走得很近。映亚喜欢抒情歌，从高中开始学弹吉他的石柱则更爱摇滚乐；映亚细心、浪漫，石柱彬彬有礼、具有挑战精神。

石柱希望把摇滚乐的音量开到最大，让天花板和墙壁都感到在震动，但MERS的隔离病房是不会允许这种巨响的。头不痛时，石柱整天都会戴着耳机听音乐，听到演奏过的曲子，还会摆出弹吉他的架势。护士不忍打断他，因为他的动作和表情看起来是那么幸福。

头痛欲裂时，石柱会拿出手机自拍。住院后，他几乎每天都和雨岚视频通话。虽说石柱没有像冬华消瘦得那么快，但持续高烧和呼吸困难，一周下来体重也少了四公斤。眼窝彻底凹陷，黑眼圈也很深。石柱不想让儿子看到自己的病容，就找借口说换了手机，不能再打视频电话了。跟儿子通话时，石柱会刻意用力说话，还会故意笑出来。

或许是去年雨岚看过石柱痛苦的样子，所以开心地跟爸爸打电话时，还是时不时会问："爸爸，你很难受吗？爸爸，你什么时候回家？"

石柱拍了更多自拍照，这都是为了雨岚。他会把胡子剃干净、洗好脸，请护士帮忙化点淡妆。然后拉开窗帘，站在光线最亮的窗边，连拍差不多五十到一百张，再严格挑选出看起来健康的照片，然后用几个软件把照片组合成世上独一无二的电子相簿。雨岚喜欢的有暴龙四种表情，在游乐场玩时会出现的五种表情，还有模仿汽车的六种表情。雨岚最喜欢站在世界三大瀑布下洗澡的三组照片，还有站在以春夏秋冬为背景的森林里打哈欠的四组照片。石柱每次传去新照片，雨岚会每天反复看二十多遍。

石柱也不忘每天关注MERS的最新消息，他会把重要的新闻另外存入"我的最爱"文件夹。映亚喜欢一笔一画地写在本子上，石柱则喜欢用各种免费笔记App，如果遇到好用的还会换成付费升级版。他把"1号"的动线附上照片整理好；五月二十七日，在这家医院急诊室感染自己的"0号"的路径也另外整理出来。

六月五日,石柱第一次判定为MERS阳性当天,首例MERS确诊病人痊愈回家了。根据中央MERS防疫对策本部发布的消息,四天前的六月一日,首次出现死亡病例。同天,出现第三批感染者。第三批感染者是指被首例病人感染的第二批感染者感染的病人。这一天,政府相关人士及少数专家认为发生第三批感染概率极低的结论被推翻。

六月十二日,保健当局发布了出现第四批感染者的消息。虽然保健福祉部和疾病管理本部极力阻止MERS扩散,但除了首尔和京畿道,病情已经扩散到包括忠清道在内的全国各地。别说想在六月结束这局面了,恐怕到七月都难以控制。有人提出警告,倘若出现第五批、第六批感染者,这将意味着感染不只在医院,还出现了区域性扩散。院内感染可以通过追查掌握,若出现区域感染,人们将在毫不知情的情况下被传染MERS。

民众开始要求全面封锁出现大批MERS患者(包括石柱在内)的综合医院,媒体报道也沸沸扬扬,说应将传染病危机警报等级从"注意"提升到"警戒"或"严重"。但中央MERS防疫对策本部没有对综合医院下达特别处置指令,传染病危机等级也没有上调,他们只是一味含糊其词,要大家相信政府。

石柱另外整理出痊愈病人的病程,因为资料不多,很难得出科学性结论。另外,病人存在极大个体差异也是事实。MERS病人住院后,最终面对的不是痊愈就是死亡。石柱并没有做最坏的打算,他关心的是痊愈的病人感染前的情况以及战胜病魔的时间。恢复快的病人在确诊一周后便出院了,也有很多人不超过两周。

石柱没有肺炎和并发症,他想尽快在两周内痊愈。他是六月七日确诊,所以希望在六月二十一日左右离开隔离病房。要是出现小状况,六月三十日也是他自己定的最后期限了。石柱不想把MERS这个怪物一直留在身体里直到七月。

MERS 痊愈后，要尽快恢复体力，然后治疗淋巴癌。还要再做八次化疗吗？这次做五次或六次就能痊愈吗？要是运气好，找到捐赠者，接受造血干细胞移植，就能回家过圣诞节了吧？首先要让父亲鸿泽做一下 HLA[①]，如果不一致就要再想别的办法。石柱原本计划今年圣诞节带映亚和雨岚去龙平滑雪度假村，要是没办法，新年前也要治好淋巴癌！万物复苏的春天，他想穿上胸前挂有"金石柱"名牌的白大褂，为病人看诊。

六月十六日晚上，京美拿着两本书来到病房。她穿着 VRE 隔离衣，戴着 N95 口罩。

石柱先问起检查结果："PCR 结果如何？"

"阳性。"

必须连续两次为阴性，才能判定 MERS 痊愈。

京美安慰石柱："别失望，你很快就会好的。今天感觉怎么样？"

"还可以。确诊已经九天了，也该显示阴性了吧？"

"除了增加免疫的干扰素，昨天还加了利巴韦林和快利佳（Kaletra），很快就会好转的。来，这是给你的礼物。"京美递给石柱一本书，"我记得大概六年前吧，有一天，映亚说你想当牙医。你知道当时我问她什么吗？我说：'为什么？怎么不是吉他手？'我不懂乐器，连乐谱都看不懂。有阵子因为头痛才想到要看看这种书。映亚让我帮忙买了这本书，也不知道能不能帮上忙。"

石柱接过《乔治·哈里森[②]名曲集》快速翻了几页，书中收录了二十四首歌的歌词和乐谱。*While My Guitar Gently Weeps* 是他最常演奏的歌曲。石柱晃动肩膀，左手摆出按琴弦的架势。

京美又递给石柱一本书："这是我选的礼物！听说你喜欢乔治·哈

[①] 组织抗原配合试验，主要用于移植前的组织配对。
[②] 披头士乐队的主音吉他手、作曲人。

里森，无聊时看看这本，看字太累的话就翻翻照片。"

是乔治·哈里森的评传，石柱动了动嘴唇，无声地念出副标题"从利物浦到恒河"。石柱暗下决心，要带家人一起去利物浦和恒河旅行。

"你很想见映亚吧？"

石柱拿起手机晃了晃。

京美接着说："我的意思不是打视频电话，她那么想来看你，为什么就是不允许啊？现在还觉得 AP 和 VRE 有问题？也觉得病房不适合？我知道医院做得还不够完善，但负责医师判断这种程度已经能充分避免传染了，你就别再坚持了。我让映亚明天过来？"

京美没有告诉石柱，明天上午约了映亚吃早餐。映亚叮嘱绝对不可以告诉石柱。

"在家属的防护装备没有完备前，我不会见任何人。"

"我会跟上面再沟通一下，你再等等吧。等见了面吵架也好，和解也好，你们自己看着办吧。南映亚现在这样，已经很尊重、很忍让你了。"

"你把我的情况告诉她了吧？"

"我要是不告诉她那些数值，她早就跑来医院了。"

"京美，谢谢你。"

"你先休息吧。"

京美准备离开病房时，忽然停下脚步，转过头。只见石柱翻开乔治·哈里森的另一首名曲 *Here Comes The Sun* 的乐谱，在空中弹起吉他。他停下双手看向京美，京美竖起大拇指，石柱也学她握紧拳头，竖起拇指。

他们是并肩与名为 MERS 的敌军战斗的战友。

问题列表

南映亚手记
二〇一五年六月十六日（星期二）

简直要疯了！

怎么会是阳性？

1. 再做一次骨髓检查？何时？MERS 痊愈后？会不会太晚？
2. PET-CT，HOT UPTAKE①：是否存在不是肿瘤的可能？
3. 溶血性贫血。
4. 重新评估病况的方法？
5. 如果需用 Chemo②，不会担心延误治疗时机吗？
6. 教授认为的严重度和预后：治疗方向？
7. Chest AP③ 目前关于肺炎的分析和评估？
8. Lab 数值④：最终确认时，是否重新做J肿部 CT！

把马来西亚旅行的相簿带去！

---

① 恶性肿瘤会吸收十倍以上的葡萄糖。HOT UPTAKE 是指 PET-CT 结果中显示葡萄糖过于集中部分的意思。在 X 光中用红色标记，以便与正常组织区分。
② Chemotherapy 的简称，化学疗法。
③ 胸部 X 光检查之一。
④ 血液检查数值。

另一场扩散

六月十七日上午九点,映亚和京美约在医院一楼大厅见面。昨晚映亚整理出一连串问题,还是打电话给京美,因为还有几点想请她帮忙确认。

京美开玩笑地嘟囔:"别人家的老公害我一夜没睡,我累得刚要躺下呢。"

"对不起。"

"不用道歉,你别忘了就好!"

"石柱出院前,吃饭都由我来请。"

"你把我当成恶毒的护士啊。明天的早餐你请,下次的我出。"

映亚八点五十分抵达医院,等了十分钟,又过了十分钟也不见京美。京美从没迟到超过十分钟,一次都没有。她们都是会提早十分钟到的性格,会提早上班查看病人记录,观察病人状态,查看各种医疗设备是否就位。做事诚恳,能使治疗过程顺利,因此医生和病人的满意度也很高。

如果是约其他人,映亚会再多等五分钟,但此时她选择直接打电话给京美。难道京美熬夜整理资料睡过头了?没有人接听,映亚看了看手机。还是打给石柱?现在不行。那打给血液肿瘤科的卢教授?这时,京美打来了。

"你在哪儿?怎么还不过来?"

京美没有回答,咳嗽声传了过来。映亚有一股不祥的预感。

"抱歉,今天没办法见面了。"

"哪里不舒服?"

"从凌晨开始浑身发冷、咳嗽。怕有问题,先做了 PCR 检查,结果出来前先被隔离了。"

隔离!看来京美也可能被感染了。

"你觉得是在哪里感染的？"

"我也不确定。我已经尽量减少跟病人接触了，但前天凌晨接触病人的次数，超过之前接触的所有病人的次数。凌晨五点做了CPR[①]……"

"CPR？"映亚打断京美。

"石柱隔壁七十多岁的病人，血氧饱和度突然掉到百分之八十五，心脏停止跳动。"

"天啊！"

"幸好抢救过来了。"

"你呢？"

"虽说做好了防护工作……但说绝对不可能感染是骗人的。病人心脏停止跳动时，我穿的是VRE。"

"VRE？"

手术用的VRE隔离衣并不能彻底保护脖子和肩膀。

"嗯，说不定病毒侵入了。正如石柱所说，虽说隔离，却不是负压病房。很难说从病房到走廊，哪里彻底安全。总之，现在只能等了。要给你的资料本来已经打印出来了，结果突然把我隔离了，没办法拿出来，等检验为阴性再拍照给你。昨晚我大致看了一遍，没有严重到需要立刻讨论的。石柱也是医生，对医院生活适应得快，抗压能力强，也从未违背医生指示，简直是模范生，用什么药他自己也很清楚，真是最好的病人。护士都称赞他，大家都说映亚前辈嫁对人了。这话你也经常听到吧？"

"京美啊！"映业的声音在颤抖。

"嗯，怎么了？"

"先照顾好你自己，这段时间太辛苦你了。"

"这家医院哪有不辛苦的医生和护士啊！MERS暴发以来，所有人都处在紧绷状态，担负着繁重的工作，但没有人抱怨。虽然睡眠不足、

[①] 心肺复苏术（Cardiopulmonary Resuscitation）。

工作时间不规律，身体很辛苦，但我从小的梦想就是拯救病人，为了做这个我才选护士系的啊。"

"我记得一年级时看了许多与黑死病有关的书，当时感到很激动。"

"中世纪无法掌握传染病的途径，只能赶尽杀绝，因为当时的医护人员面对传染病患者束手无策。虽然现在也没有治疗 MERS 的特效药，但有各式各样的治疗方法，一定能避免病人出现生命危险。"

"你不要一个人抢在前头冲锋陷阵。"

"你放心吧，昨天负责隔离病房的住院医师和护士聚在一起下定决心，我们不会只让一个人单独冲在前头，我们会并肩前进。反正我们无论如何每天都得近距离接触病人，要是我们害怕、犹豫不决，病人会更伤心、更陷入绝望。再说我这么大的体积，躲在后面很快就会被发现的。总之，对不起啊，放了你鸽子。"

"你说的这是什么话，打给你姨妈了吗？"

京美未婚，自己住在离医院很近的公寓。亲戚只有一个在西归浦圣堂当修女的姨妈。

"还没，我打算等报告出来再跟她说，不想让老人家担心。"

"不会有事的，加油！"

"谢啦！别跟石柱说，怕他乱想。"

"乱想？难道说……是石柱传染给你的？"映亚追问京美。

"喂！我可是平等对待病人的人，虽然稍稍特别照顾了一下你老公。挂了吧。"京美开了句玩笑，挂断电话。

六月十七日晚上，京美第一次检查为阳性，十九日确诊。虽然六月十二日已经出现第四批感染者，但医护人员被感染是另一个层次的严重问题。该医院没有负压病房的事实再次受到指责，D 级防护装备不足的问题也浮上台面。专家指出，负责 MERS 隔离病房的医护人员所承受的压力和工作强度比一般病房高出十倍。各界意见纷纷，必须在感染者再次增加前，将病人转到有负压病房的医院。

我的心愿便利贴

六月十七日黄昏时分,映亚重新回到综合医院。鸿泽带雨岚去看动画电影时,映亚正违反交通法规,飞速行驶着。

——现在来。

石柱的信息只有这三个字,意思是现在映亚可以来看他了。石柱改变心意的原因,等到了医院就会知道。

映亚搭电梯到十三楼,玻璃门前摆放着桌椅,护士坐在那里。玻璃门内侧的护士站移到了玻璃门外。

"啊,映亚姐!"

正翻看申请探望名单的崔金淑站起身。她和映亚曾在小儿科一起共事半年多,当时金淑刚踏入社会,映亚已经是有三年经验的老护士。映亚详细教导金淑所有医院工作和护士守则,有几次,映亚还把金淑叫到一旁严厉地训斥她。金淑后来认为自己之所以能很快适应医院工作,多亏了映亚的严厉教导,反倒对她充满感激。

"京美呢?"映亚不由分说地先找起不在的京美。

金淑的脸色立刻暗下来,低声说:"刚才第一次检查结果出来了,是阳性。"

映亚不祥的预感应验了。

"病房呢?"

"在十六楼……除了家属,其他人不能进去。"

"京美没结婚,父母早就过世了,姨妈不常来往,又远在西归浦圣堂,哪有能去探望的家属啊!"

"但你也知道……"金淑吞吞吐吐地回答。

要是外界知道有护士也感染了 MERS,记者就会像闻到猎物的猎犬般蜂拥而至。站在医院的立场,让京美住进隔离病房、砌上防火墙已是下下策。

金淑见映亚低头看手机,抢先一步说:"暂时大概不能通话了,还是等她打电话给你吧。我们也要考虑一下京美姐的立场。"

"好吧,我懂你的意思。"

金淑在家属名单上写下"南映亚"三个字后,站起身,把事情托付给坐在身后的美莱。

"你帮我照顾一下这里。"

金淑在前领路,她没有直接去开玻璃门,而是走进隔壁的房间。疫情暴发期间,医院设了准备室。

映亚扫了一眼放在桌上的保护装备,问道:"不用 AP 了?"

"从今天开始,不穿 D 级防护衣就不允许探病了。"

映亚终于明白石柱同意她来探病的理由。用防护衣取代围裙般的塑料隔离衣,花了整整十天时间,倘若京美没有被感染,要获得完善的保护装备也许还得拖更久。

"来,穿上吧,先从手开始消毒。"

在金淑的帮助下,映亚穿上防护衣。第一次穿防护衣,比想象中更难受。金淑翻来覆去地检查了两三次,不只袖口,连脖子和后背也不能有缝隙。

玻璃门应声打开,映亚沿着走廊一直走到石柱住的第六间病房,她的脸和背已经出汗,喉咙也干得不得了。整整十天后,映亚才与丈夫重逢,她轻轻推开房门,站在窗边望着窗内的石柱转过身来,抬起右手笑了笑。见到那笑容的瞬间,映亚的眼眶一热,眼泪哗啦啦地流了下来。她恨不得立刻跑过去抱住石柱,但石柱站在原地一动也不动。当他们的距离只差两步之遥时,石柱忽然开口:

"很难受吧?"

石柱想问的是,虽然难受,但应该穿好了防护装备吧?避免与病人有身体上的接触,映亚想到探病手册的内容,停住了脚,头罩下的眼泪还是止不住地流。

"我没事。"

"雨岚呢?"

"跟爸去看电影了,今天解除隔离了。"

今天是雨岚和鸿泽第一天出门。

"雨岚回幼儿园了?"

"没有。"

"为什么?"

"其他孩子的家长说,不能跟 MERS 病人的孩子上同一所幼儿园。"

石柱紧握拳头的右手在颤抖。

映亚接着解释:"我向园长抗议,但他说就算把雨岚送去,也不能像从前那样跟其他孩子相处。"

石柱仿佛化身守护家人的公狮,愤愤不平:"竟然随便给那么小的孩子贴标签,那种地方不去也罢。"

"没错,我也不会再送孩子去那种地方了。"

"……京美呢?"

"刚刚第一次检查结果出来了,是阳性。"

石柱双手捂脸,发出叹息。他摇晃着走到床边坐下,拳头用力捶打床铺,遗憾和愤怒写满整张脸。"一定非要等到出事了才明白,我都跟他们反映了多少次,这样马马虎虎地防护,医护人员和家属迟早会感染……明明可以防范的!虽然很麻烦,但若在病房前再设一道隔离门,穿戴好防护衣,如果这些都做到……"

"京美尽力了,她也反映过很多次。"

"我知道,就是因为这样我才不甘心,他们居然让最努力的好人陷入险境。你联络上她了吗?"

"暂时联络不上,医院担心这件事会传出去。"

"担心会传出去?早点做好防护不就没事了。他们应该先保护好这些勇敢、不顾危险工作的人,这才是像样的医院啊。"

也许是因为自己独处了十天,石柱像万瀑洞的观音瀑布,将不满一股脑儿地倾泻而出。老实说,映亚没有完全理解石柱的话,因为他不停在极小的话题和非常普遍的问题之间跳跃。映亚静静看着丈夫的脸,先问了这十天来最想知道的事。

"身体还很难受吗?还会一直咳嗽吗?"

"很恐怖!"

比起问题,回答实在太简短了。短暂的沉默过后,石柱接着说:

"但现在好多了。虽然检查结果一直是阳性,但没那么难受,高烧退了,也不咳嗽,痰没有了,呼吸也变得正常了。十天瘦了近五公斤,身体反而轻松许多。听京美说,我是住进来的病人里症状最轻微的,已经出现了死亡病例,有人陷入昏迷状态,还有些人肺功能受到严重损伤,我却什么并发症都没有。你别担心,等 MERS 过去,就开始治疗淋巴癌。"

映亚又开始流泪,她戴着头罩,不能擦眼泪,而且必须避免用戴着双层手套的手碰触脖子和脸。

"你别哭。"石柱的双眼也泛起泪光。

"嗯。"映亚嘴上答应,眼泪还是止不住地流。

自己关在家里十天,而石柱独自在这空荡荡的病房里忍受 MERS 的侵袭。"很恐怖!"这句简短的回答里,暗藏着他孤军奋战的每一天的痛苦。映亚为没能守在丈夫身边而感到抱歉,同时也很感激他能挺过来。

"七月之前,一定能变成阴性吧?"为了转换气氛,石柱问了一个饱含希望的问题。

映亚流着泪,笑了出来,点点头:"当然,一定可以的。"

* * *

从那天开始，映亚有了新的习惯，在黄色便利贴上写下心愿，贴起来。早上睁开眼睛，映亚会先在便利贴上写下殷切的期望，"消灭MERS，淋巴癌痊愈""PCR 阴性"，还有"再次完全缓解"。如果对其中的句子或单词不满意，她会把便利贴揉成团丢掉，重新写。最初映亚在便利贴上写下了十个、二十个愿望，把它贴在笔记本电脑边框、病房置物柜、病床栏杆上。每天去探望石柱时，映亚都会先贴便利贴。石柱从未干预过，相反地，石柱一个人时还会细细读便利贴上的句子，在无聊的病房里，他也有了新的兴趣。

三四天来，在十张便利贴上写下心愿的映亚渐渐摸索出了自己的方式。不管是映亚还是石柱，他们都明白像贴护身符那样贴便利贴是多么不科学的事。假若他们只执着于许愿，恐怕早就不这么做了。映亚在意的有两件事。

首先是检查的数值。从五月二十七日到急诊室开始，映亚每天都会用 Excel 记录白血球、红血球、嗜中性白血球、血红素、血小板、乳酸脱氢酶、总胆红素、C 反应蛋白和尿酸数值。六月一日到七日，映亚每天早上会跟主治医师或护士确认后，再记下来。六月八日到十七日，按照京美电话里告知的记录。从六月十八日早上开始，每天探病时，包括金淑在内的护士和专家都会告诉映亚检查数值。仅从 Excel 整理出的数字，便可一目了然地掌握石柱的身体情况。

其次就是这便利贴了。最初映亚只写下一些虚无缥缈的愿望，但渐渐地，她开始明确写出期望的数值，但石柱的状态极少出现好转。整个六月写下的都是"MERS 阴性"，然而一直都是阳性。就算偶尔会出现相近的数值，映亚也不认为那是便利贴显灵。

映亚的便利贴使用方法如下：选择黄色便利贴，因为觉得黄色很适合许愿，一天只在三张便利贴上写下愿望。她一次购买了一百张便利贴，限制自己未来只能写一百张的心愿。当然，映亚可以买更多便利贴，但她想在限定数量内，倾注真心写下心愿。最后，给石柱看完每天三张的便利贴后,再贴在病房里。

映亚每天在便利贴上写下心愿,是因为无法承受巨大的不安。根据疾病管理本部每天早上九点公布的"MERS每日消息",六月十七日接受治疗的病人有一百二十四人;六月二十日的病人数为一百零六人;六月二十三日为九十四人;六月二十六日缩减到六十九人。确诊的一百八十一人中,出院人数八十一人,死亡人数三十一人。

就算不去看疾病管理本部的官网,映亚也能切实感受到MERS患者人数在渐渐减少。病房开始空出来,在家属休息室打照面的人也越来越少。虽然石柱因MERS引起的呼吸道症状消失了,结果却一直是阳性。每当此时,映亚都会更加虔诚、迫切地写便利贴。

六月二十九日上午九点,映亚在笔记本电脑上记下金淑念出的数值。就在她准备去家属休息室写便利贴时,金淑叫住了她。

"映亚姐!"

映亚转过头来。

"今天要换病房。"

"换病房?为什么?"

"你也看到了,这段时间有很多病人痊愈出院,很多病房空了出来,这样下去我们也很难管理。"金淑没提死亡的病人,她继续说,"所以医院决定把病人集中在同一个楼层。"

原本占了满满五六层楼的病人,如今只要一层楼就够了。令人遗憾的是,石柱仍在住院名单里。

"要换到哪儿?"

"十八楼。上午就能换完,移动MERS病人要速战速决。"

"嗯,那医护人员数量也会调整吗?"

"应该是吧!我会跟去十八楼,郑美莱护士不去。"

"你也别去了吧,实在太累了。"

"你希望我不去吗?放心吧,我会一直坚持到十八楼的病人都痊愈出院的。你写张便利贴给我吧。"

"嗯?"

"便利贴!就写希望我们顺利换好病房。"

映亚低头看一眼包包,里面放着黄色便利贴。

"知道了。"映亚往前走了两步,又回头问,"你相信便利贴吗?"

金淑瞪大眼睛反问:"那你呢?"

"如果可以治好 MERS,我想相信。"

"我也是,只要能治好 MERS!"

不只十三楼的金石柱、李一花和吉冬华,十六楼的朴京美也移到了十八楼。换好病房后,京美还是一直不接电话。

反复和差异

正如五月二十七日，李一花、吉冬华和金石柱在 F 医院的急诊室相遇，七月三日，一花的律师朋友尹海善，冬华的独生子赵艺硕以及石柱的妻子、制药公司职员南映亚，也一起并肩坐在感染科前的走廊里。虽然三人都是 MERS 病人家属，但从今天开始，要做的事却各不相同。

映亚先向艺硕搭话："病人怎么样了？"

政府按照确诊顺序赋予病人号码，但映亚不想问那个号码。如果自己用号码称呼别人，那对方也会用号码称呼石柱，况且她更不想告诉对方石柱的姓名。不只是姓名、年龄和职业，就连石柱感染 MERS 住院的事实，她也想彻底抹去。所以才泛泛地用了"病人"这个称呼。

"我妈差不多好了。虽然 PCR 检查是阳性，但医生说那就像沉淀物一样。咳嗽停止，高烧退了，也能正常呼吸了，但偶尔也会出现阳性。你呢？"

艺硕干脆省略了"病人"二字。映亚本想像艺硕称呼"妈妈"那样，直接说出与病人的关系，但最后还是省略了"丈夫"二字。

"跟你们差不多。听说一般人只要两周，时间长的话三周就能好。可我们六月七日确诊，到现在都四周了。"

艺硕瞪大眼睛："我们也是六月七日确诊的。"

映亚和艺硕看向一直没开口的高个子海善。

海善不确定地说："我们好像也是七日……还是八日……"

映亚和艺硕像是已经准备好要安慰她了，等着海善继续说下去，但海善接下来的话出乎他们的意料。

"我朋友今天出院！连续两次检查结果都是阴性，所以今天就能出院了。"

这是映亚和艺硕日盼夜盼，但至今也没有得到的消息。

艺硕问："那你为什么坐在这里？"艺硕是在问，为什么坐在感染科的走廊等待。

"啊，我本来说要直接走的，但我朋友非要跟主治医师道谢……"

海善欲言又止，站了起来。只见两个女人下了电梯，沿着走廊朝椅子这边走来。戴着口罩、慢慢移动脚步的是一花，搀扶她的是隔离病房的护士崔金淑。映亚和艺硕也跟着起身。

艺硕开口："听说你痊愈了，恭喜你。"

映亚也跟着说："恭喜你。"

一花看向海善，她的眼神在问，这两个初次见面的人怎么知道自己是 MERS 病人？海善向她介绍映亚和艺硕。

"这两位都是家属，病人还在接受治疗中。"

一花这才理解地点头："希望他们也早日康复。"

金淑开口："尹律师也苦尽甘来了，来回跑医院真是辛苦你了。"

艺硕和映亚几乎同时看向海善，海善像是为了掩饰害羞似的，一把握住映亚和艺硕的手。

"加油，他们一定会康复的。"

映亚忽然问道："我在家属休息室见过几次李一花小姐的小姨，庆尚道口音很重的那位……她怎么没来？"

海善简短地回答："家里有事，先回去了。"

这时，艺硕问了海善一个出乎意料的问题："律师，你有联络方式吗？"

"当然。"海善从手提包里取出名片，一张递给艺硕，另一张递给映亚，她面露微笑，"有需要的话，请随时联络我。"

墙上的屏幕跳出候诊名字，李一花。海善扶一花走进诊间。留在原地的映亚和艺硕看了彼此一眼，尴尬地笑了。

映亚低头看向手中的名片："你要她的联络方式做什么？"

"你们的肺没事吗？"

"嗯？"

"我妈的MERS虽然好得差不多了，但肺损伤很严重。我想日后等她出院了，说不定会有事要咨询律师。"

映亚说："我丈夫的肺没事。你们该不会是用叶克膜了吧？"

艺硕稍稍迟疑了一下，他不确定应该将母亲吉冬华的病情公开到什么程度。

映亚望着艺硕的眼睛解释："我是不是问太多了？对不起，我是护士系毕业的，又很爱追根究底，才这样问。"

"你是护士？"

"我在这家医院做了三年，现在在制药公司上班。"

"原来如此。"艺硕递出手机，"如果可以，能跟你要一下电话号码吗？"

"为什么？"

"医生和护士虽然会向我解释一些事，但当下听懂了，没过多久就忘了。拿到各种处方药，我也搞不清楚药的种类。不是医学专业的人，就算上面写的是韩文，也跟外文没两样。如果遇到疑问——当然我也会尽量先上网搜索看看，但若还是有不明白的，想打电话跟你请教。不知道可不可以呢？"

映亚看着艺硕递到面前的手机。也许是担心遭到拒绝，艺硕的手机在颤抖。

"你叫什么名字？"

"嗯？"

"不知道你叫什么，我怎么存在手机里呢？我叫南映亚。"

映亚在艺硕的手机上输入号码，按下通话键。

艺硕说："我叫赵艺硕，今年开始读的大学。"他接过自己的手机，点头道谢。

"有不懂的随时打给我。偶尔可能无法接电话,最好先发信息给我。你不用先在网络上找,直接打给我就好。网络上那些医学信息和愈后经验谈也不能全信,上面多半都是些不正确、没有根据的内容。知道了吗?"

"嗯。"艺硕笑得眼睛弯成一道月牙。

等候名单上同时出现金石柱和吉冬华的名字,映亚和艺硕同时起身。诊间门开了,跟刚才进去时一样,海善扶着一花走出来。

紧跟在她们身后的护士说:"请金石柱的家属和吉冬华的家属一起进来。"

映亚和艺硕跟一花点头道别,错身而过。

他们都很好奇感染科的崔旭培教授找自己来的原因,这是崔教授二十五天来首次找家属谈话。直到映亚和艺硕入座,崔教授都一直摸着金框眼镜看着病历。

"家属来了。"

听到护士的话,教授这才抬起头。

"原则上规定确诊的 MERS 病人必须移送到国家指定的医院进行隔离,由于病人比预想的多,考虑到病房不足的情况,才住进我们的医院。这几天有很多病人痊愈出院了,大学医院也空出了病房,所以住在我们医院的几位病人可以移送到国家指定的设有负压病房的医院。患者金石柱和吉冬华都在移送名单中,所以我才请二位过来。"

艺硕忽然开口问:"送去别的医院?什么时候?"

"今天。"

映亚追问:"今天?至少应该提前一两天告诉我们,才好准备吧。为什么这么急着送我们过去?"

崔教授回答:"我不是已经说了吗,原则上 MERS 病人必须在国家指定的医院接受隔离治疗,现在有空病房了,所以可以送他们过去。在负压病房接受治疗,对病人和医护人员都有好处。我们也是今天才收到疾病管理本部的通知。你们不需要做任何准备,只要人过去就可以了。"

"什么时候出发?"

"上午十一点,救护车会送你们过去。一位病人一辆救护车。出发前半小时,会给病人做好一切防护工作。"

"那我们呢?"

"家属不能上救护车,你们可以直接到指定的医院去。金石柱和吉冬华会分别移送到不同的医院。"

"为什么?"艺硕瞪大眼睛。

"是按照病房空出的顺序分配的,两家医院都设有负压病房,所以你们不用担心。还有其他问题吗?没有的话……"崔教授拿起病历,准备起身。

映亚着急地问:"一定要转院吗?"

"这是规定。"崔教授的语气丝毫不留余地。

映亚原本还想追问,但看了看一旁的艺硕,她不想在艺硕面前谈及石柱的病情。

崔教授没有放过这短暂的沉默,接着说:"有关患者金石柱的事,你再找血液肿瘤科的卢教授商量一下吧。这是我们慎重考虑后的决定。我要去开会,先告辞了。"

崔教授匆匆走出诊间,跟出来的映亚和艺硕望着崔教授的背影消失后,仍一直站在走廊。

艺硕问映亚:"负压病房对治疗 MERS 是有帮助的吧?但感染科的医生都说我妈的病快好了,怎么还要转院……"艺硕道出在教授面前不敢表露的不满和疑问。

映亚打断他:"对不起,我忽然有点急事。下次见。"

跟艺硕分开后,映亚直接去了血液肿瘤科。值班护士说,诊间门口已经排满了预约病人,如果没有预约就无法见卢忠泰教授,但映亚没有时间了。

"我是金石柱病人的家属。上午病人就要送去其他医院了,我必须跟卢教授见一面,你应该知道这是为什么吧?"

护士走进诊间,出来后没有把映亚的名字输入等候名单,而是直接对她说:"请进去吧。"

"你不来,我也正打算看完这个病人后打电话给你呢。你去过感染科了?"身着白大褂的卢教授起身迎接映亚。

"见过崔旭培教授了。"映亚压抑不安的情绪,问道,"您不是说,会对我丈夫负责到底吗?"

"这个想法我至今也没有改变,金石柱同时患有MERS和淋巴癌,需要感染科和血液肿瘤科共同会诊。他的高烧、头痛和贫血等症状虽然与MERS有关,但从淋巴癌的角度去观察也很重要。MERS很快就会得到控制,到时必须集中精力治疗淋巴癌。"

"我很不安。要是转院,又得跟新的医护人员重新磨合,不能让我们一直在这里接受治疗吗?"

"最初讨论时,我也考虑了这个可能性。但这个问题不是我一个人,或是我和感染科崔教授两个人可以决定的,我们也要听从院长和这家医院高层的意见。最重要的是,这是最近疾病管理本部的指令。上个月不是还在强调必须尽快把MERS病人送进负压病房隔离嘛,所以医院才判断应该把病人送到国家指定的医院。站在医院的角度,我们也只能遵守国家的原则,实在难以坚持让病人留在我们医院继续治疗。我充分理解金石柱患者和家属不安的原因,但我可以向你们保证两点:首先,等MERS痊愈后,病人可以继续在我们医院接受治疗。我真的愿意对病人负责到底。其次,我向医院建议,把金石柱患者移送到感染科和血液肿瘤科我有熟人的医院。我读大学时结识的朋友都在那家医院的感染科和血液肿瘤科,你过去后就能见到感染科的朴江南教授和血液肿瘤科的柳大焕教授了。我会把金石柱去年的病历传给柳教授,也会跟他讨论治疗方案。你就当是转去了更好的病房吧。"

"完全没有转圜余地了吗？"

"这件事已经决定了，你就想成是去接受更好的治疗吧。"

从卢教授的神色很明显可以看出，他希望对话到此结束。

但映亚又问了一个问题："今天这个转院的决定……您真的有信心日后不会后悔？"

卢教授与映亚四目相对，沉默了片刻。映亚心知肚明，这名为"医院"的世界冷酷无情。正如卢教授所说的，他会把石柱就医以来的记录转给大学同窗，也会跟他通话、见面说明、讨论情况。尽管如此，卢教授也不会一直对石柱负责。如今石柱身患的 MERS 和淋巴癌要到新医院重新接受治疗，今天过后，卢教授的病人名单里将不再有金石柱。就算等 MERS 痊愈后再回来治疗，那也是以后再说了。

"我不会后悔。如果病人没有感染 MERS，早就开始治疗淋巴癌了。值得庆幸的是，金石柱在住院期间很配合治疗。虽然现在 MERS 还没痊愈，但病情已经大有好转，随时可以接受淋巴癌治疗。独自待在隔离病房能让身心维持在这种状态，实属不易。"

映亚固执地说："正如教授所说，MERS 已经得到控制，那不是应该立刻治疗淋巴癌吗？站在我的立场，很怕错过治疗的最佳时机啊。"

"我可以肯定地告诉你，淋巴癌发展得还很缓慢，如果情况危急，那当然得兼并化疗。一步一步来，一定会好的。你可以随时打给我，我会尽我所能地提供帮助。"

如今要去陌生的医院，跟陌生的医生见面，再重复一遍刚刚谈的内容。虽然卢教授声称只是换间病房，其他没有任何改变，但站在映亚的立场，一切都变了。她在这家综合医院工作了三年，京美和过去的同事也都在这家医院，因此才有依靠。石柱以前也是在这家医院接受化疗，成功接受造血干细胞移植。但接下来要转去国家指定医院，那里完全没有他们的痕迹，感觉就像被丢弃在陌生、无人的荒野。

映亚走出卢教授的诊间，背对窗户站在走廊上，她的膝盖在颤抖，觉得力气仿佛一下子从头到脚溜走了,像泄了气的皮球。这时,信息提示音响起。映亚看向手机,发信息的人是京美。

——听说你们今天转院,转去负压病房对石柱也好。我明天出院!连续两次检查结里都是阴性。虽然有很多话想跟你说,但还是下次吧。好好照顾自己。抱歉!

第三部

一一十

重新开始

南映亚手记
二〇一五年七月三日（星期五）

心脏快要爆炸了。
石柱该有多郁闷呢？

结果还是换了一家医院。
他们明明说会负责到底的。

撑住，撑住，再撑一下。
明天一定会好起来的。

*　*　*

今天早上错过了"MERS每日消息"，稍晚看到这段内容：

　　七月三日，光州世界大学生运动会开幕。六月二十九日，疾病管理本部派现场紧急应变小组抵达光州，集中防范出现

MERS病人或群聚感染事故。发现疑似病人时，紧急应变小组会采取紧急措施，选手村和运动场等地将二十四小时进行体温监测；确保国家储备医疗资源；建立二十四小时特别移送体系；确保光州地区隔离病床的床位；支持流行病学调查员调查疑似传染病患及接触者。

* * *

——目前治疗中人数四十二人（22.8%），出院人数一百零九人（59.2%），死亡人数三十三人（18%），总确诊人数一百八十四人。

——与前日相比，治疗中人数减少六人，出院人数增加七人，死亡人数无变动，确诊人数增加一人。

——接受治疗四十二人，处于安全状态三十人（71.4%），情况不稳定十二人（28.6%）。

——确诊类型，医院病人八十二人，家人／探病六十四人，从事医疗工作者三十八人。

——总隔离人数二千零六十七人，居家隔离人数一千六百一十人，医院隔离人数四百五十七人。

<死亡现况>
——没有出现新的死亡病例，类型分类与昨日相同。
——三十三名死亡者当中男性二十二人（66.7%），女性十一人（33.3%）。年龄：八〇代[①]七人（21.2%），七〇

---

① "代"为韩语中年龄层区段的统称，例如十代为十岁到十九岁。

代十人（30.3%），六〇代十人（30.3%），五〇代五人（15.2%），四〇代一人（3%）。

——三十三名死亡病例中，慢性疾患（癌症、心脏病、肺病、肾脏疾病、糖尿病、免疫力低下等病人）或高龄层等高危险群体三十人（90.9%）。

＊　＊　＊

这些数字令人难以置信。MERS死亡病例中没有三〇代。也就是说从年龄层来看，石柱的死亡可能性是零。但死亡病例中，患有疾病和高龄者却占了90.9%！那石柱很可能有生命危险。真不知道他们统计这不到一百人的资料做什么！意思是告诉那些高危险群，自己小心点？还是想告诉大家，政府已经尽力了，但如果医治无效，责任都在基础病患者或高龄患者身上？不管是哪一种，都让人很不爽。对我而言，石柱永远都是百分之百，他不能用数字区分，那些做统计的人也应该知道这一点。

大海的时间

整个七月,李一花都待在巨济岛。

电视台给了她一个月病假,与她同期竞争的三个实习记者如今已正式成为公司职员,开始在首尔总公司上班了。在同期同事的群组里,大家都为一花的康复送上祝福。她回复感谢,却仍难以摆脱难过的心情。等同期的同事们在首尔工作满一个月后,也就代表她会被派去地方工作。

七月三日出院回家后,一花先打给苏记者,表示一个月病假太长了,她只要休息两周就可以上班,又被苏记者训了一顿。一花心想,自己大概很快就会收到派去地方工作的通知,看来跟苏记者争吵不休的日子也到头了。

一花又打电话给姨夫姜银斗,一直到拨号音响完了,也没有人接。再打给小姨甘淑熙,也没人接听。一花打开房门走到客厅,海善站在瓦斯炉前,正忙着煎泡菜饼。

"姨夫和小姨都不接电话,我得问候他们一下……小姨是十天前回巨济岛的吧?"

海善默默关掉瓦斯炉,慢慢走到一花面前,握住她的手。

"怎么了?"

"你做好心理准备,姨夫他在六月二十六日走了。"

"什么?"

一花猛地瘫坐在地上。如果海善没有扶住她,就这么倒下去恐怕会伤到肩膀或头。小姨说要回巨济岛时,一花问起姨夫的病情,她只说姨夫恢复得很好。尽管看出小姨在强颜欢笑,但一花也没有再追问,她心想,等大家都出院后就能见到了。在那之后海善返回首尔,填补了小姨的空缺。

住院期间，海善没有把手机交给一花，她觉得身为记者的一花看到新闻会太激动，也会胡思乱想，只会影响治疗。就在这期间，最疼爱她的姨夫离开了这个世界。

海善陪一花一起来到巨济的玉浦港，淑熙早在港口等着她们。一花和淑熙抱在一起哭了许久，海鸥在她们头顶的天空来回盘旋着。

一花好不容易镇定下来，开口说："小姨，都是我的错！如果我不送爸爸去综合医院的急诊室……"

在这一个多月里，整个世界都颠倒了。叫救护车送父亲李炳达去医院是李一花最后的坚持，但因为这件事，家里的四位老人都感染了MERS，没想到其中一位还因此离世。如果一花不坚持去那家医院，不在急诊室等待，即使父亲离开了，其他亲戚也不会遭遇这飞来横祸。

淑熙抚着外甥女的背："你说的这是什么话！为了救你爸，你已经尽力了，去那家医院看病有什么不对？感染MERS是很冤枉，但那不是你的错。你没有错！你的心情小姨都懂，错都错在那些没控制住MERS的人，他们要是早点公开疫情，也不会这样。他们都用我们按时缴的税金做了什么啊！"

"但是小姨，我……"

淑熙打断一花："别再说那些没用的，跟我去见见你姨夫，跟我来！"

从玉浦港坐船出海一小时后，就抵达了撒下银斗骨灰的地方。银斗陷入昏迷前做了气切，无法说话。他吃力地在淑熙的手心上歪歪扭扭写下两个字——

大海。

只有两个字。淑熙成全了银斗不想入土、希望把骨灰撒入大海的心愿。坐船出发后，一花说想打电话给其他长辈，被淑熙阻止了。

"再过段时间吧，不管是活着的还是走了的，现在都一样。'游山会'现在聚在一起只会互相埋怨。但这绝不是你和你爸的错，谁能想到那个MERS病人那天偏偏出现在那里啊。但人的脑子和心就是没办法分开想事情，大家想要像从前那样聚在一起有说有笑，恐怕还需要一些时间……不，说不定大家再也找不回从前其乐融融的感觉了。你爸走了，我那帅气的老公也走了，就算把大家聚在一起，也会觉得少了两个人。我已经发信息告诉大家你出院了，大家都让我叮嘱你，好好照顾自己。慢慢来吧，今天先去见见你姨夫，留在我这儿好好休息几天。从今往后，你就是我女儿，我就是你妈，知道吗？"

大海平静无浪。船开了一个小时后，港口吵闹的海鸥便没有再跟来。一花独自站在船首，望着细碎的海浪，这里是她曾跟爸爸、姨夫出海钓鱼的地方。一花这才真切感受到银斗的死。姨夫在父亲葬礼上忙前忙后的样子仍历历在目，要不是姨夫，她根本无心力处理父亲的后事。一花再次失声痛哭。淑熙和海善想让她哭个痛快，都没有上前安慰。

返回玉浦港时，海善说："你小姨说得对，这不是你的错。该负责任的另有其人。如果受害者都责怪自己，便难以分清是非黑白。不只你，你爸爸和姨夫，还有那天到急诊室的亲戚，谁都没有错。莫名其妙感染了MERS，到鬼门关走了一趟，你不觉得委屈吗？就这么失去了姨夫，你不觉得愤怒吗？不要用自责抹去委屈和愤怒！自责只会让你一辈子放不下这个包袱。谁该为这件事负责，什么制度出了错，你应该去采访，把它揭发出来。一花，你是记者啊，不是吗？"

六道门

救护车停了下来。

两名身着防护衣的男护士上前将金石柱抬到轮床上,在他身上盖上透明塑料布做的方形盖子,这是为了防止病毒外泄而准备的特殊病床。他们搭乘禁止外部人员使用的电梯来到三楼,穿过长长的走廊。石柱左右转动头部,想看看四周的环境。上方的日光灯格外刺眼,左侧是白色的墙,右边是窗户,但他无暇顾及窗外的景色。最后,石柱看到"隔离区"三个字,但写在隔离区前的数字模糊不清。那数字是四十五也好,五十四也罢,又能怎样呢?自己已经被送到有负压病房的医院了。话说回来,映亚到了吗?出发前,医院还说可以允许一名家属搭救护车同行,但很快又收到通知,一般人不能搭救护车。映亚说会开车跟在后面,还发信息跟石柱开玩笑说,托老公的福,自己可以追救护车了。石柱回复,不能在市区内展开追击战,特地嘱咐她慢慢跟来。

在走廊快速移动的病床停了下来,他们抵达隔离区入口。病床向左转九十度后,进入了第一道门。抵达第二道门只用了不到七秒钟,然后病床在第三道门前停下来,前面两道门关上后,第三道门才开启。其他的门也都是这样,等第五道门关上,第六道门打开,才终于抵达病房。

护士打开塑料盖,小心搀扶石柱移到病床上。石柱还来不及道谢,一行人便迅速推着轮床离开。没过多久,身着 C 级防护装备的男人走进病房,他绕着病床走了半圈。直觉告诉石柱,之后在隔离病房会经常见到这人。

男人爽朗地自我介绍:"我叫权亨哲,是负责你的感染科住院医师。我是有三年经验的住院医师,虽然通常是有两年经验的住院医师负责这项工作,但在负压病房的 MERS 病人,必须由经验满三年的人自愿负责,所以我自告奋勇地来了。你是六月七日确诊,差不多已经一个月了,加上淋巴癌复发……我很想让你在八月前出院,因为我在隔离区只做到七月底。"

男人用戴手套的手轻轻握了握石柱的手,他这样说,应该是看了石柱转院前的病历。这位有着三年经验、自愿负责负压病房的医师令石柱很满意。

"转院一定很辛苦,你先休息吧。"

亨哲正准备收回手时,石柱却握得更紧,问道:"我的家属到了吗?"

"我去确认一下。请问家属的姓名,跟你的关系是?"

"我太太,名叫南映亚。"

"她如果到了会先跟我会面,然后立刻联络你。啊,有一点要说明,你完全不必担心自己是一个人,头部上方有呼叫钮,厕所门旁也有对讲机可以打电话。护士站会二十四小时通过屏幕观察病房。虽然你一个人在隔离病房,但其实都有医护人员陪伴,你就安心待着吧。"

亨哲走出病房。石柱先打电话给映亚,虽然拨号音响起,但断断续续的,发短信也无人响应。他本想发 KakaoTalk[①] 信息,但没有网络信号。这是六月在综合医院病房时从未出现过的情况。看来是因为通过那六道门到了最里面,所以 Wi-Fi 信号很弱,手机也收不到信号。石柱又打了几通电话,最后只得放弃。他转头看向窗户,方形的玻璃映入眼帘,还没有之前病房的四分之一大,跟打开的笔记本电脑差不多。墙上挂着一台电视,石柱找来遥控器按下开关。健壮的三个男谐星和一个女谐星围坐在桌前啃着猪脚,石柱像是要吞掉他们手里的猪脚似的死盯着画面。他真的好想吃猪脚。

* * *

---

① 是韩国的一款免费聊天软件,类似于微信、QQ。——编者注

映亚也非常焦急。距离医院约五十米时，她看到载着石柱的救护车。但等她从停车场停好车出来，石柱早已被送往隔离区了。映亚原本打算跟上石柱移动的路线，但入口处的大门紧锁，上面挂着禁止出入的牌子。映亚找不到人问路，只好沿着上坡路来到医院主楼。映亚来到询问处询问 MERS 病人的负压病房，职员亲切地告诉映亚，搭电梯到三楼后，穿过连接隔离区的走廊就可以了。之前为了洽谈公司业务，映亚来过这家医院的主楼，但去隔离区还是第一次。

映亚搭电梯顺利来到三楼，却找不到通往隔离区的走廊。映亚按照职员的说明转了方向，墙上出现通往其他病房区的标识。映亚沿着楼道左转右转，不停改变方向，就是找不到通往隔离区的标识。冷汗从后颈滑下，沿着背一直流到臀部。映亚眼眶泛泪，膝盖无力地颤抖着，她吃力地把胳膊肘架在窗框上，打给石柱，拨号音断断续续，发短信和 KakaoTalk 也没有任何回应。

他们到底把石柱藏到哪儿去了？

一股悲伤涌上心头。映亚甚至怀疑他们故意把隔离区安置在难找的地方，她叹口气，蹲坐在地上。今天上午卢忠泰教授还说只是换间病房，其他没有任何改变。但真的到了这家大学医院，除了病人还是金石柱，其他所有的一切都变了，连通往隔离区的走廊也像代达洛斯①修建的迷宫般复杂、陌生。

"你哪里不舒服吗？"

映亚抬起头，只见正用拖把清洁走廊的清洁工正一脸担忧地俯视自己。她看起来约六十岁，瘦削的脸上布满皱纹。

映亚擦去眼泪，问道："请问，隔离区在哪儿？"

"你跟我来。"清洁工笑眯眯的，说话像是没有了四颗门牙那样，有

---

① 希腊神话中的著名工匠，为克里特岛的国王米诺斯建造了一座迷宫，用来关半人半牛怪米诺陶。

点漏风。

"您不用继续工作吗？"

"那你就这么蹲着等我拖完地啊？跟我来吧，我带你过去，再回来做也不迟。"

映亚跟着清洁工来到隔离区。原来问题出在对面的电梯，只要往左转一次就可以了。都怪自己搭错电梯，还一直朝右边的走廊走。清洁工指指墙上病房区的号码，然后通过一道门。刚才为了让石柱的病床通过，那道门一直敞开着，所以石柱计算的门里没有包括这道门。映亚终于抵达石柱通过的第一道门。

"你打那个电话。"清洁工指了指门旁的电话，转身离开。

映亚用舌头舔了舔嘴唇，拿起话筒。长长的拨号音差不多响了十秒后，停了下来。

映亚急忙开口："请问，金石柱患者到了吗？"

"请稍等……"女子慢半拍地回答，她的声音毫无情感，就像飞行员在夜间穿越的撒哈拉沙漠那样漆黑又干燥。

映亚放下话筒，深呼吸了两次。门开了，像是在医院身经百战的护士玉娜贞出现在眼前，她下巴尖尖的，倒三角形的脸颧骨突起，给人冰冷的印象。

"金石柱患者……"

"刚刚睡着了。你是家属吗？"

"是的，我是他太太，南映亚。"

映亚偷看了一眼玉护士身后，只见走廊左右两边都是病房，走廊的尽头还有一道门。

"我联系不上他，信号总是断掉，短信和 KakaoTalk 也发不了。请问病房在哪儿？我能进去吗？"

玉护士语气依旧冷淡："请跟我来。"她经过映亚，走到清洁工刚打开的那道门前。

映亚跟了过去,看向她用眼神示意的地方。简易的流理台旁放着长椅,挤一挤大概能坐四个人。

"这里是家属休息室。你在这里等,有事的话就像刚才那样联络我们,值班护士会接听电话。我再说一次,家属只能走到对讲机前。从今天起,金石柱患者会在负压病房接受治疗,我无法告诉你怎么进入负压病房。"

"不能探病吗?之前的医院每天都可以探病。"

"请在这里等候。"

"之前医院的教授说只是换间病房,其他的一切都和之前一样……"

玉护士没有立即回答,她看着映亚,目光犀利。

"如果每天都能探病,那还能叫彻底隔离吗?"

映亚发觉自己正面对着一道深蓝且巨大的冰墙。石柱住的负压病房,遥远得像在地球另一端。

烦恼娃娃

南映亚手记
二〇一五年七月四日（星期六）

雨岚给了我一个烦恼娃娃，说是跟爷爷一起做的，他要我把烦恼的事说给娃娃听。将雨岚哄睡后，我先跟娃娃倾诉了四件担心的事。

——不知道能不能跟血液肿瘤科的教授顺利沟通？
——不知道感染科和血液肿瘤科的MERS会诊进行得顺不顺利？
——不知道能不能见到石柱？
——不知道能不能将外面的食物送进去？

后遗症更可怕

吉冬华转院后，很快进行了 PCR 检查，连续两次的结果都是阴性。她是七月转送到 MERS 病房的病人中最早的仅用四天便换到一般病房的人。几名已经痊愈的 MERS 病人都住在那间病房治疗后遗症，看到病房里有其他人，冬华感到很陌生。因为确诊 MERS 以来，自己一直都是一个人在病房里。

冬华为了打发住在单人病房的寂寞，会轮流打电话给家中的冬心、儿子艺硕和留守医院的冬玉，她也会整天开着电视。但跟家人通话让她很疲惫，光是装开心、装没事就很累了，她还要担心自己住院时家里的冬心只能独自面对各种痛症。虽然艺硕会陪在冬心身边，但照顾冬心仍是冬华的责任。电视上播放的节目令人心烦意乱，对于半个月掉了二十公斤体重的冬华而言，华丽的表演和欢乐的歌舞反而更让她感到满腹委屈。自己骨瘦如柴，变成这副模样，但这该死的世界还是照常运转着。

一般病房是四人房。一进来，护士就送上掌声，艺硕和冬玉跟进来后，掌声变得更热烈了。冬心原本也要来的，但因为头痛欲裂，最终还是留在家里。病床贴有"吉冬华"的名牌。躺在靠窗左边床上的女人看起来七十多岁了，斜坐在靠窗右边病床上的男人四十多岁了，男人旁边的女患者看起来跟冬华年龄差不多。护士长端着蛋糕走进来，蛋糕正中央插着一根蜡烛。

"吉冬华小姐，恭喜你战胜了 MERS！接下来只要在这里接受后遗症的治疗，就可以重新返回社会了。为了能让你尽早出院，我们会尽最大努力的。来，吹蜡烛吧！"

冬华用力吹了一口气，但烛光只晃动了一下，没有熄灭。去年的生日蛋糕上插了四根粗蜡烛和九根细蜡烛，当时四十九岁的冬华一口气吹灭了十三根蜡烛。此时的蜡烛比去年小很多,冬华再次鼓起双颊,用力送出一口气,但烛光只是摇晃了一下。

护士长夸张地笑着说:"在单人病房住得太久,没有人可以说话,所以才会这样。跟大家一起住在这儿,很快就能恢复的。这位是儿子吧?来帮妈妈一起吹!"

艺硕走上前,站在冬华身边,母子紧握双手用力一吹,蜡烛才终于熄灭。

冬玉和艺硕说要到楼下的商店为冬华买些住院需要的日用品,护士们也都离开,各忙各的去了,病房里只剩下四名病人。

四十多岁的男人主动开口:"你好,我叫禹福正。"

"我叫吉冬华。"

"隔壁的男性病房住满了,我只好住过来当万花丛中一点绿。我实在不想再住在单人房了。看你年龄应该比我大,可以叫你一声大姐吗?"

"请便,怎么称呼都行。"

冬华的视线跨过一张床,看向跟自己年龄相仿的病人。

只见病人的额头挤出皱纹,像断奏似的一个音节一个音节地说道:"我、叫、董、宝、兰。"她嗓音低沉,每说一个字都会气喘吁吁。

直觉告诉冬华,宝兰的肺已经严重受损。MERS 最常见的后遗症就是间质性肺病。虽然冬华也喘不过气来,但至少还讲得出句子。

"我叫吉冬华……在物流仓库工作……"

见冬华介绍自己的职业,宝兰也跟着说:"我、在、补、习、班、教、数、学……"

咳嗽打断了宝兰的话。直觉再次告诉冬华,宝兰再也不可能回补习班教数学了,因为那是需要不停说话的职业,要有健康的肺和声带才行。现在宝兰的声音低沉,呼吸吃力,连句完整的话都讲不好,她这样是不可能轻松说出脑袋里想的东西的,自己也会很辛苦。

冬华的眼睛自然地看向最后一名病人。她背对着冬华,刚刚冬华吹蜡烛时，她才好不容易翻了个身仰卧着。冬华小心翼翼地正准备开口，门开了，护士推着轮椅走进来。面向窗户的病人很习惯地自动起身，坐到轮椅上。护士推着轮椅走出病房，冬华看了一眼贴在病床上的名牌：尹致钰。

"洗、肾……肾、衰、竭……"宝兰用五个断音说明情况。

冬华重复着五个断音，问道："她去洗肾，是出现了肾功能衰竭的并发症吗？"

宝兰点点头。肾功能衰竭也是MERS病人最可能罹患的后遗症。病人在与MERS搏斗时会发生这种情况，原本就罹患肾衰竭但没有洗肾的患者，病情也会因此恶化。尹致钰属于后者。她在用饮食和运动疗法治疗肾衰竭时感染了MERS，为了治疗高烧和肺病连用了两周的药。虽然捡回来一条命，肾功能衰竭却急剧恶化，导致一周至少要洗肾三次。从那之后，致钰每天都躺在床上，望着窗外。她在东大门拥有五家服饰店，是个低调的有钱人，但这后遗症不是靠钱就能解决的。

冬华调整了一下床的高度，躺在枕头上。枕头和被子跟之前医院的厂牌一样，但这里的似乎比较软。冬华发了条信息给冬心。

——贫血还好吗？头痛好些了吗？振作点，我很快就能回家了。

冬华希望在这里住一周就出院。感染MERS是最糟糕、最不幸的事，但冬华相信好事还在未来等着自己，从今往后，只会有好事发生。

两个月后，冬华才明白自己的想法有多么单纯。

输血、输血、输血

二〇一五年的七月特别热。

李一花住在巨济玉浦港的甘淑熙家里休养;吉冬华转到一般病房,努力治疗恶化的肺功能衰竭;只有金石柱还留在隔离病房,在死亡线上挣扎。整个六月,当一花和冬华徘徊在死亡边缘时,虽然石柱也出现高烧、咳嗽和呼吸困难,但很快就有了起色,像是不费吹灰之力就摆脱了传染病。可是当她们两人在PCR检查中连续两次显示为阴性,顺利出院后,石柱却还是一直为阳性。

住院医师权亨哲在跟血液肿瘤科的柳大焕教授、感染科的朴江南教授讨论过后,下了这样的结论:"为治疗溶血性贫血而长期服用的类固醇必须先停下来,很可能是类固醇导致PCR检查一直无法显示阴性。"

"停用类固醇,贫血不会恶化吗?"

"我们会密切观察,看情况进行输血。现在必须尽快得到阴性反应才能化疗。如果在阴性反应出现前淋巴癌恶化,还是得用抗癌药。"

"什么时候才能得到阴性反应?"

"这很难说,但我想可能会在一周内。如果MERS不痊愈,很难做治疗淋巴癌的检查。我们知道这样很辛苦,但这是目前最好的办法了。"

"权医师觉得怎么做比较好?"石柱问。

亨哲的左手放在右手上:"现在只能控制住情况,要先治疗哪一边都很难。我觉得可以尝试这个方式。"

石柱也做了决定:"我明白了,那就这样吧。"

"我们还会尝试进行血清治疗。"

这是直接注入痊愈患者血清的方法。六月有几名患者采用这种方法,获得了成效,冬华就是其中一名。关于抗血清(Antiserum)治疗,上个月石柱也听说了，但当时血清不足，所以没有轮到他。

"好，我也接受血清治疗。"

"这是家属送来的。"亨哲拿起刚刚放在床下的纸箱，他念出产品名，是 Wi-Fi 分享器，"病房在最角落，的确没有 Wi-Fi 信号，安装一个分享器也好。你有什么想吃的吗？我刚好有事要出去，正好把刚才跟你说的转告家属，顺便告诉她你想吃什么。"

石柱想起《好吃的家伙们》①里几个嘉宾大口咀嚼的食物，但汤类食物不方便带，其他几样恐怕医院附近也很难找到。

"请转告她帮我送些炸鸡，不放任何酱料的古早味的炸鸡。"

亨哲离开病房后，石柱打开纸箱，取出分享器。因为家里也有，石柱连说明书都不用看就熟练地安装好，打开电源，将笔记本电脑和手机连上分享器。原本只能微弱地搜寻到第一格信号，现在第二格和第三格也都亮了。石柱在病房内漫步，开始拍照，他先拍负压病房，又自拍了各种表情。一开始，石柱经常自拍，最近却很少拍了。就像映亚会每天记录数值，这对石柱来说也是很重要的记录。只要看一眼一周内拍的照片，不只能看出自己的身体状态和体重的变化，还能看到皮肤上长出的囊肿和黑斑。把这些客观信息保存下来，对治疗也会有帮助，日后还会成为判断是否妥善治疗 MERS 和淋巴癌的资料。这是一般的病人不会考虑到的。

关于亨哲说的治疗方案，说实话，石柱半信半疑，如果停用类固醇，对治疗 MERS 或许会有效果，但溶血性贫血一定会恶化。到底还要多久才能摆脱 MERS 这副脚镣呢？但既然自己已经同意接受治疗，接下来就只能坚持做好治疗前后的比较记录。为了记录当下的状态，石柱逐一拍下脸、脖子、胸口、手臂和大腿。这时电话响了，是 KakaoTalk 的免费电话。

---

① 韩国的一档美食综艺节目。——编者注

"啊,现在能听见了。"映亚的声音很清楚,而且没有间断。

"派上用场了。"

"你还在发烧吗?"

"不烧了,头也不痛,也不像前几天那么难受了。是开始治疗的好日子。"石柱掺杂着鼻音,故意用轻松的语调说。

"炸鸡收到了吗?"

"什么时候送进来的?"

"十分钟前。这附近有人气餐厅,想吃什么尽管说。他们怎么还没送给你啊?炸鸡得趁热才好吃啊!"

"换点滴时才能送来,为了送炸鸡护士还要穿防护衣,也很麻烦。"

"真是天使般的病人啊。我特地跑回来,就是为了想让你趁热吃。"映亚听起来有些伤感。

石柱安抚她:"谢谢你,不过我觉得冷掉的炸鸡更好吃。权医生有没有详细跟你说明情况?"

"嗯,卢忠泰教授说什么就算换病房也不会改变治疗方案,这不是全都改了嘛!病房变了,医护人员变了,治疗方案也变了。连探病都不允许,真伤心。"

"权医生很亲切又非常有干劲,听说他是自愿过来的。"

"是吗?有两年经验了?"

"不,三年了。听说因为是 MERS 隔离区,所以特别要从满三年的人里选志愿者。"

"原来如此。他说会每天把你的情况告诉我。"

"每天?要是有需要,日后可以把病历印出来看啊。"

"我不要等日后,我要随时知道你的情况。就算说我固执我也不在乎,像这样被重重大门阻挡着,我也没有其他办法了。"

"真不愧是南映亚。谢谢你。"

"有必要接受血清治疗吗?停用类固醇,身体还要重新适应。如果接受血清治疗，这样按照计划进行，接下来就是化疗，你受得了吗？"

"能尝试的方法都要试一试，别担心。"

"真的可以吗？"

"当然。都为 MERS 吃了一个月的苦了，现在是时候跟它道别了。我拍了几张照片，等会儿传给你。"

"嗯。"

"我找到了信号好的位置，之后再打视频电话给你。"

"嗯，离床近吗？"

"在窗户下面，距离病床要走四步。家属休息室怎么样？"

"就那样。有冰箱，也有微波炉。"

"你也回家休息吧。多陪陪雨岚，照常去上班，反正你来医院也见不到我。"

"你不是说医院的饭很难吃吗？"

"就算你从医院附近有名的餐厅买来，我吃起来也觉得很普通。"

"就算是这样，外面的也比医院的好吃，我会买来送进去给你。我上午去公司处理工作，下午再来医院，公司很体谅我。不是说只要一周就能判定阴性吗？就让我这样做一周吧。"

"好吧。我刚把照片传过去了，你也拍几张照片给我看看。"

"我今天没洗头，很丑。"

"没事啦，还能比我丑吗？"

"好吧，我传给你。"

"炸鸡好像来了，我听到开门声了。与其说是开门声，不如说是震动，这房里太安静，就算微弱的震动我也能感受到。我会好好吃的。"

* * *

转院后的头两天，石柱少量使用类固醇后，从七月五日开始彻底停药。他首先出现了高烧、头疼和晕眩,动弹不得,只能躺在床上看手机里映亚和雨岚的照片。

在这里最痛苦的时候是黄昏时分,透过小窗户照射进来的亮光消失后,整个隔离病房会立刻被黑暗笼罩,谁都无法摆脱那种凄凉感。就算把病房里的灯全部点亮,电视音量调到最大,还是会察觉到房间里只有自己一个人。过分的光亮和吵闹的声响也会消耗石柱的能量,他现在已经没有之前那样的意志和体力了。

七月三日转院当天,石柱的绝对嗜中性白血球[①]计数是八百六十九,到七月九日为止持续下降到五百一十四。七月九日,为了增加嗜中性白血球,医生给石柱注射了白血球生长激素,并输了两包红血球,这是第一次输血。

之后每当绝对嗜中性白血球数下降,医生都会给石柱注射白血球生长激素,然后输红血球和实施血小板分离术(APH)。输血次数从三天一次变成两天一次。七月二十三日后,几乎每天都要输血。每六个小时输一包血,这样输完四包血后,一天也就过去了。七月二十七日,每四个小时输一包血,总共输了六包血。

看着血液不停注入身体,石柱渐渐感到不安。虽然之前听亨哲提到停用类固醇,会增加溶血性贫血恶化的可能,因此会根据情况随时输血,但石柱怎么也没想到会这么频繁,他觉得自己每天输四到六包血,都快代替吃饭了。尽管如此,七月十五日还是进行了血清治疗。

虽然石柱甘愿接受输血,却没有轻易获得期盼中的阴性结果。七月十四日和十六日,石柱持续接受 PCR 检查,虽然都是阳性,但数值明显降低了。

化疗再也无法拖延,七月十七日到二十四日,血液肿瘤科的柳大

[①] 嗜中性白血球为颗粒性白血球的一种,负责与外侵之细菌和病毒对抗,是免疫功能的第一道防线。绝对嗜中性白血球(ANC)低于 1500/mm^3,就是嗜中性白血球缺乏症(Neutropenia),若低于 500/mm^3 则是重度。

焕教授决定给石柱使用名为普拉曲沙（Pralatrexate）的药物，正式展开化疗。七月十七日化疗开始，石柱因高烧和头痛不停呕吐，完全无法联络映亚。石柱不停呕吐、呕吐，还是呕吐，就算再也吐不出东西，还是有沉甸甸的东西从小腹经由胸口爬上喉头。吐累了就昏睡，这样整整折腾了一整天，石柱连下床的力气都没有。为了上厕所，他好不容易下了床，但膝盖怎么也使不上力，整个人几乎要在地上爬行。

化疗期间，石柱整个身体都出现问题，疼痛最严重的部位是腹部。七月二十日晚上，石柱整夜没睡，脾脏附近像被刀刺般剧痛。隔天，咽喉开始疼痛，牙龈和舌头发炎，微血管破裂，喉咙肿得连吞口水都痛。石柱根本无法进食，喝水也很痛苦。

展开化疗后，石柱只发信息给映亚，但多次拒绝了传照片的要求。虽然石柱还是每天自拍，但也只是把照片存在手机里，他不想让映亚看到自己憔悴的样子，徒增担心。一周的化疗结束的隔天一早，七月二十五日，石柱照了照拿在手里的镜子后，拨了视频电话。

"你的脸是怎么回事？"电话刚拨通，就听到映亚提高了嗓门。

才过了一周，石柱不仅皮肤变黑，脸上到处都是血痂，嘴唇也很肿，就像刚结束第五场比赛的拳击选手一样，双颊和额头都是瘀青。

"其他部位也这样吗？"

脖子、胸口、背和侧腰都长出了脓疮，最严重的是双腿。皮肤不仅变得暗红，还流出了脓液，仿佛腐烂的枯树。

"应该是化疗的副作用……"虽然石柱想笑，咽喉和口腔却像被锥子扎般疼痛，他不自觉地紧闭双眼，双眉紧锁。

"去年也做了八次化疗啊……那时也很痛苦，但皮肤没有出现问题，咽喉和口腔也没有这样啊。"

"今天早上……我觉得自己搞不好会死掉……好痛，真的好痛。身体不像自己的，连去上厕所的力气都没有，我好不容易才爬去厕所的。"这是第一次，石柱的语气不再充满自信。

"雨岚爸！"映亚喊了石柱一声，却无法继续讲下去。

从去年开始治疗淋巴癌，一直到今年六月一日再次住院，"死"这个字一直都是他们夫妻间的禁忌。即使迫不得已要用到这个字眼，他们也会尽量找别的词、比喻或象征代替。但刚才石柱直接说出了"死"，可以想见他在这一周里所经历的痛苦和绝望。

"我这就去要求他们给你做检查。腹痛、咽喉痛，连腿也……"映亚的怨愤涌上心头，连话也说不下去了。

石柱反倒冷静地解释："按照权医生说的……可能是血小板产生了抗体。他们很快就会给我做血小板抗体检查……"

"那其他检查呢？"

"我是 MERS 病人，去检查室太麻烦了。他们只能把移动式超声波带来病房……"

"到底什么时候才能得到阴性反应啊？！"

这不是该向石柱提出的问题，但映亚实在太气愤，若不向谁发泄出来，恐怕难以再忍下去。

"应该很快吧，等得到阴性反应，才能抗癌……"石柱也回答得含糊其词。

得到阴性反应！从六月七日到今天，这个假设就像沉重的挂钟一样，挂在他们的胸口。

七月二十五日到三十一日，还是一直在输血。嗜中性白血球缺乏症渐渐恶化。七月九日第一次使用白血球生长激素后，只过了一天，绝对嗜中性白血球就从五百一十四上升到三千四百零一。但数值起伏不定，七月二十七日是一千七百七十九，隔天又掉到两百九。接着连续三天使用白血球生长激素，但七月二十九日是两百，七月三十日则掉到五十，七月三十一日甚至是零！这已经是再也无法递减的数值了。

极度的无力感包围了石柱。由于出现副作用，连化疗也终止了。石柱体力匮乏，连一丝希望也无法再有，绝望充斥着他的内心。

MERS 终结？

南映亚手记
二〇一五年七月二十八日（星期二）

只剩他一个人了！

一直担心会有这一天，结果还是来了。

根据"MERS 每日消息"，七月四日之后，已经二十三天没有再出现确诊病人。确诊人数维持在一百六十八人，接受治疗的十二名患者中，有十一名在 PCR 检查中连续两次出现阴性。十二名中十一名是阴性，这表示在大韩民国，MERS 病人只剩下金石柱一个人。

就像在等待这一天到来一样，国务总理宣告 MERS 结束。宣告结束的根据是连续二十三天没有出现确诊病人，十五家集中管理的医院也解除了警报。

我的丈夫为了 MERS 忍受着地狱般的痛苦，生不如死，政府却急着抹去"MERS"这个词。那我们一家的不幸与痛苦谁来负责？为什么不调查清楚这可怕的 MERS？为什么急着宣告结束？我丈夫都还没被放出来，就这样结束了？

独自哭泣的夜晚

石柱在凌晨三点醒来。没有医护人员走进病房,映亚也没有发信息,眼睛却自动睁开了。他用手机上网到凌晨一点半才睡着,但最多也只睡了一个半小时。石柱干咳几下,下床打开冰箱,本来他只想喝口水的,但白天玉娜贞护士买给他的蓝莓优格奶昔进入视线。玉护士说,那是跟陈雅凛护士一起到一楼咖啡厅买回来的。饮料装在塑料杯里,杯盖上插着吸管。由于牙龈和舌头都发炎,只要吃一点东西,整张脸都会火辣辣地疼。为了不接触口腔里的伤口,吸管成了必备品。

石柱取出饮料,关上冰箱后转身把吸管送到嘴边。但他没有用吸管,而是抽出吸管,打开杯盖。石柱把杯子放到嘴边,一口气喝下奶昔。感受到冰凉的同时,整张脸又火烧般刺痛,让他的眼泪瞬间夺眶而出,泪水掉进杯子里。但他没有拿开杯子,一口气喝光掺入眼泪的奶昔。

跟映亚一样,石柱每天早上也会查看疾病管理本部官网的"MERS每日消息"。今天早上公布十二名病人的 PCR 检查结果,有十一名阴性,这意味着十二名中只剩下一名 MERS 病人,而那个人就是他自己。当 F 医院的病人递减到最后都集中到十八楼时,当转院到大学医院负压病房时,当隔壁的病人痊愈出院时,石柱都感到不安。这样下去,该不会只剩下自己吧。如果在韩国只剩下自己一个 MERS 病人……石柱默默想着,然后苦笑着把担忧丢在一旁。他真的不想成为最后一个没康复的病人。但那令人极度恐惧的瞬间就这样忽然降临。

石柱瞄了一眼连接护士站的监视器,转身躺在床上,眼泪再也止不住,恐惧、难过和愤怒一下子涌上心头。玉护士递上奶昔时,石柱因为收到意外的礼物而开心不已,但当他看到玉护士眼里流露的怜悯,很快便觉得不是滋味。医护人员也知道，如今只剩下金石柱一个人了，因此向来一丝不苟、从不违反规章的玉护士才特地买了奶昔。石柱接过奶昔，眼泪差点夺眶而出。

石柱从没为自己哭过，哪怕遭遇困难，就连去年接受化疗期间也没哭过。每当妻子哭泣时，他都会讲笑话安慰妻子。当时的石柱以为以后也不会为自己哭，他怎么也没想到，现在的自己会哭上一整夜。他不想哭，但眼泪流个不停。

都说这个传染病无论是死亡还是痊愈，只要两周就会看到结果，但自己从六月七日确诊到现在，已经过了五十二天，都这么久了，为什么不能像其他病人一样诊断为好转或恶化？总要有个结果吧！这可怕的旅途终点到底何时才会到达？一定要我死，这个游戏才会结束吗？真是这样吗？

石柱不想用自己的死去交换MERS的终结，他感到孤单、害怕，自己还在与MERS搏斗，但除了自己以外的所有人，已经把MERS抛到脑后，回归日常生活。或许那些人很想无视这个唯一还在与传染病搏斗的病人的存在。病情不见起色，能怪病人吗？很快就会出现谣言，怀疑问题出在病人身上，这都是时间的问题。谣言一定会说是病人身患淋巴癌，才无法痊愈。

无论石柱如何睁大眼睛，也找不到任何关于病人感染MERS而无法治疗淋巴癌的新闻，他感到自己变得越来越渺小。究竟为什么自己还是MERS患者？当局和医院没有任何答案，这将石柱推向了悬崖。

"MERS每日消息"上，正在接受治疗的病人显示为"1"。这个数字不会再增加了，但当这个数字变成"0"的瞬间，"MERS每日消息"也会随之消失，石柱也会在痊愈和惨败中做出选择。在此之前，"只有一个人"还在坚持。

石柱拖着满身病痛的身体迎接黎明，感觉自己仿佛是地球上唯一的外星人。他一直哭到天亮，枕头都被泪水浸湿，蒙在脸上的被子也潮湿发软。石柱背对着门躺在床上，直到玉护士送早餐来，注意到石柱微微颤抖的肩膀。

石柱抬起头，两人的视线相对。石柱哭了整夜的眼睛红肿，玉护士低下头装作没看见。这时，映亚的视频电话响起。石柱没接，也没有看发来的信息。石柱不想让妻子知道自己哭了一整夜。

他哽咽地叫住准备走出病房的玉护士，拜托她："这是秘密，请不要告诉我妻子。"

"……知道了。还好吗？还是闭上眼睛睡一下吧。"

"不了，我想听几首歌，然后打电话给妻子。我现在心里只想着一件事，我要活下去。不管我怎么想，都觉得就这么死掉太不值得了。"

太久了

南映亚手记
二〇一五年七月三十一日（星期五）

从昨天晚上开始，石柱就没看过信息。

他应该是累了。

唉……我太久没见到他了。

我们在同一片天空下，都身处大韩民国，还是同一个首尔。

我就坐在医院附近的咖啡厅，但就算去医院，也见不到他的一根头发。

唉，眼泪直流。

我应该能笑上二十四小时，忍住不笑的话喉咙会很痛。

活了这么久，从没羡慕过别人，但我最近谁都羡慕。

羡慕所有健康的人。

住院医师打电话来跟我道歉，说原本计划七月让石柱出院。我知道权享哲已经尽力了。我叫他不要道歉，真心地感谢他。

要向我们一家人和那些受害者道歉的，另有其人。

既是受害者也是加害者

八月三日，李一花来到首尔总公司上班。虽然她已经做好去地方工作的心理准备，但一周前意外收到留在首尔的通知。电视台或许是想避免被外界指责他们把感染 MERS、九死一生的新人赶到乡下去。虽说一花没有被分配到想去的社会二部，而是文化部，但她已经感激不尽了。

返回首尔当天，小姨淑熙在巨济古县客运站说："简直热死了，首尔会更热吧？你随时都可以回来，这哪是一个月能养好的病啊！小姨知道你心里有多难过，你就咬紧牙关再等一年，'游山会'这些亲戚一定会再次相聚的。知道吗？一路顺风啊。"

一花担任文化部电影、出版和宗教方面的助理，据说有十五年资历的罗惠兰次长反对她来文化部，因为文化部每天要审阅大量作品、看新闻稿，还要负责采访，需要至少三年资历的记者。一花刚办完父亲的葬礼就感染 MERS，连实习都没做满，还在家休息了一个月，所以罗次长反对这样的新人直接来接手助理工作。况且，一花对电影、出版和宗教也没有特别的兴趣和专长。

上班第一天，罗次长便叮嘱她："你不要只相信新闻稿，新闻不是只靠动脑子写，而是靠两条腿、两只耳朵、两只眼睛去跑现场，去见受访者。"

尹海善一直在珍岛和木浦待到九月，十月正式搬来跟一花住。文化部一周有两次电影首映会邀请，送上门的书堆积如山。罗次长经常公出参加首映会，一花则要在书堆里选出可以写成新闻的书。对她而言，二十四小时根本都不够用。出版界也有各种聚会、记者会和颁奖典礼，罗次长会替她选出几个必须参加的。

一花选择的首位受访者是纪录片导演诸葛胜。采访一直由罗次长负责，虽然她说会在适当时机把工作交给一花，但刚开始的三四个月，她还是把一花当实习记者看待。诸葛导演在"世越号"船难后，不断流连于珍岛彭木港、安山市和光化门广场，以受害者为主轴展开拍摄。最初他以记录为目的拍摄，现在则着手把那些拍摄内容扩充、剪辑成长篇纪录片。一花正准备去位于贞洞附近的诸葛导演工作室时，苏道贤记者打来电话。两个人至今还没找到机会一起喝杯贩卖机的咖啡。

"今天晚上有空吗？"

"……我有本小说要研究，还有部电影要看。"

"接到我的电话，觉得高兴就说嘛。"苏记者轻松地一语带过。

一花做了六个月实习记者，不管过程好与坏，多少都与直属领导有了感情。

"当然高兴咯！"

"我请你吃饭，也请你喝酒。"

"还以为你忘了呢。这届的实习记者里，我是最后一个被你请的吧？"

"你是谁培养出来的？还学会见缝插针了。不过这次不只我们，还有其他人，你要是有压力我就取消，下次再请你。"

"还有谁啊？到底是哪些前辈要请我吃饭、喝酒？"一花开玩笑地反问。

苏记者把选择权交给她，就表示这饭局不像实习期间喝酒、说闲话那样轻松。

"今天的饭局主要还是为了欢迎你回来，文化部那边呢？"

"还没聚过。"

"那一定就在这两天了。总之，今天各部门同事聚在一起，都是关心你的。我们很担心勾起你难过的回忆，给你留下二次心理阴影，但大家都想听你说说今年夏天的经历。我觉现在向你提出这种要求有点太早，所以先问问你的意愿。你应该会觉得为难吧？"

"不,前辈,我没事!"一花爽快地答应了。

苏记者惊讶地问:"真的?"

"不过,前辈要请我喝非常好喝的酒才行。"

"没问题。你知道公司对面二楼的'冰屋'吧?十点半,那里见。"

那家店虽然有自己的名字,但记者们都叫它"冰屋",因为那里的啤酒特别清爽。晚间新闻结束后,大家才能聚在一起,所以时间定在十点后。

"知道了。"

"那晚上见……对了,还有件事想拜托你……"

"请说。"

"这次的'直击现场'轮到我了,想请你帮我看看稿子。"

"直击现场"是记者轮流写的采访笔记,字数、形式不限,所以每个人写得都各具特色。过去只有报纸和杂志记者写采访笔记,但随着电视新闻也开始运用社群,需要电视台记者写东西的事也随之增加。不仅要写采访后的感想和幕后花絮,甚至还要再写一篇与报道不同的专栏。如今记者为了在电视圈存活,都必须拿出看家本领才行。

"哪轮得到我来看啊?"

"找你审阅是有理由的,我先把初稿传给你。明天下午截稿,还有些时间。拜托啦。"

虽说一花觉得挺有压力的,但毕竟是实习期间格外照顾自己的前辈,还是答应了。未来总有一天也会轮到自己写"直击现场",就当作提前预习吧。

采访诸葛导演的场所碰巧是一花住院前约海善见面的咖啡厅,那里可以俯瞰在光化门广场长期静坐示威的"世越号"帐篷。为了解暑,广场四处安置了洒水器,但还是可以看到地上散发着热气。约在这里的是诸葛导演,与一花一起来的摄影师明润川在能拍摄到帐篷的角度架设好摄影机。一花背对摄影机,开始采访。

"我记录了痛苦。失去亲生骨肉是极大的痛苦,但船为什么会沉,为什么不及时救援,至今没有厘清这些真相的痛苦,也不容忽视。相关部门坐视不管,法律和制度也没有把焦点放在这些痛苦上。说得更直接一点,现在相关部门正急于掩盖和抹去受害者的痛苦,唯有这样才能减少自己的责任。他们不是也表明立场,说自己不是船难控制中心吗?意思就是,他们对此事没有任何责任。他们都在逃避责任,那底下直属的海洋水产部长和海洋警察厅长会站出来承担吗?救援失败后,他们都把责任推给现场的一二三号舰长①。就算那位舰长被判有罪,受到处罚,其他海警官员却丝毫不需负责。相关部门不但不厘清真相,严惩相关人员,反倒大力阻止真相公开。'世越号'的受害者不是我们的国民吗?就是因为他们不作为,民众才会自发地站出来。我也是其中之一。"

历时一年多,诸葛导演努力记录那些痛苦。

采访到最后,一花问道:"这样的痛苦,还会反复上演吧?"

诸葛导演没有立刻回答,而是注视着一花,他的眼睛像白头山的鹿眼一样清澈,闪烁着感伤。

"当然。如果不彻底厘清真相,处罚相关的负责人等,痛苦只会重复上演。"

"请问……你有没有拍摄 MERS 受害者的计划?"一花的语气小心翼翼,就像在敲打土块。

"你说……MERS?"

"是的。感染 MERS 丧命的人和他们的家属,还有那些虽然痊愈却有严重后遗症的人,你感兴趣吗?现在政府同样公开表示,他们不是 MERS 控制中心,警察、检察官和法院也没有调查的意向。我认为在厘

---

① "世越号"翻覆沉没时,木浦海警一二三号船舰首先到达现场,但舰长金京日并未让乘客及时撤离船体,被认为未尽保护国民生命安全的责任,依过失杀人罪判四年。

清真相和严惩负责人上，MERS 面临了和'世越号'一样的困难。你见过 MERS 受害者家属或康复的病人吗？"

诸葛导演坦然地说："我一直把精力放在'世越号'船难上，没有关注到 MERS 事件。未来我还是计划继续拍摄与'世越号'船难有关的纪录片，光是拍摄'世越号'就已经很力不从心了。话说回来，MERS 的受害者情况有多严重？说来惭愧，其实我并不清楚实情，才这样问的。"

"采访一开始，你提到了心理阴影，也提到相关部门应该对'世越号'生还者和罹难者家属负责，为他们治疗心理阴影。相关部门不仅应该指定医院为他们治疗，还应该指派有责任感的公务员和专家定期、持续追踪、照顾他们。"

"没错。"

"这和好不容易从 MERS 康复的病人，还有因为 MERS 失去亲人的家属是一样的。感染 MERS 是难以想象的经历，简直糟糕透顶！真的！你被人当成细菌看待过吗？被关进过单人病房吗？有时候，连续两个早晨一直听到同楼层的病人的死讯。就算侥幸捡回一条命，肺部却损伤到连慢跑都不行。体重下降十多公斤，严重的甚至会掉二十公斤。每天都睡不着觉，就算睡着也接连不断地做噩梦。这些身心严重损伤的受害者，从没听说过国家会指派公务员关心他们。你知道有哪位艺术家会对 MERS 事件感兴趣吗？"

"我没听说过，肯站出来发声的艺术家都在关注'世越号'。不过，MERS 不是已经结束了吗？据我所知，没有再出现新的确诊病例，病人大部分也痊愈了……"

"那只是大部分，并不是全部！事实上，政府在七月二十八日宣告 MERS 终结，但官方的终结必须是一名病人都没有。目前还有病人没有痊愈。"

"几名？"

"一名。"

诸葛导演严肃的表情稍稍缓和下来："剩下一个人了，最后一个人！"

一花的表情反而变得更严肃，她就像放羊的牧童，比起回来的九十九只羊，她更担心的是走失了的那一只。

"虽然不清楚实际状况，但那一个人一定很害怕，他一定觉得只有自己身患那种病，像独自在汪洋大海中漂荡的小船。政府却已经准备抹去MERS，就像抹去'世越号'一样。"

诸葛导演抬了抬镜框，认真地说："今天你让我学到不少。我会开始关注MERS事件，就算不是我，也会有其他导演想记录MERS的。话说回来，李记者怎么对MERS了解得这么详细？"

一花压低下巴，强忍愤怒："我也是MERS病人。"

诸葛导演先离开了，摄影师也因为要拍摄下一个采访场景，匆忙整理好摄影机走出咖啡厅。一花坐在窗边准备处理剩下的工作，她打开笔记本电脑，戴上耳机重新听了一遍采访内容，然后整理出重点，记在印象笔记里。四天后的晨间新闻要介绍电影，罗次长会决定影片的时长和顺序。

痛苦！

一花反复思索这个词，转头望向窗外。不管是感染MERS前还是康复后，黄丝带和"世越号"的帐篷一直都在光化门广场上。诸葛导演最后提出的问题隐约在耳边回荡。

"你真是受了不少苦，现在好点了吗？"

从医学角度来看，一花已经痊愈了，她的身体里不再存在会引发MERS的冠状病毒，但内心受的创伤依旧还在。刚刚她向诸葛导演提到，康复者里有人得了严重的失眠，就算好不容易睡着也会不断做噩梦，那个人就是她自己。采访时，一花一直紧握手帕，因为只要稍一紧张手心就会流汗。内容相似的梦不断重复，梦里的自己总是被关在某处。有时是深井，有时是阁楼，有时是保险柜，有时是行李箱，昨天夜里甚至梦到自己被困在冰河下方，无论自己怎样呼喊求救，都发不出任何声音。一花觉得自己渐渐成了深井、成了阁楼、成了保险柜、成了行李箱,甚至成了冰河。今天听了关于沉船的事,看来今晚会梦到溢满海水的船舱。

一花本打算关掉笔记本电脑,但还是点开邮箱。现在十点,慢慢走到聚会的"冰屋"只要十五分钟,十五分钟可以看两篇专栏。看到文件标题时,一花终于明白苏记者为什么拜托自己审阅这篇专栏——"MERS 所感"。电视台内没有人比一花更关心 MERS,也没有人能比她做出更正确的评价。一花深吸一口气,点开文件,快速阅读起来。

* * *

"冰屋"一角,用隔板挡住的包厢内挤满了十一名记者。

跟一花聊过天的人只有召集这次聚会的苏记者和一起实习的三个同期记者,其他六名前辈都只跟她打过招呼。罗次长有其他约会,所以没有到场。在炸鸡端上来前先干掉一杯冰凉的啤酒,已成为记者聚会上不成文的规定。碰杯之后,大伙仰头一饮而尽。很熟悉这情况的店员早等在包厢内,等大家喝完就直接收走啤酒杯。

苏记者往嘴里塞了一片海苔,没头没脑地问:"你做得来吗?"

"嗯,罗次长很照顾我。"

"我们还不了解罗次长吗?不管是老鸟还是菜鸟,她可从来不会照顾别人。"

前辈们一起点了点头。一花坐在角落,跟几个实习记者对看了一眼。实习第一天,报道局长亲自告诉大家,四人中会有一个人被派去地方工作,但从结果来看,他们是唯一一届没有人被派去地方的。大家都自认是靠实力留在首尔的,所有人也都认为公司是特别关照一花,才让她留在首尔。这的确是事实。但身为新人的她,也不可能主动要求调去地方,唯一的办法就是证明自己的实力。所以从上班第一天起,一花就做好了每天加班的心理准备。

"你还能再来一杯吗?"

看来苏记者是要充当今天聚会的主持人,他把下酒菜和生啤酒分给大家。这不是需要特地问新人的问题,一花觉得苏记者这样做纯粹是想照顾病人,虽然感激,却也很不自在。她觉得自己没必要享受特殊待遇。

一花毫不在意地回答:"当然咯。"

大家又喝了一杯生啤酒,啤酒的冰爽感冻得舌头发麻,沿着喉咙进入胃部,瞬间觉得十根手指、十根脚趾都舒展开来。苏记者连喝了三杯,才进入正题。

"百忙之中来了这么多人,相信李记者也明白原因。从某种角度来看,这不是谁都能经历的痛苦。当然,我们也从政府和医院那里获得了一些 MERS 的消息,也比一般人理解得多,但我们还是想听听亲身经历这场劫难、现在健健康康坐在我们面前的你所理解和经历的过程,相信会对我们有很大帮助。我们不强求你全都说出来,如果有难言之隐的地方就跳过去,也没关系。"

二十只眼睛同时看向一花。一花慢慢起身,一一注视每个人。无论如何,这都是必经的仪式,从六月四日被送进医院到八月三日的这近两个月,一花清醒时都会看新闻,用手机搜索或不停切换电视频道,同样的新闻看了一遍又一遍。前辈和同事当然也会好奇,毕竟这是第一次遇到实习记者感染 MERS,痊愈后又请了一个月病假。

"我要先谢谢大家百忙之中赶来参加我父亲的葬礼。"

葬礼结束后,还来不及一一发信息跟大家道谢,一花就昏倒了,不省人事。

从五月二十七日搭救护车送父亲抵达 F 医院急诊室,一直到今天,这期间自己所经历的不幸,一花按照时序简单进行了说明。住院期间、出院以后,一直有几个画面不时出现在脑海:突然呼吸困难,挣扎着滚下床的凌晨;呕吐五十多次,抱着马桶哭的夜晚;身着防护衣的护士看起来像高达三米的巨人,为了闪躲他们铁锤般的大手,而拼命嘶喊的白天。如果不是感染 MERS,被关进隔离病房的人是不可能知道这些详细细节的。

不时有人提出问题,但关于具体的数字和处方,一花说自己也不清楚。虽然她告诉说了大部分记得的片段,唯独一个鲜明的场景她一直隐瞒到最后。那就是所有亲戚围绕在急诊室病床前,与父亲做最后道别的时候。一花觉得她此生都不会有信心把这件事说给任何人听,光是想到父亲床边的点滴架,眼泪就会夺眶而出,胸口发闷。

一花与病魔搏斗的经历伴随着在场记者的掌声结束,前后用了半小时。接着大家就像平时聚会一样,三五成群地聚在一起聊起最近的热门话题。

苏记者跟一花碰了碰杯:"辛苦了。日后需要我帮忙的,随时找我。"

"谢谢。"

坐在一旁的鲜于秉浩忽然开口:"对于传染病危机警报一直设定在'注意'等级,你有什么看法?"

社会一部主要负责福利、教育和医学方面的报道,身为医疗记者的鲜于秉浩可比社会一部部长的资格还老。

正当一花迟疑时,苏记者抢先开口:"先喝一口润润喉咙吧。生怕别人不知道你是医学专家啊?人家才刚说完,你的问题就来了。六月初确诊病例数量直线上升时,不是也说应该把等级提升到'警戒'或'严重'嘛,但死亡人数没有超过四十人,现在确诊病人只剩下一人,维持'注意'等级,我觉得很正常啊。"

"你跟苏记者的想法一样吗?"鲜于记者的视线依旧停留在一花身上。

"我觉得不是这样。"

"那是怎样?"

"我觉得用死亡人数来判断危机警报太过简单了。死亡人数并不等于 MERS 给国民带来的恐惧强度。应该更多地去看 MERS 是如何给我们造成伤害的,以及造成了怎样的伤害,再制定危机警报等级。我认为必须注意两个部分,首先,比起陆路和海路,MERS 最先是通过航空路线扩散到全世界的。只要有飞机降落的地方,就有传染的风险,也就是说,昨天在沙特阿拉伯附近感染 MERS 的人,可能搭飞机抵达首尔。其次,要考虑网络和移动通信等数字媒介。"

苏记者追问:"数字媒介? MERS 和网络有什么关系?"

鲜于记者代替一花回答:"因为传播恐惧的速度、范围和深度会不同。"

一花点头,接着说:"不管是只感染一个人还是很多人,数字不是重点,而是在这个国家、这座城市存在确诊 MERS 的病人。通过网络,全国都会陷入恐慌。为了远离传染病,会采取各种方法。与过去没有网络的时代相比,就算死亡人数不超过四十人,但恐惧强度跟中世纪死了四百四千甚至四万人是一样的。"

"那些人没办法去推测和控制因数字媒介大量产生的恐惧感,他们的解决层次只停留在严惩散布 MERS 谣言的水平。他们应该迅速解答民众的疑虑和不安,而不是只顾扼制所有流言蜚语。哪些消息是流言蜚语,哪些消息属实,应该一五一十地讲清楚。"鲜于认同地附和。

一花补充:"没错,他们对国内外官方或非官方的消息都没有任何回应。"

"对此你怎么看?"

"组织和会议很多,却没有控制中心。什么中央 MERS 防疫对策本部、MERS 综合对应项目小组、全国政府 MERS 支持对策本部和 MERS 紧急应变小组……名字多得记都记不住。国民安全处、保健福祉部、疾病管理本部及包括首尔市在内的地方政府,整个 MERS 的应变一塌糊涂。那里该做的,这里却不做;这里说感染人数是十人,到那里却变成二十人。现实情况都搞成这样,在这网络时代,还能拿出什么应变传染病的方法?"

"了不起……你什么时候把这些整理出来的?我看你都快比鲜于前辈还精通 MERS 和传染病了。"苏记者半开玩笑地表扬一花。

一花简短地回答:"利用休息的一个月看了一些数据。我也开始好奇,把我逼上绝路的 MERS 到底是什么?我们到底做错了什么?"

这时,苏记者转换了话题:"我写的文章如何?"

一花开口前先环视了一下四周,她没想到会在挤满十一名记者的"冰屋"发表对专栏的感想,原本打算单独跟苏记者见面时再如实说出自己的想法,如果没时间,就写邮件或打电话阐述意见。

苏记者仿佛看出一花的顾虑:"没关系,你就说吧。我写得如何?"

"很好。"一花意识到鲜于前辈冰冷的目光,含糊地回答。

苏记者没有就此罢休,追问:"很好?就这样?"

"嗯。"

"没有要改的地方吗?哪有初稿就完美的?"

这时,鲜于记者插嘴道:"是海明威说,初稿都是垃圾吧。"

苏记者不甘示弱:"记者写得再深入,也比不过当事人啊!"

一花被卷进了他们的一唱一和中:"写得都很好,只是有一点……"

"哪里有问题?"苏记者像收回钓竿似的,立刻问道。

"里面有一句'既是受害者,也无奈成为加害者'……"

"那句话怎么了?"

一花看到旁边的前辈这时都把注意力集中在自己身上,包厢瞬间充满沉重的气氛。探讨其他热门话题的记者也都停止交谈,竖起耳朵。

"我明白你为什么这样写。因为相继出现第二、第三和第四批感染者,有的人是被传染的,同时也传染了别人。有段时间,传染力强的病人还被叫作'超级传播者'。但我觉得不管在什么情况下,MERS 病人都不是加害者。只用'感染 MERS'和'把 MERS 传染给别人'区分受害者和加害者，太过简单了。难道不该先思考让病人感染MERS以及让病毒扩散的医院的僵化体制吗？

"不管传染给多少人，MERS病人都是受害者。把全部MERS病人看作受害者后，才能讨论谁才是让他们被传染的加害者，才能分清法律和制度的对错。所谓'加害者'是要追究责任的，但MERS的扩散绝对不是MERS病人的错，不是因为他们不道德、不诚实。不管是'超级传播者'还是'加害者'，这种标签都是对受害者、对病人的偏见，是把责任推到了他们身上。没有既是受害者也是加害者的MERS病人，就算他们传染给别人，也仍是受害的MERS病人。我想强调的是，传染或被传染不能成为受害和加害的标准。希望前辈能更正一下这点。"

另一场死亡

李一花认为 MERS 病人只是受害者的那天晚上,吉冬华搭医院准备的救护车回到了家。MERS 确诊后两个多月她才终于出院。冬玉和冬心分别握着冬华的左右手,艺硕抱着一束鲜花站在前方,那是护士为了祝贺冬华出院献上的红玫瑰。冬华暗下决心,余生要像那束玫瑰般,热情洋溢地活下去。

刚回到家,冬华便打给崔文乐社长,但没人接听。

冬心插嘴道:"晚间新闻都结束了,这时候打电话太失礼了。反正明天是星期六,星期天下午再打吧。你又不是明天就去上班。"

冬华没有反驳,接着拨了林罗雄组长的电话。拨号音响了七次后,传来对方的声音。林罗雄大概在啤酒屋,话筒那端传来音乐的嘈杂声。

冬华简短地说:"林组长,我出院了。"

"恭喜你,应该早点跟我说一声嘛!"

"公司如何?"

"还是老样子……部长,对不起,我现在不太方便讲电话。"

冬华提高音量:"好,你明天上班吗?"

冬华周六偶尔会去物流仓库,虽然周末不接出货订单,但她还是会去根据账本确认入库的新书,检查一下是否摆放好了,还会待在退货仓库看看关于编辑和印刷的书。高中刚毕业,她就进永永出版社负责仓库工作,一直对出版流程很感兴趣。不光是编辑和设计,连印刷和装帧也想了解。自从结识了终结书本的碎纸机"咚咚"后,冬华对一本书的诞生过程的兴趣更大了。电话另一头传来断断续续的歌声。

"说实话,订单量不如从前了。"林组长回答。

冬华感受到一股寒意:"是吗?知道了,那我周一过去。社长还好吧?"

"……周一见,我会转告社长的。"

周一早上六点五十分,冬华出了家门,七点半抵达仓库。冬华仰望马路对面的"朴二内科",喝了一杯贩卖机咖啡后,输入密码走进仓库。书的味道扑鼻而来,一直堆积到天花板的书挡在冬华面前。

冬华在仓库里走了一圈,转身朝反方向走去。住在隔离病房期间,除了很挂念冬心和艺硕,她也很想念仓库里的书。正如林组长说的,仓库里出现了几处空书架。

转了两圈后,冬华来到退货仓库,走到碎纸机"咚咚"前抚摸几下,眼泪便模糊了视线。因为体重掉了二十公斤,肺部缩水,支气管变形,如今连走有一点陡的上坡路都要停下来休息三四次,冬华真恨不得一死了之,但如果能待在物流仓库,不管怎样她都想撑着活下去。

"你过得好吗?对不起。谢谢。"冬华像在跟好久未见的朋友打招呼。

冬华坐在碎纸机旁的椅子上,扫了一眼摆放在个人书柜里的书。《世界随笔全集》?怎么都不是平时自己看的书呢?

"你是哪位?"

出现了一位眼神中透露着戒备的青年,冬华把戴着的口罩拉到下巴。医生再三嘱咐冬华,为了保护肺,一年四季出门都必须戴口罩。

"我是吉冬华部长。"

"啊!原来是你,我常听林部长提起你。"

还没等青年嘴角的微笑消失,冬华便追问:"你刚才说林部长?"

负责物流仓库的部长只有吉冬华一个人。

"嗯,林罗雄部长。"

在冬华与MERS搏斗期间,林组长升职当了部长。

"我叫曹南植,来这里工作还不到两个月。"

"那是六月中旬进来的?"

"嗯,六月十七日来上班的。"

正好是冬华确诊十天后。

"书柜里的书都换了？"冬华指着碎纸机旁的书柜。

南植回答："六月十七日上班第一天，我就把那些书都清理掉了。大部分是跟编辑、营销和印刷有关的书。上班第一天，做的第一件事就是清理那些书，是林部长吩咐的。"

"他叫你把那些书都销毁了？全部？有很多书是今年春天才出版的啊……"

"我看有几本书还上过畅销榜，所以说想带回家，但林部长坚持要我全都销毁。他还说空书柜不好看，让我放几本书进去，所以我把退回来的一套《世界随笔全集》放上去了。"

冬华盯着"咚咚"："你知道为什么销毁那些书吗？"

"听林部长随口提起过。六月十七日不仅是我第一天来上班，也是林部长和社长解除居家隔离、回来上班的日子。"

事后冬华才得知，不只家人被要求居家隔离，就连册塔的员工也都居家隔离了。冬华在隔离病房好不容易清醒后，发过几次信息给崔社长和林组长。但崔社长没回复，只有林组长回复要冬华先专心养病。虽然冬华追问了很多公司的事，林组长都只回"等出院再讨论"。

"林部长说，搞不好书上都是病毒。还说，必须把你碰过的东西全都清掉……我先清理了书柜，旁边办公桌抽屉里的原子笔、三角尺和胶带也都一起丢掉了。"

"原来如此……"冬华没有再追问南植。上班第一天服从第一个指示，这不是员工的错。要是不放心，可以把东西都塞进箱子里放在仓库角落保管啊，没经主人允许就都扔掉，冬华觉得有点过分了。

"你多跟文代理好好学。"

"他现在是科长了。他真的教了我很多，托文科长的福，我现在能熟练操作碎纸机了。"

"文科长……"

文尚哲升职成科长,还负责"咚咚",这等于是彻底抢走了冬华的位置。

九点整,冬华来到三楼社长室。坐在沙发上的崔社长和林部长站了起来,冬华弯腰行礼。

"非常抱歉,因为我让大家费心了。"

崔社长迟疑片刻,手掌擦了一下大腿后,和冬华握手:"你真是受苦了。我应该去探病的,结果一拖再拖都拖到你出院了。我也听他们说,不用一两个月你就能出院……"

冬华坐到沙发上:"还有病人没出院,后遗症严重的病人还要戴氧气罩。如大家所见,我已经彻底痊愈了。"冬华的视线转向林部长,"恭喜你升职了。"

林部长简短地道了声谢。

"那我先去仓库工作了。很抱歉这两个月没来上班,我会用两倍、三倍的努力工作的。"冬华看看墙上的钟,站起来。与以往爽朗的自己不同,她说完想说的话后,鞠了个躬,就离开了社长室。

冬华回到物流仓库,只见南植和两名员工在搬运刚入库的新书。由于堆高机停在距离书柜十米远的地方,所以大家只能亲自搬运。南植动作敏捷地把成捆的书扛上双肩,冬华也学南植,先把一捆书扛在左肩,但另一捆书刚放上右肩,便咳了起来。冬华上身前倾,肩膀一晃,扛在左肩的书差点掉下来。问题出在口罩,因为闷所以呼吸加快,嘴巴和喉咙不舒服,最终引发咳嗽。

"你没事吧?这里交给我好了,你去那边休息一下。"走回来的南植熟练地扛起书,劝冬华。

"我只是呛到了而已。"冬华的口气有些许不耐烦。

冬华不是在生南植的气。医院诊断由于肺部纤维化严重,只剩下一半的功能了。肺部损伤严重引起的不便绝不止一两样,最不方便的就是使不上力。身体垮了之后,记忆力也降到从前的一半。冬心和艺硕记忆犹新的几段旅行，冬华却一点印象也没有。

"请你出来一下。"林部长从仓库的门缝探进上半身，呼唤冬华。

"午餐时间再说吧，我还得工作。"

冬华已经做好心理准备，要用诚恳的态度弥补体力的不足。她一心只想像从前那样，负责物流仓库的管理。

"请出来一下，你那身体能做什么事啊？"

"我的身体怎么了？"冬华勃然大怒。

"你快点出来！等文科长到了，气氛只会更尴尬！"林部长也毫不让步，甚至还挥起手来。

"我也在等他，都过了上班时间，他怎么还不来？"

"你怎么也不替文科长想想，这种时候，他会想见你吗？"

冬华几乎是被林部长拉出去的。一走出仓库，冬华一把甩开他的手。

林部长开口："你怎么就这么不识相呢？连我都看出来了。"

"不识相？"冬华稍稍抬起头，望向三楼社长室。

在公司需要林部长察言观色的对象，只有崔社长。

"你打算就在这儿把话讲清楚，还是去对面咖啡厅找个安静点的地方？"

三辆一吨重的货车接连开进停车场，它们会把书运送到各大书店。

"大热天的，就别给彼此找麻烦了，跟不跟来随便你。"林部长率先往外走。

冬华用手帕擦了擦额头和脖子上的汗，然后戴上口罩跟在后面。

两人走进咖啡厅，点了两杯美式咖啡，才刚坐下，林部长便先发制人。

"知道你给册塔带来多严重的损失吗？"

"……我不是已经向社长道歉了嘛。"

"这哪是道歉可以解决的事啊！你知道从六月七日到十六日，我们的进出货减少了多少吗？"

冬华用拳头捶着胸口。听到林部长如此斥责自己，冬华瞬间全身紧绷，双颊涨红，眼眶湿润。

"感染 MERS 是我的错吗？住院治疗是我的错吗？"

"我没说那是你的错。但不管怎样，你感染了 MERS，害公司损失惨重。唉，真是的！结果还是逼我说出口。我这样说也许很不恰当，但现在出版业很不景气，如果你回来上班的消息传出去，恐怕到时订单量只会一降再降，还会有更多出版社要求换仓库。"

"还会有？你的意思是已经有出版社换地方了？哪家？"

"什么哪家？"

"我去找他们，去跟他们解释清楚，说服他们。"

"算了吧！你还要找上门，哪有出版社会欢迎你啊。"

冬华又问林部长："我回来上班的消息传出去，为什么订单量会降低？"

"你是真不懂吗？那可是 MERS，是传染病啊！"

"我已经好了，而且医院也判断不会传染，这才让我出院的啊。"

"我知道，所以我才能这样跟你面对面坐下来喝咖啡啊。但不是每个人都能跟我一样，大家都不想碰感染过 MERS 的人出的货，每个人都打心里想远离脏东西。出版物流公司又不是只有册塔，这行业竞争也很激烈啊。"

冬华抬起双手："什么？脏东西？你看看，我这双手哪里脏了？这可是在物流仓库摸了三十年书的手！"

"不是我这么想，是少数不像话的人这么觉得。"

"所以你就把我的那些书都扔了？"冬华的质问像擦亮的枪尖般闪耀。

林部长回答："当时简直乱成一团。我也在家里隔离，后来才听说几个穿着太空服的人要来做流行病学调查，把仓库翻了个底朝天。左邻右舍还窃窃私语，说仓库里到处都是极度危险的病毒，才不得已把你的所有东西都清理了。"

"觉得脏是吧?"冬华反复咀嚼着这句话。

"我可没说过那种话。但你的肺伤得那么严重,应该很难像从前那样工作了吧?"

"所以你的意思是?"

"……你心里有数吧?"

"要我辞职?"

"得了那么严重的病,至少也该休息个一年。再说,国家给了那么丰厚的赔偿金,你又何苦跑来仓库搬书吃灰呢?"

"赔偿金?你在胡说什么?"

林部长眯起笑眼:"哎哟,国家会支付一笔巨额赔偿金给 MERS 死亡者的家属和痊愈的病人,这消息早就传开了。听说有好几亿呢!到底给你们多少啊?偷偷跟我说吧。"

"这是谣言,到底是哪个家伙编造出了这种荒唐的谣言?"

"你们无缘无故染上那种病,吃了那么多苦,竟然一分赔偿金都不给?该不会是你没接到电话吧?你打去保健福祉部和疾病管理本部问问吧,该拿的钱可要拿啊!"

根本没有赔偿金。国家只负担痊愈前的医疗费,虽然出院后国家安排了几次定期检查,但接下来治疗后遗症的事都是自行负责。

"林部长,你也知道我们家艺硕刚上大学,冬心又一直生病,全靠我赚钱养家。我这辈子也只待在仓库跟书打过交道,我怎么能辞职呢?"

"社长也很舍不得你,他总是说希望能跟值得信任的吉部长走到最后。但现在如果你来上班,公司也很难经营下去。"林部长从包包里取出一个信封放在桌上,然后推到冬华面前,"这是从六月到八月的薪水,退休金会在一个月内汇到你的账户。社长说,还会再给你一些慰问金。"

"我要去见社长。"冬华倏地起身。

林部长一把抓住她的手腕,把她拉回原位:"你冷静点。"

"这、这、这么做等于是要我死啊!"冬华像生气的河豚般鼓起双颊,大口喘气,她又用拳头捶了两下胸口。

"什么要你死,别说得那么可怕。这么做你才能活,册塔也才能活。你的能力在业界首屈一指,等传染病慢慢平息,一定能找到好工作。我们就不要在这里拖拖拉拉了,这是对彼此来说最好的方法了。"

"这是违法解雇,我可以提告。"

"这哪是靠法律能解决的呢?社长也很惋惜,要不是那该死的MERS,我这辈子都会把你当亲姐姐看待。难道你希望册塔关门大吉吗?你负责总管仓库的工作已经由我接手,文尚哲从代理升为科长,也新增了人手。你要是坚持留下来,那我和文科长就只能离开了。你就接受吧,再闹下去对谁都没好处。"林部长近乎哀求地说。

"非这样不可?"

"没有其他办法,拜托你了。"

林部长把信封塞进冬华手里,先离开了咖啡厅。冬华本想跟出去,但膝盖突然一阵无力,跪到地上,又不停咳起来。不知道是因为咳嗽还是被解雇,飞溅的眼泪顺着眉毛滑到额头,口腔中弥漫着一股酸臭味。

冬华觉得额头像碰触到了潮湿的棺材底部。

所有界线都会盛开鲜花吗？

进入八月，金石柱的 PCR 检查以二十四小时为间隔严格执行。站在政府的立场，必须尽快让最后一名 MERS 病人痊愈，才能正式宣告 MERS 终结。

八月，负责隔离病房的住院医师是有三年经验的柳奈武，他和七月的权亨哲一样都是自愿来的。与亨哲的身高、体形相反，奈武个头矮小、圆圆胖胖，很适合"小熊"这个绰号。奈武和亨哲负责的工作相同，每天早上在家属休息室见映亚，告诉她数值，还会进行长则半小时、短则十分钟的对话。八月初，为了提高绝对嗜中性白血球，每天仍进行输血。谈话也都集中在这个问题上。数值回升到一定程度的八月十日，映亚提出其他要求。

"请让我进去看他。"

从七月三日转院到大学医院开始，映亚便提出想进隔离病房跟石柱见面，但感染科的主治医师以医院没有这样的先例为由拒绝了她。

"我一直在跟上面报告你的要求。我知道很难熬，但还是先用视频……"

映亚掏出手机，点开照片给奈武看。照片是视频截图，大长方形画面里有石柱的脸，小长方形画面里有映亚和雨岚的脸。映亚伸出手用食指滑着照片，像这样一家三口在两个长方形里的照片有十多张。

"这就是我们的全家福，我截下这些照片就是为了能把我们三人放在同一张照片里。一定要像这样把我们分开在两个长方形里吗？我也当过护士，穿过几次防护衣，我自认比任何人都能遵守探病规定。我去看他对治疗也会有帮助的。转院到这里之前，我在综合医院每天都能进去看他，那边允许探病，为什么这里不可以？"

"频繁与病人接触,感染的风险也会增加,那家医院的医护人员不就感染了?严格防范是很重要的。我个人认为,这个问题不是主治医师可以解决的,还是要上级批准……"

"上级是谁?院长吗?是疾病管理本部长,还是保健福祉部长?还要再往上的话,难道是总统?要取得谁的同意才可以探病?我这就去找他。"

奈武垂下视线:"我不知道。我只是一个负责治疗金石柱患者的住院医师,这不是只有三年经验的我能回答的问题。总之,探病的要求我会再跟上面报告。"

"我还有一个问题。"

映亚今天有很多疑问。之前为了鼓舞丈夫而暂放一边的问题,今天她要问个清楚。

"确诊至今已经两个多月,有这样长时间治疗MERS的案例吗?转院后,MERS症状消失了,但目前医院做的只是治疗溶血性贫血,持续进行输血以及持续一周的化疗吧。但淋巴癌复发也很可能引起高烧和头痛吧?六月治疗MERS时用了三种药,七月转院后减到两种。八月开始,就连那两种也都不用了。日后还有治疗MERS的用药计划吗?"

"没有,但PCR检查一直都是阳性。"

"但那不是在界线边缘吗?况且PCR是测量病毒活性的检查,一直在界线上徘徊,不就应该另做其他诊断吗?"

"你的意思是……"

"说实话,我很存疑。就算PCR检查是阳性,也有可能不是MERS病人了吧?不过是已经失去活动力的病毒还留在身体里罢了。如果是健康的成人,那些病毒残骸一定早就消失了,但我丈夫因淋巴癌复发,才比一般人需要几十倍甚至几百倍的时间,不是吗?也就是说,就算他的PCR结果是阳性,传染给其他人的概率也很低。如果允许,我可以不穿防护衣跟他见面。请问你的想法如何?虽然他的检查结果一直是阳性,但你觉得他和其他 MERS 病人一样具有传染力吗?"

"你提出的怀疑很合理,传染力的确有明显下降的可能。但我们不能仅凭可能性就让家属在不穿防护衣的情况下探病,这是违法,也是很鲁莽的行为。既然已经在界线上,很快就会变成阴性的。可以肯定的是,我在八月离开这里前,一定会让金石柱患者出院。"柳奈武的语气相当谨慎。

映亚露出苦笑:"七月时,权医生也说了同样的话。真的会有那一天吗?"

* * *

映亚没有再等待多久。

八月十日,PCR 检查终于得到了柳奈武保证的阴性结果。身着防护衣走进病房传达消息的奈武显得很兴奋,石柱却面无表情。

"之前也偶尔会出现一次阴性,那不过是在界线上来来回回罢了。"

"再得到一次阴性结果,就可以解除隔离了。"

"真的会有那一天吗?"石柱像录音机般重复着映亚的话。

"那一天,怎么可能不来呢?"

石柱转头看向小窗户:"因为我很倒霉,运气很差。似乎只有我和我的家人受到了神的诅咒,别人平凡至极的日常,对我而言却那么遥不可期。我觉得那一天永远也不会来了……"

"你知道酒精总量法则吗?"

"那是什么?"

"每个人一生的饮酒量几乎是相同的。年轻时喝酒多的人,到老了酒量就会变差,年轻时不爱喝酒的人到了老年会变成海量。所以说,一个人能享的福和他的运气也是有限的吧。虽然现在你很倒霉、运气差,但以后一定会更幸福,更能尽情地享受生活。"

"虽然这是信不信由人的说法，但要是真能那样就好了。我有太多没能为家人做的事了。"

"都记下来吧，然后一件一件去实现。到时候也不要忘记我。"

八月十三日，又做了 PCR 测试，这次也是阴性。石柱接过奈武递上的检查报告，半响没有说话。一滴泪落在标有负号（－）的报告单上。

石柱用手背抹去眼泪："就这么简单？"

"很快就会送你去一般病房，接下来会正式开始治疗淋巴癌。我的隔离病房生活也到此结束了。你是最后一个留在隔离病房的 MERS 病人，我也是最后一个照顾 MERS 病人的住院医师。你准备一下吧。"

石柱没什么好准备的，身边只有映亚为了让他解闷而送来的四五本小说，要忙的是映亚。刚到综合医院是六月一日，初夏，转院到大学医院后，连续两次得到阴性结果是八月十三日，早晚天气都已转凉，夏天快结束了。

奈武走出病房，石柱拨通视频电话。坐在家属休息室的映亚流着泪，开心地笑着。

"你回家准备一下吧。"

"需要什么吗？"

"吉他。离开隔离病房前，我想弹几首歌纪念一下。"

"好，还有别的吗？"

"听说雨岚画了很多画？也一起带过来吧。"

"知道了。"

"你确定我能离开这里吗？我一点真实感都没有。"

"很快就会通知解除隔离的。你先休息几天，再定一下日期，开始 GDP 治疗。"

去年石柱就接受过 GDP 治疗。虽然七月尝试过化疗，但效果并不显著，所以决定换化疗药物。

"等换到一般病房后，打开比这里大四倍的窗户，到时候会有四十倍的抗癌效果，痛苦也会消失的。"

"解除隔离后，说不定会立刻拍 PET-CT。看一下化疗要做的检查，先把顺序定下来。"

"还真忙啊。"

"我先回家一趟。有什么最后想在隔离病房吃的吗？今天没看《好吃的家伙们》？"

"是有想吃的，不过我想忍耐，等明天离开这里再吃。再好吃的东西，过了六道门进来也会变得没味道。"

映亚回家拿石柱要的东西，奈武又穿上防护衣走进病房。

"明天上午会再做一次 PCR 检查，如果按照预期的得出好结果，会立刻转去非传染隔离病房。"

"还要再做一次检查？一定要做吗？"

"这是上面的指示，应该是为了以防万一，不会有事的。"

"非传染隔离病房在哪儿？"

"第一道门和第二道门之间的两边都是病房，那里是为不需要负压病房的病人准备的。不会以空气为媒介传染的病人都住在那里，护士站也在那边。"

"那里有很多床吗？转院过来时移动得太快，我没看清楚。到了非传染病房，那你也不用再穿隔离衣了。"

"没错，等到时摘下这双层手套，我们先好好握一下手。"

"到时也能听清楚你的声音了，因为空气净化器，我都听不清楚你讲什么，你一用力说话就破音。"

奈武也一样，因为空气净化器的噪声，很多次都没听到石柱的喃喃自语。

七月三日躺在轮床上进来时，感到陌生、害怕的石柱好不容易数清了那六道门。抵达隔离病房前，还以为门与门之间都只是走廊，没想到那里还有非负压、不用穿隔离衣的病房。在负压病房痊愈的病人，换到一般病房或出院前会先住在那里。

"同种造血干细胞移植的计划，等你离开这儿以后，我们再来详细规划。"

治疗淋巴癌时，要先用化疗杀死癌细胞，再进行造血干细胞移植。奈武没有再提及 MERS。石柱要过的最后一道关卡只剩下淋巴癌了。

八月十四日清晨六点，石柱醒了。映亚比他提早半小时抵达家属休息室，终于不用穿防护衣就能见到石柱了。映亚想要跑着冲进他怀里，要亲手抚摩他的脸庞、胸口、身体和手脚。

身着防护衣的奈武走进隔离病房，石柱举起右手面带微笑地望着奈武。奈武却低头回避他的视线，径直走到病床前。石柱的表情开始僵硬。奈武慢慢抬起头，眼神飘忽。

"结果出来了……是阳性。今天不能离开隔离病房了。数值在界线上，很快还会有机会的……"

"我……我想一个人静静……"石柱打断奈武，这是他第一次打断医护人员说话。

奈武没有继续解释下去，走出了病房。

很快传来了石柱的呐喊声。

那不是人类能发出的声音。

那是跌入深井的野兽发出的嘶吼。

* * *

整个八月，石柱都被失眠和高烧折磨着，就算吃了药也总被噩梦惊醒，体温没有降回正常值，连掉发都变得很明显。虽然八月十九日的结果显示为阳性，但二十日又出现阴性。石柱的表情越来越阴沉。不管是奈武还是护士进来，石柱都只是背对着他们，躺在床上，不管问他什么都假装没听见，顶多简短地回应一声。映亚打了三次电话，石柱只接了一次，他没再主动打过电话。奈武和映亚都感受到了石柱深深的忧愁，映亚想让石柱接受精神科咨询，奈武说，如果情况再严重下去，会考虑为他做精神治疗。

映亚再次问道："不会再进行 MERS 的治疗了吧？"

"七月使用普拉曲沙抑制住的癌细胞又开始活跃了。目前 MERS 引发的呼吸症状已经消失，最好开始进行化疗。要是再拖下去怕会更难受，必须尽快开始 GDP 化疗。"

"可是他太疲惫了，身体和心理都……这样展开化疗会不会更难承受？"

"现在都已经晚了。五月底淋巴癌复发，现在已经延后了两个多月。你也知道，要达到完全缓解，就必须按照周期注入定量的抗癌药，如果年底要做造血干细胞移植，就不能再拖了。"

映亚用视频跟石柱讨论这个问题，或许是因为连日失眠，石柱的眼神看起来更加阴沉。

他眼神坚定，直接说出自己的结论："我接受化疗，如果连这个也不做，我大概会疯掉。不管是在隔离病房还是在一般病房，治疗跟地点无关。我决定把自己看作淋巴癌患者，而非 MERS 患者。我已经征服了 MERS，接下来是时候跟淋巴癌决一死战了。"跌到谷底的石柱，抓住仅有的一条救命绳索。

八月二十五日，开始 GDP 化疗。隔天 PCR 结果为阴性，但石柱、映亚和奈武不再执着于此。这不过是界线上的数值稍稍偏向了阴性，下次检查为阳性也毫不意外。八月二十七日，再次为阴性。奈武跟八月十三日那天一样，向石柱和映亚进行说明，明天上午再看一次结果，如果还是阴性就转去非传染病房。石柱没有再特别嘱咐映亚带什么过来。映亚早已准备好他想要的吉他和雨岚的画，从八月十四日开始，这些东西就一直放在汽车的后备厢里。子夜过后，石柱发信息给映亚。

——如果明天是阴性，就开车带我去兜兜风吧。仁川或江原道都好。

——好啊，我们去兜风，去小岛吧。

——去哪里都好！

八月二十八日上午，检查结果——

阳性。

步骤是……

南映亚手记
二〇一五年九月十七日（星期四）

以下内容引自疾病管理本部官方网站：

* 个人保护区着装：C级
对高危险性病原体传染病人进行诊疗时，与观察人员两人一组进行着装。

一、准备物品
PAPR、PAPR头罩、围裙、酒精消毒液、袖套、C级防护衣、长筒防护鞋、长筒鞋套、口罩、抗化学品外层手套、广用型内层手套。

二、检查表
穿戴时应在检查表上详细记录，预防疏漏及失误。
1. 手部卫生：遵守正确手部清洁方法（手心、手掌、手指间、十指交叉、拇指、指尖）。

2. 内层手套：应佩戴在防护衣内侧。

3. 长筒鞋套：应穿戴长筒鞋套。

4. 防护衣：穿戴防护衣前，先确认防护衣是否破损。将拉链拉至下巴，穿好防护衣。确认防护衣的辅助部分（拉链盖、内侧遮盖部分等）。将拇指伸到防护衣末端的剪口（有接口的防护衣可直接套用）。

5. 袖套：应佩戴袖套。

6. 外层手套：将外层手套戴在防护衣上。

7. 长筒防护鞋：穿上长筒防护鞋后绑紧鞋带（鞋带的松紧程度应不影响走路，系上容易解开的结）。

8. 口罩：脱去PAPR时，为预防污染，应佩戴手术用口罩。佩戴时对准口罩上端鼻子的轮廓，按下口罩边缘，彻底使口罩与鼻梁贴紧。

9. PAPR：佩戴头罩时，脸部应贴紧头罩内侧，观察人员协助确认。

PAPR腰带绑在腰部后，调整腰带长度（用胶带缠绕连接PAPR的塑料管，以便消毒）。

观察人员连接PAPR腰带接口与头罩塑料管，连接时确认是否有"咔嚓"声。

按下电源，确认电池是否充电及是否有空气进入。

10. 围裙：穿戴围裙，系上容易解开的结。

11. 确认穿着状态：逐一检查防护衣状态。

与微笑男孩再会

映亚觉得这家医院选住院医师时应该都是先看医师的品行。九月的住院医师吴长南与七月的权亨哲、八月的柳奈武一样亲切且充满热情。在家属休息室第一次见面时,长南就强调:"九月过去前,我一定会让金先生出院的。"

如果要说长南与之前两位有什么不同,那就是每次见到映亚时都会重复一遍,这句话听起来就像是会让心情变好的咒语。第一道门打开,长南和映亚走到非传染隔离病房区的护士站,在表格上签字的长南这次又念起咒语。

"九月过去前,我一定会让他出院的。你就当今天的会面是踏出的第一步吧。"

"这是医院的官方立场吗?"

"很快就会成为官方立场的,我们也可以打赌。"

"如果九月能离开隔离病房,赌什么都好。"

"那我们一起去听乐队演唱会吧?输的人负责买票,如何?"

长南似乎已经跟爱听乐队的石柱说好了。

"希望到时权亨哲和柳奈武也一起去。"

"好啊,虽然他们不太听乐队,但这毕竟是庆祝金石柱先生出院的聚会,一定得参加啊。金先生和我都很喜欢'Huckleberry Finn',我找找看他们十月在哪里有表演,先去预约,票钱就等一决胜负后再慢慢算吧。"

"石柱的生日是十月,最好是十月能去看。"

"是吗?那可要拜托一下'Huckleberry Finn'的成员了,如果生日那天没有表演,也要请他们为金先生私下表演一曲。"

"你认识他们？"

"不认识，只是看过二十几场他们的表演。但不用担心，就算是写邮件或亲自去找他们，我都会让金先生度过一个难忘的生日。"

"真是太谢谢你了。"

玉娜贞在一旁开口："好了，开始准备吧。"

映亚点点头。这是转院后第一次见面。映亚和玉护士要进入病房时，留守在护士站的陈雅凛简单做了说明。

"这是第一次会面，家属也要适应C级防护装备和干燥的负压病房，所以进去最好不要超过十五分钟。但如果你需要更多时间，可以用对讲机跟我们说。"

"谢谢。"

映亚跟随玉护士走进护士站对面的准备室，C级防护装备依序摆在桌上。虽然映亚在综合医院穿过D级防护衣，但更高等级的C级防护衣还是第一次穿。映亚盯着那些装备，电动空气净化器首先进入眼帘。玉护士用酒精为双手消毒，映亚跟着照做，手背、手心和手指满是酒精。

玉护士先开口："你知道金先生在隔离病房的绰号吗？"

"不知道……"

"'微笑男孩'。你做过护士一定也知道，医院有各种各样的病人，性格好，凡事积极思考的人当然也很多。但我当护士这么多年，还是第一次遇到像金先生这样总是面带微笑的病人。"

映亚嘴角上扬，脑海中浮现出石柱的笑容。

玉护士接着说："他很爱笑，也很能忍。"

"很能忍？"

"你也明白，经常输血的话，清楚的血管会越来越少。护士若不戴手套找血管，不容易失误，但像这样戴着双层手套、穿防护衣、罩着面罩扎针，多少会有难度。明明很痛的，就算他叫出声，我们也会理解，他却一声不吭。"

接过手套戴上的映亚感到双手在颤抖。是的，石柱是个很能忍耐的人，所以才能在那样的年纪考入牙医学研究所，为了不落在与自己年龄相差甚远的孩子后面，他总是熬夜苦读。每当辛苦、疲惫不堪时，也只是以一句玩笑话带过。

玉护士像是看穿了映亚的心思，接着说："他还会跟我们开玩笑呢。"

"他自己越是难受，越想逗别人笑。"

"没错。"

穿好防护衣后，把PAPR主机绑在腰上，依照昨晚背好的防护装备穿戴顺序一一进行，映亚以为自己都记住了，但戴上双层手套后动作变得迟缓，绑上PAPR后，腰也变得很沉，脑袋里的顺序乱成一团。多亏玉护士帮忙，否则映亚根本无法正确穿戴装备。玉护士拿起白色头罩准备戴上时，道出藏在内心深处的一番话。

"你不用担心，就算金先生爱笑、爱开玩笑，我们也不会认为他身心就是舒服的，大家反而会更担心他，更想努力、细心地照顾他。"

原来护士心里明白啊，映亚涌上一股想向她行礼的冲动。

"谢谢。"

"他的孤独远远超过我们的想象，甚至哭了整晚。"

"石柱哭了一整晚？"

"金先生一直要我别告诉你，怕你担心。但今天开始你们可以见面了，而且最重要的是家属要清楚病人的情况，所以现在才告诉你。金先生是很坚强的人。成为我们国家最后一名MERS病人的那天晚上他哭了，但只哭了那一晚。他背对着门，抽泣着，双肩不停颤抖……但那天以后，他再也没哭过。"

玉护士熟练地戴上头罩，映亚也戴好后，弯腰行了一个九十度的礼。

"谢谢，谢谢你告诉我这些，谢谢你对他的照顾。"

玉护士也赶忙鞠躬回礼:"我们的心情都是一样的,都希望微笑男孩金先生早日出院。大家都想站在他身后为他鼓掌,欢送他。好了,准备就绪,我们可以进去了。"

第二道门打开。玉护士走在前面,映亚紧随其后。两人往前走,前面的门开了,等身后的门关上时,玉护士和映亚聊起天。先开口的人总是玉护士。映亚紧张得直冒冷汗,一摇一摆地迈着步伐。

"雨岚还好吗?"

"很好,跟爷爷相处得跟朋友一样。"

"金先生给我看过手机里的照片,雨岚长得跟他爸爸一样,一定是个活泼的孩子吧?"

"是啊。"

"我女儿善美四岁了,很怕生,一开始就是不肯去幼儿园。现在去是去了,不过还是最喜欢跟我两个人在一起。"

"原来你结婚了。"

"你以为我单身啊?"

"我一直以为你比我小。"

玉护士笑出声:"近看的话脸上都是皱纹呢。在医院工作,回家还要看孩子,哪有时间打扮。"

"就是说啊。"映亚跟着附和。石柱感染 MERS 后,映亚没有一天轻松地为自己而活。

* * *

玉护士打开病房门走进来,站在病床旁的石柱探头望向她身后,见到映亚冒出头来,石柱立刻露出开心的表情。

玉护士临走时对他们说:"即使穿了防护衣也不可以有身体接触哦。那我先出去了。"

玉护士离开后，映亚和石柱站在原地互望良久。自从七月三日转院过来后，他们时隔两个月零两周才终于再会。虽然视频可以抚慰彼此的思念，但这与直接面对面还是有差异的。映亚的双眼湿润了，她努力让自己不哭出来，眼前的面罩还是逐渐模糊。虽然规定禁止接触，但映亚很想走上前去，她想握住石柱的手，想扑进他怀里，想仔细查看他的身体有多虚弱，连一根汗毛都不放过。映亚迈出两步，恨不得立刻靠近时，石柱举起手机。

"让我拍一下。"

"嗯？"映亚愣在原地，苦笑出来。关进隔离病房，过了两个月零两周才重逢的丈夫，说的第一句话竟然那么幼稚。

"总觉得 D 级防护衣不太 OK，C 级倒很像样嘛。也传给雨岚看看，要是看到妈妈穿太空服，他一定很兴奋。你别光站在那儿，摆个姿势。"

映亚双臂抱胸，石柱连拍了五张，在眼眶里打转的眼泪也收回去了。

"你赶快躺下。"

映亚原本想象的画面是石柱躺在病床上，自己坐在病床旁的椅子上。

"你把我当病人啦？"石柱没有立刻照做，反倒开起玩笑。

映亚没有回答，直接搬来一把椅子放在床边，坐了下来。石柱在房间里大步走了一圈后才回到病床边，调整好床的靠背后，坐了上去。

"你瘦了不少，皮肤都跟亚马孙的鳄鱼一样粗了。"

"现在好多了。脸上的黑斑……都是伤疤。"

那些伤疤说明他承受过非常严重的痛苦。映亚感到一股热气又爬上喉头。玉护士说石柱在那个得知全国只剩下自己一个 MERS 病人的晚上哭了一整夜，那天应该是七月二十八日。七月末到八月初，石柱一直不肯接视频电话，发信息也不回。那段时间，他的身体和心理一定经历着无边无际的痛苦。

"对不起……"映亚再也无法说下去，她的声音颤抖着。

"我更对不起你,你一点都没有对不起我。"石柱注视着头罩里妻子的双眼,安慰她。

"谢谢。"

"我更要谢谢你。"

"我更谢谢你。"

"我更更谢谢你。"

两个人你一句我一句地重复着对方的话,最后一起笑了出来。映亚很开心听到石柱说笑。虽然身着防护衣,但能这样笑着互望对方的眼睛,表示石柱正日渐恢复。

"我的吉他呢?"

"在车里,下次给你送来。"

"你可以点五首歌,为了弹吉他,我都没剪指甲。"石柱举起双手,手心朝向自己。

恋爱时,石柱经常把自己的演奏录下来给映亚听。

"不急啦,下次吧。退烧了吗?最近是不是常突然发高烧?"

映亚很想摸一摸石柱的额头,但还是忍住了。石柱抖了抖肩,他希望在映亚面前展现有活力、健康的一面,所以一举一动都显得夸张。

"这四天都没有发烧。"

四天前,石柱烧到三十九摄氏度。映亚的笔记上清楚记着这些数字。石柱明知道映亚每天早上都会记录有关自己的所有数值,却还是想表现出不难受的样子。

"你能恢复到这个程度,我已经很感激了。但你仍是病人,是要接受淋巴癌治疗的病人,所以在我面前崩溃也没关系的,痛苦时就躺下来,难过就哭出来,我们是夫妻啊!你有多痛苦、多孤独,虽然我无法完全感同身受,但我会去了解、去感受,每天都会去想象的。从现在开始,我们一起一步一步努力,早日出院。"

石柱突然问:"明年十一月十一日,我们结婚十周年,要去哪里旅行呢？后年十一周年，你想去哪里？十二周年去哪里也由你决定吧。未来三年的十一月十一日，要是都能去旅行就好了，你、我还有雨岚一起！下次来的时候，你要把未来三年的旅行地点都选好哦。"

映亚想起自己写在笔记本上的结婚十周年拍婚纱照计划，自己才梦想着明年的十一月十一日，石柱却想到了两年后。映亚不禁自问，三年后的二○一八年十一月十一日，那时我们一家人会幸福吗？

"知道了，我来选，可以选我想去的地方吧？"

石柱幽默地说："嗯，南极、北极都可以，地球的哪里都好，现在去火星可能还有点困难。"

想过个像样的中秋节

南映亚手记
二〇一五年九月二十七日（星期日）

中秋节。

这还算是中秋节吗？

幸好石柱今天退烧了，星期五一整天都是四十摄氏度。

昨天、今天才逐渐降温，状态稍微好了一点。

今天去看他时只说了几句话，他太累，把他哄睡就出来了……

别人都是一起欢笑的节日，为什么只有我这样呢？

独自探病走出医院，

独自坐在餐厅里吃饭，莫名有些悲伤。

我想好好生活，

跟雨岚和丈夫一起幸福地生活！

充满愧疚的感伤?

南映亚手记
二〇一五年九月三十日(星期三)

脸书上总能看到安慰"世越号"船难罹难者家属的文章。
是啊……那些学生的死真的很令人痛心……
一定要厘清船难真相。
每次想到这些,我的心……怎么说呢……
总是有种愧疚的感伤。
世上的人会知道石柱正经历一场漫长的孤军奋战吗?
会知道被隔离起来的我们一家吗?
会知道还有与世界彻底隔离,就连心也被隔离起来的我们吗?

第四部　囚禁

出院前一天

石柱一夜无眠。

九月二十四日接受化疗后,高烧和头痛消失,食欲增加,四肢也变得有力。九月的住院医师吴长南解释,这是因为在 GDP 里加了对抗肿瘤和抗病毒效果极佳的免疫新药吉舒达(Pembrolizumab)。用药后,石柱不但可以安心入眠,连忧郁的心情也随之消失。九月三十日的 PCR 检查结果为阴性,那天是吴长南最后一天在隔离病房上班,但他申请了延长一天。

有着宽下巴、说话总是从容不迫的长南对石柱说:"我的计划很简单。九月三十日和十月一日得出阴性结果,十月二日移到非传染病房,十月三日出院。"

"不要再抱持那些没用的期待了,你还是快离开吧。阳性、阴性来来回回的又不是一两次了,我就是个厄运缠身的人,不可能那么容易解除隔离的。"石柱反倒说服起长南来。

又过了一天,长南递上的检查结果清楚标示着负号(-)。

"我说得没错吧?明天会送你去非传染病房。"

石柱一脸的难以置信,死盯着检查结果。

"我真的可以离开这里?"

"真的,已经确定了。"

长南在"确定"二字上加重语气,但石柱还是无法百分之百相信。

"就这么简单?"

"没什么复杂的啊。"

"我在这里住了三个月。"

"住得太久了吧。"

"真是荒谬。"

"你还是不相信?"

"感觉像在做梦。"

"这是现实。"

"明天还要再做一次检查吗?又会让我陷入绝望的深渊吗……"

长南打断石柱:"这次只做两次检查。你的人生不会再有 MERS 检查了,我保证。"

"以后我也绝对不要再做 MERS 检查了。"

石柱打电话给映亚,她说的也跟长南一样。院方已经同意明天早上让夫妻俩在非传染病房见面。石柱彻夜未眠,经过昏暗的凌晨,直到整个世界迎来曙光,他都一直瞪大双眼。石柱担心万一睡着了,长南会要他再做一次检查,然后把他摇醒说:"结果是阳性!"如果可以不听到"阳性"两个字,就算要他熬十夜他也愿意。

十月二日上午九点整,隔离病房的门开了。

三个男人推着轮床走进来,他们穿着 VRE 隔离衣,虽然 N95 口罩遮住了口鼻,但石柱很快便认出他们。在前面拉轮床的是九月的吴长南,在后面推的分别是七月的权亨哲和八月的柳奈武。三位住院医师一起出现让石柱很意外,但更让他意外的是他们的服装——他们没有穿防护衣,没有戴双层手套和头罩。别说 C 级了,就连 D 级防护装备也没有穿。长南甚至还把口罩稍稍拉到鼻子下方。长南说,从九月一日开始,石柱几乎不存在 MERS 传染力,身为研究医学和治疗病人的医生,虽然对此无法百分之百地肯定,却能百分之九十九点九地确信。

"准备好了吗?"

"我真的可以离开这里?"

亨哲回答:"你看我们穿成这样还不相信吗?PCR 检查连续两次为阴性,确定解除隔离了。今天开始你会住在非传染病房,医护人员和家属会穿这种隔离衣、戴 N95 口罩。虽然很不方便,但你也要戴手术用口罩。"

奈武把手术用口罩递给石柱。石柱跟三位医生一一交换眼神，用力地握了握他们的手。石柱戴上口罩，躺到轮床上。长南转头朝监视器挥了挥手。

"好了，我们要出去了。"

"很感谢你们为了我特地抽空过来，我不会忘记的。"

奈武说："当然要来了，我们是战友啊！你能战胜MERS，我们也很高兴。真的，真的要谢谢你。"

推出隔离病房的轮床停了下来，因为后面的门关上后，前面的门才会打开。在这里，急躁是禁忌。经过一段很短的通道后，病床往左转，另一道门打开，轮床又停了下来。跟刚才一样，后面的门关上后，前面的门开了。三人熟练地推着轮床走出去。到了门外又停下来，长南拿出手机看了一眼时间。

"等一下通过那道门后，就是非传染病房了。到那边以后会很吵，所以有几件事我想在这里先问问你的意见。当然，这两天也有和家属商量的机会，但还是想先听听你的想法。距离家属抵达这边，还有十五分钟。"

"好的，现在问我什么，我都会回答的。"

亨哲说："我们有很多事想问你，可你这么一说，还真不知道从哪里开始。"

"这是复活的一天，重新复活成人类的一天，从今天开始，我也可以憧憬未来了。"

长南从口袋里取出本子，问起准备好的问题。

"你是想住一般病房呢，还是先出院回家休息几天，再来看门诊？"

"一般病房……出院、门诊……"石柱没有回答长南的问题，而是像黄牛一样开始咀嚼这几个词。他这才真切感受到自己从隔离病房出来了。"这些词真像是甘甜的蜂蜜啊……我想先回家休息，在医院待太久了。"

"好,那十月六日左右会来看门诊吗?三日出院,休息到六日上午,下午再来医院,直接去见血液肿瘤科的柳大焕教授。"

"好。"

"未来也会使用吉舒达进行 GDP 化疗,具体日期等出院后,再根据你的身体状况决定。"

"嗯,希望尽快治好淋巴癌。"

见石柱握紧拳头,三名住院医师也同时握紧拳头。

长南继续解释:"化疗后达到完全缓解时,会进行同种造血干细胞移植。我把目标定在年底,希望可以在圣诞节前。"

"那我要更加努力了。"

"明天出院前,院长会来病房看你,没问题吧?最后一名 MERS 病人出院,院方希望帮你庆祝一下,你要是觉得不方便也……"

石柱打断他:"没问题。我能战胜 MERS,多亏了院长和医护人员的付出,我也很想亲自跟院长、主治医师和在这里照顾我的医生、护士道谢。"

"你能这么说,我就松了口气。明天的媒体竞争一定会很激烈,想采访你的电话已经快打爆了,你愿意接受采访吗?我觉得不用响应所有媒体,选一两家就可以……毕竟要是完全不接受采访,也怕会出现许多揣测。"

石柱可以很快决定接受治疗的时间和方法,却很难决定要不要接受采访。

"不用现在就决定吧?我跟妻子讨论一下再告诉你。"

长南回答:"没问题。还有件事要说明一下。出院后,如果出现高烧、咳嗽、呼吸困难和呕吐症状,必须立即向地区保健所或疾病管理本部通报。但如果身体出现疼痛征兆,请务必先跟我们联系。可以吗?"

"好,我会照做的。我也可以问一个问题吗?"

"请说。"

"如果今天再做一次 PCR 检查,你能确定还是阴性吗?"

三位住院医师都没有立刻回答,他们互看了一眼,表情变得严肃。

过了片刻,长南回答:"难以肯定。概率一半一半。同时罹患淋巴癌和 MERS 的病人,全世界也少见,说不定你是至今唯一的案例。检查结果可能是阴性,也可能不是,但我们可以确定的是另外一件事。"

"什么事?"

"你感染的 MERS 已经痊愈了,传染力不到 0.01%。"

石柱开玩笑地重复完长南的话,然后说:"因为医学上不存在一百和零,你才这么说的吧?"

三人同时笑了出来。

亨哲说:"你是特殊案例,就算是阳性,也不具传染力。像你这种情况,不该只用 PCR 一种检查判断,而是综合各种情况制定标准。在定出新标准以前,能先让你出院,对你也是万幸。但制定新标准并不是我们这些医师的事,而是疾病管理本部和保健福祉部的功课。"

"我是特殊案例这件事,外面的人知道吗?"

长南回答:"完全不知道!只有我们三个人、负责的教授、院长及少数人知道。所以如果你出现高烧、咳嗽,要先联络我们,直接去做 PCR 检查恐怕只会惹出麻烦。"

"知道了。我再也不会做 PCR 检查了,厌恶至极。"

大家又笑了。

长南确认时间:"啊,已经过了十五分钟,我们出去吧。"

第五道门打开,石柱听到掌声和欢呼声,他慢慢坐起身,只见映亚站在玉娜贞和陈雅凛之间。穿隔离衣、戴口罩的映亚看起来跟护士没两样。石柱泪水盈眶,张开双臂,映亚像短跑选手般冲进他的怀抱。

这是没有防护装备阻隔、扎扎实实的一个拥抱。

清晨的采访

李一花和罗惠兰次长正在公司前的咖啡厅忙着准备新闻,早上报道局的编辑会议给节目流程加入了电影介绍。为了准备内容,必须先把四部国内电影的工作人员及电影优缺点整理出来。罗次长嘴上说会自己负责,但也没有拒绝一花的帮助。导演和演员的采访片段需要有相应的补充说明,罗次长再三强调,比起记者的说明,要更凸显受访者,一花朝着这个方向努力,但还是不自觉地加入许多概念说明,文字越写越长。

老手和新人磨合期也差不多一个月了。有别于罗次长的担心,一花很有干劲,采访也做得相当好。大家都夸奖她可以独当一面了,罗次长却仍不松口。

手机响起,敲打键盘的罗次长看了一眼来电显示,皱起眉头,按下通话键。

"什么事啊?我现在很忙。一花?你找她干吗?我怎么知道,一定是在哪儿忙吧。你不要无缘无故去烦不懂事的新人。你没有?多少人因为你跑来跟我哭诉啊,要我说出名字吗?社会一部部长知道你这样吗?不要老针对我们文化部!嗯?社长说的?他找一花干吗?你不是在说谎吧?知道了,我打听一下。要是为了无聊的事找一花,我可不会放过你,我什么脾气你应该知道吧。"

罗次长挂断电话,对一花说:"鲜于秉浩找你,你们在讨论什么计划吗?"

"没有啊。"

一花跟他只是在"冰屋"与其他记者一起喝过酒而已。

"去吧,他在会议室等你。你是文化部负责电影、出版和宗教的新人记者,不管鲜于前辈对你多好,也不用去帮社会一部的忙。你是哪条线的自己应该清楚吧?"

罗次长的意思是不要乖乖答应医疗记者的请求。

"请放心,回来后我会详细报告的。"

一花来到报道局公用的会议室,那是鲜于记者经常用来采访的小会议室。一花敲门后走进去,鲜于没有合上正在看的书,他抬起右手示意一花坐下。一花坐在对面,瞄了一眼书,上面有一张大地图,包括了欧洲和亚洲,欧洲是深灰色,亚洲是浅灰色,海洋没有颜色,是空白的。

"你了解黑死病吗?"

"嗯?"

"也叫作瘟疫。感染的话全身会出现黑斑,所以才有'黑死病'这个称呼。"

"那这个地图……"

"这是十四世纪黑死病的扩散途径。如你所见,一三二〇年首次发病,一三四八年传到了伦敦,一三五一年扩散到整个欧洲,大概花了三十年。黑死病沿着这个箭头蔓延,一三四七年同时传到了君士坦丁堡、巴格达和亚历山大港,沿着地中海贸易路线迅速北上。不到一年,在雅典、威尼斯相继暴发。黑死病不是一次流行的传染病,而是根据时间,间歇性反复发作的传染病。其中经常被人们议论的当属一六六五年的伦敦大瘟疫了。你听说过吗?"

"听过,虽然不记得确切年份,但知道伦敦曾暴发过大型瘟疫……"

"生活在二十一世纪的我们,比起在其他时间、其他地点发生的瘟疫,更了解一六六五年发生在伦敦的瘟疫,你觉得是为什么?"

"不知道……"

鲜于记者拿起另一本书递给一花,书名是《瘟疫年纪事》(*A Journal of the Plague Year*),作者是丹尼尔·笛福,他曾写过《鲁滨逊漂流记》。

"有一个叫塞缪尔·皮普斯的人,在一六六五年的伦敦经历了大瘟疫。这本书就是根据他写的日记重新创作的。多亏了这本书,让欧洲乃至全世界的人都对伦敦发生的黑死病惨况有了了解。李记者有什么想法吗？"

一花在"冰屋"时就察觉到，鲜于记者的问题总是领先一步。他总是不详细说明就直接跳到下一题，经常让后辈一头雾水，一花也是。但此时，她知道鲜于记者提出的这个问题对自己非常重要。在电视台里，没有人比鲜于记者更了解MERS。见一花答不上来，鲜于记者才稍稍坦露想法。

"最重要的是记录。你觉得今年全国流行的MERS，记录够充足吗？一笔带过的报道倒是一堆，大部分都具有煽动性，要不就是会引发恐慌或荒诞无稽的内容。你认为这些报道里，有让经历过MERS的你满意的记录吗？"

"没有。"一花如实回答。

"那我们来做吧！"

"记录MERS？"

"对，但感染MERS的受害者的叙事是一定找不到的。"

"受害者的叙事。"一花立刻重复一遍主旨。

"不管是战争、灾难还是传染病，越是生死攸关的事件，越要有明确的叙事。目前来看，最后为MERS受害者留下记录的不是人，而是数字，都是统计数据。我们必须记录每一个受害者的个性、拥有的梦想、经历的痛苦和烦恼以及他们的为人。并且，必须将受害者叙述的事实传播到整个地球。"

"传播？"

"十四世纪，黑死病横扫整个欧洲花了三十年，但你上次提到，现在需要多久？"

看来鲜于记者对一花在"冰屋"的发言印象深刻。

"几乎可以说是同时散布到全世界。"

"没错。中世纪要利用马匹、骆驼或船做的事，现在只要飞机就可以了。你在'冰屋'指出的问题,我想讨论得更详细一点。假如 MERS 病人搭乘国内班机,等于跟其他乘客处在同一空间里最短一小时、最长三四小时,这些人感染传染病的可能性极高。飞机降落后,乘客离开机场,病毒就会瞬间传播出去。不只传染病人,那些与传染病人搭乘同航班的密切接触者也会分散到全国各地。"

"的确如此。"

"看看严重急性呼吸综合征(SARS)。二〇〇三年三月,只花了一个月,SARS 就遍布越南河内、加拿大多伦多、新加坡、德国法兰克福和英国曼彻斯特等地,都是经由飞机传播的。如果当时机内或机场把病人隔离起来,至少可以减少传染,被攻破机场防御的城市可说是经历了一场浩劫。你知道 SARS 的感染源也归在冠状病毒里吧? MERS 也是冠状病毒的变种。正如 SARS 一样,MERS 也存在扩散到全球的危险。我们虽然做好了 SARS 的防治,却没能阻止 MERS 扩散。"

一花也研究了很多信息和专业数据,以便扩充自己在"冰屋"提出的说法。

"前辈,这本书我会认真看的,也很感谢你提出一起记录的提议,但我是文化部的人。"

"我怎么会不知道你是文化部的新人,也知道你在罗次长底下吃了不少苦。"

"也不算吃苦……但不管怎样,采访和记录 MERS 的工作不是由前辈负责的吗?为什么找我……"

鲜于记者打断一花:"明天最后一名 MERS 病人出院。"

"明天!"

一花没有立刻上钩,而是等鲜于记者继续说下去,但她内心深处早已泛起波澜。三个月前,自己好不容易从深渊死里逃生,至今还有人深陷其中,痛苦万分。全世界感染 MERS 最久、入院接受治疗的人,他每天在隔离病房有多痛苦、多煎熬,一花比一般人了解一百倍、一千倍——永不止歇的高烧；胸口像被一块、两块、三块、四块、五块、六块、七块岩石压得发闷；仿佛登陆月球的航天员般身着防护衣、戴头罩靠近的医护人员；不分昼夜注入身体的药物。出院等于是告别所有的痛苦和恐惧，光这一点就很值得为他庆祝，但这不过是一花个人的感受罢了。报道MERS病人出院的新闻是医疗记者的工作，不是负责电影、出版和宗教的新人助理该做的事。

"可恶，也不知道他们在搞什么，竟然所有的采访都不回应。明天出院是一定要去采访的，说什么也得拿下'最后一位MERS病人'的采访……哪怕是十分钟，不，一分钟也好，但我就是联络不上人。病人的手机关机，家属的手机开着，但就是不接，发信息也不回。不只报道局局长，连社长也很关心这件事。不管怎样，今天晚上或明天凌晨一定要采访到……你没有办法吗？"

"嗯？"一花惊讶地发出疑问。

病人手机关机，家属不接电话、不回信息，她怎么会有办法？

鲜于记者眼里透着怀疑，盯着一花："你们私下不会联络吗？生病的人之间，就算不是受害者全聚在一起，也会开个秘密群组讨论些什么吧……要是能找到联络最后一名病人的渠道就好了。"

一花如实回答："我也不知道。"

鲜于记者用指尖咚咚咚地敲着桌面，语调变得低沉、强硬："我找你来不是想听你说不知道，社长要国民电视台拿下'最后一名MERS病人'的独家采访。发挥一下你的实力吧！我先把他们的电话给你，不可以搞砸哟！我们采访不到的人要是别家电视台或报纸采访到了，你和我的脸可就丢大了。你不想独立吗？"

独立，就是用自己的名字报道新闻的机会。社会二部同期入社的其他三人都已经独立了。鲜于记者把金石柱和南映亚的手机号码传给一花，天南地北地扯了一堆，结果还不是把最难做的推给新人。一花迟疑着要不要打断前辈，给自己找一条后路。如果不是MERS而是其他议题，一花早就借口说要跟罗次长准备电影新闻，转身走人了。最后一名MERS病人，从七月二十八日到十月三日，独自煎熬了两个多月，一花也很想见见他。

"独立的事也不急。前辈为什么找我负责这个采访？只因为我也感染过MERS吗？"

"虽然这也是其中一个理由，但关键还是在'冰屋'听了你的那番话。苏记者那家伙其实心肠很软，为了带你们这些实习记者，才那么严厉地教你们，不管是谁接到这工作，都会当个狠角色的。那天，苏记者说你不会来，我也觉得你不会来。伤得重，自然会害怕站出来。你却毫不在意，不但来了，还把自己与病魔搏斗的经历讲给大家听，还跟我们聊天喝酒。你完全不是苏记者评估实习情况时的那个新人。当时你为什么来的理由，我现在不想听。不过，你的那种坚强对记者来说是很好的特质。要坚守的就好好坚守，该打碎的就彻底打碎，所以我觉得你能胜任这项工作。"

打电话前，一花先搜寻了之前的新闻，确认金石柱是何时感染MERS，住在哪家医院，又转院去了哪家医院的负压隔离病房。一花用印象笔记整理出时间表和移动路线后，大吃一惊，反复确认上面的时间和地点，没想到自己和金石柱有很多重叠之处。首先，五月二十七日两个人都在F医院急诊室，在那里感染MERS。六月一日住院，六月五日得到第一次阳性反应，六月七日确诊。从六月七日到七月三日，住在F医院十三楼，随后移到十八楼。两人出现交错是在七月三日，那天金石柱被送往大学医院的负压隔离病房，而自己出院了。两人在同一个地点感染，住在同一家医院，这让一花更想采访他了。

一花打了电话，金石柱的手机依旧关机。在隔离病房也可以随意使用手机，所以一花判断他是故意躲避与外界接触，可能直到明天出院也不会开机。南映亚也不接电话，全国的报社和电视台记者一定都在拨打这个号码。一花决定先去大学医院，等到了那边再打电话，她打算彻夜守在那里。一花离开电视台时,发信息给罗次长。

——出门采访,回来后详细跟您报告。

——知道了。

一花坐在出租车里编写短信准备发给映亚,写了删,删了又重写。她按照实习时学的,用简单明了的十行字写出需要采访的理由和问题方向,但写好后又都删了,最后只写了两行:

——五月二十七日,我也在 F 医院急诊室感染了 MERS,六月七日确诊、住院,七月三日出院。我想采访你们,我是大韩民国电视台的李一花记者。

* * *

十月三日凌晨两点,映亚回了短信。她同意受访,但需在变声和不露脸的前提下录像。

采访预计在清晨六点的非传染病房进行,但隔离区前挤满记者,要隐秘地进入病房都成问题。映亚又发短信说,清晨五点五十分会在主楼大厅等他们。一花和摄影师明润川在约定时间走进大厅。连接隔离区的急诊室门前也挤满记者,但主楼显得清静许多。一名年轻医生沿着手扶梯下来,穿过旋转门走到外面,又回到大厅。

他经过一花和明润川身边时,低声说:"你是李一花记者吧?"

一花和提着摄影机的摄影师跟在医生身后。医生进了电梯,明摄影师也立刻跟进去,只有一花迟疑了一下。

"李记者,怎么了?"

在摄影师的催促下,一花只好迈开脚步走进电梯。

看到一花紧闭双眼、垂着头,医生问:"你还好吗?"

一花抚着胸口:"只是觉得有点闷……"

这是感染 MERS 后留下的后遗症,只要搭电梯就会胸口发闷、喘不

第四部 囚禁

过气,所以平常不管多高的楼层,一花都走楼梯。就算走得大汗淋漓,双腿发软,也比在电梯里喘不过气要好。但今天必须隐秘地行动,只好忍着点了。幸好,电梯到了三楼就停下来,来到走廊后,一花做了一次长长的深呼吸。

医生这时才自我介绍:"我叫柳奈武,是八月负责金石柱患者的住院医师,我会带你们避开那些记者。"

"谢谢。"

"请好好为他们写报道,金先生和家属真的吃了不少苦。好了,我们进去吧。"

奈武所经之处都写着"禁止外部人员进入",过了两道沉重的大门,又经过三段长长的走廊后,才终于抵达非传染病房的入口。等在那儿的护士递给一花和摄影师口罩和隔离衣。

奈武对着手中的对讲机说:"人带来了。"

门开了,只见映亚站在那里。奈武直接转身离开,李一花和摄影师走了进去。一花递上名片,打了招呼。

"我是联络你的记者,李一花。谢谢你们同意受访。"

映亚接过名片,还是盯着一花的脸看了半天:"你的脸色……好多了,真是万幸。"

"你……认识我?我们见过吗?"一花完全不记得映亚。

"出院那天,你不是被一名女律师扶着离开吗?七月三日,在感染科诊间外。我看到等候名单上显示'李一花'。收到你的信息,我一下就想起来了,虽然长相记不太清楚,但看到你这张略显苍白、消瘦的脸,还是想起来了。"

一花忽然想起出院前去向感染科主治医师道谢,在走廊跟一男一女说过几句话,原来其中一个就是映亚。

"当时准备出院,精神恍惚,连走路都很吃力,喘口气都要小心翼翼的,记忆力也衰退不少。六月、七月住院时发生的事和见过的人,很多都想不起来了。"

"我理解，就连我都记不得你的脸了。那时病人和家属都处在失魂落魄的状态，怎么偏偏是我们感染了那可怕的传染病呢？我不停地埋怨，也很伤心，身心俱疲……没想到你是电视台记者，看你跟律师在一起，还以为你也是律师呢。"

"我刚当上记者，七月请了一个月病假，八月才上班。"

一花连映亚没问的也都说了。在开始采访前，身为战胜MERS的病人，一花觉得跟南映亚和金石柱有种亲近感。映亚也有同样的感受。

"虽然院方劝我们受访，但我们不想。我不想让我丈夫被大家记忆为最后一名MERS病人，我也不想细谈治疗过程中那些无关紧要的琐事。虽然拖了这么久，但他还是痊愈了，这样就够了，我不想让他无端被人说闲话。"

"我明白。"

"如果没看到你的信息，我们应该会拒绝所有采访。因为我们马上就要开始抗癌生活，虽然战胜了MERS，但还剩下淋巴癌。"

一花点点头，想到之前看到的新闻。每篇报道都不断强调病人因原有的疾病淋巴癌才延误了MERS治愈时间。

"我希望今天是最后一次讲关于MERS的事，以后在我们夫妻的对话里，会将这个词永远抹去。不知道这样讲合不合适，我觉得如果是你，至少会站在MERS病人的立场跟我们交流。"

"没错，我会站在MERS病人这边，站在受害者这边。"

"我们只有不到一个小时了，那就开始吧。"

映亚转过身，一花走进两边摆放着病床的非传染病房，只见石柱躺在最里面的病床上。摄影师举起摄影机开始拍摄。石柱靠坐在倾斜四十五度角的病床上，准备回答问题。

"我是李一花记者。"

"我是金石柱。你跟我想象的一样。"

他的声音虽然小,却没有彻底失去力量,仿佛随风飘荡却永不落下的羽毛。"想象?"一花疑惑道。

"六月刚住院你就在鬼门关徘徊了很多次吧?奇怪的是,那时我的病情还没有很严重。住在隔离病房时,我会跟护士打探其他病人的情况。当然,护士不会告诉我病人的姓名,更不会往坏的方向说,因为不能让得了同样病的我受到打击。六月下旬,也就是过了二十天后,我听说住在隔壁的年轻女生病情迅速好转。她们描述,住院以来第一次见到她笑出了酒窝,总是睁大双眼在看新闻,眉头紧锁时,鼻梁上还会稍稍出现皱纹。不光是你,我还听说了很多其他病人的事。凭借那段时间听到的消息,我想象了很多人的脸。但现在见到你,我觉得你一定是六月时护士提到的那个有生命危险,但后来恢复很快的女生。很高兴见到你,出院后回去做记者,一切都顺利吗?"

听到石柱的问题,一花没有立即回答,显得有些迟疑。

石柱再次说道:"我知道,受访的是我。但出院后,我也会回归医生的岗位,所以很想问问重病后回到职场的人,请以痊愈的前辈身份告诉我吧,一切顺利吗?"

"'痊愈的前辈'……真是一个充满侥幸又很酷的词啊。电视台很照顾我,让我请了一个月病假休养。刚回去时,我很难跟上报道局的速度,我们做记者的,每天都要集中精力追当天随时发生的事件,身心都要快速运转,我却很难做到。我总是无法集中注意力,还会忽然想起隔离病房,眼前冒出打着点滴、无法呼吸、全身颤抖的自己。如果身处黑暗封闭的空间,还会喘不过气。我不敢搭电梯,只能走楼梯,很长一段时间不敢搭地铁。就算三餐按时吃饭,体重还是一直往下掉,总觉得无力。胸口发闷时,必须走到大楼外。虽然现在这些并没有彻底消失,但已经开始慢慢好转了。"

"谢谢你讲得这么详细,我也得了幽闭恐怖症,大概是一个人在隔离病房住得太久的关系吧。看来这就像软着陆,我也要慢慢做好准备了。"

石柱直盯着一花,表示他已经准备好受访了。

"出院后,你最想做什么?"

"跟妻子、儿子,三个人到公寓楼下的游乐场玩球,儿子喜欢球,无论是足球、棒球还是篮球都喜欢。我小时候也跟他一样。之前全家一周至少会去玩两次。还有……"石柱喝了一口水,接着说,"我希望穿上胸前写有我名字的医师袍。妻子说,已经帮我挂在卧室。虽然还要治疗复发的淋巴癌,不能马上去上班,但穿上白大褂会让我想起从前为了成为医生而努力的每一天。感染 MERS 后,我一直都是病人,如今要开始练习回归本业,做个称职的牙医。"

"接受治疗期间,你觉得最痛苦的是什么?"

"李记者也很清楚……"欲言又止的石柱耳根抖了一下。

一花的心也跟着怦怦乱跳起来,二人都回想起同样的感受,那是只有经历过的人才能体会到的。

"就像独自身处月亮的背面,只有黑暗与孤独。虽说人是独立的个体,但人孤独时至少还有家人、朋友陪伴,也可以去咖啡厅或电影院,跟不认识的人相处在同一个空间。我们只能独自待在隔离病房,就算医护人员全力以赴,但他们也不能一直待在病房,家属或看护更不可能。起初,我也会看电视、听广播,但渐渐地,孤独就像发酵的面包一样膨胀起来,仿佛覆盖了整个地球!我被关在里面,游走在生死边缘,世界仍照常运作。就算少了我一个,世界还是那么平静!一个人关在病房里,一个人痛苦,一个人死去!就算死了,留下的也不是我的名字,而是数字!政府编码的数字,到底跟我有什么关系呢?这跟关进监狱的囚犯编号有什么差别?我没有犯罪啊!我不是囚犯啊!他们为什么像对待犯人那样对待病人?这是最让我痛苦的。我再也不想一个人待在病房里,不管是哪里,我都不想再一个人了,那不是人能够承受的。"

"你开始准备治疗淋巴癌了吗?"

"我打算先休息几天,恢复体力,再开始化疗。之后还要接受造血干细胞移植。我闭上眼睛都能清楚看到那些流程,去年已全都经历过一遍了。"

"等复发的淋巴癌也痊愈那天,我可以再采访你一次吗?"

就算不是采访,一花也想再见见他。石柱或许明白她的心意,露出微笑。

"好啊,到时我们再见。"石柱顿了一下,又说,"如果你不介意,在此之前愿意跟我和妻子一起去吃意大利面吗?我知道一家很不错的意大利面餐厅。要聊如何摆脱掉这该死的MERS,你不觉得一个小时太短了吗?"

"真的太短了,我也想跟你们慢慢聊。欢迎随时联络我,我已经开始好奇那家意大利面的味道了呢。"

采访结束后,院长来到病房,他不仅跟石柱握了手,还轻轻地拥抱他。医生和护士的掌声、笑声充斥整间病房。

院长送上祝福:"很高兴收到金石柱患者痊愈的好消息,医院能够提供帮助,我也感到欣慰。虽然拖了这么久,但我会继续为病人祈祷,希望他能尽快回归身为牙医的幸福生活。我们也会对他负责到底,直到淋巴癌痊愈的那天。有任何不适,请随时联络医院,我们会竭尽所能。谢谢。"

跟院长道别后,石柱再次躺回床上。

长南递上口罩:"外面都是记者,门一开,他们一定会拍照的。你不能露脸,口罩最好遮到眼睛下。你只要躺着就好,很快就会过去的。准备好了吗?"

"嗯。"

长南把白布一直拉到石柱的脖子下,响亮地喊了一声:

"走吧!"

石柱稍稍抬头看了一眼门,那道原以为再也走不出去的绝望之门。

那是地狱尽头的门,也是返回人间的门。今天早上醒来时,石柱思考过要不要亲自一步一步地走出那道门,但想到蜂拥而至的记者,担心会发生意外,最后还是决定用轮床。

门一开,四面八方传来相机的快门声和闪光灯的噪声。石柱躺在轮床上,紧闭双眼,耳边响起那些没有独家采访到他的记者的问话:

"请问病人此时的心情如何?"

"您对这段时间接受的治疗满意吗?"

"您最想吃什么?"

里面有一花提过的问题,也有新问题。石柱紧闭双眼,此时此刻,他仿佛从地狱回到人间,他只想尽情感受 MERS 痊愈、解除隔离的快感。

大酱汤

南映亚手记
二〇一五年十月三日（星期六）

"现在还不太习惯……"
把汤匙放进大酱汤前，石柱迟疑了一下。雨岚先喝了一口，然后是我，最后石柱笑着把汤匙放进汤锅。
他已经完全没有传染力了，真的战胜了MERS，不能让他对此心存怀疑和担忧。医曖不也说我们可以重新回到感染前的幸福生活吗？那就从把三支汤匙一起放进大酱汤里开始。
雨岚勇敢地在他爸爸的嘴唇上亲了下去，这是暌违良久的亲吻啊。
多么珍贵的日常。
忘掉MERS吧！
现在，
一切，
都结束了。

关于肮脏

"吉冬华女士，请过来一下……"高尚焕社长一说完，就转身走进办公室旁的仓库。

冬华放下手中刚印好的传单，站起身。她剪了短发，穿着白衬衫和盖到小腿的蓝裙子。裙子是跟冬心借的，改变发型也是为了让自己看起来年轻点。在物流仓库工作的三十年，冬华总是穿牛仔裤，因为裙子不方便开堆高机和搬运书。

说到员工，这里也就只有社长和两名正式职员，再加上领时薪的冬华而已。社长和两名员工是大学时的前后辈，都是三十出头的年轻人，几乎可以当冬华的儿子了。起初高社长还嫌冬华的年纪大，得知她不但精通编辑、设计和印刷，还懂仓储管理后，便把很多事都交给她。

就这样过了半个月，到第三周的十月五日星期一早上——

"你为什么隐瞒？"冬华刚在长桌对面坐下，高社长便发难。

一开始，冬华四处拜托认识的出版综合物流公司老板，希望能找份工作。但他们都知道冬华感染过 MERS，纷纷搬出各种借口拒绝她。无奈之下，冬华只好舍弃对出版物流的留恋，转而找起制作传单和名片的小公司。冬华开始隐瞒自己感染过 MERS，就算只是兼职，她也不得不隐瞒自己感染过今年夏天席卷全国的传染病以及死里逃生出院后只剩下一半肺功能的事实。但不知为何，已经被人发现了三次，最后都只会听到她为什么要隐瞒的指责。听到这个简短的提问，冬华知道与这家公司的缘分也尽了，但她仍不想放弃。

冬华咬了咬下唇："我已经痊愈了，我可以向上帝发誓……"

这也不是什么需要牵扯到上帝的事，但高社长是虔诚的基督徒。

"这我知道，痊愈了医院才会让你出院。"

高社长和员工都是守诚信、有礼貌的青年，他们从没有因为冬华是兼职而瞧不起她。公司里的四人不会用职称称呼彼此，而是直呼对方的姓名。一开始，直呼社长的名字让冬华很尴尬，但大家都这样，过了几天冬华也就适应了。

其实冬华也心存期待，说不定这份工作可以做得长久一点。虽然传单印完后要搬运成捆的纸张，但高社长和其他员工也会出来帮忙。

"原来你不是感冒。"

冬华无论上下班都会戴口罩。出院后的后遗症不止一两处，严重失眠导致记忆力衰退，空气稍微混浊就会咳个不停。每天早上起来第一件事就是要确认雾霾浓度，除了戴口罩别无他法。在公司，冬华会把口罩藏起来，但有一次下班后，碰巧在巷子里遇到高社长，冬华借口说因为换季，得了重感冒。

"老实说，我的肺的确受损了，以前我一次可以提两捆的。"

一捆纸五百张，两捆就有一千张。

"我不是在指责你的工作能力。你很专业，知识比这里任何一个人都渊博，是公司需要的人才。"

冬华眼眶开始泛红。

"专业！"

听到这两个字，冬华内心一阵激动。自己一辈子与书为伴，对于图书的保管和进出货，绝对有自信不输给任何人。她甚至额外花费金钱和时间去学习专业的编辑、设计和印刷知识。冬华还打算等退休后写一本这些年的回忆录，由自己编辑、设计、监理印刷和出版。可是当她战胜MERS后，再也没有人在乎她的专业了。

"我很感激你这样说。"

难道高社长希望聘用冬华做正式职员？只要能有一份安稳的工作，就算是拿新人的薪水，冬华也不在乎。

"大家都认为你是上帝赐给我们的礼物。上周五，我们三人还讨论要正式聘用你,大家也都同意了。"

"谢谢,太感谢了。"冬华的眼泪就要掉出来了。

"可是……"高社长吐出这个连词,欲言又止。

冬华为了不让对方发现自己落泪,目光低垂,等高社长继续讲下去。

"周末有三家客户打电话来,问我在这里打工的人是不是 MERS 病人。我们也一头雾水,所以打去你之前工作的地方。他们说你夏天时感染了 MERS,现在已经痊愈。于是,我们如实转达给那三家客户,还跟他们强调说你从事出版业多年,具备卓越的专业知识和能力,这次传单的质量能提高那么多,也都是因为你的帮助。可是……"

高社长的话又停在这个连词上。

冬华吸了吸鼻涕,强忍眼泪。这不是喜悦的眼泪,而是委屈的眼泪。

"我们都希望能和你长期共事,但是最大的客户老板……"

"他说了什么?"

"那个……他说怎么能用感染过 MERS 的人……"

"你不用拐弯抹角,请直说吧。他说了什么?"

"他说,他们不收肮脏的手做出来的传单。我反驳了很多次,对方却一直跟我们抗议,质问我们,为什么他付钱做的传单要经由感染过 MERS 的人的手,还要我们赶你走。"

"如果我不走,生意会受影响吗?"

高社长眼眶含泪,起身面向冬华,低下头:"对不起,我们尽力试图说服他们了,但每一家都很坚持。"

"明白了,我走就是了。公司要运营,我也不想给你们添麻烦。你现在就打电话给那个老板吧,告诉他,那个肮脏的人被赶走了。"

"你不肮脏。"

"是啊,我不肮脏。出院后,我一天洗四五次澡,就是怕自己身上带着晦气,所以洗了一次又一次。可当我走出家门,认识十多年的邻居开始闪避我,对我说三道四,说我脏。我一点也不脏啊!全世界的人都说我脏,对我指指点点,我到底该怎么证明自己是干净的呢?"

"总有人会明白的。"

"没错,总有人知道我是干净的。但又有什么用?我有一个卧病在床的妹妹和读大学的儿子,我是要照顾他们的一家之主,必须赚钱。我早就放弃正职了,现在又嫌我脏,连兼职也丢了,我该去哪儿找工作?这个国家还有会用我的地方吗?"

高社长低着头不断道歉。冬华走出公司,漫无目的地走在路上。

以前冬华可以轻松地登上高山,如今在平地上走久了都会气喘吁吁。她平时都搭公交车出行,有时在车站一等就是二十分钟,还经常挤不上客满的公交车,就算勉强上去了,满满的乘客也会让她觉得胸口发闷。行驶在路面上的公交车都这样,更别说搭地铁了。冬华已经在路上晃了一个多小时,天空渐渐乌云密布。一路上遇到公交车、货车排放的废气,冬华都要转身咳嗽几下。

从公司出来后,眼泪便不停地流,就这样边哭边走,冬华走到了汉江。她走上圣水大桥,来往的车辆飞速行驶。来到大桥中央,冬华停下脚步。雨滴落在头顶和肩膀,蓝裙子随风飘动。眼泪仍流个不停,冬华驻足,把手放在栏杆上,探头俯视下方流动的江面。雨越下越大了,冬华像和身边的朋友说话般,轻声问:

"不如结束吧?"

风打在脸上,冬华扑哧一笑,喃喃自语起来。

"我不可以自杀……可以的,自杀会下地狱,但我已经身处地狱了。任何地狱都不及我所在的地狱。既然这里已是地狱,不管我去哪儿都不会再是地狱。哪里都比这里好,在这里,我被当成恶魔,肮脏的恶魔,没用的恶魔。既然以恶魔而活,不如就让人类的躯体死去。不再肮脏,干净地死去。我不可以自杀……可以的,现在就去死吧……"

冬华想象自己掉入江里的样子,直达死亡的时间只要四五秒。离开册塔后,自己已经用尽全力去找工作,她不但收起在物流仓库工作了三十年的自豪,甚至愿意只领新人的日薪,却还是没有任何地方愿意给她机会,只因她感染过 MERS。这传染病不是她自己想得的啊!仅凭自己的力量,冬华再也找不到可以抹去这个"红字"的方法了。她不是因为想结束而结束,而是没有能重新开始的出路,所以只能结束。

冬华脱掉皮鞋。虽然鞋子很旧了,但昨晚冬心倾注诚意,把皮鞋擦出青紫色的光泽。冬华往旁边移了两步,像这样简单地脱掉鞋子,一切就可以结束了。她又从包包里取出手机,放在鞋子旁。接下来,只剩跳入江里。冬华没有寻找上帝,没有呼唤救世主耶稣,没有背诵一句《圣经》,没有哼唱一段圣歌。

正如我激烈地拼搏、奋斗到今天一样,我也要激烈地停止这一切,这是最好的方法。

冬华双手握紧栏杆,手臂用力撑起,双脚腾空。就在身体悬空的瞬间,手机响了。她没有接电话,而是弯下腰,整个身体的重心前倾,只要再往前一点点,就坠落下去了。这时,信息提示音响了。冬华看了一眼桥下流淌的深蓝江水,又看了看放在皮鞋旁的手机。她下意识地开口:

"主啊!"

您是何用意?不要误会您能打消我的决定,我只是想看一眼人间最后一则信息。您知道我那按捺不住好奇心的性格,是吗?

冬华从栏杆上下来,弯腰捡起手机。

——小姨晕倒了,妈,你快⋯⋯

情况紧急到艺硕连"回来"二字都来不及输入。

冬华左顾右盼,估算大桥的长度,她无法决定往哪一边走才能更快通过大桥。冬华开始往江南的方向跑,雨越下越大,雨滴打在她脸上,全身立刻被雨水打湿。冬华转身望向马路,一辆出租车迎面而来,她立刻冲到马路上,拦下那辆出租车。

"喂，你疯了吗？"出租车司机下车指着冬华破口大骂。

冬华跑上前，打开后车门跳上车，先道了歉。

"对不起，我妹妹病重，请快点出发，快点！"

出租车在路上奔驰。冬华低头看了看双脚，蓝裙子下只有藏青色的袜子，刚才急着拦出租车，忘了穿皮鞋。

出院派对

出院派对预计在十月七日晚上七点举行。

映亚给了石柱一个深深的早安吻后,便忙着去准备食物了。今天她跟公司请了假,石柱感染MERS后,映亚一直无心处理工作,因为石柱只要稍有不适,她就会跑去医院。她很感激直属上司詹姆斯和公司对她的特别照顾。

"你起来了?"正在厨房切葱的映亚转过头来,石柱轻轻打开房门的声音也逃不过映亚的耳朵。

"我来帮忙啊。"

映亚摇摇头:"你快去休息,什么都不做就是帮我了。"

自从石柱考入牙医学研究所后,便一头栽进了学业。但在那之前,他也很喜欢做饭。既然妻子说今天要大显身手,他只好回到卧室。除了中午坐在餐桌前吃面,石柱整天都待在卧室,他打开电脑,把音乐声调到最大。这是他出院以后最想做的事。

前一天,十月六日,出院后首次去大学医院看门诊。血液肿瘤科的柳大焕教授笑着迎接他们,气氛与隔离病房完全不同。石柱先做了简单的检查,没有发烧,也不咳嗽了;胸部肺泡音消失,肺部和支气管也没有留下任何后遗症。柳教授建议再观察一周,然后再决定GDP化疗的日程,准备造血干细胞移植。谁都没有再提MERS,MERS已经成为过去式,眼前要面对的只有化疗和不久后要成功完成造血干细胞移植的任务。对此,柳教授和石柱之间没有任何分歧。

跟石柱熟识的两名研究所同学、两名大学同学和两名高中同学都带着妻子赴约。石柱跟高中同学组过"疯狂一族",沉迷于街头篮球,也与大学同学在社团"伽蓝基地"吹过排笛。在全罗道光州开牙科诊所的研究所同学朴尚道带来了四岁的女儿朴银荷，雨岚特别开心。映亚读护理系时的同学，感染过 MERS、最早痊愈出院的 F 医院护士朴京美以及大学好友高恩知和郑敏娥也都出席了。加上石柱一家，一共有十九人。

京美刚踏入玄关，映亚便跑上前拥抱她。两人抱在一起都快哭出来了。

映亚拍打京美的背，有些责怪地说："再怎么说也不能连我的电话都不接啊！我又不是不明白你的处境，你我的交情就只有这样吗？"

京美淡淡一笑："抱歉嘛，一开始我也不知所措，郁闷又生气，简直快疯了。我按照医院的规定工作，怎么会感染呢？你老公提出防护装备有问题时，说实话，我还觉得有点夸张呢，结果证明他是对的。那些防止被传染的措施，再夸张都应该，却没做到位。现在回想简直漏洞百出。给家属穿一套三百元的 AP 防护衣，我们却穿 VRE 隔离衣进出 MERS 病房。"

"当时真是太过分了！"映亚附和。

"我被关进隔离病房后，觉得很对不起我照顾的病人。MERS 是怎么把人逼上绝境的，等我站在生死边缘时才真正感受到。病人说难受时，我只会不断重复说会尽快帮助他们，要他们再忍忍。等我被感染后，躺在隔离病房忽然喘不过气……想到那种绝望的黑暗，我现在都有些呼吸困难。不要说一分钟了，就连十秒都无法忍受。我竟然对那么痛苦的病人说再忍一下，真是太过分了……"

"石柱说你是最棒的呢，其他护士连静脉都找不准，每次都要挨上五六针，但你一次就能搞定。"

"读书时，我找静脉可是最准的。"

"比我还准？"

"那当然。你只关心男生，哪有心思关心静脉啊！"

"男生比静脉有趣多了。"

"说得也是。"

"你瘦了不少啊。"

"感染 MERS 期间掉了九公斤,现在已经长胖了四公斤,还那么明显吗?"

"嗯,不行,今天你得吃足五公斤才能回去。"

"映亚,谢谢你。"

两人又抱在一起哭了好一会儿。

鸿泽没参加派对。刚过六点半时,他打电话给映亚叫她下楼一趟。映亚和石柱一起来到楼下的游乐场。

"爸,你不上来吗?"

鸿泽笑着摇摇头:"我这老头子去,只会妨碍你们。"

石柱反驳:"别这么说,哪会妨碍我们呢?"

石柱出院当天,鸿泽负责照顾雨岚,在家里等待。看着儿子走进家门时,他握紧了双拳。石柱想要磕头行大礼,但鸿泽劝他先好好休息,就直接回家了。虽然今天的派对第一个就邀请了他,但鸿泽说有约在先拒绝了。本来石柱打算改天再开派对,但鸿泽执意说,不要为了自己改时间。

"来,这个收下。"鸿泽把藏在身后的一束鲜花递给映亚,是鲜红的玫瑰。

"爸!"

"赶快收下,一束花大概无法补偿这些日子你受的苦啊!多亏有你尽心尽力地照顾,石柱才能平安回来,谢谢你。"

映亚接过花,捧在怀里。

鸿泽把视线转向石柱:"这辈子要好好疼爱你老婆。"

石柱笑说:"那是一定的。"

"什么时候做手术?"

鸿泽问的是同种造血干细胞移植。九月中旬,鸿泽为了捐造血干细胞,到大学医院做配对检查。去年是用石柱自己的干细胞,但这次需要捐赠者，如果家里没人符合配对，再去找捐赠者又是一大难关。石柱MERS痊愈后要先化疗，完全缓解后才能做移植，因此八月初就申请了配对检查，但院方始终没有同意。因为要同时采鸿泽和石柱的检体，检查室一直不愿接收MERS病人的检体。经过多次沟通，直到九月才做了检查。幸运的是，鸿泽和石柱的配对一致。

"先做化疗，快的话圣诞节，慢的话明年新年前。"

"知道了，那我也准备一下。"

鸿泽为了提供给儿子更好的造血干细胞，从今天开始去健身房报名。这是身为人父的一片心意。

七点，晚饭开始前，为了祝贺石柱出院，京美在买来的蛋糕中央插上一根蜡烛。大伙和石柱一家围坐在白色蛋糕旁。

"石柱，过几天就是你的生日了，等那天再按照年龄帮你插蜡烛。今天先插一根蜡烛，象征你痊愈，一切重新开始。"

虽然石柱的肺纤维化不严重，医院还是劝他外出一定要戴口罩，这样做不是担心他会把病毒带到外面，而是目前他的免疫力很弱，怕外界病毒对他造成感染。在蛋糕上插一根蜡烛也是为石柱着想。石柱坐在蛋糕前，灯光熄灭，屋子里只剩下一根蜡烛的光亮。

石柱喊道："雨岚过来这里，你也过来。"

雨岚和映亚来到石柱左右两边，三人看了看彼此，一起吹熄蜡烛。客人们送上掌声和欢呼。映亚已事先跟楼上、楼下的邻居打过招呼，大家都祝贺石柱出院，还说今晚就算开摇滚派对也没关系。虽然也不是什么摇滚派对，但石柱的确为今天的客人准备了特别的礼物。

石柱到卧室穿上医师袍，肩上背着吉他回到客厅。为了不被映亚发现，石柱一早就把摇滚乐开到最大声，偷偷练习了一整天。掌声响起，石柱做简单的致辞：

"我在病房没办法弹吉他，后来映亚能来看我时才带吉他来，我全身又难受得连手指都不想动。但奇怪的是，躺着或坐在床上时，耳边总是会响起我喜欢的、练过的歌。闭上眼睛又听得更清楚了！在隔离病房的每一天都非常非常无聊，尤其从八月开始，MERS 症状消失后，每一天都跟一年一样久。有时，幻听也能帮我解闷。换到非传染病房后，幻听消失了，我偶尔还挺怀念的。出院后我练了几次，不知道演奏得好不好。毕竟解除隔离才四天，现在手指还是没什么力气，大家就凑合着听吧。"

演奏开始。是乔治·哈里森的 While My Guitar Gently Weeps。如果是跟石柱年龄相仿并对乐队感兴趣的人，一定在高中或大学时期挑战过这首歌。恋爱时，映亚就听石柱演奏过这首歌五六次，结婚后更是听过无数次。每当演奏这首歌时，映亚和石柱都会绽放出笑容。研究所同学朴尚道和孔亨裴跟着节奏假装弹起贝斯、打起鼓来。他们在学校还组过名为"Pipi-fossa"的乐队，演奏过这首歌。"Pipi-fossa"是"Perygopalatine fossa"的简称，意思是"翼腭窝"，这名字的确很符合牙医学研究所的乐队风格。

石柱和映亚实在太开心了，如今只要等淋巴癌治疗结束，石柱就能从患者回归医生身份。五月只穿了半个月白大褂，为病人看病的时光仿佛是遥远的过去。映亚心想，等石柱上班那天，一定要再请他弹一遍这首歌。

映亚准备了一天的食物不停端上餐桌。大家看着囊括陆海空、韩中日料理的满桌美味，开怀大笑，还有人夸奖映亚可以开餐厅了。

"大家请慢用。我准备了很多，不够再跟我说。"

伶俐的京美看到满桌山珍海味，俏皮地问大家："你们知道这些食物的共同点是什么吗？"

大伙摇摇头。琳琅满目的食材做出的各式各样的美食，实在想不出什么共同点。

映亚这时劝说："大家快点儿趁热吃吧。"

京美说："大家不知道吧，我在感染 MERS 前也不懂，石柱干吗总是看那个节目。等我被隔离后，痛苦得连食欲都没有，后来身体慢慢恢复才开始想吃东西。MERS 的话题以后再说，刚刚我的问题的答案是，这些食物都是《好吃的家伙们》里出现过的。电视里出现的食物医院附近都没有，所以石柱在医院都吃不到。大家都知道映亚是多细心的人，没想到她能把石柱想吃的都记下来，今天一口气端上桌。让我们为做出这一桌美味佳肴的南映亚大厨鼓掌！"

这顿饭吃了三个多小时，将每道菜浅尝一口就足够填饱肚子。映亚在厨房和客厅间忙进忙出。石柱弹完吉他后略显疲惫，但也没回卧室休息，他倾听许久未见的朋友们聊天，和他们一起开心地笑着。在这种场合总是很适合聊往事，谁都没提 MERS 和淋巴癌，话题转向石柱在研究所读书时的日子，有人提到石柱几乎住在图书馆，没日没夜埋首苦读，端菜的映亚偷偷擦去眼泪。

那时的石柱比现在年轻，比现在更勇敢。石柱跟映亚说想挑战当医生，映亚默许了。他辞去大企业的工作，养家糊口的责任便落在映亚身上。夫妻俩彼此信任、彼此支持，做出最大努力。今天到场的朋友都见证了他们奋斗的每一天，每个人都期盼他们接下来的生活可以一帆风顺。

晚上十点多，映亚和石柱将大家送到小区门口。之后映亚整理好剩下的食物，洗好碗。石柱想帮忙，但映亚坚持把他推回卧室。洗好碗后已过了午夜，简单盥洗后都快到凌晨一点了。映亚刚钻进被窝，石柱便转过身。

"你没睡啊？"

石柱把映亚拉进怀里，用额头上的一个吻代替了回答。

"今天辛苦你了，还不如请厨师来呢。"

"我做的菜不好吃吗？"

映亚半开玩笑地问道。

石柱回答："好吃极了，我是怕你太辛苦……"

"只要你能回家,做这些算什么,以后再开一次出院派对吧,还想请谁呢?尽管说。"

"不用了。"

映亚把额头贴在石柱的胸口:"你今天帅呆了。"

"真的?"

"嗯,没想到你会穿白大褂弹吉他,一定给大家留下了难忘的一夜。"

"有三个地方弹错了。那么简单的谱,居然还是弹错。"

"没关系,你才刚解除隔离四天,能弹成这样已经很棒了。"

"是吗?"

"当然咯。"

"京美还好吧?"

石柱在为感染过 MERS 的护士朴京美担心。

"没留下什么后遗症。她去欧洲旅游,休息了一个月,回来后直接复职了。"

"真是万幸。"

"不要担心别人了,把精神集中在我们身上吧。"

"你有什么愿望?"

"愿望?干吗突然问这个?我的愿望当然是希望你能痊愈,赶快治好淋巴癌。"

"那是当然的。等我痊愈后,你想做什么?"

"从明年开始连续三年,每年全家去旅游。"

"那是我提议的。你呢?"

"你想知道?"

"嗯。"

"可能需要很多钱哦。"

"我才不会心疼那点钱呢,说吧,你的愿望。"

映亚用额头在石柱的胸口上轻轻摩擦,然后抬起头。石柱低头温柔地看着映亚。映亚想起五月二十六日写在笔记本上的内容：

二〇一六年十一月十一日，结婚十周年
补办婚礼 with 雨岚
我三十八岁，丈夫三十七岁，雨岚五岁

"现在不告诉你，等你痊愈那天再说吧。"
"好想知道哦……给我点提示吧。"
"不行，讲出来就不灵验了。不过，你一定要帮我实现这个愿望哦。"
"知道了。"
"答应我！"
"一言为定！"

石柱伸出小指钩了一下映亚的小指。可能觉得钩手指还不够，映亚伸长脖子把嘴唇贴在石柱的双唇上。两个人觉得就这样亲一整晚也不够。

会好的！

南映亚手记
二〇一五年十月七日（星期三）

石柱洗澡。
石柱理发。

忽然意识到，
解除隔离后，其实只有我一个人真正回归社会，
石柱还在辛苦地与淋巴癌搏斗，
我得多为他着想才行。

我们都会好的！
我们都会康服的！
未来总会有好事发生！
老公加油！
我也要加油！

急救室

解除隔离后过了一周,又到了星期六,十月十日。

映亚上周只请了一天假,其他时间都去上班,石柱和雨岚留在家里,不能陪在他们身边,映亚觉得很可惜。但自从石柱辞掉大企业工作、去念牙医学研究所后,她就成为实际上的一家之主。肩负的责任让她即便还要照顾感染可怕的传染病的丈夫,也不曾有过放弃职场的念头。

今天全家打算到外面吃晚饭,平常映亚虽然不用加班,但这期间累积了很多工作,回家吃过晚餐后还要继续工作。石柱很担心映亚累垮,提议星期六也在家里简单吃就好,让她好好休息。但映亚已经预约了牛骨汤餐厅,真不愧是细心的女人。

离吃晚饭还有一段时间,三人来到餐厅对面的咖啡厅。石柱和映亚点了美式咖啡,给雨岚点了优格冰激凌。石柱啜了口咖啡,放下杯子。

"爸开始健身了。"

"爸这辈子做什么都准备万全。化疗有多辛苦你也知道,千万不要心急哦。"

石柱摸了摸雨岚的头:"我可是每天输四五包血,撑了一个月呢。看来身体很适应出院前用的抗癌药,不如就继续用那个好了。化疗副作用再严重,还能比 MERS 严重吗?你也知道不能再拖了。"

映亚点点头。两人都觉得很可惜,六月时应该同步进行 MERS 和淋巴癌治疗的,不知道先治疗 MERS 是否错过了治疗淋巴癌的最佳时机。如果真的错过,再拖下去只会对病情更不利。他们真希望新年到来前淋巴癌能痊愈!

石柱拉起映亚的手:"别担心,下次去门诊,教授就会制订出化疗计划。"

"我陪你去。"

"不用了,我自己搭出租车就好。你去上班吧。"

"可是……"

"我们不是一起战胜过淋巴癌吗?这次胜利也会属于我们的。"

"好吧。那等你去完医院再告诉我,我也好根据计划调整工作。"

三人走出咖啡厅,过马路来到牛骨汤餐厅,在靠窗的位置坐下。石柱、映亚和雨岚用汤匙大口喝起牛骨汤,额外点的一盘牛肉也吃光后,一家三口摸着胀鼓鼓的肚子起身。

"爸爸,我们下次还要再来。"雨岚意犹未尽地吮着十根手指头。

"有那么好吃?"

雨岚点点头。

"好,那我们下周六再来。"

雨岚开心地一头钻进石柱怀里,石柱一把抱起儿子,走出餐厅。

一家人回到公寓,进电梯后,映亚发现石柱的眼角挤出纹路,似乎有点不对劲。

"怎么了?"

"头晕,好像有点消化不良。"

映亚将雨岚哄睡后回到卧室,只见石柱抱着肚子不停呻吟。映亚摸了摸他的额头,滚烫得跟火球似的。

"可能是吃了肉不消化,帮我拿点退烧药来。"

"要不要叫救护车?"

"还不用……对了,我们是不是该帮雨岚找一下幼儿园了?我解除隔离了,雨岚也能去幼儿园了吧?"石柱心里一直惦记着这件事。

"嗯,明天我就打电话去几家幼儿园问问。"

"那我去文具店帮雨岚买几个素描本,让他送给新朋友。"

"我明天去买。"

"不用了,我病了这么久,也想做点爸爸该做的事。"

"嗯,好。"

"现在一切都回归正常,你回制药公司,雨岚去幼儿园,我回牙科诊所!"

映亚忽然想到一句歌词:"全世界最美的风景,就是让一切回到原位。"

吃了退烧药后石柱还是发冷,他把棉被拉到脖子下,闭上眼睛。映亚用冷水打湿毛巾,帮石柱擦了手脚。石柱厚实的身体和肌肉都不见了,只剩骨瘦如柴的躯壳。那双脚也不再是健壮结实的年轻人的脚,而是在垂死挣扎的老人的脚。可能是药效开始发作,呻吟声渐渐变小。

两小时后,石柱突然起身快步走到厕所,抱着马桶开始呕吐。不仅晚饭吃的牛肉和牛骨汤,就连中午吃的马铃薯煎饼也全都吐了出来。映亚正要上前帮他拍背,石柱大力挥了挥手。

"别过来!"

映亚停下脚步。石柱才冲完马桶,又开始呕吐。去年化疗时石柱也常呕吐,那时他也会把映亚赶到厕所外。就算是妻子,也正因为是妻子,石柱才更不想让映亚看到自己呕吐的模样。但今天晚上吐得太凶,再也没有可以吐的东西了,石柱甚至把食指塞进嘴里。

就这样连吐了三四次,一开始石柱还能到厕所,第二次起身时,他一阵眩晕,趴在地上;第三次还来不及下床,酸溜溜的胃酸就吐到被子上了。这时,对面房间的雨岚推开门。以前就算隔壁掉炸弹也能睡得很沉的雨岚,这次听到爸爸的呕吐声竟然醒了。孩子已经长大到听到奇怪的声响就立刻联想到爸爸生病的年纪了。

"爸……"雨岚推开房门,不知所措地站在原地哭了起来。

映亚赶快上前抱起雨岚,等哄好孩子回来时,发现石柱出现休克反应,不管映亚说什么、怎么摇晃都没有反应。

"你醒醒,我们去急诊室……"

映亚拿起手机，在那短暂的一瞬间，她犹豫了一下要去哪家医院。去石柱在六月一日到七月三日住过的 F 医院，只要五分钟。如果去七月三日到十月三日住的大学医院，则要五十分钟。石柱的状态每分每秒都在恶化，映亚最后决定就近去 F 医院。她打给 119，又联络了鸿泽。119 和鸿泽几乎是同一时间抵达，映亚把雨岚托付给公公，跟石柱一起上了救护车。

两名救护员，一名负责开车，另一名负责紧急处置。警笛响起，救护车全速赶往医院。石柱捂着肚子不停发出呻吟，救护员坐下来准备帮石柱测量体温和血压。

映亚抓住救护员的手臂："你有看新闻吧？他是最后一名 MERS 病人！就是十月三日出院的那个人。"

救护员瞪大双眼。

映亚为了让他安心，接着说："不用担心，他已经痊愈了，完全没有传染力。高烧和呕吐是因为淋巴癌复发，我觉得腹痛应该是胰脏膨胀导致。"

救护员打断映亚，拿起手机打给综合医院急诊室。

"MERS 病人，住过你们医院。啊，姓名？"他转头看向映亚。

"金石柱，三十六岁。"

"金石柱，男，三十六岁。"

挂断电话的救护员拿出手套和 N95 口罩戴好，然后把口罩和手套递给映亚。

"拿走。我说了他不是 MERS，是淋巴癌。"

"就算是这样，万一……"

映亚打断救护员，大吼："不管是万一还是亿一，他不是传染病患！十月三日出院后，我跟他在一起待了一周。治好他的大学医院的医生也说根本不需要手套和口罩了。"

救护员也不甘示弱："你没看到救护员也被感染的新闻吗？我的同

事被传染后也经历了危险期。他们为什么会感染？不就是像现在这样，运送那些坚持说自己没有得 MERS、拒绝戴口罩和手套的人，结果全都感染了。出院后的一周里，出现过现在这样的高烧和呕吐吗？"

"今天晚上才突然这样的。"

"伴随高烧的呕吐和咳嗽，如果是 MERS 患者，病毒很可能会从身体里排出来。所以请你相信我，先把口罩戴上吧。"

映亚看了看口罩，又看了看石柱。

"不用。我丈夫得的是淋巴癌，淋巴癌不是传染病。"

救护车停在急诊室前。这里是"1 号"、"0 号"、金石柱、吉冬华和李一花来过的急诊室。看到身着 D 级防护衣的医生和护士走上前，映亚又重复一遍。

"他不是 MERS 患者，他是因为复发的淋巴癌恶化导致休克，请先采取治疗吧。"

医生回答："请交给我们，我们会先进行检查，当然也会治疗。"

映亚追问："检查？要做什么检查？难道是 PCR？是不是 PCR？不需要做那个检查，我丈夫不是 MERS 患者。"

男护士走到救护车旁，熟练地用手托住石柱的腰部和臀部，把他移到轮床上。就在这时，石柱睁开眼睛。

"映亚！"石柱左顾右盼，寻找着映亚。

映亚急忙喊道："在这儿，我在这儿！"

石柱看向声音传来的方向，想要起身，但护士一把按住他的肩膀。看到周围的人都戴着头罩、N95 口罩和手套，石柱终于搞清楚状况。

他高喊："我不是 MERS，MERS 已经结束了！不要，不要这样对我。南映亚！映亚——你在哪儿？"

映亚拼命想要从男护士之间探出头来，但力气完全抵不过他们。忽然，有人抓住她的手臂，一个熟悉的声音从身后传来。

"镇定点！"

是京美。京美戴着口罩站在医生身后，所以映亚刚才没认出她。看到京美，映亚的声音更加颤抖。

"京美！他们这是在干什么？你快去阻止他们做 PCR。石柱得的是淋巴癌，必须针对淋巴癌进行抢救。"

京美拉过映亚，抱住她："我知道，石柱已经治好 MERS 了，但医院有医院的立场啊。"

"医院的立场？"

"这种事在急诊室已经发生过三次了。第一次医院说服坚持不检查的疾病管理本部，才确诊了'1号'感染者。如你所知，第二次在不知情的情况下，让 MERS 病人在这里住了三天，结果感染了一大堆人。大家都以为今年的 MERS 就这么结束了时，石柱又被送过来。当然，他不是 MERS，已经被诊断痊愈。但站在医院的立场，还是要做一次检查，PCR 如果是阴性，就会治疗淋巴癌。"

"我们申请做 PCR 时不做，现在放着人命不救，为了撇清关系要先做 PCR？"

"不管你说什么都会进行检查的，在结果出来前，你无法接近石柱。先跟我来吧。"京美抓起映亚的手腕，穿过走廊来到一个小房间。

刚走进去，映亚立刻甩开京美的手："京美！不能做 PCR，无论如何都不可以做。"

"这是什么意思？"

"石柱是不是 MERS，PCR 根本无法判断，搞不好会出现阳性。但就算是出现阳性，石柱也不是 MERS，他完全没有传染力了，所以不能给他做 PCR。京美啊，你快去阻止他们！"

"出现阳性？既然已经痊愈了，怎么可能出现阳性呢？"

"我没时间跟你解释，总之石柱不是 MERS，只要治疗淋巴癌就可以了。"

"你冷静点，我去把你说的告诉医生，也了解一下情况。你不要乱跑，乖乖在这儿等我！"

京美走出房间，映亚感到口干舌燥，像钟摆一样坐立难安，来回踱步。她从手机里翻出吴长南的电话。

"喂……"没睡醒的声音传来。

"我们在急诊室，石柱高烧，腹痛很严重……"

对方顿时提高音调，语速加快："好的，我这就下楼，请等一下……"

映亚赶紧打断他："不是大学医院……病情恶化，就近到综合医院了……可他们要做PCR……"

"啊，没必要做PCR啊……你先联络我就好了。送到这里就不用检查，可以直接住进一般病房的。"

映亚见过太多病人只差五分钟就面临生死关头了，却没想到为了节省那四十五分钟车程，来到综合医院后居然要先做PCR。石柱的PCR检查结果很不稳定，就算检查结果出现四五次阴性，也很可能再出现阳性。即便是阳性，他也不是传播病毒的MERS患者，这个事实只有石柱、映亚和大学医院隔离病房的极少数医护人员知道。

映亚挂断电话，来到走廊。她无视京美的劝告，为了寻找石柱走遍急诊室各区。当看到位于急诊室尽头的抢救病危患者的急救室时，映亚加快脚步。急诊室和急救室间隔着一道打不开的玻璃门。

映亚敲着门，喊道："不！你们不能把MERS嫁祸给我们。他不是！我在这里，我不会留下你一个人，我会陪着你的。"

门始终没有开。映亚的眼泪、鼻涕都流干后，有气无力地走回房间。四小时后，京美推开房门走进来。

"检查结果呢？"

京美迟疑了一下："那个……还不能下结论。"

"这是什么意思？阳性就是阳性，阴性就是阴性啊。"

"上面指示，先转院到大学医院。"

"真的？"

映亚松了口气。去大学医院更好,如果是大学医院,隔离病房的医护人员一定了解石柱的情况,他们都知道石柱不具备传染力,就不会把他送进隔离病房,可以住进一般病房接受淋巴癌治疗。

"救护车会送石柱过去,你只好自己过去了。"

"好。"

两人简单道别。

在做好安全防护的救护员把石柱送上救护车的这段时间里,映亚搭出租车先出发了。映亚在途中打电话给长南说明情况,长南的声音变得明朗。

"知道了。看来是检体有问题,要是在那边测出阳性,事情就很难办。我们尽快讨论一下,你不用担心,直接过来吧。"

映亚以为长南要自己别担心的意思是大学医院会判断,让石柱直接住进一般病房。

下了出租车,映亚朝急诊室飞奔。救护车早已抵达,门口也围起封锁线。映亚看到门口写着"禁止出入",当她准备走进去时,戴N95口罩和手套的工作人员上前拦住她。

"那个,我是刚刚救护车送来的病人家属。"

工作人员从头到脚打量了映亚一番。"上级指示,所有人不得进入,请留步。"

映亚打给长南,没有接听。时间无情地流逝着。

中午过后,两名身着防护衣、全副武装的护士走出急诊室,随后两名医生也走了出来。映亚跟护士四目相对的瞬间,心脏猛地跳了一下。这是在隔离病房见过许多次的眼神。玉娜贞和陈雅凛出现,意味着石柱没有被送进一般病房,而是又被关进了隔离病房。在没有得到阳性结果的情况下,院方仅凭患者出现高烧和呕吐,就直接把十月三日出院的金石柱关进了隔离病房。

怎么可以这样?

映亚想冲过封锁线，在那一瞬间，脖子上的项链掉到地上。那是戴了九年从未断过的结婚礼物。锆石项链在阳光下闪闪发光，映亚弯腰捡起项链，一种不祥的预感油然而生。

可能性趋近零

十月十二日晚上十点,政府在中央厅舍①召开记者会,由疾病管理本部长简单讲述经过。

"十月一日得到阴性结果,并于十月三日出院的最后一位 MERS 病人,于十月十一日再次住进医院,在十月十二日的检查中得到阳性结果。患者在十月十一日凌晨五点三十分左右出现高烧和呕吐症状,于附近医院接受治疗,第二天中午十二点十五分移送大学医院隔离病房。他在十月六日曾到大学医院接受门诊治疗,因此以出现高烧症状前后为时间点,与患者接触过的家属、医护人员共计六十一人。目前根据患者移动路线,已经展开流行病学调查,是否还存在密切接触者,待调查结束后再通知大家。包括家属在内的密切接触者已经开始居家隔离,其他日常接触者,我们会锁定为主动追踪对象。请大学医院感染科朴江南教授为大家进一步讲解患者病情。"

朴江南教授走上台。

"我是朴江南。从患者七月三日转院来,到十月三日出院都是由我负责治疗。十月十二日,也就是在今天召开的疾病管理本部专家咨询会议上,我已经进行说明,接下来我要讲解针对 PCR 检查阴性的患者再次变成阳性的原因。患者本身罹患淋巴癌,出院后准备进行化疗和造血干细胞移植。与健康的人不同之处在于,患者体内检验出极少量的病毒基因,但我们判断,传染力非常低。"

发言结束后,紧接着是提问时间,率先举手的记者提出了简短而尖锐的问题。

---

① 韩国政府许多行政部门的所在地,位于首尔钟路区。

"患者是MERS复发吗?"

"我必须清楚整理用语。首先,他不是二次感染,因为他是最后一名MERS病人,所以并不是被第三者感染;其次,他也不是复发,病毒并没有活动迹象,应该是病毒的部分遗传基因与呼吸道表皮细胞一起脱落,导致出现阳性反应。"

"您提到感染率非常低,请问有多低呢?"

朴教授回答:"非常低。"

"那就是几乎没有传染力的意思?"

"是的。虽然还要针对居家隔离者进行追踪,但我们判断被感染概率非常小。"

"可以说是零吗?"

"医学上没有零和一百,可以看作可能性趋近零。为以防万一,我们已经依照疾病管理本部指示,让患者住进隔离病房。"

接着是其他问题。

"宣布终结MERS的决定会延期吗?"

根据世界卫生组织(WHO)的标准,最后一名MERS病人在得到阴性判定四周后,可以宣布终结。如果金石柱没有再次入院,以十月一日的阴性结果为标准,十月二十九日才可以宣布终结。

"会延期。"

最后一个提问的记者是李一花。

"患者在十月一日前,也就是说在八月和九月的PCR检查中,阴性和阳性反复出现,这是事实吗?"

朴教授注视她片刻,然后回答:"是事实。测试结果一直在界线上来回,所以有不同结果。"

"既然如此,那病人未来的PCR检查也会在阴性和阳性之间来回吗?"

"这是很有可能的。"

"那什么时候才能解除隔离呢?跟之前一样以二十四小时为间隔,

连续两次出现阴性，就可以解除隔离了吗？即使连续两次出现阴性，未来也有可能出现阳性吗？"

朴教授话锋一转："针对解除隔离的条件，不是我能回答的。对MERS病人进行隔离或解除隔离，要遵从保健福祉部指示。"

这时，疾病管理本部长插话："这部分还需要与专家进一步讨论，日后再通知各位。提问时间到此结束。"

* * *

南映亚再次成为居家隔离对象，她只能和雨岚待在家中，无法出门。接到一花的电话，映亚立刻问：

"都说了些什么？"

一花稍微喘口气后，特地放慢速度回答："说要住在隔离病房治疗。"

"住在那里治疗什么？我老公又不是MERS，隔离病房的医护人员都知道他的PCR结果总是在阴性和阳性之间来回波动，这次显示阳性都是因为没有传染力的病毒残骸啊！就算阳性也没有传染力了啊，所以十月三日他们才让我们出院的。如果不做PCR，他就只是个淋巴癌患者。都是那该死的检查，让他又变成MERS病人。太不像话了，才不到两周就又把人关进去了。"

"医院说会给病人采取适当的治疗。"

"我敢保证，他们不会治疗MERS的，因为他不是MERS。既然不治疗MERS，又把人关进隔离病房，这是欺骗，是令人发指的犯罪！"

"请冷静点，我先去追追看，再跟你联络。你和金先生取得联系了吗？"

"听护士说他还是高烧不退，给他输了血，昨天几乎是昏睡状态，连动都不能动，打给他也不接。"

一花比任何人都清楚，石柱受的打击一定很大。如果是她再度被关进隔离病房，恐怕连一分钟都撑不下去。因为找不到能安慰映亚的话，一花只得转换话题。

"你居家隔离到什么时候？"

"十月二十五日，简直要疯了。他不是 MERS，我和我公公、雨岚都不可能感染……非要用这种方式把我们一家人都囚禁起来吗？"

生日蛋糕

直到十月十三日早上,石柱才能起身坐在床上。

十月十一日住进医院,石柱因为高烧一直昏迷不醒。十月十二日输血后短暂清醒。签了化疗同意书、用药后,神志才稍微清醒。虽然跟映亚通过一次电话,但由于体力不支,也没能讲太久。映亚想细问的事情很多,但当时石柱才刚醒没多久,连自己住的病房都还来不及多看两眼。

十月十三日,石柱在玉护士的搀扶下才终于去了趟厕所。高烧还是不退,但两条腿用点力的话还勉强能走路。回到病床的石柱打电话给映亚。大概是不同病房,就算没有分享器也能连 Wi-Fi 了,通话声音清楚响亮。

"很难受吧?有哪里不舒服吗?"

映亚先询问石柱不舒服的地方,她准备记下回答,立刻向护士和医生提出治疗要求。

"我没事,他们帮我输了血,也用了药……"

"还是有最不舒服的地方吧?"

"吞口水时喉咙很痛,但打打电话还是可以的,不用担心我。雨岚呢?"

"睡着了。雨岚可能是梦到跟以前幼儿园的小朋友玩,早上起来哭闹着要去幼儿园,我好不容易才哄好他。大概哭累了,刚才睡了。要叫醒他吗?"

"不用,我再打给他。"石柱转头连咳了三声。

"……快乐。"

石柱因为自己的咳嗽声,没听到映亚前面说了什么。奇怪,自己晕倒被送进医院,这种情况有什么好快乐的。

"嗯?"

"我说,祝你生日快乐。要我过去吗?"

石柱这才想起今天是自己的生日。十月三日出院时,他还跟映亚计划要去江华岛庆祝三十六岁生日。搭救护车从综合医院到大学医院,经历了高烧、呕吐和昏厥,不知不觉间,石柱迎来了自己的生日。

"你不是在家隔离吗?"

"是啊。"

"参加出院派对的人呢?"

"因为是在你发烧前见面,所以通知了他们是主动追踪对象,每天上午和下午两次,要跟保健所报告体温和呼吸是否异常,生活没什么太大影响。"

"你公司的同事一定吓坏了吧?"

石柱问到了重点。映亚正为前天和昨天与直属上司詹姆斯噩梦般的通话而苦恼。一直以来都很照顾自己的公司,这次却摆出另一种姿态。问题出在石柱解除隔离出院后一周,映亚参加了一个多小时与阿拉伯客户的会议。詹姆斯非常担心病毒经由映亚传染给阿拉伯客户,这已经成了超越公司、上升到国家层级的严重问题。

虽然映亚转述了大学医院主治医师的说明,解释石柱的传染力趋近于零,但詹姆斯仍为不是"零"而是"趋近于零"而不安。映亚补充,医学界就算是零也不会说是零。詹姆斯又追问,既然石柱的传染力"趋近于零",那为何还要隔离。映亚也给不出明确的解释,就算老实告诉他,很多医生都认为石柱住一般病房也没问题,他会相信吗?詹姆斯希望映亚拿出自己与石柱生活了一周也没被感染的证据,但映亚并不想主动做PCR检查。她觉得,接受检查本身就是怀疑石柱有传染力的行为。

"坐在我前后的同事请了一周假,看来都在家隔离吧。你也知道他们一定会没事的。"

"嗯。"

"我好想你,想牵着你的手为你唱生日歌……对不起。"

"你有什么好对不起的。去睡吧,为了我都没怎么休息。"

"我爱你。"

"我爱你。"

石柱挂断电话,开始看起手机里的照片。十月三日出院后,他把家里的每个角落都拍了下来。住院的四个月里,雨岚的玩具翻倍。客厅里用乐高搭建的房子大到可以住进雨岚了,床底下的箱子里堆满足球、篮球、排球和棒球,看来雨岚是打算在冬天之前每天都出去玩球。

房门开了。石柱转过头,只见身着 C 级防护衣的玉娜贞和陈雅凛走进来,玉护士手里捧着点缀着新鲜草莓的干酪蛋糕,陈护士拿着西红柿汁。她们把蛋糕和西红柿汁放在餐桌上,石柱露出害羞的笑容。

"这是在干什么?"

陈护士把三根长蜡烛和六根小蜡烛插在蛋糕上时,玉护士回答:

"教授准许送外面的食物进来,今天是你的生日,怎么能就这样过去呢?这可是从附近最有名的店买来的哦,你喜欢吃水果,所以特地挑了草莓和西红柿。"

陈护士点好蜡烛,九根蜡烛的火光映红了石柱的双眼。两位护士拍手唱起生日歌,石柱听着歌声,目光一直定在烛火上。

"美好的金石柱先生,祝你生日……"

歌都还没唱完,陈护士便呜咽着冲出病房,因为戴着头罩,根本无法擦眼泪。

玉护士独自把生日歌唱完,哽咽着低声说:"请快点好起来吧。虽然在这里过生日很让人难过,但你一定会马上康复出院的。来,吹蜡烛许个愿吧。"

"谢谢。"

石柱坐直身体、探出头，额头和鼻梁感受到烛火的热气。他深吸一口气，吹灭蜡烛。有时熄灭的蜡烛会再燃烧起来，但这次一下子全都熄灭了。玉护士看着袅袅升起的白烟，再次用戴着手套的双手鼓掌。石柱把吸管送到嘴里，用力吸了一口果汁。

幸存者的悲伤

海善每天接听、拨打的电话有一百多通,自从她开始为社会弱势群体辩护以来,打电话的次数更多了。有时候一天光是接电话,连工作都只能放一边。说到通话次数频繁,电视台记者李一花也是。自从海善住进一花家,虽然一起生活,但还是跟从前一样,不停用手机跟外面的人打电话。

在接到赵艺硕的电话时,海善一时没想起这个人的脸。

"李一花记者出院时,我们在感染科诊间外见过面。我为了妈妈转院的事情去了那里,你给了我名片,想不起来了吗?"

海善想起并排坐着的男女,两人中更年轻、像大学生的那个青年,应该就是赵艺硕了吧?

"啊,现在想起来了。真对不起。"

"没事,只见过一面,难免的。"艺硕性格开朗,平易近人。

"你找我有什么事吗?"

"可以跟你见个面吗?"

海善不知道艺硕的母亲是生还是死,所以直接问道:"你的母亲还好吗?"

"她出院了。"

"啊,真是万幸。"

这句话是出自真心。感染 MERS、失去生命实在太让人感到冤枉了。虽然一花存活下来,她的小姨夫姜银斗却没有逃过这一劫。

"万幸是万幸……"艺硕语气显得含混不清,"但我妈试图自杀了两次。"

"什么?两次?试图自杀?"

"我亲眼见到了两次,但医生说她应该尝试过更多次。现在我们在医院等着办理出院手续。我妈说,这么委屈没办法活下去,这个国家、这个社会对她太残忍,她说想依法追究,所以我想到了你。请跟我们见一面吧。如果就这么让她回家,恐怕还会再想不开。拜托,求求你了!"

海善拿出笔记本:"医院在哪儿?我这就过去!"

海善在赶往大学路的同时打电话给一花。

"你还记得一个叫赵艺硕的人吗?你出院时在走廊碰到的……"

"我记得有两个人,女的是南映亚,又被送进隔离病房的金石柱的妻子,我在非传染病房见过他们。另外一个男生就是赵艺硕了吧?那个年轻人怎么了?"

"我正在去见他的路上。不幸中的万幸是,他妈妈痊愈出院了,但刚才他打来电话说,出院后,他妈妈曾经两次寻短见。"

"自杀?"一花的声音在颤抖。

"你采访过康复者出院后的生活吗?"

"……我找过,但都没有相关报道。虽然我联络了几个人,他们也满腹冤屈,但就是不想受访。大部分MERS病人都隐姓埋名地过日子,很多人都搬家了。你先去见他们,有需要我帮忙的再跟我说。"

"今天不跟我一起去见他们吗?"

"他只跟你联络了啊。虽然我也很想去,但在不了解对方立场的情况下,我们别贸然行事。"

"我问你,你想这么多,是因为自己也是MERS病人吗?既然没人报道,你可以做独家专访啊。这真不像你。"

一花冷静地回答:"我没想太多,只是觉得有必要站在他们的立场思考再行动。记者有记者的立场,律师有律师的立场,医生有医生的立场,政府有政府的立场。政府、记者、律师和医生只要自己想,随时都可以发声,但那些因为MERS失去家人的人和好不容易痊愈的人就不同了。稍有闪失,就等于再次给他们贴上标签。所以我觉得最好能站在他们的立场，反复思考后再发言和行动。"

"站在受害者的立场？"

"看到再次被隔离的金石柱，我更加坚定了这种想法。他是这个国家最后一个 MERS 病人，是出院后又被隔离的 MERS 病人。医生说传染力实际上趋近于零，但政府还是把人关进负压病房。政府和医院拿不出抢救淋巴癌病人的解决方案，只会强调 PCR 的标准。总之，你先去见他们，我们晚上再讨论吧。谢谢你。"

"谢什么谢，真不习惯。"

"我心里清楚，现在对赵艺硕而言，你是唯一能够拯救他的救命绳。"

海善踩着咯吱作响的木楼梯上楼，来到一家与其说是咖啡厅，倒不如说是保留着"茶房①"风格的饮料店，宁静的古典音乐轻巧地滑过木制的桌椅。坐在窗边角落的两人站起身来，脸上还冒着青春痘、面带稚气的青年正是艺硕，另一位戴着防尘口罩、一头短发的女人就是他的母亲冬华。海善在他们对面坐下，冬华慢慢摘下口罩，放进包里，首先道了歉。

"对不起，都怪我儿子大惊小怪，害你跑这一趟。"

"别说对不起，这是我的工作。"海善转头问艺硕，"刚出院吗？"

"是的，她吃了很多安眠药……"

冬华打断艺硕："他们总说我自杀，根本没这回事！我上教会已经四十多年了，可不是什么人都能成为劝师的，在教会里，没有比自杀更糟糕的事了。"

海善问："那你为什么吃了那么多安眠药呢？"

"因为我睡不着，连续四天一点都没睡，一躺下就能看到拿着刀和注射器的白鬼。为了赶走那些家伙，我拼命挣扎，结果一转眼天就

---

① 茶房为韩国早期的咖啡厅，约于 20 世纪 50 年代兴盛，常会聚集许多文人雅士。20 世纪 60 年代，因茶房多开设在大学附近，成为当时年轻人的聚会地点。现存的茶房则成为怀旧的象征。

亮了。"

海善接着问："白鬼？那是谁？"

冬华侧身坐过来，把牛仔裤管拉到膝盖，露出瘦骨嶙峋的小腿。

"他们要来割走我身上的肉。在医院就已经被他们割走很多了，你瞧，我身上几乎什么都不剩了！如今手臂和大腿都没有肉了，他们现在看上我前胸、后背所剩无几的这点肉。"

这时，艺硕插话："她做了噩梦。因为在医院两周内掉了二十公斤，现在体重不到四十公斤。我妈说她从昏迷中醒来，发现身上的肌肉都不见了。医生说这是抵抗 MERS 导致的，每个人的体质不同，我妈属于急速消瘦型。有的人内脏严重损伤，幸运的人只不过像得了场重感冒。刚才说的那些画面都是快出院前做的噩梦，她都跟我说过。随着时间过去，噩梦会慢慢消失，但最近她又开始失眠。过了一个月，她说那都不是噩梦，是现实。"

"这都是真的。"冬华大声强调，音量过大，店员和附近的客人都看过来。海善代她道了歉。

"那第一次是怎么……"海善刻意回避了"自杀"二字。

艺硕回答："她跑到家附近的公寓顶楼，站在栏杆上，多亏 119 救护员把她救下来。"

冬华辩解："你让那么忙的人白跑了一趟，我才不会自杀呢。再说一次，别看我这样，我可是教会的劝师。那天晚上太多白鬼找上门了，他们成群结队、密密麻麻的。我要是待在家里，一定会被他们绑住四肢，把我身上的肉都割走，所以才跑出去向天使求助，上顶楼是因为站在高处才能听清楚圣歌。公寓顶楼聚集了好多天使，我才觉得安心。天使说，如果白鬼再找上门，它们会带我躲到云朵上面去。就算救护员不来，我也不会有事的，信仰不坚定的人才会自寻短见！"

冬华去上厕所时，海善问艺硕："你妈接受精神治疗了吗？"

"嗯，只有一次。她不肯去，是我坚持带她去的。医生说她这是心理创伤,必须按时吃药。我妈却说精神科的药没用,只要努力祷告就可以了。如果她不舒服或是在紧张的场合,提到白鬼的事就会更夸张。跟我们在一起时还不至于如此……"

冬华回来了,这次换艺硕离开座位。他收到刚开始打工的便利商店店长的信息,出去回电话。冬华身子往前倾,把自己的手放在海善的手背上。

"律师,我只想问一件事。感染 MERS 是我的错吗?我自己有任何责任吗?"

"没有。"

"感染 MERS 后,我的人生就开始坠落,没有尽头地一直坠落!搞得我千疮百孔。做了半辈子的工作丢了,别说约聘了,就连打工人家都不肯用我。我的肺只剩下一半功能,一年四季都要戴口罩。以前喜欢的登山运动,如今连想都不敢想,就连在健身房的跑步机上走路都很吃力。身为这个家的支柱,我丢了工作,连卧病在床的妹妹的医药费都付不起,儿子也休了学。我的人生怎么就这样毁了呢?是谁把我变成这样的?所有人都说是我倒霉,说得倒简单。没错,我是倒霉,但是把倒霉的、不幸感染 MERS 的人的人生搞得乱八七糟,这样就算了吗?我觉得很委屈,委屈得想死——不,就是因为委屈,所以我才不能就这么死掉。"

海善问:"你想提告吗?"

"不知道我这么说你会不会接受——我想报仇。"

"报仇?"

"无辜的人突然就死的死、伤的伤,为什么会发生这种事?必须要调查,追究责任啊!"

"我也反对把 MERS 事件看作自然灾害,相关部门错失了好几次能够阻止 MERS 传入国内的机会。医院是否采取了适当措施,也必须详查。但'报仇'这个词听起来过于尖锐,你的意思应该是想'伸张正义'吧?"

"伸张正义是基本的,不只如此,我希望的不是原谅,而是报仇。我不会原谅任何一个人,那些把我宝贵的人生、把我的书都放进碎纸机的家伙,那些兔崽子!"冬华开始喃喃自语,跟刚才大喊要报仇时截然不同,她的表情变得阴沉,声音也更低回,"还不如一直生病呢。我也想过,不如当时死掉算了。如果那样,现在也不至于如此悲惨……"

海善说:"而且,相关部门也没有给 MERS 受害者任何赔偿和补贴。"

艺硕打完电话回来,冬华等艺硕坐下,紧紧抓住了儿子的手。

"他们难道一点错都没有吗?如果没有错,那为什么无辜的人会又死又伤?为什么无辜的人会失去工作,被排挤?我看新闻只会争论防治成功或失败,只这样为 MERS 事件下结论,太荒谬了!相关部门和医院只要简单地评断成功或失败就可以一笔带过,那因为他们的失败而遭受不幸的人呢?这根本不叫失败,而是杀人啊!你问我想提告吗,是的,我想。我想跟他们好好理论一番。我吉冬华,活该遭受这种待遇吗?我以后该怎么活下去,我要站在法庭上问个清楚。律师,请你一定要帮我!"

航天员!

十月十六日早上,映亚接到疾病管理本部的电话。确认姓名和地址后,职员语调平淡无起伏地说明:"今天上午,保健所的人会登门拜访,进行抽血,我们会做血清检查,判断是否感染 MERS。请您协助。"

映亚问:"测试血清的对象有谁?"

"这无法公开,只能告诉您检测对象是病人出院后到再入院期间与病人有过近距离接触的人。"

这是把在一起生活的家人归为最有可能感染的密切接触者了。

"如果不配合抽血会如何?"

"嗯?"职员不知所措,这是对方没有预料到的问题。

"你说是协助事项,那是否配合抽血不是由我决定吗?像这样单方面打电话来通知抽血,我有义务一定要配合吗?"

职员低声说:"您也知道,再次被隔离的病人传染率趋近于零吧?大学医院的知名教授在媒体上也详细说明了。虽然如此,还是有很多流言。"

"流言?"

"外界流传,又出现了 MERS 病例。"

"这不可能,我老公……"

"所以我们也判断有新病例是假消息。这种谣言一旦扩散,会造成很严重的后果,假如您的检验结果是阴性,便可以彻底打破那些谣言。"

映亚明白疾病管理本部为何急着测试血清,要是一起生活的人检测为阴性,便可证实医院声称感染率极低的主张。对映亚而言,测试血清也不是一无益处。如果是阴性,公司也会安心,就能拿出詹姆斯想要的证据了。

"知道了,我会配合的。"

两小时后,门铃响了。映亚从对讲机确认来访者。如果是不了解情况的快递员,映亚会请他把包裹寄放在警卫室。一片白光占据了整个对讲机画面,映亚一眼便认出那道光,那是身着C级防护装备的保健所人员。

映亚打开门,只见一个肩背诊疗包的人站在那儿。映亚走上前,仔细端详头罩里的眼睛和鼻子,是一个年轻的女生。还以为医生会与护士同行。

"请进,快点儿。"

如果邻居看到她这身打扮,到时恐怕真的会谣言满天飞了。映亚伸手去抓她的手臂,对方吓得瞪大双眼,摆出要往后退的架势,双眼充满恐惧。

"就你一个人?"

"没必要派医生来。"

保健所只派了护士来。

"哇啊——"从房间走出来的雨岚吓得大哭。在孩子眼里,这个身着防护衣、戴手套、戴N95口罩和头罩的人就像是个怪物。

映亚赶快跑过去抱起雨岚:"不哭、不哭!"

哭声没有停止,护士进退两难地站在门口。

映亚向雨岚解释:"那是航天员!"

雨岚止住哭声,确认似的问:"航天员?是从外层空间来的吗?"

"是啊。爸爸的朋友里有一个从仙女座来的航天员,她听说雨岚喜欢航天员,所以就来拜访我们。是不是啊?"

护士看到映亚朝她挤眉弄眼,于是吃力地抬起手,在头顶画了一个圆圈。

护士声音颤抖:"我是你爸爸的朋友,是仙女座航天员。"

"那我和爸爸、妈妈可以去你住的仙女座玩吗?"

"当然可以咯。"

"妈妈跟航天员有点事要谈,雨岚先回房间画画吧,画一张航天员好不好?"

雨岚看着护士:"我可以画你吗?"

"当然。"

雨岚擦着眼泪走回房间,取出素描本画起航天员。看来这一天可以安然无事地度过了。

"请进。"

"不了。"

"就蹲在门口抽血吗?去餐桌坐吧!"

映亚先朝餐桌走去,护士这才跟了进来。护士双手颤抖,从诊疗包里取出注射器、垫片、导管和为了看清血管要绑在手臂上的止血带。

"那、那我开始了。"

映亚伸出右手臂放在垫片上,护士把止血带绑在她胳膊肘上方的位置,但血管没有明显地露出来。

"我再重绑一下。"

因为戴着手套,护士很难把止血带绑好。她松开又重新绑一次,这次由于绑太紧,映亚的肩膀稍微抖了一下。

"怎、怎么回事……"

护士用戴着手套的手轻拍了几下映亚的手臂,才终于找到血管。不能在病人面前惊慌失措,这是一年级第一学期"看护学概论"课教的,是最基本的基本。眼前这名护士却下意识地自言自语、手忙脚乱。找到血管后,她甚至连酒精棉都拿不稳,连续两次掉到地上。

"慢一点,冷静一点!"映亚反倒安抚起她。

"冷、冷静……慢、慢点……"

护士好不容易才将针头戳入血管。抽血一结束,她立刻收好诊疗包站起来。

"谢……"

映亚都还来不及道谢，护士立刻转身快步朝玄关走去。她慌乱地想开门，结果把门给反锁了。紧张之下，居然用戴着手套的手砰砰砰地捶门。映亚走上前，静静从她身后解开反锁的门，帮她打开。护士连头也没回，直接冲了出去。

雨岚听到动静，打开房门探出头来："妈，航天员走了吗？"

映亚卸下阴暗的表情，笑着说："嗯，刚才咻地飞上天了。画好了吗？"

"还没！"

"那你再去画，等画好了给妈妈看，然后拍照传给爸爸看。"

"好。"

雨岚又回到房间。映亚打开玄关门来到楼梯间的窗边，望向小区。银杏树已经换上黄色的衣裳。MERS是今年整个夏天最不快乐的记忆，可如今人们也已经彻底遗忘它了，只有石柱还在面对这场不幸的浩劫。映亚看到护士正忙着脱下防护衣和头罩，塞进隔离用的大塑料袋，她把那个塑料袋像丢垃圾般扔进汽车后备厢，上了驾驶座。车子飞也似的驶离小区。

映亚关上门，走回餐桌，只见垫片、止血带和酒精棉像落叶般散落在餐桌上。映亚找来两个塑料袋，把这些东西放进塑料袋里。医疗废弃物必须分开处理，更何况是MERS居家隔离者碰过的物品呢。做好事后处理是护士的工作啊。映亚用拳头不停捶着胸口，郁闷和委屈同时压住了她。今天清楚地证明了一件事，那就是对全世界的人，甚至是保健当局和保健所的护士而言，金石柱和南映亚不是人，是病毒。

十月十七日，映亚再次接受血清检测。

十六日和十七日抽血的结果在十月二十日出炉，全都是阴性。映亚将疾病管理本部的检查结果交给主管詹姆斯。

十月二十二日，又进行了一次血清检测，同样是阴性。与金石柱最近距离接触的映亚证实了自己没有被感染。再次隔离的病人传染率趋近于零的推测，从这一刻起成为毋庸置疑的事实。

害怕

南映亚手记
二〇一五年十月二十一日（星期三）

从今天开始石柱要进行ICE化疗。
从昨天早上就一直联系不上，今天他发来信息，只说"害怕"。
我的心要碎了。
他在隔离状态下接受淋巴癌治疗已经很痛苦了，如今又因再次隔离得了抑郁症，挫败感那么强，又在没有情感支持下更换了化疗药。
当然，这次一定会有效果的，石柱一定会好起来。
但这个过程对他而言太痛苦了。
啊……这口气要去哪里出呢？

这次一定会好的。
这次一定会好的。
这次一定会完全缓解的！

我不是 MERS 病人

李一花希望穿上 C 级防护装备到隔离病房，石柱也同意受访，但医院以没有记者进入负压病房的先例为由，表示很为难。最后只好改以视频方式采访。

十月二十一日晚上八点半，一花拨通电话，响了三声后，对方接起。首先进入视线的是干净整洁的病房。

"好久不见。"石柱先开口问好，他的鼻音很重。

听映亚说，石柱鼻子发炎，很难用鼻子呼吸，只能用嘴呼气吐气，因此不但喉咙哑了，还不时会咳痰。就算打了抗生素，鼻子的炎症也不见好转。有时左边鼻孔痛，有时右边鼻孔痛，两个鼻孔同时都痛的次数也很多，几乎没有一天鼻子是不痛的。

"很难受吧？听说你从今天开始接受化疗，如果觉得累就休息，我们可以改天再通话。"

即便只听到"好久不见"这几个字，一花也能感受到石柱的心情有多郁闷，身体有多痛苦。

"总是觉得反胃……这几天都没吃什么东西。现在好多了，下午一直禁食，从四点半开始打了一个小时的灭必治（Etoposide）化疗药，八点好不容易喝了一罐 NewCare。你知道那味道吧？"

"当然。"

一花怎么可能忘记病人的营养品 NewCare 的味道呢？甜南瓜口味的很糟糕，香蕉口味的还算可以。

"说好请你去吃我喜欢的意大利面，真不好意思，没遵守约定。唉！"

听到石柱的叹息，一花也显得很遗憾。

"意大利面，以后一定要一起去吃。最近常有媒体想采访你吗？"

"几乎没有。再次被隔离的前三四天,很多记者打电话来。当时我身体不适,也受了不小的打击,根本没心情跟别人交谈。"

"你一定很痛苦吧,怎么也没想到会再次被送进隔离病房。"

"我的人生里不会再出现 MERS 了,对此我可以百分之百肯定。虽然我已经受够了医院生活,但老实说,我做好了住进一般病房的心理准备,谁让淋巴癌复发了呢。为了治疗 MERS 错过治疗淋巴癌的最好时机,导致淋巴癌病情恶化、高烧、呕吐和晕眩……我心想,这下又要搭救护车了,又要住院了……这次该住进六人病房了……救护车抵达大学医院后,本以为会直接送我去一般病房,因为不管 PCR 结果是阴性还是阳性,这家医院的医护人员都知道我不是 MERS 病人。"

"他们知道你不是 MERS 病人……"

"是啊,你和我妻子通过电话了吧?她的血清检查结果是阴性……"

"我听说了,两次都是阴性。"

"她跟我盖同一条被子、喝同一锅汤,她都没有感染 MERS。这不是我个人的见解,而是明明白白的事实!我被隔离后,没有接受过任何一次 MERS 治疗,他们把我当成 MERS 病人关起来,却不进行 MERS 治疗!这要我怎么接受?更可笑的是,医生和护士明知我没有感染力,还是大费周章地穿上防护衣、戴上头罩和手套,像小鸭子那样左摇右晃地走进来。还有比这更可笑的吗?"

"他们有持续为你做 PCR 吗?"

"那是毫无意义的检查。不只我知道,医护人员也都知道。保健当局不定出新的解除隔离标准,我也只能一个人在这里干着急。"

"什么新标准?"

"像十月三日那样以二十四小时为间隔、PCR 连续两次出现阴性,就会放我出去吗?李记者没有打听到什么有关新标准的消息吗?"

"同样的问题,我也问过保健福祉部和疾病管理本部的负责人,但都没有答案,他们只说会跟专家讨论决定。"

石柱声音渐渐提高："国内最权威的专家就是这所大学医院感染科的教授，他们确定感染率趋近于零，但还是把我关进这里。是谁把我囚禁起来的？这里的医生绝对不可能自行做这种决定。"

"既然他们没有帮你治疗 MERS，那有集中进行化疗吗？"

"'集中'……这词听起来好虚幻。我只剩下淋巴癌需要化疗，但如果你问我是否充分、集中地接受治疗，我只能说治疗得很不'集中'。医护人员每天只纠结于 MERS 的阴性反应与否，他们'集中'的不是治疗 MERS 和恢复健康，而是 MERS 的阴性反应，因此化疗也断断续续的，简直毫无头绪可言。就算是给我化疗，淋巴癌稍有好转，也不会先给我做 CT、MRI 和 PET-CT 等检查来进一步确认病情。他们一直强调必须先得到阴性，再确定下一步。为了掌握化疗前后的病人状态，必须进行很多检查。在一般病房，做这些检查很容易，在这里却比登天还难。可以用移动式的检查仪器倒还好，如果是必须本人去检查室，问题就复杂很多。"

"可以请你更具体地说明一下吗？"

"虽说隔离病房在隔离区，但各种检查室要与门诊和一般病房的病人一起使用。被当成 MERS 病人的我想做检查，就必须等门诊和一般病房的病人使用完，而且去检查室的走廊也不能有任何人。就算我等了一整天，如果申请检查的人太多，我就要等到隔天，我只能一直排在其他人后面。等到好不容易检查室可以给我做检查了，但之后检查室和医疗设备都要暂停使用，短则一天，长则三天，因为要执行消除或许会存在的病毒的程序，检查室要临时关闭二十到四十八小时，进行空气调节。虽然我现在接受的是淋巴癌治疗，不是 MERS 治疗，但这跟在一般病房接受治疗还是存在很大差距。把我当成 MERS 病人隔离，要我甘心接受这一切，我无法认同，因为这是关乎我生死的问题。"

"哪些地方有不足、不便，我都清楚了，我们再深入谈谈新标准。你收到疾病管理本部何时会制定新标准的通知了吗？"

"没有,请你务必针对这个问题追问,他们把我像无期徒刑的囚犯一样关在这儿,好像任务就完成了。难道我要在这里一直等到死吗……"

"怎么会呢?"

"他们并没有承认错误,只执着于把我放在固有的框架里。他们把我当成 MERS 病人关起来将近五个月,除了把我放出去的那一周,度过短短几天美梦般的生活……谁有过这种遭遇?感染 MERS 时,他们深入研究淋巴癌复发的病人了吗?我以为,哪怕只有一个国民存在生命危险,国家都要分析他的特殊情况,倾听他的声音。我不是病毒,我是人啊!他们应该制定新标准,为身为人的我争取时间。如果不这样做,这间隔离病房将是我的坟墓。"

一花愣住了,她找不到能够安慰石柱的话:"……我会尽力的。"

"我的想法越来越偏激。幸好还能用视频看到李记者的脸,听到你的声音。我要睡了。"

"谢谢你,我会再联络你的。今天你肯接受采访,意大利面我来请。"

"那是我的地盘,由我来。"

画面中出现石柱的鼻孔特写,电话断了。一花看到他不仅鼻子肿胀,鼻孔里还布满凝固的血痂。一花心想,必须尽快写篇督促政府制定新标准的文章,但罗次长说新上映的电影评论更急,根本不听解释。

"一花,你是社会一部的还是文化部的?"

"文化部。但前辈……"

"我有没有警告你,不要做只对鲜于前辈有利的事?"

"这件事对我也很重要。"

罗次长板着脸问:"这几天的新闻你都看了吗?"

"您的意思是……"一花没明白这问题的含义。

"你有看到任何一篇关于 MERS 的新闻吗?"

"我忙着采访,今天的新闻还没看,也许……"

"不用猜了,你自己去看看。需要我告诉你吗?一篇都没有!你去大学医院采访病人时,我都看了。要敦促为最后一名 MERS 病人制定新标准?那有独家报道的价值吗?资深医疗记者怎么不写呢?因为再也没有值得报道的内容了。别再白费力气了,赶快写电影评论吧。《赎命铃声》和《夺命头条》的试映会去过吧?"

"《赎命铃声》看过,《夺命头条》跟采访撞期,所以没有去看。"

"要写头条的人竟然没去看《夺命头条》?那你赶快写一下《赎命铃声》的概要,把握时间!"

一花原本要写记者轮流负责的"直击现场"专栏,却意外遭到鲜于秉浩反对。他的意思是等采访完疾病管理本部负责人后再写,并劝一花不要因为自己也感染过 MERS,就只把重点放在金石柱身上。

十月二十日和二十一日,石柱的 PCR 接连得到阴性反应,但医院仍没有解除对他的隔离,因为二十二日又回到阳性。看来是不会根据 PCR 结果解除对石柱的隔离了。

该怎么做他才能出院?

这个国家,没有一个人知道标准何在。

正常的非正常化

十月二十六日上午八点半,映亚抵达隔离区,拿起对讲机话筒。六道门横在映亚面前,她感觉到,要想打开这每一道门让石柱出院,已经成了遥远的梦。

"我是南映亚,听说从今天开始可以探病。"

"请稍等,我确认一下。"

对方的声音很熟悉。映亚在家属休息室等待,脑中浮现出几张熟悉的脸。她掏出手机,习惯性地在搜索栏输入"MERS",第一则新闻就是中央 MERS 疾病管理本部公布的消息。与最后一名 MERS 病人有过密切接触或间接接触者,将在十月二十六日十二时解除居家隔离和主动追踪。这等于是再次确认了石柱不具传染力。接下来的内容,映亚咬牙切齿地念出声:

"另一方面,住在大学医院的病人已在正常接受淋巴癌治疗。"

正常?

把彻底不具传染力的病人关进隔离病房,本身就是不正常,在那种不正常的病房怎么可能接受正常的治疗?在解除隔离换到一般病房前,根本不可能接受什么正常治疗!

"等很久了吧?请跟我来。"

接听对讲机的果然是有个四岁女儿的玉娜贞护士。一开始玉护士为了严格遵守"隔离",初次见面时对映亚的态度强硬,让映亚感到难以亲近。但在看到她为石柱付出的努力后,很快就消除了隔阂。

"谢谢你们帮他庆生。"

玉护士转头看着映亚:"你一定很难过吧?我们也是。我一直祈祷不要在这里再见到这个微笑男孩,可世上的事总是不尽如人意。这次住进来，不管是 MERS 还是淋巴癌，一定都会好起来的。在他康复出院前，我们会尽最大努力。当然，这里比起家里或一般病房还是很不方便，但我们会尽力让他住得舒服些。"

"他早上吃东西了吗？"映亚询问起饮食。这几天来石柱不只鼻子，连嘴巴和喉咙都出现炎症，根本无法进食。

玉护士翻阅看护记录后，回答："昨天中午吃了三百五十克、四分之一的墨西哥卷饼，喝了两百二十五毫升的可乐。晚上吃了两百克冷面，刚才早餐喝了三百毫升的晨光饮料。"两个人在第一道门前驻足，玉护士接着说，"可能是知道今天允许家属探病，从他住进来后，今天看起来最有活力。"

"真是太好了。"

"你了解 C 级防护衣的穿戴方法吧？"

"嗯。"

"我在一旁协助你。家属可以单独到病房去，时间是十五分钟，你可以在里面多待一会儿。进去吧。"

映亚随玉护士来到准备室，虽然来过几次，但还是感到很陌生。贴在墙上的十一个步骤说明很熟悉，映亚早就把步骤全背下来了，就算闭上眼睛想象，都能熟练地穿戴这些装备。不过，实践时总是搞混顺序，要不是玉护士在旁指导，恐怕时间都会浪费在这十一个步骤上。

"慢慢来。"

比起速度，穿戴好才是关键。穿戴防护装备的目的是不让病毒侵入，身体要不露一丝空隙。

两人依序通过第二道到第五道门，等到背后的第五道门关起来时，映亚发出叹息。

"拜托！"

映亚仰头闭上双眼，不能让石柱看到自己流泪。从十月十一日到现在，已经过了半个月。石柱再次住进隔离病房后，便很少打视频电话给映亚。每次通话，他都故意装作很有精神，说自己接受很好的治疗，要映亚放心。真是如此？映亚要亲眼仔细看看石柱的病情。

终于到了第六道门，最后，病房门打开。石柱坐在病床上，愣愣地望着门口。九月时，他还能走到门口迎接映亚，现在却像泄了气的皮球，只能吃力地挥动右手。谁都能一眼看出他的消瘦和虚弱，是失望、无力感和委屈耗损了他的身心吗？

映亚缓缓上前，弯腰给石柱一个拥抱。因为防护衣的关系，两人无法彻底抱紧对方。九月时，两人为了避免传染不敢拥抱，此时的石柱和映亚却毫不犹豫地抱在一起，因为他们确信已经没有 MERS 了。

"我还担心不让你进来呢。"石柱轻拍映亚的背。

——我没事，好好照顾你自己和雨岚。

石柱总是这样先传来替家人着想的信息，但他也会孤单害怕。映亚走进隔离病房后，便再也无法隐藏自己的内心。

"为什么不让我进来……今天居家隔离和主动追踪的对象都解除隔离了。怀疑你会传染 MERS 的疑虑，如今也都彻底消失了。"

"那就好。谢谢你。对不起……"

石柱总是先为周围的人着想。

映亚话锋一转："你的脸肿了好多，让我看看鼻子和嘴。"

"我没事，吃了药慢慢就会好的。"

"让我看看。"映亚弯下腰，脸凑了过去。

石柱看到头罩里那双满是泪水的眼睛。

"让我看看。不管是身体还是内心，都让我好好看看！我每天都会来，不能让你一个人待在这里。你什么事都要跟我讨论，一五一十地告诉我你哪里痛、有多痛，求求你！"

石柱沉默了一会儿，他明白再也无法向映亚隐瞒病情，于是慢慢抬起两只手。骨瘦如柴的手臂上只连着一层粗黑的皮肤。石柱用食指推着鼻尖，只见鼻孔里满是凝固的血痂。

他如实告诉映亚："我就算睡着了还是很容易醒，连用嘴巴呼吸都会被自己的声音吓到。"石柱用拇指和食指翻开上唇，牙龈、舌头和上颚布满红斑。口腔里不只有血痂，还流着脓水和血。"吃什么都没味道，都觉得痛！碰到哪里都痛，所以只能快点吞下去。吃了东西又觉得胃胀气，肠子难受……吃东西成了苦差事。因为溶血性贫血，他们不停为我输血。要承受化疗，饮食是关键，但我总是有一餐没一餐的。对不起……"

映亚紧握石柱的双手，坚定地打断他："再也不许说对不起。你为什么要说对不起？我也不要说，我觉得很委屈、很生气。我每天都会来看你，我要把我们经历的这些都记下来，牢记在心。你一定会痊愈的。"

WHO 建议了什么？

"你不觉得奇怪吗？"会议室里，坐在一花对面的鲜于秉浩问道。

一花注视着刚入手的疾病管理本部新闻稿，反问："哪里奇怪？"

"有两点让我很在意。首先，十月二十六日，政府针对MERS与WHO召开咨询会议，但为什么新闻稿在三天后的二十九日才放出来呢？既然是重要的内容，最慢也应该在二十七日或二十八日通知记者啊。你觉得呢？"

"需要尽快决定时拖延时间，需要慎重考虑时却一意孤行，这种情况不是一两次了。大概是要向上面报告后才能发布，所以才花了两天？"

鲜于记者皱了皱鼻子。"你连这都明白，看来可以摘掉新人的标签了。你说说，这次新闻稿的重点是什么？"

一花扫了一遍画横线的部分，回答："在韩国，MERS已经实质性地结束，虽然无法用'终结'一词表达，但再次隔离的病人已经不再属于'MERS传染的一部分'（a part of the MERS outbreak），也从WHO那里获得了传播可能性'极低'（extremely low）的认证。"

"没错，就算无法宣告终结，但可以引用'消除传播可能性'（the end of transmission）的说法。既然消除了传播可能性，那接下来该做什么？"

"当然是解除MERS病人的隔离了。"

"Bingo！这是我在意的另一点。但很奇怪，你看上面怎么写的……"

一花找到那部分，念了出来："这里强调'由于病人在政府的严格管控下接受治疗，一般民众在日常生活中不必担心会出现进一步感染'。"

"这是不肯解除隔离的意思，你认为我这样理解对吗？"

"嗯，我也觉得是。"今天早上，一花才与映亚打了通很长的电话，她接着说,"家属说,医院没有针对MERS进行治疗。"

"PCR结果是阳性也不治疗?"

"根据家属的说法,病人虽然再次被隔离,但绝对不是MERS病人。"

"那他在隔离病房到底接受了什么治疗?"

"淋巴癌。淋巴癌复发,现在在进行化疗。"

"那有集中进行化疗吗?"

"没有。病人和家属要求立刻解除隔离,作为MERS病人被关进隔离病房,是无法全面着手化疗的。"

"你去打给疾病管理本部负责人,问他们打算把人关到什么时候,顺便要一下咨询会议记录。"

"会议记录?"

"他们只会把对自己有利的内容放在新闻稿上,光凭这些,不可能知道WHO给了哪些建议。去要会议记录,我们下午再讨论,你有时间吧?"

一花想到今天要看的影片。诸葛胜打电话来请一花帮忙看看纪录片的剪辑版,虽然她从没看过纪录片的剪辑版,手上也有很多工作,但还是答应了。她之所以想看,是想感受在诸葛胜的纪录片中那些"世越号"受害者的痛苦,和自己采访的MERS受害者的痛苦进行对比。

"当然有。"

"社会一部部长会跟罗次长打声招呼,我们也跟文化部长报备了,他也同意让你留在这边,直到采访完最后一名MERS病人。反正年底也要准备统整MERS新闻,文化部那边的新闻,你写完这周的就可以了。"

"我还是亲自跟罗次长说一声吧。"

"我也明白,自己手下的新人被抢走,哪有人会高兴。罗次长那边还是我去说吧,这件事是报道局长在会议中做的决定,你不用太放在心上。"

鲜于记者走出会议室,一花立刻打电话给疾病管理本部。接电话的女职员说负责人出门办事,目前不方便接电话。一花表示希望简单确认两点,接着问:"再次隔离的病人,疾病管理本部打算何时解除隔离?"

"我不清楚具体日期,只知道 WHO 的建议事项说,必须针对病人进行严格管理。"

"那请给我英文原文。"

"嗯?"

"我是说请给我一下参加咨询会议的 WHO 相关人员的建议原文。"

"那、那……我需要确认一下。"

"你确认会议记录时,能顺便提供全文吗?如果是视频会议,请提供会议的录像,我会录下来。"

"会议记录……会议录像……我需要确认一下,暂时无法给您确切答复。"

WHO 的咨询会议录像和所有会议记录并未公开。鲜于记者摊开相关报道,最后甚至怀疑根本不存在录像和会议记录。疾病管理本部始终没有改变立场,坚称得到了 WHO 要求严格管理病人的建议。他们这是倚仗 WHO 的权威,要一直把金石柱关在隔离病房。

第五部 责任

虽然腹痛，但……

进入十一月，石柱的失眠更加严重了。

就算睡着了，也睡不到一小时就会醒来。鼻子和嘴巴发炎，食量也大大减少，三四天才能排一次便。输血每天持续进行，虽然针对各种炎症用药，但痛症始终不见好转。就算映亚要求见主治医师，对方仍今天拖到明天，明天拖到后天，一再延后。映亚向住院医师卢大咸询问上个月的化疗结果，没得到具体回应，只说无法草率判断。六月初确诊淋巴癌复发，但直到十一月初，都只是有一搭没一搭地进行化疗。如果没有感染 MERS，现在早就做完五次化疗，也会看到明确的方向了。

石柱劝映亚一周只要来一两次就好，但映亚每天早上都会穿上 C 级防护装备走进病房。她先把雨岚送到鸿泽家再赶往医院，每天十点前后就可以见到石柱。映亚最终还是向公司申请了停薪留职，存款也都取出来当生活费。十月二十六日居家隔离解除后，映亚便一直守在石柱身边。即使石柱一直劝映亚明天好好在家休息，但隔天早上十点，自己仍会不自觉地望向门口，看到映亚开门走进来，他便会露出笑容。

"我不是要你在家休息吗……"

映亚一周大概只会在家休息一天。石柱的身体状况会因映亚的出现产生明显差异，映亚在时他会说很多话，也会在病床旁多走一圈。

石柱再次隔离后他们第一次见面，映亚带来世界地图，她想跟石柱一起选出康复后去旅行的国家。早上石柱打开地图，看了一遍自己想去的国家，映亚就像能读懂他的心思一样，只要石柱说出地名，她便会像导游一样滔滔不绝地讲解。

"少说也该去半个月吧？在利物浦住一周，走遍披头士的足迹，然后到伦敦来场博物馆巡礼如何？从你喜欢的自然博物馆开始逛起，再去大英博物馆,至少也要三四天。既然都到了英国,就看场英超联赛,最好能看一场有韩籍选手出场的比赛。去剑桥大学散步好吗?听说每个学院的风格都不同,最好在那边也待三天。"

石柱欣然点头。他在脑中想象着各种风景,等出院后,一定要跟家人去利物浦和伦敦走一趟。每次映亚来都会讲不同国家、不同城市的趣闻,石柱听着这些故事,觉得痛症稍稍减轻了。虽然身体状况持续恶化,但很多时候他都不想打断映亚,他会强忍着,一直听下去。

大部分时间,一天就可以讲完一条旅游路线,但也有需要讲上两天的。从十一月二日开始的印度之旅就是其中之一。石柱之所以想去印度,是因为乔治·哈里森。披头士时期,四名团员都对印度很感兴趣,其中最沉迷的当属乔治·哈里森。石柱和映亚先从头到尾听了一遍乔治·哈里森的畅销专辑 *Living in the Material World*,又一起看了电影《印度之旅》和法顶禅师《印度纪行》中搭火车旅行的部分。都还来不及一起计划什么,两小时就过去了。映亚说下午再来,但石柱劝她,还是等明天早上再继续。

* * *

午夜过后,石柱的腹痛越来越严重。下午输血时,上腹部就很不舒服。一直受失眠困扰的石柱往左侧躺,忽然感到胃和肠子瞬间拧在一起。痛症很快就转移到腰部和肩膀,疼得上半身不停颤抖。石柱按了呼叫钮。

如果是一般病房,值班护士会在十秒内赶到,隔离病房却不同。护士要在准备室穿好防护装备,再通过那五道门,所以需要更多时间。石柱捂着肚子等待的十分钟,感觉比一年还要漫长,他不得不靠转移注意力来缓解痛症。石柱在心里默念起元素周期表:氢、氦、锂、铍、硼、碳、氮、氧、氟、氖、钠、镁、铝……

玉护士走进隔离病房。

"肚子痛……身体不能往左边躺了，后背和腰也……呃啊——"石柱再也说不下去，痛得像虾米般蜷曲起身体，不停发出哀号。

玉护士镇定地说："先慢慢呼吸！左边不行的话，试着往右边躺，看能不能找到舒服点的姿势。"

玉护士用戴着手套的手按住石柱的背。虽然隔离病房的原则是尽量避免与病人接触，但现在必须找到痛症最严重的部位。哀号渐渐变成呻吟，慢慢地，呻吟声也变小了。

"呼……痛症应该是过去了。"玉护士看着满头冷汗的石柱，"我去帮你拿点止痛药？"

石柱喘了口气，回答："我先这样躺一会儿。"

玉护士抽出手，按下取消呼叫的按钮："好，如果觉得难受，随时叫我。"

"知道了。"

一小时后，也就是凌晨一点五十分，呼叫铃再次响起。这次石柱直接开口要止痛药，他不仅身体的侧面和后背痛，就连臀部和双腿也开始痛起来。但就算注射了住院医师大咸开的止痛剂，痛症也没有缓解。石柱开始发烧和咳嗽，痰也越来越多。

早上十点半，映亚带着很多印度的旅游故事来到隔离病房，但一个也没讲成，昨晚痛了整夜、虚脱的石柱只能把手交给映亚，无力地躺在病床上。石柱精疲力竭，却没有一丝困意。映亚强忍郁愤，根据从玉护士那里听来的消息问了石柱几个问题。

"脾脏是不是很痛？"

"就像一开始罹患淋巴癌那样痛。"

"肠子呢？"

"这里……心口像被揪着似的痛。别担心，吃了止痛药肚子好多了，臀部和双腿也好多了。"

"他们没说要做检查?"

"嗯。"

"溃疡可能很严重了,也有穿孔的可能。"

"他们说还没到那地步。"

"他们怎么知道?连检查都没做。你想检查吗?"

"我是想检查……但太麻烦了……"

石柱又在为医护人员着想了。

映亚坚定地说:"觉得有必要就该检查,他们要是觉得从隔离病房到检查室麻烦,就应该让你住一般病房。"

"这倒是。"石柱强忍疼痛,笑了起来。

多么善良的人啊!正因为石柱是这么善良的一个人,映亚才会想跟他白头偕老,好好过日子。

"听说你觉得肝也不舒服?"

"感觉好像有点……"

用了五个月猛烈的药,觉得肝有问题也不奇怪。

"今天该去哪儿呢?"

石柱的记忆力也衰退了吗?

"圣雄甘地的国家。"

"对哦,印度!"

"我讲给你听好吗?"

石柱闭上双眼,很快又睁开:"对不起……我整夜没睡,现在头很痛,会妨碍我幻想印度美丽的景色,不如今天就这样静静待着,明天再说好吗?"

"当然好啊,这有什么关系,所有事都听你的。"

映亚就这样握着石柱的手待了两个小时,然后离开隔离病房。映亚把防护装备脱下来丢进回收桶,经过四道门后来到护士站。

她朝玉护士大吼:"请把医生找来!"

映亚坚持现在就要见医生，但一小时后，大咸才出现在隔离区。一般病房有需要紧急治疗的病人，所以来晚了。七月、八月和九月有专门负责隔离区的住院医师，但十月三日石柱出院后，因为没有 MERS 病人，MERS 小组解散，再也没有专门负责的住院医师了。石柱再次被送进隔离病房，解散的小组也没有再次组建。负责石柱的大咸不是拥有三年资历、自愿的住院医师，也不是专门负责最后一名 MERS 病人的住院医师，一般病房也有需要他治疗的病人。大咸赶快结束治疗，一路小跑赶过来，但映亚没空顾及那么多，单刀直入地说：

"从今天开始，请为他做检查。"

大咸慢慢翻阅病历，他需要时间调整呼吸，也要确认石柱的情况。如果自己跟映亚一样感情用事，只会彼此损耗，互相造成心理伤害。因此不只为了保持镇定，也需要像解开钓鱼线那样拖延一下时间。

"夜里出现腹痛，现在已经好转，再治疗几天，观察一下……"

映亚冰冷地打断他："既然已经进行 ICE 化疗，总要做检查确认病人的身体状况吧？更何况，病人现在出现高烧、咳嗽、腹痛和严重失眠，连口腔和鼻腔也出现炎症，就算现在用止痛药能控制，但情况并没有好转啊。"

"我们会先用可以移动的设备为病人进行检查。"

"移动设备？那你的意思是不能做全面检查咯？为什么？主治医师都说我丈夫的传染可能性趋近于零，在与 WHO 的会议上不是也已经有消除传播可能性的结论了吗？金石柱患者明明可以去检查室做检查，他应该做 CT、PET-CT 和 MRI。总要找出身心虚弱的原因吧？"

"请你冷静点，医院不是只有金石柱患者一个人要使用检查室，已经有很多几天前，甚至几个月前预约的病人，再加上一般病房的病人也排队等着检查，所以很难确定时间。我会确认检查室的预约情况，找出可使用的空当，也会把你提出的要求转达给教授。"

"今天不行就明天，这周不行就下周……你们不要拿检查室的条件当借口了。病人的身体状况一天一天在恶化啊！我从十月二十六日开始来探病，今天已经第八天了。每天到隔离病房探望他，却一点恢复的迹象都没有，情况一天比一天更糟。你们也承认吧？"映亚话中带刺，丝毫没有让步。

"我们已经尽最大努力开始化疗，为了恢复因溶血性贫血降低的数值，持续为病人输血……"

"今天，就是现在！不能再让他恶化下去，说不定这是最后一次可以救他的机会……真的不能再坐以待毙了。既然你们在尽最大努力，那就给他做检查，综合分析病人的状态，找一条新的出路吧！你们不看病人一周的身体状况，只根据病人之前的检查资料判断，就算是用移动检查设备得到结果，那也只是片面的推测，不是吗？这种不完善、不正当、不安全的状况，凭什么要求我们无条件接受？不要再拿疾病管理本部当借口了，能不能做检查明明就是医院可以决定的！连这也要经过疾病管理本部同意吗？请今天就给他做检查，现在！立刻！"

制定新标准！

南映亚手记
二〇一五年十一月三日（星期二）

我应该二十四小时守着石柱。
穿戴好PAPR没多久就会觉得口干舌燥，想上厕所就得脱掉防护衣，所以只能少喝水。这些我都可以忍受，跟难过的石柱相比，这点不方便算什么。

跟一花记者通电话。疾病管理本部还没有制定解除隔离的新标准。他们一直拿WHO当挡箭牌，说只有PCR连续验出阴性，才能放石柱出来。
这是什么国家？
实在太郁闷了。
神啊，请帮帮他！
让他度过没有疼痛的夜晚吧。

在你熟睡时

三天过去了，石柱还是没有做任何检查。身为MERS隔离病人，有太多不能使用检查室的理由了。但对映亚而言，是否能接受检查才是最重要的。就算讲出一大堆专业用语想说服她，但无法使用检查室就是无济于事。

十一月五日晚上，玉护士传讯给映亚，说明天进隔离病房前，住院医师希望能跟她谈谈。从十月二十六日之后，这还是住院医师第一次主动提出要见家属。他们约好十点在家属休息室见面。

十一月六日早上九点五十分，映亚拿起隔离区的对讲机。十月二十六日后，她每天早上都会在这个时间出现，所以护士不用问也知道是她。

"你好！"

听声音，对方应该是跟昨晚值夜班的玉护士交班的陈护士。三十多岁的玉护士习惯等映亚先开口，二十多岁的陈护士总是略带鼻音地先跟映亚打招呼。

"我丈夫早上吃东西了吗？"

"他说吃不下面包，所以九点时喝了香蕉汁和西红柿汁。还说有点感冒。"

石柱还是很难受。

陈护士接着说："他现在睡着了。你等会儿要跟医生见面吧？卢医生很快就会过来，请先在休息室等一下。"

"好的。"映亚坐在休息室，发信息给石柱。

——很难受吗？我跟医生谈完就去看你。

没有回复。昨天石柱一直睁着眼睛等映亚，今天喝了点果汁后睡着了。难道体力又下降了？

十点五分，大咸来到休息室。今天他也很匆忙，但没有气喘吁吁，额头也没冒汗。看来他不是急着赶这五分钟的时间，而是需要五分钟来思考。映亚做过三年护士，在那期间也摸清了医生的很多习惯。如果是好消息，他们都会比预定时间提早到场，但如果是坏消息就相反了。大部分情况下，他们都会稍晚出现，讲完事先准备好的话后就离开。这是为了尽量减少与家属相处的时间。映亚有一种不祥的预感。

狭小的休息室里只有一张长椅。大咸和映亚只能并肩坐在一起。

大咸直接进入主题："今天会重新开始 ICE 化疗。"

"但还不到三周，他的身体状况很糟糕啊。"

大咸像是早已料到映亚会提出异议，毫不迟疑地回答："从持续升高的胆红素和 LDH，以及不断下降的血红素来看，淋巴癌正在急速恶化，没办法再拖了，必须从今天开始治疗。"

"这也太突然了吧？正规的检查都还没做……现在不管是身体还是心理，他的情况都很不好。"

大咸只是重复着："必须今天开始治疗，不然就永远没有机会了。"

"永远……没有机会？"映亚观察着大咸的双眼。需要他治疗的病人很多，所以大咸总是来去匆匆，但从没有像今天这样冷静。

大咸翻着摊开在腿上的病历，僵硬地解释："根据七月三日转院后的病历和目前病人的状况，这次化疗后，很可能引发嗜中性白血球低下性发烧（Febrile Neutropenia）或败血症（Sepsis），存在导致死亡的可能。"

"你说什么？"映亚大声问道。这是她第一次听到会导致"死亡"的说法。

大咸的视线固定在病历上，继续说着准备好的台词："如果化疗失败，淋巴癌恶化会导致出血和感染，这样很可能导致死亡。"

他再一次提及"死亡"。

映亚全身开始颤抖："你现在这样说，像话吗？"

大咸无视映亚的问话，继续说出了最后一句："CPR、ICU Care、MV Care① 的效果也不会很明显。由于病人的病情有急剧恶化的可能性，家属最好能与病人提早……"

"不要再说了！"

整个走廊都可以听到映亚的怒吼，像饶舌歌手般连珠炮念出专业术语的大咸这才停止。映亚的眼泪一滴滴落在椅子上。大咸取来放在微波炉旁的纸巾递给映亚，他沉默着，等映亚擦干眼泪。大咸也有苦难言，他之所以解释延命治疗没有多大效果，是想委婉地劝家属不要接受延命治疗。刚刚说的根本不是有两年资历的住院医师可以决定的，至少要经过血液肿瘤科和感染科会诊以及教授和医院高层的讨论。身为住院医师的大咸别无选择。更教人痛心的是，他还有尚未说明的部分。

经历过这些的前辈曾给他忠告，若是难以回避，就要一次硬着头皮走到底。更何况这又不是自己第一次向病人家属解释延命治疗没有效。他已经有过十多次向临终的病人家属解释这些的经验了，但都没有像现在这么痛苦。之前的病人都是已经处于病危状态，家属多少也做好了心理准备。映亚与他们不同，她从没放弃石柱会痊愈的希望。

大咸还是把剩下的继续说完："放弃急救，需要病人和家属同意。"

"你是要我们签 DNR②？"

"是的。"

映亚的左手像扇扇子般晃动着，然后突然停了下来："我只想确认一件事。"

两人视线相交。

"你们为什么要这样逼我们？最糟糕的情况，去年我也听过，化

---

① ICU 指加护病房（Intensive Care Unit）；MV 为人工呼吸器（Mechanical Ventilation）。
② 放弃急救同意书（Do Not Resuscitate）。

疗总是伴随副作用和危险因素。但从没像现在这样，医院单独找我谈，只讲最糟糕的情况，甚至还提及 DNR！到这家医院后，这还是第一次……"映亚闪烁的视线垂下，注视双拳，又抬起头，"请你老实告诉我。他……真的已经悲观到这种程度了吗？你们是从什么时候开始谈论 DNR 的，我做过护士，我明白的。所以请你如实告诉我，我丈夫，他的情况如何……真的没有痊愈的可能吗？真的一点希望都没有了吗？"

大咸回答："情况很危险是事实，但不是没有希望。如果从今天开始化疗，也有急速好转的可能。"

"教授说会在十二月前进行同种造血干细胞移植的……公公和丈夫的配对也吻合，你听说了吧？我公公还开始健身，就为了等医院打电话来。你们到底在搞什么？又要我签 DNR，又说要准备移植……这两件事怎么可能同时进行？请你老实告诉我，到底怎么回事？"

大咸低头再次翻起病历，但里面也没有答案。

* * *

仿佛足足谈了一个小时，其实只用了大概十分钟。映亚和陈护士一起穿戴好防护装备走进隔离病房。门一打开，映亚吓得瞪大双眼。

"从什么时候这样的？"她的语气近乎质问。

陈护士望着遮住石柱嘴和鼻子的氧气面罩回答："早上他说胸口发闷……刚刚才戴上的。"

"是血氧饱和度下降了吗？"

"九十五上下，凌晨突然掉到八十九。"

陈护士又确认了一下血氧饱和度才离开病房。通常护士只要协助映亚穿戴防护衣就好，但陈护士担心映亚看到氧气面罩会受惊吓，才一起跟进来。

石柱拉了拉映亚的手臂,把面罩拉到下巴,低声说:"我没事,你别担心。"

映亚点点头,开始查看石柱的脸。他脸色苍白,嘴唇发紫,气色比昨天还差。

"用了叶克膜的人都出院了。我只是气喘、浑身发冷,大概感冒了,很快就会好的。"

"嗯。"映亚帮石柱把被子拉到脖子下。

石柱问:"跟住院医师谈过了?"

"他说从今天开始化疗。"

"今天?已经三周了吗?"

"还剩几天……所以他才问我可不可以提早几天。"

对于大咸描述的黑暗前路,映亚只字不提。这些日子,光说开心的事都让人力不从心了。

"你要是觉得难受就延后几天,现在连呼吸都困难,今天恐怕……"

"就听医院的安排吧,化疗和血氧饱和度也没有直接关联。"

"真的可以吗?"

"谁也无法保证呼吸什么时候会恢复正常,化疗何时做都一样难受。就照他们的意思进行吧。你怎么这样看着我?他还说了什么吗?"

"没事,我是觉得你太帅了。"

"大概是瘦下来的关系,尖下巴都出来了。"

"没错。"

"这里再长点肌肉的话,那可不得了。"

"现在就可以长!想吃什么吗?"

"什么都帮我买?"

"当然。听说你早上只喝了果汁。"

"那我想吃意大利面。"

"真的?那好,你等我,我这就去买。"

"不用去，我开玩笑的。"

"不，我要今天买给你。"

"那你脱了防护衣还要再穿一次。"

"买你想吃的东西，哪怕一天穿脱十次我也愿意。"

映亚走出隔离病房，脱下防护衣，穿过六道门。

她拜托陈护士："石柱想吃意大利面，我去外面买回来。下午也请让我进去一下。"

"好，我会告诉卢医生。"

映亚走到大学医院对面的意大利餐厅打包了一份意大利面，也买了给护士们的面包。两人跟上午一样穿戴好防护装备，但这次陈护士没有再跟进病房。

"哇！你真是太棒了！"石柱看到映亚手中提着外卖餐盒，夸张地拍起手。

映亚放下病床的餐桌，把意大利面放在上面。石柱手握妻子递给他的塑料餐叉吃了起来。映亚倒了一杯蜜桃汁放在餐桌上，背靠着墙在家属陪伴床上坐下。

"要不要一起吃？"石柱开起玩笑。因为不能脱掉头罩，映亚连水都不能喝，额头上的汗也没法擦。

"要是不够，我再去买。"

"这个真好吃，不过，我更喜欢吃你做的意大利面。"

"等你出院，我一日三餐都做意大利面给你吃。这可是早午餐，细嚼慢咽，不许剩哦。"

"OK！"

映亚觉得石柱咀嚼时发出的啧啧声比教堂钟声还悦耳，她把脖子往后倒，后脑勺靠在墙上——准确地说，不是后脑勺，而是头罩的后方。紧张地听完大咸的说明后，来看石柱，又急急忙忙跑到医院对面买意大利面，防护衣穿了脱、脱了又穿，折腾了好一会儿，睡意袭来。石柱咀嚼食物的声音变得越来越模糊。

石柱把最后一口面送进嘴里,咀嚼着问道:"雨岚呢?今天也跟爷爷去踢球了吗?"

没有回应。石柱正要再问一次,转头却见到映亚靠着墙一动也不动。石柱慢慢转过身来,俯下身子看向头罩里面。紧闭双眼熟睡中的脸蛋,今天看起来尤其可爱。曾经一起漫步大学校园的二十岁的青春模样依旧还留在映亚的脸上。石柱伸出手,想摸一摸映亚的脸,但又收了回来。他想抚摸妻子的脸庞,但不想惊醒她。石柱在心底默念,希望在你熟睡的时候,我能彻底好起来。

"我一定会好起来的,我爱你。"

石柱感到胸口发闷,赶快戴上氧气面罩。

死因

十一月十日晚上十点半，一花和鲜于秉浩在"冰屋"见面。二人落座的位子正是八月初见面的那张桌子。那时还有苏道贤与很多记者在场，今天只有他们两人。这次是一花提出的见面邀约。

"前辈，我觉得这件事……"

一花刚坐下就打算切入正题，但鲜于记者抬起右手阻止了她。

"入乡随俗！"

两人一口气喝干杯子里的生啤酒。鲜于记者往嘴里送了一小块鱿鱼干，等一花开口。

"我想把他救出来。"一花用一句话总结了自己想说的话。

"疾病管理本部还没有为金石柱制定新的解除隔离标准吗？"

"针对金石柱这个特例，他们连管理小组都没有，更别说开会讨论新标准了。"

"那你打算怎么救？他的 PCR 结果是阳性啊。"

"自从隔离后，医院根本没有治疗 MERS，治疗淋巴癌也困难重重。"

"有没有进行化疗？"

"有，虽然已经晚了一步。"

鲜于记者又喝了一杯生啤。一花喝了半杯就放下杯子，望着坐在对面的他。一花希望听听他内心的想法。鲜于记者又要了一杯啤酒，含糊地问："你觉得死因会是什么？"

"嗯？"

"虽然谁都不希望看到这样的结果，但万一金石柱就这样关在隔离病房终结此生，你觉得死因会是什么？"

"MERS？"

"你不是说根本没有进行 MERS 治疗吗？既然没有治疗 MERS，如果死因是 MERS，那保健当局和医院岂不是很难堪？"

"那是淋巴癌？淋巴癌复发，正在接受化疗和准备造血干细胞移植，这些医院也都向家属和媒体公开了。"

"如果我是医生，我会写淋巴癌，而且看这情况也是朝那方向走。但你仔细想想，死因真的是淋巴癌吗？"

"请你再说明白一点。"

"李记者，你说想救出金石柱吧？救他出来的意思是什么？我们没有能力把金石柱从 MERS 或淋巴癌里救出来，那是医院该做的事。"

一花喝光剩下的啤酒，沉默片刻后回答："我希望他能离开隔离病房。感染那么恶毒的传染病就够冤枉了，总不能再像对待犯人一样对待他吧？"

"你的意思是，不想让他死在隔离病房。"

一花点点头："他明明不具传染力，却只因他感染过 MERS，就毫不考虑病人处境。已经有专家提出质疑，但保健当局不肯承认他是特例，只一味坚持原有的标准。"

"为什么会这样呢？"

"比起人权，比起生而为人接受治疗的权利和维护一个人死去的尊严，这些人更在意'MERS'这个词不要再在媒体和网络上曝光。我查过，十一月后，根本没有能引起关注的与 MERS 相关的新闻。"

"也可能是没有新闻价值了吧，从五月开始到现在，已经过了半年。就报道量来看，很多对 MERS 一无所知的人恐怕都觉得自己已经充分了解 MERS 了。"

一花反复思考鲜于前辈的话，才开口："原来把金石柱关在隔离病房的不是 MERS 也不是淋巴癌，而是我们的恐惧和漠不关心。而且，政府也想悄无声息地把这件事掩盖过去。"

"这也是最后一道希望之门。"

"希望之门？"

"用这件事唤醒人们的恐惧和漠不关心，虽然能否救出金石柱还要看接下来的发展，但至今没有人碰触到那个最黑暗、最让人羞愧的点。"

"该怎样做呢？总要找出与这半年来上千篇 MERS 新闻不同的报道方式才行。"

鲜于记者没有给出答案，反倒问一花："我也很好奇。我以为李记者知道。你不知道吗？"

就在那一瞬间，一花的手机像答案般响了起来，看到来电显示，她的瞳孔震动了一下。

转变

十一月十一日下午两点,映亚一边走在巷弄里,一边确认信息,应该抵达一花记者短信上所写的地方了。早上为了带发烧流鼻涕的雨岚看医生,所以没去医院看石柱。走在建筑林立的巷弄里,怎么也找不到入口,映亚抬起头,还是看不到写有"野花"的招牌。她在巷子里绕了两圈出来,正打算朝另一条巷子走去时,听见背后传来某人的声音。

"你好。"

"你是……"映亚一时没认出身穿卫衣、戴帽子、一脸稚气的青年。

"我是艺硕,赵艺硕。你是南映亚吧?我们在医院见过,还交换了电话号码。那个,MERS……"

映亚回想起七月三日转院前,跟艺硕一起在感染科诊间外等待的画面。

"啊,我想起来了。不好意思,没认出你。"

"没关系。你在找野花吧?"

"你怎么知道?"

艺硕双手提着黑塑料袋。映亚跟在他身后,来到位于巷弄最深处四楼的"野花"事务所。虽然还没有登记为事务所,但这里已经成为专门为社会弱势群体辩护的律师的聚集之处。海善从办公桌堆积如山的档案间探出头,打了声招呼。

"欢迎、欢迎,你和艺硕一起来的啊。"

"我在路上遇到他。"

海善指着沙发:"请坐。"

艺硕提着塑料袋走进厨房,映亚坐在沙发上。

"艺硕怎么……"

"我负责艺硕母亲的诉讼。"

"诉讼?"

过去几个月,映亚也偶尔看到关于诉讼的新闻。但当时正竭尽全力地治疗石柱,根本没心思考虑寻求法律帮助。

"艺硕在这儿打工,帮忙做些杂务和管理网站。他手脚利落,很有才华哦!"

艺硕端来两杯菊花茶和四块饼干。映亚喝了口茶,环顾办公室一圈,里面摆放了五张办公桌,有两间会议室,还有一间厨房兼杂物室。门旁的办公桌正是艺硕的位置,其他的办公桌空着,员工大概都出门办事了。此时,楼梯传来脚步声。

"李记者来了。仔细听的话,右脚比左脚的落地声稍微大一点,步伐也很快。"

映亚侧耳倾听,也没听出什么不同。门开了,果真是一花。

"如果不介意,我可以把今天的对话录下来吗?如果你也需要,可以请艺硕复制一份给你。"

海善坐在中间,左边的映亚和右边的一花面对面坐着。

"我都可以。"

艺硕取来笔记本和小型录音机坐在一花旁边,他按下录音键,把录音机放在桌上,三人的视线集中在映亚身上。

昨晚大概十二点,映亚打电话给一花,花了很多时间倾吐石柱再次被隔离后的心情。听完泪流满面的映亚的哭诉,一花建议一起去"野花",和尹律师见一面。

"再这样下去,我丈夫根本无法接受应有的治疗,恐怕有生命危险。病情逐日恶化,却连一次检查都没做过。医院再三声明他的传染力趋近于零,但没有人知道怎么解除隔离。PCR连续两次阴性就能解除隔离的标准并不适用在我丈夫身上,十月二十日、二十一日,还有十一月四日到六日,都连续两次测出阴性,但他们还是不肯让我丈夫出院。"

海善看向一花。两人针对这个问题一直讨论到凌晨,以鲜于前辈在"冰屋"讲的话为前提,二人重新设定了方向。一花一一注视众人后,小心翼翼地开口:"我们把范围扩大一下好了。"

"什么范围?怎么扩大?"映亚问。

一花看向映亚:"与其向疾病管理本部和医院抗议,不如诉诸全国民众。如果你愿意亲自来电视台,国民电视台的新闻频道可以采访你。"

"这有可能吗?"

"嗯。"一花抵达"野花"前,已经先跟鲜于记者通过电话。如果最后一名 MERS 病人的妻子肯来摄影棚受访,他愿意去找报道局长谈。一花又问:"你愿意吗?"

映亚无法立刻回答,她调整呼吸。新闻采访!这是难得的机会。映亚想抓住这个机会,同时又很担心自己是否能做好,从出生到现在,她从未上过电视。

海善抢在一花开口前说:"一定会引发极大回响的。我们也知道这对你很难,但这样做,一定会有很多人关注金石柱。"

映亚坦白自己的担忧:"这种事我是第一次……不知道能不能胜任……"

海善说:"从现在开始准备就好,我们会帮你的。我觉得不用说得太复杂,只要陈述事实,说明病人现在有多痛苦、目前最需要什么就好。"

一花接着说:"我们会打马赛克,也会匿名。如果你还有什么要求都可以提出,我们会尽力配合。"

映亚下定决心:"我愿意接受采访。"

海善立刻整理出要做的事。

"要区分出希望医院做的和保健当局做的事,要求医院必须尽快让金石柱接受与一般淋巴癌病人同样的检查和治疗。不检查就直接进行化疗,等于是在不了解病人的情况下用药,必须彻底检查,根据检查结果对症下药,治好病人。"

艺硕在旁边像喊口号那样喊道:"彻底检查!对症下药!"

海善继续说:"要求保健当局针对特例迅速制定方案,你觉得如何?方案必须包括解除金石柱病人隔离的新标准和方法。"

"这正是我想提出的要求。早知如此,我应该早点来见律师。"

听映亚这么说,海善、一花和艺硕同时露出微笑。海善又接着说出自己的计划。

"新闻播出后,最好配合时机接受其他媒体采访。新闻播出后,一定会有其他电视台和记者联络你,到时你把我的电话给他们,就说我是你的律师。我会帮你处理。网络社群最好也同时进行,你觉得呢?"

"那是……"

"设一个脸书专页,好让更多人知道这件事,有能和你一起做这件事的朋友吗?"

映亚想到来参加出院派对的石柱的高中及研究所同学。石柱再次隔离后,虽然他们也成为主动追踪对象,遇到诸多不便,但大家还是打电话来说,遇到困难随时联络他们。映亚的朋友也是如此。

"有,有十几个朋友会帮我们。"

"好,那申请和设计脸书的工作就交给艺硕。什么是MERS,MERS病人需要接受哪些治疗、有多痛苦,艺硕一定比其他人了解一百倍。艺硕也正好深入了解一下其他MERS病人的情况,这样对他母亲的诉讼也会有很大帮助。"

映亚对艺硕说:"谢谢,那就拜托你了。"

"这是我该做的。尹律师,这件事不要算在我的工作里,我是自愿帮忙。"

映亚开口阻止:"不行,这是你的工作,把这么紧急的事交给你,不仅要付钱,还要给你奖金……"

艺硕坚持道:"要是给我钱,那我就不做了。"

海善赶紧说:"我们先做,要不要给艺硕钱,以什么名义给,给多少,我会秉公处理,你们觉得如何?"

映亚和艺硕这才异口同声回答:"好!"

"还有什么问题吗?"

映亚问:"我上电视接受媒体和报纸采访,也放上网络,要是到时候他们还是不放我丈夫出来,也不能做检查和接受治疗该怎么办?五天前,住院医师跟我说,就算为石柱做延命治疗,也不会有显著效果。"

"不会有显著效果?说得真是拐弯抹角,医生的用词怎么都跟外星语一样啊?但问题也不是出在大量使用英文单词上,而是他们总有一种要与家属保持距离,在病人和家属面前筑一道墙的感觉。这些医生难道不能亲切点吗?"

艺硕歪着头表示不解。

映亚解释:"简单地说,就是劝我们不要接受延命治疗。我们的时间已经不多了,必须立刻解除隔离,让他接受该有的检查和治疗。还有……我真是死也不愿想这些……但假如延误治疗……"映亚的声音开始断断续续,不停颤抖。

艺硕从冰箱里拿来了水。

一花劝映亚:"觉得难受就别说了……"

映亚润了润喉咙,继续说:"不能让他以 MERS 病人的身份在隔离病房了结此生。如果一定要面对那一刻……也要让他握一握家人、朋友的手,跟大家拥抱道别。要带他去想去的地方,吃他想吃的东西……让他走得像个人!这些在隔离病房都是不可能的,在那里活得不像个人,更别说是死了!所以,必须让他离开隔离病房……"

海善一直等到映亚急促的呼吸恢复平静,才缓缓开口:"如果媒体和舆论没有效,我们就采取法律途径。正如你所说,必须把握时间去抗议,向总统、国民安全处、保健福祉部、疾病管理本部和医院施压,敦促他们尽快为金石柱制定解除隔离的新标准。这段时间我会集中精力在

MERS这件事上,你随时都可以打电话给我。直到金石柱接受人道的待遇,得到该有的治疗,痊愈出院为止,我们都会陪在你身边。"

会议结束后,映亚匆忙沿着"野花"的楼梯往下走。不知不觉间,太阳已经徐徐落下,她急着赶去医院。走到一半,传来信息提示音。映亚不在意地又走了几步,才从包包里取出手机,一看便瘫坐在楼梯上。

——这九年,谢谢你成为我的妻子。

映亚忘了今天是结婚纪念日。一天就这么过去了。

采访

采访定在十一月十二日晚上六点。

电视台曾考虑直播,但南映亚是第一次在摄影棚受访,担心会出现直播事故,最后决定还是预录后在晚间新闻播出。

一花和医疗记者鲜于秉浩一起来到电视台一楼大厅接映亚。能把采访放在晚间新闻时段,都要归功于鲜于记者。早上参加编辑会议时,报道局长和部长都认为应该放在深夜新闻播出,但鲜于记者坚持如果不放在晚间新闻就没有意义,南映亚也不会受访。他的积极争取很快就传遍整个报道局。

"前辈,你为什么这么坚持呢?"两个人面向正门等待时,一花开口问。

鲜于记者直视前方,反问:"如果不知名的传染病再次席卷这个国家,你觉得到时会做好防治工作吗?"

"经历 MERS 后,应该能比现在好一些吧?"

鲜于记者转头看向一花:"怎么可能!到时候,只会比 MERS 的情况更糟,疫情只会在更多人的牺牲和意外的幸运中得到控制。相关部门已经开始急着把这次控制疫情的功劳揽到自己身上。防御网有太多超乎想象的漏洞,所以这次有必要给他们一个警告。必须让更多人知道这错误的制度、不肯承担责任的相关部门是如何毁掉一个人的人生的!晚间新闻收视率比深夜新闻高出百倍,传播力也更强。如果我们在晚间新闻采访,其他电视台和报社也不得不跟进。把金石柱逼到绝境的不是传染病,而是认为自己很幸运没有感染 MERS、没有搭乘'世越号'的我们,是我们的安逸和自私的自我合理化把他推往绝境。如果我们只安于这种卑怯的幸运,总有一天我们也会孤单地面对不幸。即便困难重重,现在也该对金石柱负责到底。我是医疗记者,明明预见不久的将来可能再次发生的传染病悲剧,我怎么能坐以待毙?"

"……我没有想到这些。"

"现在去想也不迟,等采访播出后,你要负责写一篇追踪报道。"

"报道不都是前辈准备吗?"

"你来写吧。"

"介绍淋巴癌复发病人需要的检查,根据隔离病房特性,分析无法进行检查的原因,这不是该由医疗记者来做吗?"

"不,这件事就交给你了,遇到困难我们再一起讨论。我很久以前就思考过,报道局应该再有一名负责写与医疗相关的新闻的记者。"

晚上五点,映亚和海善抵达电视台。中午她们收到访纲后,删掉了一个私人问题、写好答复后传回电视台。除此以外,再无异议。因为只拍摄背影,所以无须化妆。一花和海善陪映亚在化妆室前的休息室等待。

一花说:"等下是预录,所以你只要放轻松,把要说的事都说出来就可以了。"

"好。"

海善插嘴道:"剪辑时不会把重点都剪掉吧?"

一花回答:"不会的,我和鲜于前辈会调整和确认最终版本。"

"谢谢你,能走到这里多亏你的帮忙。"

听映亚这么说,一花摇摇头:"这才只是开始,我们要好好打赢这场仗。等下回答问题时如果受不了,可以喊停,休息一下。只要别忘了,把想说的都说出来就好,其他的交给我们处理。"

"会不会因为我,给你添麻烦啊?"

"什么麻烦不麻烦的,完全不会。这可是我人生第一次抓到独家,是我该感谢你把这个机会给了我。"

六点整,采访开始,标题是"请关注这个人"。

映亚背对镜头,坐在主播对面。此次受访不仅没让她露脸,还使用匿名和变声,这都是事前达成的协议。虽然认识她的人都知道是映亚,但她还是希望尽量保护隐私。身着西装、系蓝色领带的主播开始提问。

"隔离住院已经多久了?"

"从六月七日确诊后到十月三日,其间住过两家医院。十月三日MERS痊愈出院后,又在十月十二日住进隔离病房,直到现在。我先生现在是大学医院隔离区唯一的病人。"

"目前,他在接受MERS治疗吗?"

"我先生不是MERS病人。从八月开始他就没有再接受MERS的药物治疗了。六月时,他淋巴癌复发,淋巴癌是血癌的一种,若不及时治疗,病情会急速恶化。第二次隔离后,他一直在接受化疗,确认化疗的效果必须到检查室做各种检查,但到目前为止,他无法正常地做任何检查。"

"您刚才说无法做检查,原因是什么?"

"因为大学医院的各种检查室要与门诊病人和一般住院病人共同使用,而保健当局和医院一直把我先生看作MERS病人,若他离开隔离病房到检查室,需要医护人员做很多准备。所以明知道他需要检查,但所有人都举棋不定。我和我先生都很难反抗医院的决定。"

"保健当局和医院可以随时做出响应,正在接受我们采访的人是最后一位MERS病人的妻子,您认为当下最急需的是什么?"

"希望尽快解除隔离。疾病管理本部和医院的医护人员在记者会上也说,我先生的传染率趋近于零。十月三日他出院后,我与他一起生活了整整一周,但没有被感染,这期间与他接触过的人也都没有感染MERS。至今疾病管理本部都没有定出我先生到底该满足什么条件,才可以解除隔离。我一直打电话给疾病管理本部负责人,都得不到答案。政府就只会宣称我先生是罕见特例,然后也没有采取任何行动——我先生不是这个国家的国民吗?倘若一个人因为难以接受的理由遭到囚禁，国家难道不应该倾听他的呼喊吗？不是该为他制定方案、免去痛苦吗？我先生再次被隔离后，生命已经处在很危险的状态，但医院没有展开任何MERS治疗，治疗淋巴癌也一直遇到大大小小的困难。我和我先生很好奇，真的就没有转到一般病房、好好治疗淋巴癌的方法吗？请告诉我们一个方法吧！"

映亚按照事前准备好的，一字一句提出问题和要求。昨晚她就一一把这些内容写下来，今天抵达电视台前，又与海善一起做了最后核对。

主播低头看了一眼问题，接着问："您有一个儿子吧？几岁了？"

"四岁。"

"他一定很想爸爸吧？"

这是当然的，雨岚一天至少会缠着映亚七八次，说要打电话给爸爸。不愿意接电话的反倒是石柱，因为过度消瘦、颧骨凸出、口腔和鼻腔发炎浮肿，所以都不视频了。自从开始戴氧气罩，连电话也很少打。他不想让儿子听见自己粗重的呼吸。

"孩子每天都在找爸爸。"

"您的梦想是什么？"

"嗯？"

映亚没有搞清问题的脉络，这题没有写在访纲上，难道是归在最后"其他、等等"的范围里吗？

"希望我先生早日康复。"

"感染MERS前，你们一家人有什么计划吗？比如想拥有一间自己的房子，一起去旅行……"

映亚脑中浮现出跟石柱计划的未来。自从石柱再次被隔离，眼前的不幸让她根本无暇去想象未来的幸福。映亚胸口一热，泪水顿时溢满眼眶，她赶紧仰起头，强忍眼泪。这不是控诉冤屈的场合，她不想发泄悲伤，只想坚强地越过这道墙。

主播换了一个问题："您可以探病吗？"

"自从十月十一日再次隔离后,过了半个多月,医院才允许家属探病。十月二十六日,我穿上防护衣后才可以去探望我先生。"

"在病房看到您先生,心情如何?"

"唉……"

映亚没有立即回答。她觉得要自己描述在隔离病房看到石柱时的心情是个很残忍的问题。但她还是把眼泪吞进肚里,缓缓开口:"无论是我,还是我先生,我们都正处在人生的谷底。但我们不会坐以待毙,也不会绝望。我先生会康复的。希望这次访问,可以成为他打开出院大门的钥匙。谢谢。"

救救最后一个病人吧!

八点的晚间新闻播出了对南映亚的访问。多亏鲜于秉浩和李一花帮忙确认最终剪辑版,才能无一遗漏地播出去。一花也写好了追踪报道,简单列出采访重点和要求。新闻播出后,名为"救救最后一个病人吧"的脸书专题页也设立了,每天至少有五千人追踪订阅。

脸书专题页不仅搭配照片、视频和各种表情包,上传了许多MERS相关知识,也详细说明了金石柱住院抗病的过程。与内容一起饱受瞩目的还有封面照片,那是济州岛充满希望气息的月朗峰日出。

艺硕负责筹备脸书专题页后,打电话给在济州岛保健所的姜葆拉。他希望能把隔离期间葆拉细心照顾自己的心意也放上脸书专题页。艺硕简单说明了石柱的情况和脸书专题页的性质,向葆拉求助。

"我希望浏览脸书专题页的人能带着祈祷的心,祝福病人早日康复。请传给我一张适合脸书专题页的照片吧。"

葆拉再三推辞,说自己拍的照片不够专业,但艺硕说比起专业的照片,更重要的是心意。

他甚至有些厚脸皮地说:"我都把便利商店招揽客人的秘诀告诉你了,你不是说会报答我吗?"

"不要用照片,我用别的方式报答你。"

虽然葆拉想逃避,但艺硕还是不肯放弃。

"再说,你不是还照顾了我半个月吗?"

葆拉结束地方保健所的工作后,回到济州岛保健所。在保健所宿舍隔离、照顾病人,这种事或许在她的人生里也不会再有第二次了。

"如果照片不喜欢,不用也没关系哦。"

艺硕没有指定要山的照片,这张日出时的月朗峰是葆拉在大海、高山、村庄、树林、草原和马群等照片里特地挑选出来的。众多山丘中，葆拉觉得月朗峰充满着希望。艺硕在保健所宿舍隔离时，她也传了很多山丘的照片给艺硕。

葆拉的封面照片和首页置顶的音乐视频吸引了人们的目光。跟石柱一起组建"Pipi-fossa"乐队的研究所同学、现于光州当牙医的朴尚道做了一段音乐视频，标题是"就算晚了，也要加油"。尚道带女儿参加了石柱的出院派对，他也成为主动追踪对象。这首曲子是他们读书时一起创作的，尚道弹贝斯，石柱弹吉他，两人用手机录音时，演奏前录下了石柱说"开始！"的声音，结束时还有一起哈哈大笑的声音。

尚道将石柱从出生到现在的照片配上音乐，制成视频，从一张张照片可以看出石柱身为牙医、身为丈夫、身为人子和人父，活得有多一丝不苟。

希望最后一名 MERS 病人早日康复的留言不断涌入，受访视频点击率也超过一千次。从那天晚上开始，映亚的手机便不停接到记者打来的电话。

Technological Support！

南映亚手记
二〇一五年十一月十三日（星期五）

说会提供一切技术支持。

说会安排我和医护人员见面。

只上了一次电视，就这么轻易地推倒了高墙。

早知如此，就该早点说出来！

希望不会太晚。

恐惧

直到天黑，映亚才走进隔离病房。晚间新闻播出后，她每天都要受访，只得尽量把采访约在晚上，上午和下午才能陪在石柱身边。但今天下午有电台直播，所以结束后赶到医院已经天黑了。

"我来了！"

映亚握住石柱的手，他才稍稍睁开眼睛。他已经没有力气说话了。映亚把被子拉到石柱的脖子下，看监测仪器确认血氧饱和度和脉搏。隔离病房无法带笔记本和手机，所以只能记在脑子里。负压病房很干燥，映亚给喷雾器里接满水，往墙上、地上和窗边喷洒。她身穿C级防护衣，越来越感到口干舌燥。

映亚俯身直直盯着石柱的脸。她在电台录音间紧张地受访了半个多小时。虽然每个访问的媒体不同，但讲的内容都大同小异，艰涩的医学术语和病人情况，不知重复了多少次。报纸和电视不断报道，网络上也持续收到为石柱加油打气的留言，打电话到疾病管理本部抗议的人也越来越多。即便如此，保健当局仍没有任何回应。今天映亚也打电话给疾病管理本部负责人，还是找不到人。石柱和映亚的朋友也不断打同一个号码，都无人应答。

映亚开车赶往医院途中，看到了陌生的风景。急诊室周围聚集了很多人，大家呼喊着口号、唱着歌。从尹律师那里得知，昨天晚上，参加示威游行的农民受伤后，被护送到了这家医院。

映亚从包包里小心翼翼地取出便利贴，她一一为石柱念出写在黄色便利贴上的心愿，然后贴在床头。

差不多过了一个小时，映亚睁开眼，感到口干舌燥，肩膀、后背和侧腰也十分酸痛。刚才她坐在家属陪伴床上睡着了，不知不觉天已经漆黑。今天就先这样吧。映亚咽了咽口水。现在回家也没空休息,还要帮雨岚准备晚餐、洗衣服,打电话给尹律师讨论采访内容。随着接触的媒体增加,必须在忘记前把跟记者谈过的内容都告诉尹律师。

映亚走到床边看了看石柱的脸,他的呼吸频率稳定,像是睡着了。就在映亚打算转身离开时,石柱伸出手臂,抓住她的手腕。

"不要走。"

映亚转身:"你醒了?雨岚在家等我呢……我明天一早就过来。"

"我就只能这样了吗?"

映亚试着岔开话题:"你又做噩梦了?"

"没有!"

"等你做完检查、接受治疗后就可以回家了。"

石柱无奈地冷笑了一下。

"我害怕。"他凝视着墙壁与天花板交会的黑暗角落,"我不想被当成病毒死在这里,我要出去!映亚啊,让我出去吧!"

映亚想鼓励他,给他勇气,但话到嘴边,却什么也讲不出来。

"我想活得像个人,死得像个人。不是这样的,不该是这样的啊。"

"我……出去喝口水再进来,也去趟厕所……"

映亚打算去护士站喝口水,上完厕所再回来。平时就算再怎么口渴她都能忍,今天却像走在沙漠里般难以忍受。

"不要走,留下来陪我。"

"我很快就回来。"

石柱干瘦的手用尽所有力气,就是不肯放手,映亚无法甩开他。没办法,就算尿在裤子里也只能这样站着了。

团结就是死路一条

除了"野花"在联络MERS遗属和痊愈的病人,冬华也采取了行动,她主要在联络痊愈的病人。关在隔离病房时,虽然没机会与其他人接触,但转院得到两次阴性结果,换到一般病房后,她认识了几个病人。当时自己身心很疲惫,一心只想着尽快出院,回物流仓库上班,所以跟同病房的人没什么交流。虽然如此,大家都感染了相同的传染病,都到鬼门关走过一遭,难免会产生同病相怜的特殊情感。冬华一直祈祷大家都能顺利回到原本的岗位。

冬华打了电话才知道,出院后人们的生活比感染MERS前还糟。有的人丢了工作,有的就算保住了,也不像从前那样能顺利工作了。每当公司有组织调整,这些人总是被分在优先裁员名单里。他们的肺部和身体机能受损,无法正常运行,更严重的问题是,没有安眠药便无法入睡,时常头痛,因为抑郁症而经常不安、焦躁。有时,眼泪会不受控地突然流出来,遇到一点小事就暴跳如雷,脑子连简单的数字都记不住了。据医院诊断,留下严重后遗症的病人都需要长期接受专门的治疗,但冬华和这些人都没有条件再住院治疗,因为一两天不上班就会丢掉工作,被淘汰一次,就要用十倍甚至百倍的力气去追赶,大家只能在激烈竞争中各自求生。

今天中午冬华要见的人,是住院期间在她隔壁床的禹福正。四十多岁的禹福正在新村开便利商店,所以没有失去工作的困扰。他性格随和、平易近人,在医院初次见到冬华时,就叫她大姐了。

"哇,这是谁来了啊。"福正见到走进便利商店的冬华,张开双臂欢迎她,但还没握手和拥抱,福正便用手帕捂着嘴,转身咳嗽起来。

冬华站在原地,等福正平复。

"我天天煮桔梗水喝,也一直没好转……"

福正虽然不像冬华那样肺纤维化严重,但住院时就经常咳嗽。

"小心感冒,知道吗?"

"当然了,我都打算移民去东南亚了。"

两个人在便利商店门前的阳伞下对坐着,圆桌上摆着罐装咖啡。

福正双臂交叉架在桌上,开口说:"我正打算联络大姐呢。"

"为什么?"

"大姐,你会做噩梦吗?"

"会啊。"

"什么样的噩梦?"

有人先这样问自己,冬华反倒觉得轻松。先说出自己的情况,对方也会跟着敞开心房。

"我会梦到肉店,我躺在巨大的砧板上,穿着防护衣的医生和护士走进来,用锋利的刀割下我身上的肉,然后放在嘴里咀嚼,像吃生牛肉那样。还朝我笑,嘴角都是鲜红的血。"

"你会一直做这种梦吗?"

"几乎是吧,就算一开始在其他地方,但最后都会变成肉店,然后肉被割下来。你也会做噩梦吗?"

话题转向福正,他像等待作答般,慢慢回答:"躺在肉店里还好一点。当然咯,躺在那里看着自己的肉被割走也很恐怖,但至少某个瞬间会觉得'啊,这或许是梦。我在肉店被屠宰,这也太怪了吧',起码还能发觉不对劲,总有醒来的时候。但我经历的现实本身,就像做梦一样。"

"现实本身?"

"我梦到自己躺在医院病房里,平静极了,但只有我一个人。不管我怎么按呼叫铃、怎么大喊都没有人来。每天都做相同的梦。出院后,没有一天不做梦的。"

"躺在床上，平静地躺着……"

"嗯，真的觉得生不如死，好像彻底被孤立了，完全没有逃离医院的方法，也没有人来找我。然后我突然明白了——原来这就是坟墓啊，原来被活埋的感觉是这样啊。今天晚上我也会做同样的梦，就那样躺着，一切就跟现实没两样，完全不觉得自己是在做梦。"

两人说下次一起喝杯烧酒，就分开了。像今天这种刻意见面的场合，要是劈头就提打官司和共同诉讼，只会增加对方的恐惧。冬华认为至少要见上两三次，详细了解对方的情况，分享彼此的处境后，再慢慢进入主题比较好。冬华也想过，自己与福正算是熟人了，直接说出目的也未尝不可，但最后还是决定下次再说。尹律师也劝过她不能心急，打官司是持久战，必须慎重才能找到一起打赢这场仗的战友。

冬华搭上回"野花"的公交车，还好车上只有五个人。冬华走到最后一排坐下来，打开一半的窗户。她望着飞速闪过的街景，任凭凉飕飕的风迎面吹在脸上。风吹着满地的落叶，树叶飘落后，大树才显露出原有的姿态。晚秋过后很快便入冬了，想熬过寒冬，就必须更坚强。

冬华在隔离病房时，一直都很怀念此时眼前的日常风景。听了福正的噩梦，冬华想起石柱。福正在梦里被关在隔离病房，石柱却被关在现实中的隔离病房里。在梦里无法离开病房就已经那么痛苦了，在现实中没有保健福祉部、疾病管理本部和医院指示，就没有离开的方法，这又是何等痛苦和绝望呢？福正笑着说的最后一句话不停在冬华耳边回荡。

"就那样躺着，总会冒出不如就这样死掉算了的想法。我走了，这令人厌烦的情况也会结束。这世界早就把我们这些人遗忘了，少了我一个又会怎样呢？"

手机响起，来电显示是文尚哲。

直到冬华离开册塔，尚哲都没有露面。后来冬华给他打过两次电话，他都没接。冬华干咳一下，深吸一口气，接起电话。

"好久不见啊。"冬华讲出这五个字后,静静等着。

电话另一头的尚哲结结巴巴地问道:"这、这段日子你还好吗?"

冬华过得不好,尚哲也很清楚,他一定也听说了冬华找工作四处碰壁的事。

"不好也不坏。"

一阵沉默。

"艺硕有没有好好读书?"

"嗯……"冬华觉得没必要把儿子休学的事讲出来。

又是一阵沉默。最后,尚哲终于说出打电话来的意图。

"仓库不是有台'咚咚'吗?"

"'咚咚'怎么了?"

"杂音太大,差不多有以前的十倍,碎纸效果也不好。运作一段时间后就会发出咕噜咕噜的声响,然后就不动了,找人修也没用。这是林部长的宝贝,拿去卖掉又舍不得……"

尚哲也和冬华一样很珍惜"咚咚"。十年前离开永永出版社到册塔上班,冬华刚开始负责的就是这台碎纸机。崔社长说,这台碎纸机是他二十五年前从两间小仓库开始起家时买的。

"我帮你忙,你能为我做什么?"

"做什么都行,你真能修好它?"

"你在哪儿?"

"嗯?"

"在退货仓库?'咚咚'旁边?"

"嗯。"

"站在电源那里,右手拇指按着三个棱角交会的定点,然后往后移两步。一步四十五厘米,不能长也不能短。"

"一、二!好了,走了两步。"

"现在你再看机器,看到了什么?"

"有一个十字,是你做的标记吗?"

冬华没有回答他,径自说:"用拳头在那个十字下方三十厘米处轻轻敲五下。"

"嗯?"

"那里是'咚咚'经常卡住的地方,相当于人的胸口,来五记上勾拳,你再试一下机器。"

电话那头传来五下敲打机器的声响,紧跟着,一阵冬华常听到的熟悉的杂音传来,机器开始正常运作了。电话断了。过了两站,尚哲又打来,听不到背景的噪声了,想必他走到了仓库门前的停车场。

"你要我做什么?"尚哲问。

冬华看了一眼窗外光秃秃的树枝:"好好照顾'咚咚'。"

"嗯?"

"别看它总是这样,还是能用的。有问题随时打给我。离开物流仓库时,心情简直糟透了,觉得既伤心又委屈。但一想到能把仓库和'咚咚'交给你,也就没那么担心了。你不要有压力,我离开那里不是因为你,随时都可以打给我。"

"部长,是我对不……"尚哲哽咽着讲不出话了。

"下次请你喝烧酒,到时把笔记本也给你。"

"笔记本?"

"我想让你好好做。保重啊!"

冬华率先挂断电话,她不想让尚哲听到自己哽咽。冬华打算下次见面时,把写有编辑、营销人员的联络方式和沟通技巧的笔记本交给尚哲。书不是赚钱的工具,它是很多人呕心沥血、饱含真诚的产物!冬华用手拭去眼泪,又过了三站,手机再次响起。

是不认识的号码。自从开始到处走访痊愈者,冬华偶尔会接到陌生人打来的电话。痊愈者里也有人听闻消息后主动联络冬华,这样陌生的电话已经接过几次了。冬华记住号码,按下通话键。

"你是吉冬华吗?"是一个低沉粗犷的男人的声音。

冬华不自觉地用左手抓了一下脖子:"我是吉冬华……"

男人忽然破口大骂。

"你这个臭女人!你给我听好了,你在耍什么花招我们都一清二楚,好不容易捡回一条贱命,还不老实待在家里,居然像条疯狗一样到处乱窜!你们这些人聚在一起能做什么?聚在一起,也不过是 MERS 病毒,就是一群病毒!知道吗?"

"你是谁啊?"冬华气得大吼一声,车上的人同时回头看她。

男人毫不在意地继续骂:"你这不要脸的臭女人!竟敢骂总统阁下!说什么宁可相信街上的狗也不相信政府!"

"我没说过那种话。"

"你说了什么、做了什么,我们一清二楚!你们这些人就是喜欢惹是生非。吉冬华,你给我听清楚,想要跟你那个一身病的妹妹吉冬心和独生子赵艺硕一家三口好好活着,就赶快给我收手!你们这些传染病人聚在一起干吗?想打官司?你以为这世界会按照你的意思运转啊?这是给你的初次警告,要是还不听话不罢手,到时候就神不知鬼不觉地把你的肉都割下来!"

电话断了。冬华感到胸口一阵郁结,那个男人竟然连自己晚上做的噩梦都知道。冬华匆忙逃下公交车,靠在路边的墙上调整呼吸。冬华剧烈咳嗽,双膝无力地跪在地上,她越咳越凶,以致额头沾到泥土。冬华觉得后脑勺一阵冰凉,她抬起头观察街上的行人,来来往往的人都像在监视自己,她仿佛置身在一个没有铁窗的大型牢房。

特例解除隔离的条件

十一月十九日,南映亚第一次接到疾病管理本部科长打来的电话。对方自我介绍叫高任灿,刚接手这份工作不到两周。映亚说这不是能通过电话讨论的问题,希望能见一面,高科长也同意。两人约在十一月二十日见面。虽然海善提出希望一起同行,但映亚表示这次可以单独见面。

"为什么你不接电话,信息也不回呢?"映亚刚入座,便向坐在对面的高科长提出疑问。

高科长稍微扶正眼镜,回答:"太多电话打进来,我招架不住了,电话多到根本没办法正常工作,所以暂时关机,把大部分打来的号码都屏蔽了……"

"你怎么能这样?我丈夫每天在生死边缘挣扎,你却因为打进来的电话太多而关机?屏蔽号码?以后有问题发生,媒体揭露弊端,民众发起抗议时,身为公务员的你都要以这种方式逃避吗?"

"我正常工作。虽然没有接电话,但都会定期接到医院的报告,也确认过情况。有关你丈夫的治疗都在正常进行,也有显著的治疗效果……"

映亚抑制不住愤怒,倏地起身:"正常进行?有显著的治疗效果?医院都来问我要不要接受延命治疗了!"

"延命治疗……"

"你不知道吗?他们已经来问过我三次了。"

"医院说在尽全力治疗啊。"

"你不是说定期接到医院报告吗?他们到底跟你报告了什么?你根本没有掌握情况吧!"

"不，我只是没有听说延命治疗这回事，再说，现在不是也可以做之前没做的检查了吗？"

"主治医师同意让我丈夫到检查室接受检查，但我希望的是解除他的隔离。他的病情一天天恶化，更不能待在隔离病房，应该到一般病房集中治疗。"

"根据制定的解除隔离标准……"

"制定的标准是什么？请你实话实说吧。以二十四小时为间隔，连续做PCR检查，两次都显示阴性就能解除隔离吗？如果是这样，我丈夫早已多次符合这个标准了啊！"

"出现阴性两次或三次，然后又出现阳性，这是学术界从未见过的特例。两次PCR阴性难以满足标准，必须满足长期显示阴性的条件，才能考虑解除隔离。"

"真是荒谬，那你说的长期是指几天？是半个月，还是一个月？"

"这个问题不是我能回答的，必须请专家开会慎重决定。"

"又拿专家会议当借口，那你们召开过会议吗？"

"嗯？"

"你说我丈夫是罕见特例，那你们有没有组建特别调查小组开会讨论？有没有开会制定新标准，讨论过满足长期的条件是几天？如果有，请给我看会议记录。"

"……目前还没有，但已经在讨论组建特别调查小组了……"

"那你的意思就是还没定出解除我丈夫隔离的标准咯。如果疾病管理本部不定出标准，那我丈夫就永远都别想离开隔离病房了？"映亚音量越来越大。

"请你冷静一点。"高科长一脸为难。

"我怎么冷静？看来他要离开隔离病房就只有一个办法，那就是死！他死了你们才肯放他出来是不是？直到他死，你们也不会定出新标准，只会在这里浪费时间，是不是？这就是疾病管理本部的基本方针，我这样理解对吗?"

"你误会了,我们也希望病人能早日出院……"

"用这种方式希望他出院吗?他是完全没有传染力的人。"

"我们没有说完全没有,而是明显很低。"

"不是说零吗?"

"感染科的主治医师观点是趋近于零。"

"你在开什么玩笑?正因为医学很难界定零和一百,才用'趋近'一词,不是吗?"

高科长强调:"我不是开玩笑,'明显很低'也存在传染的可能。十月二十六日的视频会议上,WHO也建议我们要针对该病人进行严格管理。"

"WHO建议一直把我丈夫隔离起来?"

"要严格进行管理,隔离治疗是最佳方案。"

"那请给我看一下你们与WHO咨询会议的录像或会议记录。"

李一花之前也提出过这个要求。

"嗯?"

"既然开过会,总有录像和会议记录吧?就在这里,只给我看就好。你们总拿WHO当借口,所以我要确认WHO是不是真的建议过,让我丈夫隔离治疗。"

"我们必须遵守内部规定,无法公开会议记录。"

"规定、规定……怎么那么多规定?既然你们那么遵守规定,为什么不能尽快制定解除隔离的标准?WHO根本没有建议隔离我丈夫吧?我也去了解过,WHO只会针对传染病预防和管理传染的人员提出整体建议,不会针对病例提供是否需要隔离的意见。"

"你的意思是疾病管理本部在说谎?"

"你们总拿WHO当借口,也不肯公开会议记录,是想只手遮天吗?既然不想被怀疑,那就公开啊!"

"公开会议记录，不是疾病管理本部区区一个科长可以决定的，我会向上级报告。虽然病人在隔离，但医院为他提供了最适当的病房、最优秀的医护人员，都在尽最大努力。就请你相信政府和医院，再等一等吧。"

映亚冷冷地问："你知道我丈夫现在住在什么病房吗？"

高科长没有搞清她的用意，回答道："隔离区的隔离病房。"

"那你知道隔离病房的特点是什么吗？"

"那个……负压病房，有阻止病毒外流的效果。"

"没错，负压病房不仅阻止病毒外流，还是聚集所有病菌的地方。进行化疗，病人免疫力会下降，我丈夫还要接受造血干细胞移植。你知道进行移植手术前要做什么吗？要使用高出原有抗癌药数倍的药物，如果要做放疗，还要提高辐射剂量。做完这些后，他的白血球数值会降到零！在免疫力为零的情况下才能做手术。你去过移植病房吗？那里都是正压病房！为了避免接受移植手术的病人受到感染，必须把病菌和病毒排到病房外。我丈夫现在需要的是正压病房！一直把他关在负压病房，只会提高感染可能性，你居然说医院为他提供了最适合的病房！这不是在说谎吗？对于MERS痊愈、要接受淋巴癌治疗的病人而言，那是最糟糕的病房！"

"如果让他住进正压病房，虽然对病人有好处，但他体内存在的病毒也有排到病房外的可能性。"

"我丈夫身体里检测出来的，不过是完全没有活动力的病毒残骸！"

"但大家不这样想。"

"大家是因为误会才产生恐惧，疾病管理本部难道没有更正错误信息的义务吗？"

"那都是还没有定论的内容。"

"那就请你们付诸具体行动去确认。一次会都没开要怎么确认？我可以放弃正压病房，只要能让他离开隔离病房。我们可以待在隔离区，住在无传染力病人住的非传染病房。我丈夫现在很担心自己会这样死在隔离病房里,从明天开始要放疗了。只要让他离开隔离病房,住进非传染病房,就足以给他带来希望。我也可以二十四小时守在他身边照顾他,也不用穿C级防护衣,但我会像十月三日出院前那样戴N95口罩、穿VRE隔离衣的。"

"我们会讨论一下,但不解除隔离,可能很难让他离开隔离病房。"

映亚问了最后一个问题:"那你打电话给我,到底想说什么?"

"我是想请你相信政府和医护人员,再等等,虽然现在很艰辛,还是希望你能相信我们。"

"我是相信了,就因为相信了才落得如此下场。请你们尽快为我丈夫制定新标准,到时候我就会相信你们。在此之前,不管是保健福祉部、疾病管理本部还是医院,我都不会相信!请救救我丈夫吧!"

结束会面,高科长回到自己座位,像洗脸似的搓了搓脸。这是场自己无法胜任的会面。他抽出标有"韩国——WHO,MERS情况研讨会议结果报告"的档案,上面清楚写着日期"二〇一五·十·二十六"。这是未对外公开的会议简版记录。高科长的视线停留在与金石柱患者相关的内容上:

计划组成针对病人治疗和研究的特别管理小组(病人家属、医院、疾病管理本部)。

已经快一个月了,小组还没组成。连小组都没召集好,遑论召开制定解除隔离新标准的会议。为什么之前的负责人在接到WHO的建议后没有立刻召集小组呢?难道他怕找麻烦?再这么拖下去,麻烦就会落到自己头上。要现在开始着手进行吗?不过,在准备会议、得出结论前,金石柱都无法离开隔离病房。高任灿感到眼睛像被刺了似的疼痛,看来是偏头痛发作了。

躺在轮床上

"我们要模拟 TBI，你准备好了吗？"

石柱嘴里念着三个单词"Total Body Irradiation"，然后睁开眼睛。字面翻译就是全身放疗，这是为了做造血干细胞移植的准备。全身接受辐射照射，是为了暂时抑制病人的免疫力，帮助他更容易接受捐赠者的器官。进行全身放疗，意味着石柱朝移植手术又近了一步。他看了一眼一起走进病房的卢大咸和吴长南。

长南开口："我们会进行三天的全身放疗，快结束了。"

"这真的是你们想出来的最好方法吗？"

听到石柱的问题，长南没有立即回答。石柱的眼神中渐渐浮起恐惧。

"别担心，一切都会好起来的。"

"嗯。"石柱简短地回答了一声。

虽然很高兴再见到长南，但他没力气多说些什么。不过几句简单的对话就让他感到很疲累，长南也没再多说。

大咸摘下贴在石柱身上的各种线，要移动病人就必须摘掉身体与机器的连接线。接下来要到放射科做全身放疗，必须尽可能在出发前做好准备。隔离病房的医疗用品禁止带出病房，原则上所有东西都要报废处理，就连接触过病人的一根线、一块纱布或一根针头都包括在内。

石柱无法凭借自己的力气移到轮床，于是大咸爬到床上架住他的双臂，长南抬起他的双腿，玉娜贞和陈雅凛也上前托住石柱的腰。在隔离病房除了治疗，医生和护士都不允许与病人近距离接触，但为了移动石柱，大伙费了好一番功夫。身着防护衣的四人满身大汗，才把石柱抬到轮床上。

石柱忍不住开口："对不起，谢谢大家。"

罩上透明塑料盖前，玉护士身体前倾，笑着对石柱说："今天只是模拟，祝一切顺利哦。"

塑料盖上又盖了一张黑色厚布。眼前瞬间一片漆黑，仿佛被下葬了似的。

十一月二十日晚上九点，轮床离开隔离病房后，按照指定路线前往检查室。大咸负责推病床，长南跟在后面喷消毒药。这是石柱再次隔离后，首次离开隔离病房。由于塑料盖上罩着一层黑布，这次石柱无法观察四周。刻意制造的黑暗让他感到不快、发闷。四个轮子发出的咯噔咯噔声安抚着他，石柱感受着病床移动的速度。出去后直接左转，等门打开时停了片刻，又开始移动，经过平缓的下坡，接着是平缓的上坡。门打开后，会不会迎来另一个世界呢？没有 MERS、没有淋巴癌、没有医生，也没有病人。如果能在那个世界，跟映亚、雨岚和鸿泽一起生活……

穿戴好防护装备、准备就绪的放射科人员接手病人，把石柱推进检查室。

医护人员打开塑料盖："你可以坐起来吗？"

石柱手握栏杆抬起头，吃力地直起腰。

"明天下午你会在这个检查台做大约两小时的全身放疗。你知道接受治疗的原因吧？"医师指着检查室中央的长方形检查台。

"我知道。"

"好，那我们明天见。"

石柱重新躺回急诊轮床，又盖上塑料盖、黑布，原路返回隔离病房，模拟不过用了四十分钟。

* * *

十一月二十一日下午两点四十分，正式开始全身放疗。按照昨天模拟的,大咸和长南用轮床把石柱护送到检查室。

快下午五点,石柱才回到隔离病房。提早在病房等待的映亚一掀开塑料盖,立刻大喊:

"石柱!你怎么了?"

只见石柱全身颤抖,手揪着胸口。大咸立刻帮他戴上氧气罩,血氧饱和度不到八十八。石柱嘴唇发紫,脸色苍白到可以看清脸颊和脖子上的血丝。

大咸问石柱:"呼吸很困难吗?"

石柱点点头。

映亚急着追问:"你们到底把他怎么了?"

长南冷静地回答:"我们给他做了两小时的全身放疗,病人都撑过来了,现在他应该是太累。最重要的是恢复体力,未来还要接受两天治疗。"

"你们没看到他全身都在发抖吗?血氧饱和度降得也太多了吧……"

石柱拉了拉映亚的胳膊肘,拉下氧气面罩:"别说了……辛苦了。"

大咸对石柱说:"等下会给你用一些配西汀①,如果还觉得痛,随时找我。"

两位住院医师走出病房,终于安静了下来。石柱紧闭双眼,集中精神呼吸着氧气。映亚用戴着手套的手抚摩着石柱的手脚。

"要是太辛苦,我们就再多休息几天。你这样不适合做放疗。手术日期可以再定,先恢复一段时间后再做手术吧。"

"明天也……要去……治疗。"石柱闭着眼睛,因为呼吸困难,说话已经字不成句了,"治好……出去。"

"雨岚爸!"

昨天跟疾病管理本部的高任灿科长见面后,映亚更加绝望了。就算

---

① Demerol,麻醉止痛药物。

石柱治好淋巴癌，那些人搞不好还是会一直把他关在这里。在没有治疗 MERS 的情况下，在根本没有制定解除隔离新标准的情况下，石柱没有出院的办法。他等于被关进了没有门的城堡。

手机响起，石柱看了一眼放在柜子上的手机。映亚先确认了来电者，这是自己打过几十次的号码，昨天见面的疾病管理本部科长高任灿的号码。映亚把自己的手机设定成无人接听时会自动打到石柱的手机上，公公曾打过两次，海善和艺硕也分别打过一次。由于自己在隔离病房的时间越来越长，打来的电话也越来越多。

"谁……打来的？"石柱问。

"以后再说。你什么都别想，先好好休息。"

看到映亚迟疑着不肯接电话，石柱更急了。

"接电话……用扩音……"

映亚深吸一口气，滑开通话键后点下扩音。高科长不带情感的嗓音立刻充斥整间病房。

"跟你说一下会议结果。WHO 建议，因为情况没有任何改变，所以疾病管理本部的结论是维持现状……"

"你们这群浑蛋啊——"石柱高喊着，四肢激烈挣扎，他忽然咳出掺杂鲜血的痰，血溅到映亚的面罩上。石柱仿佛吸血鬼般嘴角流着血，血染红了白色床单。映亚根本来不及挂断电话，先慌忙用力按响呼叫铃。每次按铃，她都在大喊：

"快！快来人啊！快！快来人！"

手机上溅满血痰，但电话那头还是不断传来高科长着急的声音。

"你没事吧？发生什么事了？你怎么了？能听见我说话吗？请回答……"

映亚拿起手机摔在墙上，以此代替回答。啪的一声，手机应声碎裂，出现十几道裂痕。

最后手段

十一月二十二日，映亚也在早上十点来到隔离病房。

石柱正在输血，他看到映亚就说房间太热。映亚拿毛巾帮他擦干脸上、胸口和背上的冷汗。血氧饱和度重新回到九十五至九十。玉护士准备用鼻导管往石柱的鼻腔输送低强度氧气，但石柱流着鼻涕不停摇头。由于鼻腔发炎，到处都是伤口，稍微一碰就会痛。没办法，最后只好换成氧气罩。石柱闭上眼睛呼吸氧气，就这样过了两个小时，映亚悄悄走出隔离病房。

等在护士站的大咸翻阅着病历，因为还要赶回一般病房查看病人，所以一看到映亚，就开门见山地说："我们打算给病人拍一下CT，预计在晚上七八点。病人应该得了急性肺炎。午餐不要进食，必须空腹十二个小时！"

"肺炎？严重吗？"

"等拍了肺部CT才能知道。如果真的是肺炎，就要中断造血干细胞移植，剩下的两次全身放疗和化疗也只能停下来。在得了肺炎的情况下做放疗，只会让病情恶化得更快。"

映亚沉默地垂下头，问道："我可以提一个要求吗？我想向医院所有对隔离区负责的人请求一件事。"

大咸拿起手机看了一眼时间，一般病房的病人还在等自己。

"什么事？"

"我想二十四小时待在隔离病房。"

"嗯？"

"我丈夫现在呼吸困难，已经用上氧气面罩，而且开始吐血痰了。他频繁咳嗽，加上全身出现黄疸，下体也出现浮肿。医院提过很多次延命治疗，我想知道，你们真的打算救活他吗？"

"你这是什么意思？我们过去、现在和以后，都会竭尽全力治疗病人。"

"我的意思是，也让我尽点力吧。现在病人处在很不安的状态，不时会找我，必须让他渡过这个难关啊，有我在病房里陪他会好很多的。"

"我会跟上级报告。但二十四小时待在里面太辛苦了，你也知道穿C级防护衣，不到两小时就会口干舌燥，你怎么受得了？"

映亚还是不肯退让。

"卢医师！难道你忘了我曾经是护士吗？护士和一般人不同，更何况我要照顾的人是我的丈夫啊。"

"怕家属会先病倒啊。"

映亚直视大咸："就算病倒，我也不想以后懊悔。"

* * *

跟大咸分开后，映亚直接赶到"野花"，海善、一花、艺硕和冬华在那里迎接她。艺硕介绍了冬华。

"这是我妈，她来见尹律师，听说你也要来，所以一起在这里等。"
"我是吉冬华，很高兴见到你。"
"我是南映亚。"

两人互相对视行礼。

海善插嘴道："吉女士在出版物流仓库工作了三十年，现在正四处奔走打探MERS痊愈病人的情况，不只首尔，她还亲自跑去地方。"

冬华接着说："我身体不好，也不能经常出门，所以还没见到太多人。"

"你已经帮了很大的忙了。多亏有你，那些痊愈病人才会来咨询诉讼的事。"

"真是辛苦你了。"

听到夸奖,冬华不好意思地挠了挠后脑勺。

"谈不上什么辛不辛苦的!我又不会用网络,帮不上什么大忙,直接去见那些出院的人也觉得当面比较好沟通。对了,尹律师,打电话威胁我、不让我去见痊愈者的真的是相关部门的人吗?他开口就骂脏话,真难相信那是为我们服务的人打来的……"

海善回答:"每次发生惨案、灾难,他们都会打这种恶劣电话给受害者,威胁、谩骂受害者不要聚在一起,因为受害者聚在一起本身就让这些人不安。早晚有一天会把他们抓出来的。接到这种电话,如果你心里不舒服……"

"我没事。我可是到鬼门关走过一遭的人,区区一个电话怎能吓倒我。他们一定是做贼心虚,才会一开口就骂脏话。"

海善劝冬华:"下次再接到这种电话,记得录下来,我们必须搜集证据。让艺硕教你怎么录音。"

艺硕点头:"好的。妈,这很简单,等晚上回家我再教你。"

桌上放着速溶咖啡,会议开始。大家的视线都集中在映亚身上。

"大家或许都听说了,疾病管理本部下达了最后通知,说只能保持现状。"

一花问:"金先生的病情如何?"

"今天晚上要等做过肺部 CT 后才能确定,医生说应该是急性肺炎。鼻腔和口腔还是有炎症,肿得很厉害。因为呼吸困难,现在戴了氧气面罩。他已经不能一个人去上厕所了。"

气氛变得凝重。

海善还是开口问道:"那移植手术……"

"无法按照原计划进行了。"映亚喝了口咖啡,"我们接下来该怎么办?"

海善回答:"能做的都要试一试,先准备开记者会吧。"

"记者会？我不是做过电视和报纸采访了吗？"

"那时候的重点放在金石柱遇到不公正的隔离对待，对外公开说他没有接受正常的治疗。这次再往前迈进一步，阐明为了解除隔离准备展开法庭对决。大家有什么看法？当然，提告会与在座的吉女士和MERS受害者再讨论，当务之急是要在国内、国外记者面前强烈要求解除对金石柱的隔离。"

"疾病管理本部还没有制定出能解除隔离的标准。"

海善接着说："我会针对保健福祉部和疾病管理本部的不采取对策，提出具体要求。"

"具体要求？是什么？"

海善拿起文档，念起相关内容。

"《人身保护法》第三条写道：'人民遭受任何机关非法逮捕拘留或合法逮捕拘留后，即使在证实无罪的情况下仍遭非法拘留时，被收容者可通过法庭代理人、监护人、配偶、直系亲属、同居人、雇主或收容设施的工作人员，依照此法案向法院申请追究。'金石柱病人属于'合法逮捕拘留后，即使在证实无罪的情况下仍遭非法拘留'的情况。"

"还有这种法律，我都不知道。"

"也可以提起行政诉讼。虽然还要进一步确认下达行政命令的机关是疾病管理本部还是地方保健所，但我们可以针对他们不制定解除隔离标准的行为，提起不作为违法诉讼。应该解除病人的隔离却不作为，这也算是违法行为。"海善观察映亚的表情，接着说，"针对非法强制住院的措施，我们会申请出院，也可以提起果断施行出院诉讼保全。以上要采取的法律手段，要尽快召开记者会说明，以金石柱的病情来看，需要速战速决。"

映亚回答："我明白了，就照你说的做。什么时候开记者会？"

海善补充："我和李记者先讨论过了，三天后的十一月二十五日上午十一点左右最适合。现在正在打听大学医院附近适合的场所。金石柱的家人最好不要出席这次记者会。"

"为什么？我这个当事人不该到场吗？"

海善冷静地解释："你在的话有好有坏，你已经在媒体面前过度曝光，这次比起传达家属迫切的心情，更应该客观阐明病人病情恶化的情况和未来方向，最好由我出面。当然，记者会的准备情况，我们都会跟你讨论。"

映亚思考片刻后，做了决定："那就这样吧。"她又看向一花，"记者们会来吗？"

一花回答："只能尽量宣传吧。现在大家都把精力放在被水炮车击倒病危的农民身上[①]。去年'世越号'，今年 MERS，再加上农民事件，接连发生超乎想象的事。尹律师不是也要帮忙处理那边的事吗？"

早上映亚也看到医院急诊室走廊和门外聚集了大批示威群众。

海善回答："有专门负责那案子的律师，我只是帮忙。现在必须让金石柱尽快离开隔离病房。"

艺硕插话道："记者会日期定好的话，我就在社群网站发公告。参加的人只限记者吗？"

海善说："中央的座位最好坐满记者，但四周如果坐满能对 MERS 受害者感同身受的民众就更好了。"

"明白了，我也会在脸书专题页贴宣传公告。"

会议结束。只坐在一旁聆听的冬华对映亚说了些鼓励的话。

"我的肺有一半不能用了，当时医院也说我没救了，我还不是活过来了。你先生也能渡过这个难关好起来的。"

"谢谢，艺硕每天忙着在脸书、推特和 IG 上传各种消息，真的帮了我们不少忙。你多保重，要好好休息啊。"

[①] 二〇一五年，从全罗南道到首尔参加"民众总崛起"示威的六十八岁农民白南基，遭水柱攻击倒地，陷入昏迷十个月后死亡。但医院在死亡报告书中判定为"病死"，而非"意外致死"，引发社会哗然。

第五部　责任

"待在家里当老太婆,那还不如死掉算了。"

"我不是这意思……"

"我知道,你是替我担心。但我们必须要让世人知道 MERS 是多可怕的传染病,相关部门和医院的应对又是多么令人发指、漏洞百出;在没有控制中心的情况下,医护人员又是多么忘我地献身的。我被奉献了一生的物流仓库赶出来,被社会埋葬,被 MERS 的阴影笼罩,但我必须站出来,谁都不能阻止我。这不只是为了你丈夫金石柱,也是为了我自己。"

地狱

南映亚手记
二〇一五年十一月二十三日（星期一）

（写在早上七点）
石柱昨天对我说："如果我无法呼吸了，怎么办？"
无论如何我都要守在他身边，二十四小时待在医院。

这里难道是地狱吗？
神啊，请救救我。
请救救我们全家。

血便和插管

子夜过后,石柱又出现腹痛。用纱布擦去鼻血,再用棉花塞住鼻孔,石柱张大嘴呼吸着,他感到胸口像被一块大石压着般透不过气。他本来打算输血时睡一会儿,但因为喘不过气,呼叫了护士两次。他向护士索取能让自己呼吸顺畅、提升力气的药。陈护士说会立刻联系住院医师,随后走出病房。

玉护士抚着石柱的背,劝说:"慢慢地,再慢慢地深呼吸。呼吸困难时越是着急越会不安,慢慢地,非常缓慢地!"

石柱点点头,尽量放慢速度吸气、呼气,仿佛慢动作画面。石柱平躺在床上,天花板的灯光刺得他眼睛发晕。忽然,他觉得肺部像是突然缩小了,再次无法呼吸。石柱吓得猛地起身,侧腰和膝盖同时发麻、剧烈颤抖。从心口到胸口像被用锤子猛砸一样,痛到无法嘶吼。为了逃避这种痛苦,他手脚挣扎着,但稍稍一动呼吸就会变得急促。石柱侧坐在床边猛喘气。

怎么会全身同时这么难受呢?

全身放疗和化疗都中断了,现在必须先确认急性肺炎的程度,然后减少痛症、恢复体力。虽然用了不同种类的止痛剂,但效果都不明显。也许是产生了抗体,又或者是他的身体已经糟糕到对这点程度的止痛剂没有反应了。

门开了。

石柱心想一定是住院医师、护士或映亚三人中的一个,但等他慢慢回头,却看到一个还不到陈护士一半高的人,身穿防护衣站在那里。

孩子?

没有让孩子进隔离病房的理由啊。石柱弯下腰,想看看头罩里的那张脸,但他突然咳了起来,血痰溅得到处都是。

"抱、抱歉!"石柱不自觉地先道起歉来。

个头矮小的人毫不在意眼前红色的鲜血,直直朝着石柱走来,他把戴着头罩的额头贴住石柱的小腹,双臂抱住石柱的大腿。

雨岚啊!

石柱这才察觉到眼前矮小的人或许是儿子,但才四岁的孩子怎么可能到隔离病房来?石柱抬头看向门口,没有任何人。从没听说医院有儿童用的防护装备。

"你自己怎么来的?妈妈呢?"

石柱每摸孩子一下,就感觉到孩子长大了一截,抚摩了差不多十下后,孩子的肩膀变得比石柱宽,胸膛也比石柱厚实。问题是那身防护衣,孩子变大后,身上的防护衣撑裂了。

"你没事吧?"

对方抬起头。那不是雨岚,是石柱自己,大学时迷上打篮球的自己。

"你没事吧?"

这次发问的声音是个女人。石柱转头,映亚站在那里。原来自己坐在床边打起了瞌睡。

"雨、雨岚呢?"

"爸爸说他会帮忙照顾雨岚,要我守在你身边。"

石柱稍稍扭转身体,用手掌拍了几下床。映亚一摇一摆地走到石柱身边坐下,石柱静静把头靠在她肩上。

"你出了一身汗呢。"

映亚想用戴着手套的手帮他擦去额头上的汗,但石柱按住她的手臂。

"就这样……待一会儿。"

两人就这样一动也不动地坐了十几分钟。安静的病房里只能听到映亚侧腰上佩带的电动空气净化机的噪声。由于口干,她咽了咽口水,肩膀随之微微颤动了一下。石柱闭着眼睛,张开嘴,听不到喘气的声音。

安静极了。他宁静得一点也不像昨晚痛到睡不着的病人。他们仿佛到了一个遥远国度的旅馆,连行李都没有整理就互相依偎着坐在床边休息一样。映亚恨透了这身厚重的隔在彼此之间的防护衣。明知石柱几乎没有传染力,为什么不立刻脱下这身装备?如果这样,值班护士看到监视画面会立刻冲进来吧,那样自己恐怕永远也无法出入隔离病房了。

石柱用右手按着小腹,慢慢弯下腰。从昨晚开始肚脐周围就开始痛了,要像这样用手按住各部位扭腰或弯腰,疼痛才会渐渐消失。但现在小腹一直痛个不停。

"厕、厕所……"还没说完,石柱就下了病床。

映亚连忙上前用双手搀扶他的左臂。从五天前开始,石柱就很难单独去厕所。护士劝他使用纸尿裤,这样就可以躺在床上解决上厕所问题。但石柱不肯,拒绝使用纸尿裤,走到厕所解决大小便,是他最后的自尊心。

"就这样!小心地转过来!"

石柱借助映亚的力量来到厕所的马桶前,他赶忙脱下裤子准备坐在马桶上。还没等屁股碰到马桶就拉出来了。排出来的不只有粪便,还有红色血块,血块掉在马桶旁,滚落到地上。石柱用力夹住肛门想减少流血,但更多鲜血沿着他的大腿、膝盖和脚踝流下,染红了裤子。搀扶石柱的映亚身上也都是鲜血。

映亚赶快跑到床头按呼叫铃,大喊:"护士、护士!快来人啊!"

* * *

映亚等石柱的血止住,帮他擦干净身体,换好新的病号服,再用水润湿石柱的嘴唇后,走出了病房。她急着去厕所,也口干舌燥,连喝了两杯水。石柱排出这种血肉模糊的粪便还是第一次,这说明他的肠子也出现了严重的炎症。映亚打算坐在家属休息室休息半小时,刚刚扶石柱去厕所，为了不让他摔倒，她使出浑身的力气，现在手腕、手臂和肩膀同时酸痛起来。她靠在椅子上抬起头、闭上眼睛，一股困意袭来。

"原来你在这儿。"

大咸坐到旁边。映亚用手背揉了揉眼睛，轻声咳了几下，改变坐姿。

"请立刻帮他检查，他便血很严重。"

"好，我会跟教授说，进行检查。考虑到病人的病情加重，我们同意从今天开始让你留在隔离病房。虽然很麻烦，但还是请你经常到护士站来充分休息，再回病房。"

"知道了。"

"还有，请签一下这个。"大咸递给映亚一张纸。

"这是什么？"

映亚没等大咸回答，看到文件标题的瞬间，她的表情僵住了。这是"放弃急救同意书"，映亚目光扫过文件上的内容。

> 本病人病危（出现心跳停止或呼吸困难）时，申请不施与心肺复苏术（气管内插管、人工呼吸、心脏电击）。此外，病人及家属应理解病人的病情特性、病情发展以及住院接受治疗期间难以挽回生命，并同意医护人员对此不承担任何责任。
>
> 未进行以上抢救工作导致病人死亡时，家属不追究院方任何民事及刑事上的法律责任，以兹证明。

映亚放下文件："一定要现在签吗？"

大咸早已准备好答案："急性肺炎可能导致呼吸困难，在这种情况下需要做插管或气切。但在难以进行淋巴癌治疗的情况下，做这些只会使病人更加痛苦，是毫无意义的延命治疗。因此……"

大咸的说明又长又生硬。让家属签字也是主治医师的指示，但主治医师又和谁讨论过这件事呢？是一起会诊的教授，疾病管理本部科长，还是更上面的人？映亚感到心烦意乱。

"如果我不在DNR上签字，你们会怎么做？"

面对意想不到的反击，大咸顿时脸颊发烫："病人病危时，都会通知家属签署DNR。如果不这样做，发生紧急情况时我们也没有对策。"

"你已经充分说明了，我也知道延命治疗毫无意义，但我还是没办法就这样送走他，怎么办？就算插管或气切，靠人工呼吸也能让他维持一年或十年生命吧？就算这样，你们也要一直把我丈夫关在隔离病房吗？还是坚持要我穿防护衣进去看他吗？这样也可以，看到底谁能坚持到最后！"

映亚双手捂住脸，抽泣起来。大咸想说些安慰的话，但话到嘴边又吞了回去，这样反复了两次，最终一句话也没有说出口，只能呆呆地坐在原地。映亚的眼泪一滴滴落在DNR文件上，"病人病危"和"心肺复苏术"这两个词被眼泪浸湿，变得模糊。

映亚擦去眼泪，说："我就问一件事。签DNR是为了让病人免去痛苦，可以人性化地面对临终。既然你们一直强调人性化，为什么不肯解除他的隔离？只有解除隔离才能让他见到心爱的家人和朋友，大家才能跟他做最后道别啊！像这样把他关在隔离病房，算是人性化地送走他吗？至少也该证明他不是MERS病人吧。我丈夫的MERS已经好了，不是吗？"

大咸沉默片刻，慢条斯理地开口："对于这一点，我和所有医护人员都感到很遗憾。但解除隔离不是医院可以决定的，只有保健福祉部和疾病管理本部制定出新标准，我们才能根据标准解除隔离，除此以外，别无他法。"

"又回到原点了。也是，住院医师和护士又有什么错呢？我只是心急，我很痛苦！"

映亚在DNR上签了字，快速且用力的笔迹蕴含着愤怒。大咸把文件折好，放进口袋里。这时，陈护士匆匆赶来。

"病人呼吸困难,快过去看看吧。"

映亚和陈护士立刻到准备室穿戴好防护衣。大咸守在护士站的监控画面前。映亚迅速跑向隔离病房。石柱的头保持竖直以高坐卧式的姿势大口喘气。陈护士看到血氧饱和度显示为九十。石柱把罩在鼻子和嘴巴上的氧气面罩拉到下巴,抓住映亚的手,急促地说:"去哪儿了?"

"我去见住院医师了,从今天开始,我可以二十四小时陪着你,医院同意了。"

"厕所……"

石柱看向厕所。昨天出现血便后,最终还是插了导尿管并使用尿布。住进隔离病房以来,石柱从未有过厌恶的表情,但此刻他面相狰狞。住院医师不许他再下床,四肢无力加上呼吸困难,他可能随时会晕倒。映亚安抚他,说明了无法去厕所的难处。

"你坚持自己去厕所已经很了不起了,现在不要再那么辛苦了,好吗?"

"我……我喘不上气。"

"数值多少?"映亚问陈护士。

"掉到八十八了。"

"赶快戴上,有话以后再说。"

映亚抓住面罩正要帮他戴上,石柱无力地推开她的手。

"戴上……也难受。这里越来越闷,肺不动了,我就要憋死了。"

映亚盯着石柱的眼睛,又问陈护士:"数值多少?"

"八十六。"

陈护士回答的同时,石柱抓紧映亚的手臂苦苦哀求:"救救我。"

死亡正在降临。

映亚赶紧问石柱:"要给你插管吗?"

石柱像在等待这个问题一样,点点头:"做了会好一些……"

"别说话,我都知道。再忍忍,住院医师在看监控画面,我去找他来插管。"

石柱重新戴上氧气面罩,但胸口还是发闷,四肢躁动。

映亚急忙对陈护士说:"我出去一下。"

陈护士点点头。

脱下防护衣走到护士站的这段时间,映亚想起自己签署的DNR内容:

本病人病危(出现心跳停止或呼吸困难)时,申请不施与心肺复苏术(气管内插管、人工呼吸、心脏电击)。

已经在不施与插管的同意书上签字了,医院很可能不接受自己的要求。她到底以什么资格去代替想活下来的人做出这种决定呢?哪怕是晚一天,不,哪怕晚半天,甚至晚一个小时签DNR的话……映亚追悔莫及。但比起后悔,更要紧的是赶快给石柱插管,必须让他尽快恢复呼吸。

经过五道门,映亚看到大咸的脸。大咸从监控画面看到映亚离开病房后,便一直在门口等。

"情况如何?"

映亚没有立刻回答,而是看向大咸白大褂左侧的口袋,那里放着DNR同意书。大咸的视线也随着映亚看向自己的口袋。

"请给他插管。我和病人都希望做,但我签了DNR……"

大咸打断映亚:"明白了。"

大咸对DNR只字未提,他直接走进准备室,准备好插管所需用品。映亚深吸一口气,望着大咸的背影,无声地动了动嘴唇。

谢谢。

何时开始特例管理？

插管后，石柱再也无法说话了。由于无法喝水和摄取食物，也插了输送营养成分的鼻胃管。肿起来的右鼻孔因为炎症加重，护士用纱布堵在里面，防止脓水流入。鼻胃管从左鼻孔连到胃里。为了轮流输血，石柱两只手臂的静脉也插着针管，小便则从导尿管排出。重症监控仪器上显示着血压、脉搏、心电图和血氧饱和度等数值。为了防止病人出现褥疮，每两个小时需要帮病人更换姿势。但映亚和石柱不想这样，比起褥疮，移动身体时的痛让石柱更难受。

早上七点，映亚说石柱的双腿出现严重浮肿，要求立即检查。九点，她拒绝了增加病人痛苦的咳痰检查。十一点，由于鼻腔出血，映亚与要往右鼻孔塞纱布的陈护士发生争执。陈护士处理好纱布转身离开后，映亚见石柱一脸不舒服，毫不犹豫地拔出鼻孔里的纱布。早上血压过低，用药后直到下午两点，血压才回升到最高一百四、最低八十。石柱全身插着管子，光是躺在那里输血就痛苦难耐。每当这时，映亚就会拿出手机给石柱看雨岚的照片，照片都是解除隔离后那周在家拍的。石柱眯起眼睛，露出笑容。他伸出手臂用食指点了两下手机，弯了一下手指。这是在模仿按下相机快门的手势。

"你想拍照啊？"

石柱握了一下拳头，然后摊开手掌。映亚拿起手机，在病床旁拍下石柱的模样，她知道，此时此刻照片里的金石柱处在人生最低谷。从今以后，照片里只会留下他更好的样子。映亚暗下决心，一定要让他好起来。

插管后，石柱不会再因为呼吸困难而心烦意乱，多数时候他都闭着眼，睡眠时间也拉长了。映亚推测，搞不好这种状态会持续很久。虽然每天都要输血，血压不稳定也是问题，但石柱求生的欲望始终很坚定。

映亚坐在椅子上翻看手机里的照片，出现一堆食物照片，是石柱搜寻《好吃的家伙们》里的食物，然后把照片存了下来。映亚怀念起在医院附近寻找美食的日子。拔掉管子前，映亚都无须到处去找石柱爱吃的东西了。

晚上六点，映亚在隔离区与血液肿瘤科的柳大焕教授会面，住院医师卢大咸也在场。这是主治医师首次提出要跟家属会面，只有住院医师才会到隔离病房，主治医师只留在诊间，即使到隔离区也只是在护士站稍作停留而已。

柳教授接过大咸手中的病历慢慢翻看后，向面前的映亚说："想必你也知道，但我还是要强调一次。淋巴癌引起的溶血性贫血和血小板减少症还在，现在又出现急性肺炎、代谢性酸中毒症状和低血压。病人的情况十分危险。"

一个又一个病名闪过，自从石柱六月隔离以来，映亚的脑中就不断出现这些病名。如果不及时治疗淋巴癌，病人会有生命危险，在座的三人都明白，正是为了阻止柳教授口中的这些病症发生，石柱才会住院、吃药、打针、治疗到今天。

"一定有让他好起来的方法吧，教授？"

柳教授没有立刻回答，也没有回避映亚的眼神，只是沉默了片刻。

"我们会尽全力到最后的。"

映亚不放弃地呐喊："尽全力是不够的，必须治好他，你们要创造奇迹啊……他不会就这么死掉的。六月一日他就住院了，七月三日转院过来，五个多月来他一直住在医院，怎么可能治不好淋巴癌呢？教授！求求你们救救他吧，请一定要救活他！"

"你能跟病人写字交流吗？"柳教授转移了话题。

"教授，我丈夫的意识还很清楚，求生意志也很坚定。今天问了我三次血氧饱和度和血压，他能在我手心上一笔一画地写出'饱和度'和

'血压'。"

"好吧,病人的求生意志坚定很重要。疾病管理本部没有联络你吗?"

"没有,昨天急着做插管,忙得不可开交。怎么会问起这个?难道是有解除隔离的消息……"

"不,我也没收到任何消息。那你先回去吧。哦,对了,听说你在DNR上签字了,不会改变想法吧?"

昨天在DNR上签字后,不还是进行插管了吗?映亚察觉到柳教授是希望尽快结束这场对话。

"昨天签字了。"

柳教授嘱咐大咸:"未来三天你就不要离开这里了,其他病人我来负责。"

"知道了。"

会面毫无成果。

* * *

柳大焕穿过长长的走廊,搭乘电梯回到研究室。他没有开灯,一屁股坐在椅子上。跟南映亚见面前,他先跟感染科的朴江南教授通过电话,两人都认为金石柱很快就会死亡。没做完全身放疗,还得了急性肺炎,就连最后的希望也消失了。柳教授不忍再对南映亚详细说明什么,她依旧怀抱希望的眼神是那么炙热、急切。越是坦白详细地讲解病情,越是暴露了主治医师判断的死亡时间很快接近,对话只好以再次确认DNR是否签署收尾。既然话都说到这个份儿上,想必家属也心里有数,南映亚也当过护士啊。

柳教授伸手拧亮台灯,一纸公文放在办公桌上,这是昨天疾病管理本部寄给院长的公文。院长旁边的括号里写着"MERS项目小组",意思是里面包括负责金石柱患者的血液肿瘤科主治医师、感染科教授。柳教授的视线定在标题上：

通知组建 MERS 特例管理小组计划及推荐人员

这是要为金石柱组成特例管理小组，小组成员有疾病管理本部的流行病学调查科长、公共卫生危机应变科长、大学医院的感染科及血液肿瘤科主治医师等人，这则公文是要求医院推荐两名加入该小组的医护人员。柳教授看了一眼疾病管理本部传送公文的日期，二〇一五年十一月二十三日，就是昨天。他又重新看了一眼推荐日期，二〇一五年十一月二十三日，也是昨天。柳教授面露不悦，十一月二十三日寄来公文，当天就推荐？要开会决定推荐人员，至少也要提前一周通知。当天开会当天得出结论，是大学医院成立以来从未发生过的，疾病管理本部的人知道大学医院教授有多忙吗？

"疯狂的纸上行政……"柳教授喃喃自语，摇着头，关掉台灯。

蝴蝶的房间

鲜于记者建议一花负责写这周的"直击现场",但一花推辞说还没轮到自己,准备也不够充分。同期还没写过"直击现场"的也只有一花了,之前一花主动提出自己想写"直击现场",希望能让更多人看到金石柱的困境,当时鲜于记者阻止了她。但现在鲜于记者与文化部长、社会一部部长都觉得一花已经有资格负责这项任务,才再次提议。一花答应后,脑海里一直充斥着一个陌生的画面。她站在大学医院门前的交叉路口,手捧笔记本电脑,一口气写下那幅画面。

* * *

我去过蝴蝶的房间,不是标本室,而是为游客展示活蝴蝶的房间。考虑到蝴蝶的安全,入场人员一次会控制在二十名以内。要进入蝴蝶的房间,必须通过三道严密的铁门。第一道门关上后,第二道门才会打开,第二道门关上后,第三道门才会打开。这是为了防止蝴蝶飞出来,所以必须封锁出口。第三道门关上后,就会进入一个很棒的房间。

五颜六色、大大小小的蝴蝶落在树枝上、水果上、花朵上和草丛上,它们舞动翅膀、飞来飞去,飞到游客的头顶、肩膀和手上。随处可见的说明牌详细介绍了蝴蝶的名字和特征。

参观完蝴蝶的房间,等待游客的仍是那三道铁门。

第一道门打开时,一只黑色小蝴蝶不小心飞了出去,因此第二道门没有打开,工作人员找来捕蝴蝶的网子在空中挥舞了几下,试图把黑蝴蝶赶回去。就像人们说十个警察也抓不住一个小偷那样,蝴蝶没有飞回房间,而是扇动翅膀闪躲着。就因为这样,二十名游客被关在了狭小的空间里。刚才排在我们后面的游客已经进入蝴蝶的房间了,所以我们也无法再退回去。

起初看到黑蝴蝶闪躲捕网而发笑的游客,渐渐感到不耐烦起来。虽然没有人抱怨,但大家都流露出想快点把蝴蝶赶回房间的表情。过了一会儿,蝴蝶飞过第一道门回到房间,大家终于松了口气。

工作人员立刻关上门,但问题又出现了,蝴蝶飞回了房间,第二道门开了后却关不上了。第二道门关不上,第三道门就不会打开。于是游客又被困在第二道门和第三道门之间,大家只能原地不动,等维修人员赶来。虽然最多只需等十五分钟左右,困在里面的游客却觉得比一个小时还要久。

那时,站在我旁边的白发老奶奶自言自语道:"这是在搞什么啊?刚才至少还有一只蝴蝶,现在连一只蝴蝶也没有。"但按照原则,第二道门不关上,我们就没有走出第三道门的自由。

我之所以会再次想起蝴蝶的房间,是因为联想到必须通过六道门才能获得自由的那个人。那几道门关着的,是比蝴蝶更加珍贵的人。困在门与门之间的老奶奶说自己很害怕,我与她的感受多少有些相似。

那感觉或许是,就算这里没有蝴蝶,也难以获得自由的恐惧。

前夜

柳教授关掉台灯时，吉冬华正在大学医院急诊室门前等待李一花。日落后，寒风刺骨凛冽，就算戴了口罩，寒风也会沿着脸颊钻进鼻子和嘴巴。冬华整个夏天都住在医院，秋天又忙着找工作，转眼间便迎来罹病后的第一个寒冬。她会在意想不到的场所突然呼吸困难，虽然手脚冻得冰冷，但到外面吹冷风反倒舒服得多。眼看严寒将至，夏天出院时，医生再三嘱咐她不能感冒，要是引起轻微的肺炎，对她来讲也会成为致命伤。如今冬天已经成为要加倍小心的季节。

十五分钟后，尹律师和一花一起走出来。她们点头向冬华问好。

"外面这么冷，怎么不进去等？"

"外面更舒服。"

冬华说的不是客套话。感染MERS后，她都尽量避开人多的地方，只要空气稍有污浊就会咳嗽。而且她很怕别人知道自己曾是MERS病人，工作三十年的物流仓库赶走她，就连应聘和打工，人们也会因为她感染过MERS就把她当成病毒对待。从那之后，冬华不仅不敢去人多的地方，也开始害怕人们的视线，所以不去那种地方才是上策。

"今天很辛苦吧？"

为了宣传明天上午十一点的记者会，冬华和艺硕在大学医院前的地铁站出口发了一天的传单。医院内外还贴出艺硕设计的二十多张海报。记者会地点选在医院对面的公园广场。艺硕晚上先去便利商店打工，下班后还要赶过来确认场地的音响设备。

"病人还被关在里面，我们有什么辛苦的。"

海善和一花笑着表示同意。

冬华问："有起色吗？"

一花回答:"下午三点左右我和南映亚通过电话,她说毫无起色。"

海善看着两人,抱歉地说:"我得先赶回去了,会开到一半跑出来的。"

冬华问一花:"李记者也要回去吗?"

"不用,我已经采访完,稿子也整理好发出去了,接下来的工作就都交给医疗记者了。"

冬华露出笑容:"那我们一起简单吃个晚饭吧?"

"好啊。"一花接着说,"要不要问一下南映亚?如果她还没吃晚饭,就买便当过去……"

"好啊。"

信息没有回。一花和冬华来到医院正门,左右环顾了一下,走进牛骨汤店。饭吃到一半,映亚发来信息,说自己没胃口。一花又说想讨论一下明天记者会的事。这次没过多久,映亚便回复了,请她到隔离区的家属休息室,冬华顺便打包了一份牛骨汤。

"看样子,她一整天都没吃什么东西。越是没胃口,越要喝点热汤暖暖胃。"

一花走在前面,冬华提着装有牛骨汤的袋子紧跟其后。一花熟门熟路地走到医院主楼的电梯前停下。

她对冬华说:"在三楼,我们可以走楼梯吗?"

"正合我意。你经常这样吗?"

"嗯。"

"就算做好心理准备,咬牙上了电梯,还是会受不了。"

"可是你走楼梯不会很辛苦吗?"

"多休息几次就好。搭电梯喘不过气,只会更不舒服。"

"每遇到这种时候,我就会憎恨他们。他们知道我连电梯都不敢搭了吗?"

"那些人知道我不敢搭地铁了吗?"

"如果不知道,那他们就是无能之人;知道还袖手旁观,那他们就太恶毒了。"

"我们落得如此下场,为什么都没有一个人出来道歉呢?"

"必须让他们出来道歉,所以我们才要提告。"

"那天真的会来吗?"

"我们就坚持到那一天,MERS把我害得多惨,我要一一记下来。等上了法庭,我要全部说出来。有罪无罪那是之后的事,我必须把憋在心里的冤屈全都发泄出来。电梯就在眼前,但我们害怕到不敢搭,这像话吗?"

"太不像话了!"

"够夸张的!"

两人放弃搭电梯,直接走楼梯到三楼。穿过空无一人的走廊,抵达隔离区。十月三日,一花为了采访,跟随柳奈武走过这条路。她怎么也没想到不过一个多月,自己还会重走此路。门口贴着禁止外人出入的标识。一花看到冬华提着纸袋跟上后,发信息给映亚。

——我们到了。

——我现在过去。

半小时后,映亚才出现在休息室。已经晚上九点了,映亚一脸疲惫,冬华连忙用微波炉加热牛骨汤。

一花握住映亚的手:"出什么事了吗?"

"血压一直不稳定。七点五十六分测是八十七、四十七,五分钟后再测也还是九十二、四十九。一直输血,但血压这么低……我刚才在等医生赶来,才这么晚出来。真对不起。"

冬华挥了挥手:"说什么对不起,不用跟我和李记者讲这种话,我们都理解。来,先喝点牛骨汤吧。"

冬华从微波炉里取出牛骨汤放在托盘上,端到映亚面前,牛骨汤冒着热腾腾的气。映亚没有动筷子,只是愣愣地盯着牛骨汤。她回想起石柱解除隔离出院,一家三口去喝牛骨汤的那个晚上。

"真的很抱歉，我吃不下。"

"但还是……"

"对不起。"

这时，映亚握在手里的手机响了，来电显示是鸿泽。

"喂，爸。"

"呜哇——"电话那头传来的声音不是鸿泽，而是雨岚。

哭声钻进映亚的耳朵，她的心猛地一震："雨岚，你怎么了？"

"妈！我痛痛！你快回来。"雨岚说完，又哭了起来。

"雨岚乖，听话，不要哭。爷爷呢？爷爷在旁边吗？"

"雨岚受伤了。"鸿泽的声音传来。

"哪里受伤？严重吗？"

"不用担心，在厕所不小心滑倒了，膝盖和手臂擦破了皮。我已经给他涂了急救箱里的消毒水，可这孩子就是不肯睡觉，一直嚷着要找妈妈，哄也没用，哭个不停。"

"爸，对不起。"

电话那头传来雨岚夹着哭声的叫喊："不要！我要见爸爸，我要去找妈妈。呜啊——呃！"

哭声戛然而止，电话断了。映亚再打去都没有人接，眼泪顿时滑落，难道不幸非要一起找上门吗？

一花搂住她的肩安慰："没事的，再等一下。"

冬华也在旁附和："小孩子难免会摔倒，谁不是跌跌撞撞长大的呢。都说了只是擦破皮，不会有事的。"

十分钟像一年一样漫长。电话再次响起时，映亚几乎在按下通话键的同时问道：

"雨岚怎么了？"

"哭得太凶，气喘得厉害，哭累了自己晕过去了。刚才躺在床上，我给他揉了揉手臂和腿，很快就醒来了。"

"不用送急诊吗？雨岚从没晕倒过……"

"看起来没什么大碍，但我担心他醒来又会哭着找妈妈，枕头都哭得湿透了。石柱如何？要是那边没什么事，你能不能回来一趟？回来看看孩子，也顺便拿点换洗衣物过去……"

"如果我离开，石柱会很不安的。爸，对不起！"

"不，是我更对不起你。谢谢你，那就挂了吧。"

刚挂断电话，冬华便问映亚："孩子哭晕了？"

"嗯。"

一花问："那现在呢？"

"幸好醒来了……但他一直找我。公公跟我道歉，但我离不开这里……也得回去拿点东西……我又不能离开石柱……"

"我们帮你守着他。"冬华忽然提议。

映亚看着她们。

"三四个小时应该够了吧？来回算两个小时，加上哄孩子和整理东西的时间。"

一花也点头："你去吧。既然他做了插管，守在这里的日子恐怕更长。回去准备一下，三四个小时没问题的……"

映亚思考了一会儿，摇摇头："但隔离病房只允许家属进出。"

冬华立刻说："那我们变成一家人不就行了。"

映亚和一花同时看向冬华。

"就说我们是来探病的姨妈和表妹，如何？"

一花对冬华说："那我岂不是变成你女儿了？"

"没有别的办法了！"

映亚沉思片刻，站起身："我去问问护士，请你们先在这里等我一下。"

映亚离开休息室，过了十五分钟，她带着玉护士来，向她介绍冬华和一花。

"这位是石柱的姨妈,这是他表妹。"

玉护士像在安检似的,将两人缓缓打量了一遍。

"住院医师特别批准,但只有四个小时,在那以前你必须赶回来。"

"你放心吧。"映亚回答。

冬华和一花经过第一道门,走进准备室。映亚帮她们穿好防护衣,自己也穿戴好。她心想如果石柱醒着,就跟他说一声再走。映亚检查冬华是否穿戴好的同时问道:"穿上防护衣会觉得很闷,PAPR防护衣和头罩很干燥,你的肺伤得那么严重,没关系吗?"

冬华深吸一口气,故作轻松地说:"我会休息的。一直想来看看金先生,没想到会是今天。"

三个人经过五道门后,走进隔离病房。石柱紧闭双眼,正在输血。看到石柱的病情比预想的严重,冬华和一花的表情顿时僵硬。幸好戴着头罩,没有人看到她们的表情。

映亚走到床边,俯下身:"睡着了?"

石柱眼睛眯成一条细缝,看到映亚身后站着两个人,以为是医生和护士,所以没有在意。但看到她们一直站在那儿,石柱轻轻点了两下映亚的手背。

映亚回答:"还记得李记者吗?十月三日来采访你的那个人。站在她旁边的人是吉冬华女士,她也感染了MERS,现在痊愈了。她们来是为了准备明天的记者会,也想顺便看看你。雨岚爸,我回家看一眼雨岚就回来。爸说那孩子几天都没好好睡觉了,我很快就回来,只要三四个小时,等你输完这两袋血,我就回来了。我回来前,她们会守在这里,玉护士也会盯着监控画面,有什么事你就按呼叫铃。"

映亚直起腰,刚打算转身离开,石柱的左手抓住了她的右手。四目相对,映亚看到石柱慢慢摇了摇头。他不希望映亚离开,双眼甚至泛起泪光。

映亚再次俯身,对石柱说:"我马上就回来,有没有什么想让我带来的？"

石柱在映亚的手心写下几个字。

"嗯？"

映亚没搞清楚，石柱又写了一遍。

"你要我把白大褂带来？"

石柱点了一下头。

"知道了。你想穿医师袍啊！那件白大褂就挂在你收集电影 DVD 的箱子和吉他旁边。知道吗，它一直好好挂在那里。我回家把胸前写有你名字的白大褂带来。"

石柱拉了一下映亚的食指，又在手心写了几个字。

雨岚……爸……不……弃……

映亚红了双眼，她把石柱写在手心的词整理出来。

"你要我告诉雨岚，爸爸不会放弃？"

石柱慢慢点了一下头。

映亚把手放在石柱的额头上："雨岚早就知道了。金石柱，我老公，雨岚的爸爸，是多么帅气、勇敢地一路撑过来的……我会告诉他，我一定会告诉他。"

石柱这才抬起左手，轻轻晃了一下，示意让映亚回家。映亚眼眶泛泪，笑了笑，转身走出病房。

映亚离开后，冬华和一花并排站在床边。这是他们自从五月二十七日在 F 医院急诊室感染 MERS 后第一次聚在一起。石柱愣愣地看着两人，冬华和一花也静静注视着石柱，他们仿佛不用说话，也能了解彼此的痛苦和期盼。

这段时间，虽然一花痛失了小姨夫，原本和睦的一家人也不相往来了，但她没有留下严重后遗症，很快便回到电视台工作。冬华因肺部严重受损，遭到原单位单方面解雇，至今也没有找到工作。没有出院的人就只有石柱了。如果没有出现奇迹，痊愈出院回家，那就只有以最后一名MERS病人的身份死在这隔离病房里了。大多数医护人员都认为是后者，冬华和一花却相信是前者。

过了一会儿，冬华看着石柱，开了口：

"等你病好了，帮我看看我这一口牙啊。治好MERS后才发现两颗大牙都裂了，听说你很会看牙？我儿子叫赵艺硕，我去看过他运营的脸书专题页，上面都是夸奖你的留言，说你对病人亲切，技术又好，上面还有你和朋友创作的歌呢！"

石柱抬起右手，用食指和拇指比画了个圆，意思是自己也看过那个脸书专题页。

接下来轮到一花，她的声音像被风吹的窗纸在颤抖。

"你一定要好起来，到时再接受我的采访。多亏你，我才做了独家新闻，受到表扬。我们能这样认识也算缘分，以后一起去郊游吧，去汝矣岛或仙游岛！"

石柱伸出右手。冬华和一花怀着祈祷的心走上前，一起握住石柱的手。

相爱时与临死时

映亚接到王护士打来的电话是在凌晨一点四十分。回家后，映亚哄睡雨岚，然后准备好石柱要的医师袍和自己的换洗衣物。鸿泽早就回房睡了，这三天照顾雨岚也把他累坏了。映亚原本打算直接赶回医院，出门前还是走进浴室，她打算用十五分钟快速洗个澡。热水浇在头和脸上，她抬起头闭上眼睛。就算是想缩起身体躺在隔离区家属休息室的椅子上，但椅子实在太窄太短了，而且穿防护衣进入隔离病房，也无法舒服地坐下来。肩膀、腰和膝盖关节轮番疼痛着，但她没时间去看病。只要两条腿还能动，她都会守在石柱身边。映亚洗完澡，正用毛巾擦头发时，手机响了，她看了一眼时间，凌晨一点四十分，这个时间只有一个地方会打电话来。映亚立刻接起电话。

无论在任何情况下都很沉稳的王护士，此时的声音就像捕捉猎物的黄鼬般急促。

"立刻赶过来！快点！"

映亚的手机掉到地上。卧室里的手机也响了，王护士也打给了鸿泽。

鸿泽一脸睡眼惺忪，冲出房间。

"爸！石柱他，他……"

鸿泽迅速做出判断，告诉映亚："你去带孩子，我先去车上等你们。"

映亚好不容易摇醒沉睡中的雨岚，孩子不耐烦地拽起被子。

"我们要去见爸爸，没时间了。"

听到"爸爸"两个字，雨岚立刻瞪圆了眼睛。映亚赶快给雨岚穿好衣服，冲出家门。鸿泽平时开车时速不会超过五十公里，但在这深夜无人的马路上，他的时速快到了一百公里。

他们狂奔至隔离区，拿起对讲机。两点三十分。

"快开门!"

玉护士打开第一道门。映亚抱着雨岚跑进去,冲到护士站的监控画面前,看到石柱露出胸口和腹部,身穿防护衣的大咸正在为他做CPR。

玉护士快速解释:"完全控制不住血压。心跳掉到一分钟五十七下。有持续使用多巴胺,刚才也用了肾上腺素。"

"请开门,我要进去。爸,我们进去!"

玉护士挡在门口:"孩子不能进去。"

鸿泽回应:"你让开,这是孩子见他爸最后的机会了,你有什么权力阻止他!"

玉护士依然挡在原地:"目前医院还没有适合孩子的防护衣,不能让他进出隔离病房。你们两位进去吧,我来照顾孩子。"

映亚再次哀求:"真的不行吗?你也知道他没有传染力啊!就让我们进去见他最后一面吧!"

"我们必须遵守规定。没时间了,你们赶快穿好防护衣进去吧,孩子绝对不行。如果你同意,我可以让他看监控画面,好吗?"

映亚单膝跪地,握住雨岚的小手:"护士阿姨说,只能让大人进去。"

"爸爸呢?爸爸在哪儿?"

"爸爸在那道门里面的病房,你在这儿用电视可以看到爸爸,乖乖跟护士阿姨在这里,妈妈马上回来。"

雨岚转头看向监控画面:"我不要,电视太小了,我看不见爸爸的脸,我要跟妈妈一起进去。"

映亚站起身跟玉护士四目相对,玉护士摇摇头。

映亚再次劝说雨岚:"爸爸现在很难受,你如果不听话,妈妈就没办法去帮爸爸了。你希望这样吗?"

雨岚摇摇头,含在眼里的泪沿着脸颊滑落。映亚把雨岚的小手交给玉护士,转身走开。映亚和鸿泽到准备室穿戴防护装备。映亚熟练地戴上手套,穿上防护衣,套上头罩。但第一次穿戴这些的鸿泽动作很慢。

映亚赶忙摘下手套，先帮鸿泽穿戴好，自己重新戴上手套，突然右手食指一阵刺痛。指甲断了，血泪泪流出。

映亚哽咽地低语："他不是 MERS 病人……他不会传染……"

映亚强忍疼痛，穿戴好后，跟鸿泽一起走向第二道门。他们等待身后的门关上，只有那道门关上，第三道门才会打开。映亚觉得今天关门的速度尤为缓慢。他们依序通过第三、第四和第五道门。现在只要第五道门关上，第六道门打开就可以进入隔离病房。映亚在心底数着数字，平时只要数到九，后面的门就会关起，前面的门就会打开。但今天数到十了，门也没有开。映亚转头，身后的门已经关上。她冲上去，用拳头敲打第六道门。

"开门！快开门啊！"

但门还是没有开。

鸿泽上前按住她的肩膀："等一下，后面的门还没有关起来。"

映亚转身，只见门才关到一半。难道刚才看到的是幻影吗？身后的门刚关上，眼前的门就开了。映亚像短跑选手一样冲过去。

大咸依旧努力地在做 CPR，陈护士在依次确认监控仪器和石柱的脸。冬华和一花并排站在床尾。

看到映亚，一花痛哭出声，一直压在心底的话不自觉地冲出口："对不起，对不起。"

听到回荡在头罩里的哭喊，大咸停了下来。

"为什么停下来？继续啊！快救他啊！继续啊，快点啊！"映亚大喊。

大咸从病床上下来，回答："是她们两位拜托我在家属赶来前一直做 CPR 的。你已经签署放弃急救同意书，我们也束手无策了。"

鸿泽握住石柱的右手，映亚摇晃着走到病床前，扑倒在石柱胸口。陈护士赶忙上前扶住她的手臂。

映亚抽噎着哭喊："我还……我还没有跟他道别……今天还没有说

我爱他……不能就这么让他走啊……不可以……"

映亚膝盖一软,瘫坐在地上。要不是一花从后面托住她,恐怕映亚就这样晕倒在地了。

大咸最后确认石柱的状态,呼吸停止,脉搏停止,用手电筒照射瞳孔也没有任何反应,于是宣告死亡。

"金石柱,死亡。死亡时间是十一月二十五日三点零六分。"

我想让他走得像个人

原定在上午十一点的记者会取消了,一花成为在疾病管理本部发布正式消息前,唯一一个报道病人死讯的记者。在急诊室附近彻夜准备记者会的海善接到噩耗,向记者传达了消息。一花特别为预计采访的四名记者传了更详细的内容。一花和摄影记者在隔离区拍摄期间,冬华在家属休息室里发信息给艺硕。

——金石柱先生去了上帝的怀抱。

在便利商店值夜班的艺硕很快回复了她。

看到八行眼泪图标的瞬间,冬华忍着的眼泪流了出来。这是她第一次看到图标哭出来。过了一会儿,艺硕打来电话。

"妈,你很难过吧?我这边结束就赶过去,你再忍一下。"

冬华强忍眼泪,回答:"我在这里祷告,你不用担心我。"

护士让鸿泽和雨岚躺在护士站旁的床上。雨岚几天没好好睡觉了,现在枕着鸿泽的大腿睡得直打呼噜。鸿泽坐在那里,不停叹息。

大咸宣布石柱死亡后,来到护士站打电话给血液肿瘤科的柳大焕教授和感染科的朴江南教授报告情况,然后为了给一般病房的病人看病,匆忙离开隔离区。

虽然过了换班时间,但玉护士和陈护士依旧守在隔离区。她们让出位置给换班的护士,用监控画面查看病房的情况,也依次看了一下躺在床上的雨岚、待在休息室的冬华和在隔离区外工作的一花。

映亚独自留在隔离病房。从大咸宣布死亡消息的三点零六分到准备开记者会的上午十一点这段时间,她一动也不动地坐在那里,紧握石柱的手。大咸离开病房前,告诉她几点注意事项。

"虽然原则上禁止碰触遗体,但你可以像现在这样握着他的手,其他部位请不要碰触。遗体上的任何医疗用品，哪怕是一根针也不可以碰。请答应我，如果做不到，现在就请跟我一起离开病房。"

"……知道了。"映亚吃力地动了动嘴唇。

正如答应过的，她一动也不动地坐在原地，低头流着泪。眼泪一滴滴地掉在头罩里。监控画面里的映亚也像尸体一样静止着。她有太多话要对石柱讲了，话到嘴边却泣不成声，连一个音节也发不出来。对她而言，这世上她最爱的人走了，什么都不剩了。

上午十一点，身穿防护装备的大咸、长南、奈武和亨哲走进隔离病房。他们都是七月三日转院过来后，负责治疗石柱的住院医师。长南手持两个大号防水塑料袋，奈武胸前抱着防水布，亨哲推着轮床，上面放着棺材。映亚起身，看了他们一眼。

大咸开口："是时候送他走了。"

"我丈夫的死因是什么？是MERS吗？"

"不，死因是淋巴癌。"

"……把他关在这里半年，不是为了治疗MERS吗？"

大咸只重复道："死因不是MERS，是淋巴癌。"

映亚突然动手要摘掉头罩，奈武和亨哲赶忙上前阻止她。

"请不要这样，请冷静一下。"

映亚挣脱双手，愤怒地大吼："上天会惩罚你们的！他不是MERS病人，你们却一直把他关到死，上天会惩罚你们的，你们会遭天谴的！"

四人一直等到"天谴"这个词的回音渐渐消失。

大咸开口："从现在开始处理后事，这里结束后会移送到火葬场进行火化。你是想留在这里，还是出去等？"

映亚颤抖地回答："我要留在这里……我可以求你们一件事吗？"

映亚看向病床，四人的视线也随着映亚移向病床。映亚一把拽下罩在石柱身上的白布，衷心地恳求。

"可不可以拔掉插在他鼻子、手臂和下体的管子？还有两条手臂上的针和导管。他该多难过啊！我希望最后这段路，能让他走得舒服些。"

"不可以。"大咸给出简短且明确的回复。

映亚提高嗓音："为什么不可以？他已经离开这个世界了，你们连这点忙都不肯帮吗？他住院这段时间反反复复插了多少次管、扎了多少次针？请你们拔掉这些管子和针头有这么难吗？这不是很简单的事吗？如果你们不愿意处理，可以让我来啊。只要给我一分钟，我就能处理好，很快的。"

大咸把手上的纸递给映亚，是"传染病人死亡后处理步骤说明书"，上面红色标示的部分进入映亚的视线：

根据"传染病预防及管理相关法律"第四十七项至第四十八项的保健福祉部"（中东呼吸综合征）往生者丧葬管理步骤"规定，往生后的丧葬步骤如下：

- 在与家属协议的时间之内，派遣相关人员进入病房进行密封遗体、消毒和入棺准备。
- 禁止在病房内为遗体净身、更衣，禁止清除为病人使用的医疗器材（静脉管、支气管内管等），并直接放入PVC遗体袋内，避免与外界接触。
- 遗体放入防水袋后密封，表面消毒后，再用另一个PVC防水袋密封。
- 密封后的遗体入棺后，运送至火葬场。

大咸解释："我们必须依指示行事，很抱歉不能接受你的请求。那我们开始了。"

奈武和亨哲先铺好防水布，把石柱的遗体抬到上面。大咸和长南将棺材放在地上。四人用防水布把石柱身上的线和管子包裹好，将遗体放入防水遗体袋中,再用更大的防水袋包在外面。四人抬起遗体,水平放进棺材后密封,最后把密封好的棺材抬到轮床上。映亚站在病床旁,看着他们完成这些动作,眼泪不停地流。虽然膝盖发软,快要站不住了,但她没有后退也没有转过身。

大咸对映亚说:"现在我们要离开病房了。你也清楚,家属无法搭乘灵车。请搭其他车辆到火葬场吧。这样送走病人,我们也很心痛,我们也不想看到这样的结局,金石柱先生真的很优秀。那我们出去吧。"

大咸推着轮床走出去,其他三人并排跟随其后。映亚走在后面,与他们保持三米距离。门依序打开,最后一道门打开时,映亚听到了嘈杂的快门声。

这是金石柱结束囚禁的瞬间。

后记

再没有比这更迟的了

南映亚换上黑色丧服，在大学医院殡仪馆接待前来吊丧的人。保健福祉部和疾病管理本部没有送来花圈，更没有派人来吊丧。

十一月二十六日凌晨，玉娜贞和陈雅凛下班后赶来吊丧，映亚跟她们抱在一起哭了许久。玉护士擦着眼泪，起身时塞给映亚一封信。送走两位护士后，映亚面朝墙打开了那封信。

谨向故人表示沉痛的哀悼。

我是过去五个月来负责照顾金石柱先生的护士，每当他感到孤独、难受、透不过气时，我多希望可以尽一份力去帮助他，多希望能让他稍稍舒适一些。

就这样送走了他，我感到非常遗憾和心痛。虽然护士是份送走病人的工作，我也尽量让自己变得冷漠，好去照顾接下来的病人，但五个月实在太长了，大家见了面就会叹气，每位护士都很怀念与金石柱先生相处的时光。他从来没对我们抱怨过一句，就算再怎么疼痛难忍，也一直跟我们道谢。

我们真的很感激他。

虽然我们的伤心无法跟家人相提并论，但在送走他的最后一段路上，希望可以表达这份悲伤。希望他的家人振作精神，好好照顾自己。

十一月三十日，大学医院向疾病管理本部发出公文，主旨为"关于组建MERS特例管理小组复函"，是针对十一月二十三日疾病管理本部保健危机应变科所发的公文的答复。大学医院推荐了一名血液肿瘤科教授、一名感染科教授，还推荐了一名感染管理组长当组员。特例管理对象金石柱死亡后的第五天才回复，所以并没有组成MERS特别管理小组。

十二月七日，南映亚、吉冬华和李一花又聚在"野花"，三人决定提告，追究MERS事件中相关部门和医院要承担的责任。辩护律师是尹海善和另外两名律师。

这一年，MERS确诊病人一百八十六人，死亡三十八人，致死率百分之二十。

我会坚持下去

南映亚手记
二〇一五年十二月七日（星期一）

> 如果我停下来，你会觉得更冤枉的。
> 我会坚持下去，尽我所能走到最后。

作者的话

小说结束了，但人生依旧在继续。

传染病结束了，但人生依旧在继续。

我想把MERS事件写成小说，是在二〇一六年的晚春。距离二〇一五年五月，名为"中东呼吸综合征"的传染病席卷朝鲜半岛已经一年了。面对MERS事件一周年，很多媒体都想采访痊愈的病人或遗属。我从几位记者那里得知，很多MERS受害者都不愿受访，我好不容易联系上几个人，他们委屈地哭诉着MERS是如何毁掉自己的人生，却仍不愿跟记者见面。虽然记者答应他们会遮住脸、使用匿名，事前也都可以协调访纲，但这些受害者无法相信媒体提的条件。他们说，如果网友要人肉搜索，就没有能隐瞒的事。谁都不想再次被贴上MERS病人的标签。

我重新看了二〇一五年与MERS相关的新闻和电视节目，与官方和医护人员有关的内容多不胜数，报道MERS受害者的却少之又少。就算有，内容也多半是按照确诊顺序编码住进隔离病房后所发生的事。他们作为自由的个人、社会共同体的一分子，却没有人报道他们的过去、现在和未来。

于是我开始着手写MERS受害者的故事。

最初几个月，我也很担心无法提笔写出这部长篇小说，因为在取材过程中，脑中没有浮现出组成小说架构的场景，想写和能写是两回事。就在我决定放弃时，遇到了重新点燃火种的有缘人。我觉得这是那些离开的人向我伸出了援手,让我一定要完成这部小说。

在说出"不会遗忘""会永远记住"这些话之前,我们需要知道应该记住什么,必须找回"人",而非"数字"。

在很多人的帮助下,我与受害者见了面。其中也有很想见但最终未能见到的人;也有在我放弃见面后又偶遇的人,我很感谢那些跟我见面和未能见面的人。我很能理解他们那种复杂的心情和必须面对现实的无奈。正因如此,我觉得很难以现实的人物、事件和背景为基础去创作纪实文学。

人们被狭隘地划分成正常与非正常的,而被划分在非正常里的这些人,被一而再,再而三地贴上标签,被人厌恶,若不彻底改变这一点,MERS 受害者的故事就永远只能停留在小说虚构的框架里。虽然我将见过的这些人更改了设定,但仍希望原原本本地写出他们的痛苦,那些有时是叹息、有时是泪水、有时是悲鸣、有时是挣扎、有时是沉默的痛苦。

我长时间地凝视他们、聆听他们,和他们一起查阅数据、实地考察,这过程让人感到悲凉。他们的话语和叹息,深深刺痛着我的心。

巨大、冰冷的高墙暴露了出来。

相关部门和医院不承认错误,因为不承认,所以没有任何补偿和赔偿。那些无辜感染 MERS 而死亡的病人遗属和死里逃生的病人,证明了相关部门和医院的错误,用这种方式对待因传染病失去一切的人何其残忍。绝大多数受害者都不具备专业医学知识,很多人一辈子没上过法庭,对法律知识也一无所知。

受害者的叙事也常在这里失去方向。倾吐委屈的痊愈者和遗属,记不清楚在隔离病房接受过怎样的治疗,病人的病情何时开始恶化以及恶化的程度如何。他们只记得好好的一个人在短短十天、半个月内,不断在死亡线上挣扎,这让他们陷入深深的绝望。

生与死不能交给运气。只因自己没有感染,只因自己没有搭乘那艘船，就觉得自己很"走运"的想法，未免太过浅薄且愚蠢。况且，不向陷入水深火热的人伸出援手，反倒排斥他们，这绝非社会共同体的意义。电影《拯救大兵瑞恩》和《火星救援》之所以触动人心，是因为社会共同体没有放弃个人，没有用经济损失和成功的可能性高低去衡量该坚守的价值。

我们没有去守护受害者的"人权"，即使是为了防止传染病扩散，也没有人去阻止对隔离者的批判，甚至试图把受害者变成加害者。"超级传播者"一词就是典型代表。受害者面对突如其来的传染病，光是战胜病魔就已经力不从心了，还要背负那些毫无根据的谣言，被伤得千疮百孔。

我们没有尽全力去帮助那些因 MERS 失去亲人的遗属和勉强才痊愈的病人，没有人向他们解释，为什么心爱的人会感染 MERS、会离开这个世界，也没有任何政策能帮助那些被迫丢掉工作的人，更没有积极为这些人治疗心理创伤。他们期盼痊愈后能回归正常生活，但"感染过 MERS"毁了他们往后的漫漫人生。

日复一日地坠落、坠落再坠落！但无论在哪里，都没有能够阻止坠落的网。

二〇一八年九月八日，再次出现 MERS 确诊病人。

虽然预想到这个传染病还会再次出现，但没想到它会在三年后，在我推敲这部小说时再次出现。幸好这次的初期应变和防治很成功。

九月八日的新闻播出后，我接到那些 MERS 受害者打来的电话。他们抽泣着问我，为什么现在能防治成功，三年前却失败了呢？如果像这次这样立刻公开医院的名字，就不会痛失亲人了。

三年前我们没有关注那些在黑暗深渊中痛苦的人，已经过了那么久，现在我们应该去关怀、拥抱他们。

从二十二年前首次出版长篇小说开始，我一直坚信文学应该站在穷苦、弱势和受伤害的人这边。不仅文学，社会共同体也是如此，属于共同体的我们,每一个人都应该这样。

　　MERS 结束了,但人生依旧在继续。我们不该只去忘却、远离、唾弃 MERS,而应该去聆听、抚慰因 MERS 受伤害的人们,守护那些很想大喊"我要活下去",却被强制沉默、充满恐惧的人。如果我们忽视他们的呐喊,又怎能宣称"MERS 结束了"呢?

　　希望这本小说可以成为他们找回基本人权的一股引水。

　　因为很多人的帮助,我才能完成这本小说。

　　除了访问 MERS 受害者的资料、医疗记录和媒体报道,我还参考了《二〇一五 MERS 白皮书》(保健福祉部)、《MERS 每日消息》(疾病管理本部)、《传染病危机管理标准指南》(保健福祉部)、《首尔市 MERS 防治政策白皮书(二〇一五)》及首尔市等保健当局的基本文件。

　　此外,我还阅读了《不是三星,而是国家陨落》(金在仁,二〇一五)、《病毒过境之后》(MERS 事件采访企划组,池承镐,二〇一六)、《瘟疫与人》(威廉·麦克尼尔,二〇〇五)、《抗击非典战争》(梁秉中、黄英勇,二〇〇三)、《克里斯托弗诺与黑死病》(卡洛·M.奇波拉,二〇一七)、《黑死病的归来》(苏珊·斯科特、克里斯多福·J.邓肯,二〇〇五)、《最好的告别》(阿图·葛文德,二〇一五)、《痛苦的长度》(金承摄,二〇一七)等书。

　　我还反复观看了影片《打破新闻》("隔离"最后一名 MERS 病人的真相)、《KBS 追击六十分》(MERS 最后的受害者,抗病一百七十二天的秘密)、*SBS Special*(MERS 的告白,他们没说出口的秘密)。

　　关于 MERS 的诉讼仍在进行中,其中的相关判决书值得关注。

二〇一八年十月

面对 MERS 重新出现的

金琸桓